中國經典奇幻故事

麻國鈞 編著

中國經典奇幻故事　目錄

中國經典靈怪故事・妖獸篇｜目錄

【卷一】蟲豸

哪知道
他們昨晚歡聚的地方根本看不見什麼住戶，
只有一個汙水坑，
旁邊躺了一條幾尺長的大蚯蚓和幾個螺螄，
都比正常的大好幾倍。
幾個人才明白
威汙蟆和那些奴僕原來是這些東西。
想起昨晚飽餐的酒食，
他們不約而同地感到陣陣噁心，
每人吐出一堆青泥和污水，足有好幾升。

蜈蚣

四川雅安有位獵人。有一天他出獵，走在半路上，遇見一位道士，道士說：「我看看你的槍。」他接過獵人的槍，摩挲了好一會兒，然後又說：「你今天會獲得一個奇怪的東西，我將助你成功。」說完便飄然而去。

獵人到了山裡，遇到大雨，雲霧瀰漫，晝夜難分。他躲到一個岩洞避雨。一會兒就聽見一聲霹靂，只見山谷裡出現一個東西，紅光熠熠，吐氣如虹。它和雷電交戰有一個小時，真是驚天動地，震撼山嶽。雷聲越暴烈，它也越狂屬。獵人看了半天，自以爲瞅準了，就調好槍的準星，猛地向那東西射擊。槍聲一響，那東西立刻反撲過來，獵人驚嚇得倒地暈了過去，也不知道自己是死還是生。

等他甦醒過來，卻是在自己家門口。回想山中之事，就像作了一場夢。他起身回家後，家人問他去了哪兒，他就把山中之事一一說了。家裡人都不相信，好在那個地方離家只有二十多里，就一齊前去觀看。

按照獵人走的路線尋蹤找去，果然在那個地方看見一條大蜈蚣被雷擊死。這條蜈蚣有數丈長，頭大如斗，嘴裡還銜著獵人的半段槍，但是已經腐爛如泥了。大夥把這個蜈蚣抬到家裡，用鐵錐刺它的頭，都刺不破。至今，那個頭還存在獵人家裡。＊出自《南皋筆記》卷四〈蜈蚣〉

關帝廟

傳說關帝廟最靈驗，前往還願求福的人非常多。

神像前圍著帳幔，帳前擺著條案，案上陳列著敬神的豬、牛、羊等家畜和美酒，條案外頭放著一張大桌子，桌上點著一排排香燭。祈禱者跪伏在桌子前，氣氛非常嚴肅，誰也不敢亂講話。跪拜完畢，如果桌子上敬獻給神的家畜美酒一點也不少，祈禱者便十分傷心地回去，認為是神不接受他的敬獻。祈禱者中，有時也有少了供品的，就特別高興，認為神已經接受了他的敬獻。於是，人們都相信神是有靈驗的。

廟裡管香火的廟祝覺得事情有點奇怪，心想，神既然來享受供品，為什麼偏偏只吃雞。因此，他自己宰了一隻雞，夜深人靜時悄悄地放在案上。他在帳子上拆開一條一寸多長的縫兒，自己藏在帳子外頭，屏息凝神，瞪大眼睛，偷偷從縫中觀察。過了一會兒，神像背後簌簌有聲，一條一尺多粗、一丈來長的大蜈蚣，昂頭而下。這蜈蚣躲在帳子裡，伸著兩隻大鉗子，轉眼之間就把雞給吞了，吃得很香，看樣子好像很滿足。

蜈蚣飽餐一頓後，張口吐出一顆紅丸，大小跟胡桃差不多，旋轉飛舞，戲耍了好一會兒才收丸而去。

管理香火的廟祝這才明白供品中只少了雞的緣故。他心中琢磨，這紅丸必定是很貴重的寶物，得想辦法得到它。於是，他作了一隻木櫃，櫃門可以自由開關，大小恰好能躲進一個人，然後人不知鬼不覺地把櫃子放進帳子裡。他又宰了一隻雞放在案上，鑽進櫃裡藏起來，並且還帶了一個事先準備好的大瓦盆，這就是他奪取紅丸的法寶。

蜈蚣果然又來了。它吃完雞，像上次一樣，戲耍拋舞紅丸。廟祝悄悄打開櫃門，出其不意以瓦盆扣住紅丸，迅速退入櫃中，

關緊櫃門。這蜈蚣失掉紅丸不肯罷休，圍著瓦盆來回旋轉，可總是不能把瓦盆翻過來。它知道和它搗亂的人躲在櫃子裡，就用長長的身體纏住櫃子，但找不到機會下手。成百隻腳緊箍著櫃子始終不放，那聲音讓人聽了毛骨悚然。

過了好長一會兒才沒有動靜，廟祝這才敢出來，而蜈蚣已經死了。他從瓦盆下取出紅丸，色如朱砂，光亮滑潤而又柔軟，有清香味。但他不知道這珠子有什麼用處，就曬乾了收起來。這顆紅丸會自然而然地滲出濕氣，必須在陽光下曬乾。

一天，廟祝的手指上長了一個毒瘡，像火燒一樣又熱又疼，一隻手全腫了，非常痛苦。這天正想曬曬紅丸，剛拿在手裡，當下就不怎麼疼了。他連忙將紅丸往毒瘡上按摩，一下子就完全不疼了。沒過多久，熱退腫消，病全好了。

此後，凡是遇到癰瘡潰爛等毒症，以紅丸按摩創口，無不立即痊愈。從此，廟祝精通醫術的名聲廣為傳播，得以過上比較富裕的日子。＊出自《志異續編》卷二〈關帝廟〉

紅白蜘蛛

　　汴梁的開封府有個大財主，姓張名俊卿，有萬貫家財。這張員外在家門外開了一個金銀鋪和一個當鋪。張俊卿的父親張老員外剛死不久，家中只剩下老母親。張員外好作善事，人們都叫他張佛子。一天，他正在家門口，見一個和尚走過來，對他施禮說：「員外。」張員外急忙還禮。和尚自稱是竹林寺的，要來求化五百片香羅木。張員外心中暗想，自己從小只聽說過有個竹林寺，卻從來沒見過，另外，家中的香羅木是張老員外在世時許下心願要送東峰岱岳廟修蓋嘉寧大殿的，怎能再給別人？於是他說：「我家的香羅木是先人許下願的，不能動，師父要別的東西請別客氣。」和尚說：「既然不肯，貧僧晚上派人來取。」說罷轉身走了。張員外自言自語地說：「這和尚真是個瘋子。」

　　天色漸晚，張員外吃了三五杯酒，正要去睡，只見當值的人來報告說：「員外，後園著火了！」張員外嚇一跳，慌忙走出來，只見後園裡大火沖天，火光中看見早上來的那個和尚正領著百十個彪形大漢搬取香羅木，遠遠地看，那些大漢不像是人。張員外急忙走過去細看，火焰一下子熄滅，和尚與眾人都不見了。再看那五百片香羅木，連炭灰都沒留下一點兒。張員外嘆口氣說：「父親許下的願怎麼辦？」他急得一夜不眠。第二天早起，張員外請見母親，把昨天夜裡的事說了一遍，又問：「三月二十八，我怎麼上東峰岱岳廟去替父親還願呢？」母親說：「孩子，你別煩惱，到了那天再作打算。」張員外聽母親這樣說，自己也無良策，只好到自己的金銀鋪中坐著。

　　張員外坐在鋪中，聽見街上鑼響，一個酒保拿來一張團社通知聚會的請柬，這個團社是張老員外在世時帶頭組織起來的，現在老一輩的大都死了，小一輩的又約十多個人起了社。現在又到

二月半，社裡要朝山敬神，送來請柬約張員外一起去。張員外說：「我去不得，我原要給父親還願，現在香羅木丟了，怎麼去？」來人說：「員外若不去，團社就散了。」張員外委決不下，就去問母親。母親說：「我這裡有一件寶物，是你父親在海外得來的無價之寶，你拿這件東西給你父親還願吧。」員外接過來看，在一個錦袋中裝著個紅紙包，包中有個玉結連環。張員外謝了母親，留下請柬，邀集其他人，安排好去上廟。其他幾個員外也準備行李和隨行從人。張員外打扮得像個軍官，同其他人離了家門。一路上饑餐渴飲，曉行夜宿，終於來到東嶽。他們先在客店裡歇下，到了日子，這些員外一同上廟燒香，各自答還心願。張員外把玉結連環捨入炳靈公殿內。

他們還了香願，沒事可作，便在廊下看迎神的雜戲。同來的都是年輕人，乘興又相約去遊山。張員外慢慢地走在眾人後面。一會兒，張員外覺得有些累了，就讓眾人先走，自己到亭子裡歇腳。他在亭中坐著，聽見有斧頭砍鑿的聲音，隨著聲音望去，看見一個竹籬笆圍成的作坊，裡面有些大漢在作活，鑿出一大片木屑在地上。張員外拾起來看，上面有自己父親的花押，這些木頭正是自己丟失的香羅木。他正感到奇怪的時候，看見一個行者打開籬笆門，走到張員外面前施禮說：「長老法旨，請員外到山門略坐喝杯茶。」張員外隨他進到門裡，好像登上月宮，到了仙境。一個和尚出來施禮說：「前日為了辦緣事，得罪施主，今日有幸員外到此，請您到寺廟裡喝茶。」張員外在遠處沒有看清，站在近處看時，正是化香羅木的和尚，只得說：「日前師父來訪，接待不及。」說罷隨著和尚來到寺院，敘過禮，分賓主坐下。吃過茶點，二人還沒來得及說話，一個黃巾力士走到面前，暴雷似地說：「報告師父，炳靈公相見。」嚇得張員外神魂蕩散，口中不說，但心中想：「炳靈公是東嶽之神，如何來這裡相見？」那和尚請張員外在屏風後面稍待，等炳靈公走了再來敘話。

　　張員外躲在屏風後面立著看，見十幾個黃巾力士隨著一個神人走了進來。張員外細看，和廟中所塑的像一樣。那和尚下階相迎，禮畢，問：「昨夜公事如何？」炳靈公說：「此人執意不肯作諸侯，只要作三年天子。」和尚說：「怎麼這麼難辦？押他過來。」幾個力士押著一個約八尺高、露出滿身刺青的大漢，進入寺裡。和尚說：「讓你作諸侯，爲什麼不要？卻要當帝王！」說罷命人拖下去打。黃巾力士把大漢撲翻在地，打了幾杖，那大漢嘆口氣說：「算了，我不作三年天子，隨便作個諸侯吧。」黃巾力士立刻把一張文書遞過去讓他畫押，放他起來。炳靈公起身說：「麻煩師父費心了。」然後告辭出去。

　　和尚請張員外出來坐，和尚說：「出家人沒有別的，略備水酒三杯，閒聊一會吧。」員外說：「深謝師父錯愛。」飲過酒，和尚對張員外說：「員外可以和我同到後山閒遊。」張員外隨著和尚同至山中閒走，員外所看之處景色秀麗，喜不自勝，對和尚說：「師父，此處峭壁真險峻！」和尚說：「這不算險的，請員外看這水路。」張員外低頭看時，被和尚一把推下去。張員外一驚，一下醒過來，原來是在亭子裡睡著了。他心中感到奇怪，剛才的事若說是夢，口中有酒香；若說不是夢，卻又不見任何蹤跡。正在疑惑時，眾員外走來說：「你怎麼不來，獨自一人在這裡打瞌睡？」張員外只說：「我的身子有些不自在，沒能陪各位，得罪，得罪。」並不說夢中怪事。眾人回到家中，各自歡喜不盡。

　　到了臘月，北風凜冽，瑞雪紛飛，張員外見雪下得很大，急忙開倉散些錢米給窮人。這時有一個人因身無分文正被困在客店中，店小二過來埋怨他，說：「這麼大個漢子，一點辦法也沒有，又有兩個月沒交房錢了。」漢子嘆口氣，求店小二別怪他。店小二說，張員外正在開倉賑濟，可以去討些錢來。那漢子說聲罪過，穿著襤褸的衣服冒雪走到張員外門前。不巧，他到得遲了，人都散了，他便走到門前向門公說：「聽說宅上散貧。」門

公說：「你來晚了，都散完了。」這人聽說這話叫聲苦，一下摔倒，昏了過去。張員外從窗中看見，立刻叫人扶進來救活了他。張員外仔細一看，大吃一驚，這人正是亭中夢見的那個大漢，便問說：「你是哪裡人？姓什麼叫什麼？在什麼地方住？」那人又手施禮說：「小人是鄭州泰寧軍大戶財主的孩兒，早年喪了父母流落在此，現住在客店中，姓鄭名信。」張員外叫人找件衣服給他，還拿些飯來讓他吃，然後問他：「你會什麼手藝？」鄭信說：「我能寫寫算算。」張員外給他一些錢，讓他去還給客店，請他回來作店中的主管。

這鄭信很伶俐，小心翼翼地工作行事，員外很看重他，讓他作自己的心腹。時光飛逝，轉眼又到二月半，張員外約眾員外同去郊外賞春。各位員外帶著酒菜和歌妓在花園中安下酒席。大家正吃到半酣時，走來一人，朝眾員外打個招呼，然後從手中的籃裡取出一把茱刀，切下幾片牛肉放在盤中，說：「得知眾員外在此吃酒，特來此助興。」張員外見到這個人，心中暗暗叫苦。原來這人叫夏德，是個破落戶，諢名扯驢。他有個妹妹嫁給張員外的父親為妾，為點小事自縊身亡，夏德以此為由不斷上門敲詐，光在張員外身上已詐過二三次了。眾員外只當這夏德是來討賞，每人拿出二兩銀子給他。這夏德挨個收取銀子，走到張員外身旁卻非要二百兩不可。張員外不肯，兩人爭執幾句，討價還價到二十兩。張員外對夏德說身上沒帶那麼多錢，寫了個支取銀子的條子讓他到家裡的當鋪去取。扯驢收了茱刀和籃子，直奔當鋪要去取銀子。

鄭信接過條子問：「員外買你什麼東西而需要付這麼多銀子？」扯驢說：「買我牛肉吃。」鄭信說：「員外怎麼吃得了那麼多肉？」扯驢說：「你別管閒事，只管按條子給銀子吧。」兩人說來說去，一聲比一聲高。扯驢撒混耍潑，鄭信不理他，拿著二十兩銀子，一手抓住扯驢到花園見張員外問明原因。張員外對他說：「此人是個破落戶，把錢給他吧。」扯驢聽了這話便來搶

鄭信手中的銀子。鄭信說：「員外說把銀子給你，我卻不肯，你別仗著是破落戶就詐騙錢財，別人怕你，我卻不怕。我在眾員外面前和你比試比試，你若打過我，銀子你拿去；你若打不過我，那就什麼也別說了。」說罷鄭信脫下上衣，眾人看了都喝采，只見他滿身都刺著花紋，左臂是三仙仗劍，右臂上五鬼擒龍，胸前是一座玉屏風，脊背上是巴山龍出水。夏扯驢也脫下衣服，兩人廝打起來。

那鄭信一拳正打在扯驢的太陽穴上，扯驢倒在地上，立即咽了氣，嚇得眾員外都逃走了。官差立刻趕來把他圍住。鄭信對官差說，自己打死了扯驢，不干別人的事。官差用繩子索了他，解到開封府。鄭信被判處死罪押在獄中。張員外在外面上下使錢，想拖延他的刑罰，等待天恩大赦。

有一天，開封府太守出城去，轎子行到一處，看見路旁有一口古井，井中冒出的黑氣沖天。太守停住轎，看了看覺得很奇怪，回到府中召集眾官問起此事，眾官都不知道是怎麼回事。通判起身說：「據小官愚見，此事可奏明朝廷，將獄中犯有死罪的犯人提出，讓他下到井中看個究竟。」太守按他的話去辦，奏明朝廷，然後揀選死囚犯下井。

第一個犯人被放在籃子裡吊入井中，再被拉上來時，只有骨頭了。就這樣，放下一個死一個，放下兩個死一雙。一連死了幾十個。張員外想盡辦法保護鄭信，可還是沒能救得了他。鄭信被押到井邊，他對太守說：「我並不推辭下到井裡去，但請給我五樣東西。」太守問：「哪五樣？」鄭信說：「頭盔，衣甲和靴子，還要一口劍，再拿些酒肉吃食之類的東西。」太守囑咐按他的要求準備。鄭信吃了酒和肉，穿上衣甲，拿起劍，這才坐入籃中，被人放入井裡。井上的人等了一會兒，聽見籃子的鈴響，急忙提起籃子來，籃中不見了鄭信，井中的黑氣也不見了。

卻說鄭信到了井底，立刻走出籃子，握劍在手，摸索著前行。剛下到井底時覺得很黑，走了一會兒漸漸有些亮光，仔細看

時，看見前面有個水口，只能容下一個人的身體。鄭信擠了過去，走了幾步再抬頭看去，只見山嶺相連，煙霞繚繞，地上到處是鮮嫩的芳草，小溪潺潺地流著。鄭信不知道這是哪裡，信步向前走，耳邊聽到流水和松濤的聲音，眼前出現一座宮殿。

鄭信走到宮前，宮中並沒有人進出，抬頭看去，門上有一朱紅的牌子，上面用金字寫著「日霞之殿」。鄭信仗劍進到宮門裡，一直走進殿內，看見一個女子枕著一件東西正在酣睡。這個女子生得落雁沉魚之貌，閉月羞花之姿。鄭信不知這女子是誰，心中奇怪。他悄悄走過去，輕輕抬起女子的頭，把枕著的東西拿起來，又放下女子的頭。走到外面細看，原來是一個紅色的皮袋，鄭信不知這是何物，拿著紅皮袋來到一棵樹下，用劍挖了個坑，把紅皮袋埋在裡面，又握劍回到殿上。那女子仍在睡，鄭信大聲喚她：「起來！」那女子慢慢睜開一雙眼睛，張開口說：「鄭郎，你來了，妾身我守空房等你多時。我和你是五百年前的夫妻，今日才得以見到你。」女子說著要變出真相，可鄭信偷走了她的神通之物，變幻不得。看見鄭信手中握著劍，怕他一劍砍來喪了性命，只得帶笑容應酬。青衣女童排上酒宴，女子請鄭信飲酒，吃到半酣，女子說：「今日天公作美，使我能見到鄭郎你，要盡情喝酒，醉了才罷休。」飲完酒，兩人作了夫妻。第二天，鄭信問那女子：「娘娘這樣愛我，我還不知道妳是誰。若是日後相見，如何報答妳的恩情。」女子說：「我是日霞仙子。我和你要百年偕老，爲什麼有想回去的念頭？」於是鄭信留下來，朝歡暮樂。有一天，女子對鄭信說：「鄭郎，你要在家靜等幾日，我出去辦件事，很快就回來。」鄭信問：「到哪裡去？」女子說：「我要去上界赴蟠桃宴，很快就回來，留下侍女和你作伴，如要酒食，讓她替你去取。我要囑咐你一件事，千萬不要到後宮去玩，你若去了，後果不堪設想。」女子吩咐再三才離去。

有兩個侍女服侍鄭信，他每日吃穿不愁，可是過得很無聊，想到妻子臨行時吩咐不要去後宮，想必是那裡有些蹊蹺，便想要

悄悄去看個究竟。鄭信獨自來到後宮，推開宮門一看，裡面也有一個大殿，殿上金字牌額上寫著「月華之殿」。鄭信正在看那牌額，聽見一陣說笑和步履之聲，抬頭望去，一群侍女擁著一個神女出來，那女子見了鄭信，說：「你好呀，原來是我的丈夫來了。」鄭信說：「娘娘妳認錯人了，我已有了妻室，她住在前殿。」那女子不由分說，讓侍女簇擁鄭信上殿，安排酒席，兩人共飲了幾杯，女子拉著鄭信的手進到房中，和他成了夫妻。

鄭信和那女子正在房中，忽見侍女來報：前殿的日霞娘娘來了。那女子慌忙要藏起鄭信，可已經來不及了。日霞仙子闖進來，拉住鄭信的胳膊說：「鄭郎，你到這裡來作什麼？隨我回去。」月華仙子見她拖著鄭信往外走，氣得柳眉倒豎，杏眼圓睜，說：「妳要嫁他，我怎麼辦？」說罷帶著一群侍女擋住殿前的路。兩個女子都說鄭信是自己的丈夫，爭得一聲比一聲高，各不相讓。日霞仙子把鄭信藏起來，月華仙子無可奈何之下便與日霞仙子打作一團。兩人鬥了多時，月華仙子敵不過日霞仙子，便大叫一聲：「起！」一下跳入空中，現出原形。日霞仙子也想變化，可神通之物被鄭信埋了，變化不得，而輸下陣來。她慌忙來見鄭信，兩淚交流地說：「丈夫，只因為你不聽我的話，才有今天的苦。我被你藏了神通之物，變化不得。要想戰勝她，你得把那件東西還給我。」鄭信見她哀求不已，只得走出殿外，來到花樹下，掘出那件東西。日霞仙子拿了神通之物，又來和月華仙子爭鬥。日霞仙子又輸了，走回來。鄭信說：「我妻，怎麼又沒鬥過她？」日霞仙子說：「只因為我已身懷有孕，贏不了那個賤人，我有件事想求你幫忙。」鄭信說：「我妻有話請講。」日霞仙子命人去取一件東西來。一會兒，侍女拿一張弓一支箭來，日霞仙子說：「丈夫，這張弓不是人間所有，名為神臂弓，百發百中。我去和那賤人鬥法，我在空中變就神通和她鬥，你在下面看到白的，就射出一箭，如此可助我一臂之力。」鄭信說：「好，妳放心去吧。」話剛說完，月華仙子又來了，兩個都變出本相跳

入空中。鄭信在下面看，哪裡還有兩個如花似玉的仙子，只見一白一紅兩隻大蜘蛛在空中相鬥。鄭信這才明白，這兩個仙子是兩隻蜘蛛精。忽然他看見紅的敗下陣來，白的緊追不捨。鄭信拉開弓，搭上箭，瞄準白的，一箭射去。白蜘蛛一下從空中跌落下來，痛得大叫，對鄭信罵道：「鄭信，你這負心賊，暗算我！」說完帶傷回後宮去了。日霞仙子也收了本相，依然變成一個如花似玉的佳人，對鄭信說：「鄭郎，感謝你的厚恩，替我解圍，使我能實現和你百年偕老的願望。」自此後，日霞仙子和鄭信感情日見深厚，行則並肩，坐則相依，沒有一刻分離。

　　倏忽間三年過去了，兩人生下一男一女，鄭信思量：在這裡雖有朝歡暮樂，可是卻不能發跡。於是他對日霞仙子說：「感謝娘娘收留我在此居住三年，又生下一兒一女。若是能使前途發跡，來報答我妻，那是我的心願。」日霞仙子聽了這話淚如雨下，對他說：「鄭郎，你要離去，可以不用掛記我，但兩個孩兒怎麼辦？」鄭信說：「我若能爭得一官半職，立刻來接妳們。」仙子說：「夫君要到哪裡去？」鄭信說：「我要去太原投軍。」仙子聽了這話，說：「我給你一件東西，使你出去後可以發跡。」說罷命侍女取來那張神臂弓，交給鄭信，說：「你可帶此物前去投軍立功，定能得到五等諸侯的富貴，這兩個孩子我替你收養在此，等到十二年後，我會派人送去給你。」鄭信說：「我此去，若能發跡時，一定會來接妳們母子。」仙子說：「你我相見，這是夙緣，現在三年的期限已滿，仙凡路隔，哪裡還有相見的日子呢？」說罷忍不住又落下淚來。

　　鄭信剛才還請求離去，聽說相見無期，心中很傷感，也流淚不止，情願再住些時候。仙子說：「我們夫妻緣分已盡，自然要分別，我也不敢多留你，恐怕耽誤了你的前程，要遭天譴。」隨即命侍女置酒餞別。兩人相對，飲了幾杯，仙子說：「鄭郎，你先前帶來的劍，還有那一副盔甲，權且留在此處，以後還你兒女時，這兩件東西可作信物。」鄭信點頭答應。仙子又親手斟了三

杯酒請鄭信飲下，然後拿出一包金珠贈給鄭信，依依不捨地把鄭信送出宮門。鄭信隨著日霞仙子向前走了幾里路，遠遠望見有個路口，仙子停住腳說：「鄭郎，只要從這裡出去，就可以看見大路。你前程萬里，請多多保重！」鄭信剛要再說些什麼，忽然從腳下颳起一陣狂風，風定後不見了娘子，宮殿山峰也都不知去向。鄭信抱著一張弓，呆望了半晌，無可奈何地向前走去。

鄭信獨自走到路口，問明這裡正是汾州大道，這條路直通到太原府。太原府的府尹是鍾師道，他正在出榜招軍，抵抗入侵之敵。鄭信見了榜文後徑直走到轅門來投軍。鄭信獻上神弓，鍾師道大喜，吩咐工匠照樣子打造幾千張，把鄭信補作帳前管軍指揮。後來鄭信因這張神弓而屢立戰功。幾年間，鄭信的官越作越大，一直作到兩川節度使。他在軍旅中時常想起和日霞仙子的恩愛生活。

話分兩頭，再說張俊卿員外，自從那年鄭信下井之後，好生思念，每年到了這天，就命主管備下三牲祭禮，親自到井邊祭奠。十幾年來張員外沒有一次忘了老朋友的。有一次祭奠回來，覺得有些困倦，在廳堂中少憩片刻，不覺睡去。夢中看到天空中五色雲霞燦爛奪目，有一位仙子站在雲中，她左手抱個男孩，右手抱個女孩，高聲說：「張俊卿，這一對兒女是鄭信所生，現在交給你，你要好生撫養。鄭信發跡後，你可將他們送到劍門關，不要辜負了我的託咐。」說完，把手中的孩子從空中撇下來。張員外急忙上去接，急出一身汗，驀然驚醒，才知是個夢，可夢中情景歷歷在目。他正納悶，忽聽門公來報，說：「剛才有個白鬍子老翁，領著一男一女兩個孩子，說是送給員外，還說員外在古井邊曾受他之託。那人還送來一個包裹、一口劍，說這是兩川節度使的信物，請員外親自打開來看。」張員外聽了這話，正和自己夢中情景相符，急忙打開包裹來看，裡面是一副盔甲和一柄劍。他讓人收起盔甲和劍，走出門來看，不見了白鬍子老翁，只有一對孩子站在門外，兩個孩子大約三四歲，問他們的來歷，兩

個孩子說：「是日霞公主叫我們來尋找鄭家父親的。」再問詳情，就說不出了。張員外想：鄭信落入井中，哪裡還能出來？怎麼會有兒女？也許是同名同姓的。可又想起在廟中作的夢，鄭信分明有五等諸侯的富貴。他心中委決不下，最後他決定先收留兩個孩子，好好撫養，一面各處打探鄭信的消息。

　　光陰如箭，兩個孩子漸漸長大了，張員外把他們當成自己的親生骨肉一樣，男孩取名鄭武，女孩叫彩娘。張員外自己有一個兒子年紀和這兩個孩子相仿，叫張文。一文一武兩個男孩如同胞兄弟一般，兩人在一個學堂讀書，彩娘在閨房中學習針黹。又過了幾年還是沒有打探出鄭信的下落。有一天，張員外信步走出廳堂，忽見門公來報，說：「有兩川節度使的差官前來東京進表，節度使寫了員外的姓名和地址，讓差官尋找員外，現在差官已經到了門前，請求親見員外。」張員外聽了心中疑慮，不知為了何事，便命人請進差官。

　　張員外降階相迎，和差官敘禮已畢，分賓主落座。差官送上一包禮物還有一封書信。張員外拆信觀看，認得是鄭信的字跡。鄭信在信中寫了他時常思念恩人的心情，又寫了他在古井中的遭遇，和投軍後屢立戰功被封為兩川節度使等種種事情。這次有差官上京，他讓差官帶來黃金三十兩、彩帛十端，略表心意。

　　張員外看罷書信，高興地說：「鄭信果然發跡封侯。他不忘故舊，遠路送來禮物，真是個有德行的人。」說罷又將自己作過的夢對差官一一述說，差官也驚訝不已。張員外很高興，設酒筵款待差官。這差官受節度使的命令前來送信，而且還要接張員外入川。他對張員外很謙謹，張員外留他在家中居住，日日設宴款待，照顧得十分周到。

　　過了十幾天，差官在京的公事辦完，要張員外和他同回四川。張員外本想帶上鄭信的一雙兒女，可又怕女孩路上行走不便，只好把她留在家中，只帶鄭武上路。張員外還帶了隨身的行李，僮僕四人，和差官一共七人七匹馬出了汴京，朝著劍門關進發。路上曉行

　　夜宿，終於來到節度使府衙前，差官先入內稟告，鄭信急忙命人請進私衙，用自家人的禮節相見。張員外讓鄭武拜認父親，又講了白鬍子老翁領子相託之事，拿出盔甲和劍這兩樣信物給鄭信看，還講述自己的兩次奇夢。鄭信聽罷又喜又悲，喜的是父子、故人重逢，悲的是與日霞仙子離別，再不能相見。他屈指算來，與日霞仙子分別後至今正好十二年，仙子臨別前所說的話，分毫不差。鄭信命人大排筵席，款待張員外，把他待為上賓，在席上鄭信把自己的女兒許配給張文，兩人從此以親家相稱。這真是以德報德。再說鄭信對日霞仙子思念不已，在錦江畔修建了一座日霞行宮，極其雄偉壯麗，每年親自前往焚香。張員外在川內住了三個月，思念家鄉，要歸故里，鄭信不敢強留，安排車馬送出十里長亭之外，送給員外的禮物之豐厚就不用提了。鄭信又額外送黃金百兩，讓張員外施捨給岱岳廟修造炳靈公大殿。

　　又過了幾年，金兀朮入侵中原，天子四下徵兵。鄭信帶著兒子鄭武勤王，累敗金兵，這才有機會再到汴梁，又與張員外相會。鄭信這時才認識自己的女婿張文和女兒彩娘。鄭信活到五十歲時，一天，白日裡看見日霞仙子命駕來迎，無疾而逝。他的兒子因為父親的蔭庇累次升遷，當上宣撫使。後來金兵入侵不止，各郡縣大多仿造神弓，殺死敵人無數。後來宋朝徽欽二宗被擄，康王渡江被金兵追趕，忽見空中有一金甲神人，率領神兵用神弓射敵，賊兵這才退去。康王看見神將的旗幟上有一「鄭」字，因此問從駕之臣：「這員神將是誰？」有人奏道：「前兩川節度使鄭信曾獻克敵神弓，這一定是他的神靈前來護駕。」後來康王即位當上皇帝，封鄭信為明靈昭惠王，立廟於江上，至今古蹟尚存。＊出自《醒世恒言》卷三十一〈鄭節使立功神臂弓〉

蠍客

　　南方有一個販賣蠍子的商人，每年都到山東臨朐來收買大量的蠍子。當地人手持木鉗子進山，探到蠍子洞以後，就揭開石頭搜捉。

　　有一年，蠍商又來臨朐了，住在一家客店裡。忽然，他覺得心裡像被什麼東西抓撓似的難受，全身的毛髮都豎立起來。他急忙告訴店主人說：「我傷害生靈太多了，如今蠍鬼已經遷怒於我，它現在要殺死我了！盼你能救我一命！」

　　店主人看見屋裡有一個大甕，就叫蠍商蹲伏在甕裡，店主在大甕上面又加蓋了一個甕。

　　過了一會兒，有一個人跑進客店裡。此人長了一頭黃髮，面目醜陋猙獰。他問店主人說：「南方的客人在不在這裡？」店主人回答說：「他外出了。」這人走進屋裡四處看了看，鼻子發出三次嗅聲，就出門去了。店主人說：「幸好沒事了。」他啓開甕，看看蹲伏在大甕裡的客人，想叫他出來，誰知那蠍客已經化成一灘血水了。＊出自《聊齋誌異》卷十二〈蠍客〉

金蠶

　　有個丹陽人叫王文秉，在禁衛軍中擔任低級軍官，世代都擅長刻石。他的祖父曾爲浙西廉使官裴璩採石刻碑，無意中在亂石底下發現一塊隕石，圓圓的，像個球，外表佈滿雕鑿過的紋路，重重疊疊，如一層層殼緊緊包住一個什麼東西。他心中奇怪，便用鑿子一層層往裡鑿，最後只剩下拳頭般大小，再把它擊碎。發現裡面有一隻蟲，形狀像蠐螬（金龜子的幼蟲），居然還是活的，不停地蠕動身子。周圍的人誰也不認識這是什麼東西，他便把蟲子扔掉了。

　　幾年後，浙西大亂，他逃難到江蘇下蜀。有天晚上同當地農民聚會聊天，談到用青蚨（傳說中的蟲名）的血塗在錢上，可以使花出去的錢自行飛回的傳說。有一個人就說：「要說發財，最好是找到石心中的金蠶養起來，那麼寶物就自然不期而至。」王文秉心中一動，忙問金蠶長什麼模樣？原來與當年自己曾經獲得後來又扔掉的那條石中小蟲一樣，於是心中萬分懊悔。＊出自《太平廣記》卷三九八〈金蠶〉

風雅蚯蚓怪

　　隋煬帝征遼，全軍覆沒。總管來護，犯法被處決，隋煬帝還想把來護的幾個兒子都斬盡殺絕。來君綽得到消息十分惶恐，當天就叫秀才羅巡、羅遜、李萬進逃出城去，一下子跑到了海州。

　　那晚伸手不見五指，他們迷了路，見路旁有處燈火，就決定住下來。來君綽上前敲了幾下門，一個僕人迎出來見禮，來君綽問：「這是誰的家？」那僕從回答說：「本府秀才姓威，是個科斗郎君。」說完把門打開。等大家跨進去，那門又自動關上了。僕人敲中間那道門喊：「蝸兒，來了四五個客人。」另一名僕人蝸兒過來打開門，手持蠟燭把他們引進客房，房裡床榻被褥十分齊全。不一會兒，一個小童子舉著蠟燭出來，說：「六郎子來了。」來君綽等人就走下臺階來見主人。主人說起話來言辭華美、思路敏捷，並自報姓名說叫威汙蠖。寒暄一陣之後，客人們被邀請由東邊的臺階走進客廳。等大家都坐定了，威汙蠖說：「我忝爲本地一介貢士，和諸位秀才一樣，也算是讀書人。眼前是這麼美好的夜色，又有這麼難得的聚會，眞是讓人太開心了。」隨即吩咐擺酒入席。他們越喝越痛快，席間，主人又是談笑又是調侃，聽得眾人無言以對。來君綽心裡很不服氣，想挫挫主人的銳氣，卻想不出什麼可以講的道理，就舉起酒杯說：「我想起一個酒令，就用在座諸位姓名中發雙音的起吧，犯規的定罰不饒。」然後他開始起令，說：「威汙蠖。」其實是在譏嘲主人的姓氏。大家一聽都拍著手大笑起來，覺得占了上風。輪到威汙蠖時，他要求改令，說：「我用在座先生們的姓作個歌兒吧，從兩個字到三個字——羅李，羅來李。」人們見他反應如此敏捷，都自愧不如。羅巡不由得問：「像先生這麼風雅的人，足可以把自己比作雲中蛟龍，幹嘛起這麼一個自我貶低的名字呢？」威汙

蟻說：「我當了很長一段時間的門客，受過很多委屈，主人常常把我排在那群讀書人後面，這不是和蚯蚓陷入泥坑毫無區別嗎？」羅巡又問：「你是華人，怎麼百家姓裡找不到這個姓呢？」威汙蟻說：「我本來姓田，這個姓氏是齊威王時產生的，和齊桓公時的丁姓家族屬於同一種情況，先生沒學過那一段嗎？」接著蝸兒端了個很大的裝滿山珍海味的盤子進來。來君綽和幾個朋友、僕人個個吃得酒足飯飽，回到樓上吹滅蠟燭，擠在一起就睡著了。

　　第二天天剛放亮，他們充滿惆悵地依依話別。離開威府，來君綽等人走出好幾里地了，心裡還惦記著那位威汙蟻先生，就又折了回去。哪知道他們昨晚歡聚的地方根本看不見什麼住戶，只有一個汙水坑，旁邊躺了一條幾尺長的大蚯蚓和幾個螺螄，都比正常的大好幾倍。幾個人才明白威汙蟻和那些奴僕原來是這些東西。想起昨晚飽餐的酒食，他們不約而同地感到陣陣噁心，每人吐出一堆青泥和污水，足有好幾升。＊出自《太平廣記》卷四七四〈來君綽〉

胡蜂怪

唐代宗大歷年間，有個姓莊的年輕人，家住在渭南。有一次，年輕人出門生了病，死在京城長安。他的妻子柳氏帶著個十一二歲的孩子守寡。

這年夏天，孩子有天晚上忽然心悸睡不著覺。三更以後，看見一個老頭進了屋。老頭兩顆犬牙突出在外，樣子十分怕人，他瞪起眼睛在屋子裡看了一陣，便向床鋪這邊走過來。屋子裡睡了個使女，睡得很死。老頭走近使女，黑暗中聽見牙齒咬齧東西的聲音，又聽見手抓衣服，衣服被撕碎的聲音。原來老頭在吃人。不一會兒，使女身上有幾處已經露了骨頭。老頭雙手把使女的身體托起來，舉在面前，開始喝使女內臟的血水。老頭嘴一張開就像個簸箕，大得嚇人。孩子見了，正要叫起來，忽然老頭不見了。再看使女，只剩一堆白骨在床上散著。

過了幾個月，沒發生別的事。死去的年輕人祭日這天，柳氏坐在院子裡乘涼，一隻胡蜂嗡嗡地飛過來在柳氏面前繞圈子。柳氏拿扇子一打，恰好把胡蜂打落在地。低頭一看，卻是一枚胡桃。柳氏把胡桃拾起來放到廳堂裡，胡桃眼看著長大起來，起初長得像拳頭，繼而像碗口那麼大。柳氏驚異不已，一回頭，胡桃已經長得像磨盤一樣大了。就聽轟然一聲，胡桃炸裂開來，成為兩把扇子，在空中嗡嗡旋轉，聲音跟剛才的胡蜂一模一樣。扇子在空中旋轉了一陣，逼近柳氏，兩把扇子一合，把柳氏的頭死死夾住，頃刻間柳氏的頭被擠碎了，牙齒飛出去插在附近的樹幹上。扇子繼續嗡嗡地飛，一會兒就不見了。一直沒人知道那究竟是個什麼東西。＊出自《太平廣記》卷三六二〈柳氏〉

綠衣女

于璟是山東益都人，字小宋，在醴泉寺寄讀。夜來他正打開書本要朗讀，一個女子在窗外稱讚說：「于相公真用功啊！」于璟想：深山寺院，哪裡來的女子？正在疑惑間，女子已經推門而入，對他笑著說：「真好用功哦！」

于璟驚異而起，看那女子身著綠衣長裙，婉約美貌，無可比擬。于璟知道她不是人類，問她住在哪裡？女子說：「郎君看我這般模樣，也該相信我不是吃人的傢伙，何必刨根問底呢？」

于璟挺喜歡這女子，便與她同床共枕。只見女子脫繡衣、解羅裙，腰細得簡直可以手握住。

兩人睡到更盡漏殘，女子翩然而去。

從此，女子夜夜來與于璟相會。有個晚上，他倆同酌共飲，聽女子談吐間對音律有精深的造詣，于璟便說：「姑娘聲音嬌細，如能放歌一曲，一定能使我銷魂蝕魄。」女子笑著說：「我可不敢唱，怕銷蝕了郎君的魂魄。」

于璟一再請她唱，女子說：「不是我吝惜嗓子不唱，只怕別人聽見。郎君如果一定要聽，我就獻醜了，只是要把聲音放輕，你聽個意思就可以了。」說罷，她用足尖輕輕點著床腳打拍子，輕唱一曲，歌詞是：「樹上烏臼鳥，賺奴中夜散。不怨繡鞋濕，只恐郎無伴。」歌聲細小如蠅，只于璟一人聽得清。

于璟仔細領略，只覺宛轉如流，使人賞心悅耳。

女子一曲歌罷，打開房門窺探，說道：「得防備窗外有人。」而且到屋外巡視一周，才回房內。于璟說：「姑娘為什麼這樣害怕？」女子說：「俗話說『私生的兒子怕見人』，我大概也是如此。」

唱罷說罷，兩人準備就寢。女子心中不安，面有憂色地說：

「我倆這輩子的緣分，難道就此完結了嗎？」于璟急忙問她何出此言。女子說：「我感到心驚肉跳，我的命不久了。」于璟安慰她說：「心慌眼跳，這是常事，何必說得這樣嚴重呢？」女子聽了他的話，心裡稍爲踏實了些，倆人又恩愛有加。

天快亮時，女子披衣下床，剛要打開房門，又躊躇而回，對于璟說：「不知爲什麼，我感到心驚膽戰，請你送我出門吧。」

于璟立即起身，將女子送到門外，女子說：「郎君站在這裡，一直看著我走出牆門，你再回房去。」于璟一口答應。他看著女子轉過寢室的迴廊，直到見不著她的身影，正想回房再去睡一會兒，剛轉身，就聽見女子惶急地高聲呼救。

于璟立即向門口奔去，環顧四周，沒發現什麼；再聽，聲音出自屋簷間。他抬頭細看，見一隻蜘蛛，有彈丸那麼大，正抓獲一個活物，那活物發出了聲嘶力竭的哀鳴。

于璟挑破蛛網，除掉活物身上纏繞的蛛絲，原來是一隻綠盈盈的蜜蜂，已經奄奄待斃。于璟把它捧回房中，放在案桌上。

過了一會兒，綠蜂漸漸甦醒，並且能夠走動。它緩緩爬上硯臺的墨池中，身上沾滿墨汁後又爬出硯臺，在桌上走出一個墨寫的「謝」字。然後頻頻展動雙翼，穿窗飛去。

從此以後，于璟再也沒有見到那女子。＊出自《聊齋誌異》卷五〈綠衣女〉

蓮花公主

膠州有個書生名竇旭，字曉輝。有一天，他正白天臥床休息，見一個穿褐衣的人在床跟前，進進退退，欲說還休。竇生問他有什麼事，褐衣人答道：「我家相公要我來請先生屈駕光臨。」竇生問：「相公是何人？」褐衣人答道：「是你的鄰居。」竇生答應他的請求，隨他而去。

褐衣人引導竇生轉過一牆，來到一個處所，只見疊閣重樓，華屋廣連；順著迴廊曲折而行，似有萬戶千門，莊嚴華麗，不是凡間所有。竇生還看見許多宮人女官來來往往，見到褐衣人，都問：「竇郎來了嗎？」褐衣人諾諾連聲地回答：「來了」。

一會兒，一個顯赫的官員出來，非常恭敬地把竇生迎進殿堂。到了堂上，竇生對官員說：「素不相識，沒有來往過，卻蒙受這樣的禮遇，我心裡不免疑問難解。」官員說：「我的君王因先生家族德高望重，非常欽慕，久有宿願想見先生一面。」聽說還有君王要見他，竇生更加吃驚，忙問：「君王是什麼人哪？」官員答道：「一會兒你就明白了。」

過不多久，來了二位女官，手持雙旄，引導竇生前行。穿過華麗厚重的大門，進入一座宮殿，殿上坐著君王。君王一見竇生，親自走下臺階來迎接，然後行賓主之禮。行完見面禮，君王請竇生入席。竇生見筵席極為豐盛，再仰望殿上的匾額，寫著「桂府」二字。碰到這樣莊嚴隆重的場面，竇生有些緊張，木然不知如何應對。倒是君王又開口說：「很幸運有你這樣高雅的人作為近鄰，說明咱們的緣分很深，今天便該暢懷而飲，請先生不必疑慮畏懼。」竇生連連應諾。

酒過數巡，笙歌彈唱從階下升起，樂器中沒有銅鉦和大鼓，所以樂聲清幽細雅。

　　又過了一會兒，王對左右陪飲的官員說：「朕有一句上聯，請你們對下聯：『才人登桂府』。」陪座的官員正挖空心思想下聯時，竇生馬上應對道：「君子愛蓮花。」

　　君王大為高興，說：「奇妙啊！蓮花是公主的小名，用在這一聯中再合適不過了，難道這是緣分嗎？快去告訴公主，不可不出來會會先生。」

　　不多時，只聽女郎佩戴的珮環相碰之聲漸近，蘭麝之香越來越濃，原來公主已經來到竇生跟前。只見她只有十六七歲，長得美妙無比。君王要公主向竇生展拜為禮，並對竇生說：「這就是小女蓮花。」公主行過禮便回去了，可是竇生見到她後，不禁神魂顛倒，木呆呆地坐著不知在想些什麼。君王舉杯敬酒，他竟視若無睹。

　　君王覺察到竇生的心思，便說：「小女倒是跟先生挺匹配，但自慚不是同類，先生意下如何？」誰知竇生依然神不守舍，悵然如癡，連君王這樣的話都聽而不聞，毫無反應。

　　坐在竇生旁邊的人在桌下悄悄踩他的腳，對他說：「君王向你舉杯你沒看見，難道剛才跟你說話你也沒聽見嗎？」竇生聞言，茫然若失，為自己的失態而感到慚愧。他站起來說：「臣蒙君王如此優待，不覺飲酒過量而有醉意，有失禮儀，望能原諒。君王日夜操勞，我不再打擾，就此告辭。」君王站起來說：「見到先生，我心裡好不愜意，怎麼匆忙便要走呢？先生既然不願多留，我也不勉強。以後什麼時候想念我們，我再邀請您來。」說罷，命內侍官員引導竇生出來。半路上，內侍對竇生說：「剛才君王說你可與公主匹配，有要招你為婿的意思，你怎麼一聲不吭啊？」竇生此時才頓足後悔，恨恨不休地回到家裡。

　　正當竇生追悔莫及的時候，恍然夢醒，只見夕陽殘照，已近傍晚。他靜坐冥想，夢境猶歷歷在目。

　　吃過晚飯，他早早吹滅蠟燭，躺在床上，希望復尋舊夢。無奈夢鄉路渺，不可再求，竇生追悔莫及。

　　過了幾日，竇生與友人同榻而眠，忽見先前在夢中見過的桂府內官來到，通報君王再次相邀。竇生喜出望外，立即跟隨而去。見了君王，跪地拜謁。君王急急將他扶起，請竇生落座後，對他說：「自分別後，知道你思念甚切。想把小女許配給你，先生不會嫌棄吧。」竇生求之不得，拜謝於地。

　　君王命眾學士大臣一起陪竇生宴飲，酒正喝到興頭上，宮人前來稟報：「公主已經妝扮完畢。」一會兒便見幾十個宮人簇擁著公主而來。公主頭上蓋著紅錦緞，輕移蓮步，走上紅氈毯，與竇生交拜成親。

　　婚禮行罷，便把一對新人送進寢宮。竇生與公主在洞房裡溫情脈脈，備極恩愛。竇生擁著天仙般的美人兒，口中說：「有公主在跟前，使小生我樂而忘死了，只恐今日的美景良宵，又是在作夢啊！」公主掩嘴而笑：「明明我與郎君在一起，怎麼會是夢呢？」

　　這對新人早晨起床後，竇生興致勃勃地為公主描眉敷粉，然後給她繫腰帶，還用手指去量公主秀足的大小，公主笑道：「郎君發癡啊！」竇生說：「前次入宮，回去後方知是夢，這次我吸取教訓，所以對公主的一切細細記取。萬一真的是夢，我懷念妳時，形象就更具體了。」新夫妻倆正在調笑，一宮女急急跑來報告：「妖物侵入宮殿，君王已經躲到偏殿，凶禍臨頭了！」

　　竇生大驚，急忙去見君王。君王拉著他的手，邊流淚邊說：「誠蒙君子厚愛，方想與你永結姻好，不料妖孽自天而降，國運將傾，實在無可奈何呀！」竇生驚問究竟是怎麼回事，君王從案几上取過一個奏章，交給竇生看。奏章上寫道：

　　「含香殿大學士黑翼，為怪物入侵之事，祈請早日遷都，以保存國脈，特向君王稟報。據黃門官報告，於五月初六那天，有一條百丈巨蟒盤踞在宮外，吞吃宮內外臣民一萬三千八百餘口。凡巨蟒所過之處，宮殿屋宇皆成廢墟。臣等奮勇向前，切實察看，確見妖蟒頭如山嶽，目似江海。它一昂頭伸舌，宮殿樓閣皆

被吞食；伸腰甩尾，便牆倒屋塌。真是千古未見之凶煞，萬代難遇之慘禍！而今社稷宗廟，危在旦夕，懇求皇上早日率領宮眷，速速另遷樂土。」

竇生讀罷奏章，面如土灰。旋即聽到宮人急奔而來，奏告君王：「妖物來了！」此時殿上君臣一齊哀呼，慘不忍睹。君王惶急之間，不知如何是好，只顧流著淚對竇生說：「先生受累，小女拜託給你了。」竇生便嘆息著急急返回新房。

公主正與宮女們抱頭痛哭，見竇生回來，拉著他的衣襟說：「郎君準備怎麼安置我？」竇生悲愴欲絕，握腕思謀片刻，對公主說：「小生貧賤之家，慚愧沒有金屋能藏嬌，但有茅廬三四間，公主且同我回去暫避一時如何？」公主含淚說：「非常時期還挑三揀四個什麼，請趕緊帶我走吧。」竇生便扶著公主出宮。

不多時，竇生便把公主帶回家中。公主說：「這裡是永保平安之所，遠遠勝過我自己的國家。我雖然跟了郎君，來到平安處所，但父母卻要依靠誰呢？請郎君另外建築房舍，我的祖國臣民定當舉國相從。」竇生覺得這事情太為難了，公主說：「關鍵時刻不能急人之所急，還要你這個郎君作甚！」竇生見公主生氣，剛想勸慰幾句，公主已經進入內室。她伏在床上，悲啼不已，怎麼勸都勸不住。

竇生焦思苦索，實在別無良策，一著急，豁然而醒，原來又作了一個夢。他夢雖醒了，猶聞嚶嚶哭聲不絕於耳，仔細再聽，不像是人的聲音，原來是二三隻蜜蜂在繞枕飛鳴。

見此情景，竇生大叫怪事。與他同榻而臥的友人問他怎麼回事，竇生把夢中的事情告訴他，友人也甚感詫異。他們一道起身觀察蜜蜂，蜜蜂在竇生衣襟間繞飛，像依依難捨的樣子，就是趕也趕不走。朋友勸竇生築一個蜂巢，竇生照辦，請來工匠，親自督工構造。

蜂巢剛建起二層，大群蜜蜂便從牆外飛來，絡繹不絕；蜂巢尚未封頂，飛集的蜂子足可斗量。竇生查看蜜蜂從何處飛來，原

來出自鄰居老人一個荒蕪的花園。園中原有一房蜜蜂，卅年來生息繁衍，其數可觀。

寶生把自己碰到的事情告訴老人，老人打開園門去看，只見蜂房處毫無聲響。待打開蜂箱，見一條丈把長的蛇盤踞其中。老人把蛇打死，寶生才省悟夢中所稱的巨蟒便是此蛇。

從此，這群蜜蜂便在寶生家滋生繁衍，日盛一日，相安無事。＊出自《聊齋誌異》卷五〈蓮花公主〉

蝶蛛

天津靜海縣草米店村外的古墳中，有蝴蝶和蜘蛛二物，能變成奇異的形狀。

蝴蝶剛從墳穴中飛出時，與常人所見一樣。它越飛變得越大，飛至雲端時則大如風箏，在天空中飄來飛去。每當遇到踏青的年輕女子，蝴蝶則在女子們的裙邊穿來穿去，在她們的髮髻上盤旋翔舞。人們追著撲蝶，但一隻也撲不到。

城裡朱氏在這個村子有一處家產，房子牆壁雪白，大門朱紅，走廊寢室裝飾得華麗異常。蝴蝶飛入客廳，展開雙翅，蓋滿了整面牆。蝶翅上的圖案似花草雲霞，五彩燦爛。就是畫技很高的人也很難描繪下來。蝴蝶喜好隔著窗戶用嘴吸人的口鼻，被吸的人便流血不止而死。村裡人非常害怕，他們準備兵器埋伏在墳穴外面，蝴蝶一出來，便弩箭齊發，但是蝴蝶早已飛遠了。

蜘蛛夜間出來像一團火，它在林間結網，網絲堅如弦索，樹木碰到它即枯槁而死。但它還尚未對人形成危害。

過了幾年，林裡來了兩個道士，一個穿著華麗，氣質瀟灑；另一個粗布衣服，腰紮寬帶，身材魁梧，神采奕奕。他們向村裡人作揖謝道，說：「我們兄弟兩人承蒙大家照顧多年，今天特來告辭。」有人詢問他們尊姓大名，一人說姓胡，另一人說姓朱。兩人說完便飄然而去。從此，兩個怪物沒有在村中出現過了。*

出自《醉茶志怪》卷二〈蝶蛛〉

蝴蝶怪

北京葉某與易州城王四是好朋友，七月七是王四的六十大壽，葉某買了點壽禮，騎頭瘦驢往易州為王四祝壽。走到房山時，日近黃昏，只見一大個子騎匹快馬急急趕來。葉某正在遲疑，大個子拱手說：「先生往哪裡去？」葉某把祝壽之事約略講述，大個子朗聲笑說：「王四是我的表哥，我也要去祝壽，咱們正好一路同行。」在這荒郊野外，葉某原本有些害怕，碰到個同伴真是喜不自禁，連說：「好！好！」

走了里把路，天已全黑。葉某發現那大個子總是故意放慢速度，走在他的身後。葉某謙讓了幾次，大個子說：「行，行。」可是不一會兒，又滑到了後邊。葉某禁不住心中懷疑：八成是碰到強盜了吧？正胡思亂想間，只聽一聲巨響，葉某大驚，回頭看，只見大個子身體倒懸馬上，雲間一個雷接一個雷向他劈來。大個子口吐團團黑氣，直沖雲間，舌長丈餘，色似朱砂。葉某面色如土，兩手哆嗦著直拍驢屁股，口中急急說：「快！快！」

不一會兒，王四家到了。王四大擺酒宴，熱情備至。葉某偷眼再瞧大個子，一如常人，談笑風生。王四介紹說：「這是我的表弟，家住京城繩匠胡同，姓張，靠煉銀為生。」葉某聽罷暗想：難道是我看花眼了？想到此，心中的驚懼稍減。

沒多久，酒闌人散，大個子一把拉住葉某說：「咱倆此夜秉燭清談如何？」葉某百般推辭，但大個子不由分說，將他拉進臥室。葉某無奈之下說：「夜裡這兒總得有個僕人吧？」就這樣，大個子、葉某、僕人三人同居一室。葉某心中害怕，那裡睡得著覺；而那僕人多喝了點酒，倒頭便呼呼大睡起來。

鼓打三更，燈光如豆，大個子呼地坐了起來，張開血口，吐出長舌，霎時間屋中亮如白晝。大個子下床，走到葉某帳前貪婪

地聞了聞，口水滴滴答答流了一地。聞罷，他猛轉身，抓起熟睡中的僕人，一口咬下腦袋大嚼起來，嚼碎的骨頭渣淬掉了滿地。葉某平素信奉關帝，此時嚇得幾乎暈死，口中亂呼：「伏魔大帝何在！何在！」話聲未落，便聽一聲巨響，紅臉關帝手持大刀，由梁間跳下，舉刀向大個子砍去。大個子怪叫一聲，變成一隻大如車輪的蝴蝶，它舞動翅膀，與關帝戰在一處。片刻，又是一聲巨響，關帝與蝴蝶都不見了，葉某也被震昏過去。

　　第二天中午，王四見葉某還未起床，便推門進去；只見滿地鮮血，狼藉不堪，僕人與大個子已蹤跡皆無。恰好此時葉某悠悠醒轉，把昨夜異事細細告訴王四。王四大驚，急派人進京到繩匠胡同去找大個子張某。那人來到繩匠胡同一看，張某正在爐前滿頭大汗地煉銀子，這幾天根本沒去易州給王四祝壽。＊出自《子不語》

卷二〈蝴蝶怪〉

靈蟻報恩

　　湖北富陽縣有一個叫董昭之的人，有一次，他乘船渡錢塘江，行到江心，瞧見一隻螞蟻趴在一片很短的蘆葦葉上，正驚惶不安。董昭之找出一根小繩，把蘆葦葉拴在船側。船靠岸後螞蟻才爬了下來。這天夜裡，董昭之夢見一個身穿黑衣的人向他道謝，說：「我是蟻王，十分感激您救我渡江，今後您要是有危難，可以告訴我。」

　　十多年過去了。一次，董昭之經過餘姚，因受強盜案件牽連，而被當作嫌犯抓起來關押。在萬般無奈中，董昭之忽然想起蟻王那個夢。一個同室的囚犯見他在冥思苦想，就關心地上前詢問，董昭之把前後的事情講了一遍。那人說：「只要捉兩三隻螞蟻放在手掌中禱告就可以了。」董昭之照他說的去作，果然黑衣人又在夢中出現了，對他說：「趕緊逃到餘杭的山裡去，現在已天下大亂，天子不久就會下赦令。」董昭之醒來睜眼一看，身上戴的刑具已被螞蟻啃光了。於是他逃出監獄，藏入餘杭的崇山峻嶺中。不久，天子果真下大赦令，他也因此免除了一場大禍。＊

出自《太平廣記》卷四七三〈烏衣人〉

夢赴蟻仙宴

　　夏陽人盧汾，字士濟。他自幼好學，晝夜攻讀，不知疲倦。後魏莊帝永安二年七月二十日，盧汾準備去洛陽，友人在學館中設宴爲他餞行。

　　夜很深了，一輪明月高掛天空，歡宴的人們忽然聽見廳前那棵大槐樹上飄來歡聲笑語和絲竹弦樂之音。幾個朋友都很詫異。不一會兒，一個穿青黑色衣裳的女子從槐樹中走出來，對盧汾說：「這不是先生該到的地方，您怎麼來了？」盧汾回答說：「我們的宴會才剛結束，友人聽見這兒有音樂聲，就想來看看。」女子笑著說：「您眞是姓盧（驢）呵！」然後就隱入洞中。一會兒，一陣微風吹來，樹梢輕晃，盧汾正在驚訝，忽然感到頭暈目眩。當他再次抬起頭來時，只見眼前宮闕巍峨，門戶燦爛，一位青衣女子翩然而出，對盧汾說：「娘子請先生和您的朋友進去相見。」盧汾和三位友人都走了進去。看見大屋裡站了幾十個女子，年齡都在二十出頭。這間屋子的匾額上題著「審雨堂」三字。盧汾等四人拾級而上，見到一位穿紫衣的婦人，她說：「剛才正和宮裡的女伴們歡歌宴飲，聽說諸位先生光臨，不敢謝絕，特請你們進來見見面。」她請大家入席，然後一些二十多歲的女子，有穿白衣服的，有穿青黃衣衫的，約七八個人，從廳堂的東西兩閣款款而出，都生得妖嬈迷人，豔麗絕世。他們互相施禮後，重開宴席；醇酒輕歌，韻致酣美。哪知歡暢的情緒才剛瀰漫開，忽然間，狂風呼嘯，審雨堂的房梁頃刻間折爲兩段。一時間，眾女子四下奔逃。盧汾和三位朋友也都跑了出來。

　　盧汾突然從夢中驚醒，只見庭院中那棵古槐上，一段粗大的樹枝被風折斷，樹也被連根拔倒。用火把照亮一看，樹枝斷折處有一個大螞蟻洞，三四隻螻蛄，一二條蚯蚓，都已經死去了。盧

汾對朋友們說：「眞怪呀，什麼東西都有靈性。而且我們剛剛還與她們一起喝酒呢，不知道我們是從哪裡進去的？」等到天亮，他們把古槐砍倒，但再也沒發現什麼奇怪的事。＊出自《太平廣記》卷四七四〈盧汾〉

南柯太守傳

東平淳于棼是江南一帶行俠仗義之人。他喜歡喝酒，愛逞義氣，不拘小節。家中積累萬貫家財，收養著一批豪俠之士。他因為武藝高強，曾在淮南節度使帳下擔任副將，因為喝醉酒得罪主帥，而被革職驅逐。他越落魄不得志，便越發放浪形骸，每天都飲酒作樂。

他家住在離廣陵約十里遠的地方，住宅的南面有一棵古老的大槐樹，這株古槐樹枝長葉茂，能遮住好幾畝地，供人們乘涼。淳于棼就天天和那批豪俠之士在此痛飲度日。

一天，淳于棼酒喝多了，醉倒在樹下。有兩個朋友扶他回家，把他扶到東廂房裡躺下，對他說：「你睡吧，我們還要餵馬、洗腳，你感覺好些我們再走。」

淳于棼脫下頭巾，把頭靠在枕頭上昏昏睡去。在迷迷糊糊似夢非夢中，看見兩個紫衣使者向他跪拜說：「槐安國王派小臣們傳達命令，邀請您大駕光臨。」淳于棼不覺起身下床，整了整衣服，跟著使者走到門口。只見門前停著一輛青油壁小車，車前是四匹膘肥體壯的雄馬，兩邊還有七八個侍從。大家扶著淳于棼上車。車出了大門，直奔古槐樹下的洞穴而去。使者趕著馬車進入洞穴。淳于棼心中很詫異，但又不敢問。只見眼前的山川景物、草木道路，和人世間大不相同。

車子向前走了幾十里，眼前出現了外城和內城，連城上的矮牆都看得清清楚楚。車子進了城，路上逐漸熱鬧起來，車轎、行人往來不絕。在淳于棼左右駕車的人大聲呼喝，路上的行人忙著向兩邊躲閃。

車子又進了一座大城，只見朱紅的城門，重疊的樓閣，樓上題有「大槐安國」四個泥金大字。管門人連忙上前下拜，然後奔

走忙碌。不一會兒，有個騎馬的人跑來傳呼說：「國王因為駙馬遠來辛苦，吩咐暫時安排在東華館歇息。」說完領路前行。

行了一會兒，看見一道門迎面敞開。淳于棼下車走了進去，只見裡面有五彩欄杆、雕梁畫柱；美麗的花木、珍異的果樹，一排排種在庭院裡。庭院擺設著桌椅、墊褥、簾帳、酒席。淳于棼看了，心裡暗自高興。接著聽見有人喊道：「右丞相快來了。」淳于棼下階恭候。一會兒，一個穿紫衣、手執象牙笏的人，大踏步走上前來。二人都恭恭敬敬地盡賓主之禮。右丞相說：「敝國遙遠偏僻，我們國君自揣冒昧，特地迎接您來，打算締結姻親。」淳于棼謙遜說：「我是個微賤愚拙的人，怎敢存這種希望。」右丞相於是請淳于棼到國王居住的地方去拜謁。

走了大約一百步左右，進了一重朱漆大門，門兩邊擺列著矛、戟、斧、鉞等儀仗，幾百個禁衛軍和官吏退立在走道兩邊。淳于棼看見平時常和他一起喝酒的朋友周弁，也在這些官吏中，心中暗暗高興，可是不敢上前問話。右丞相領他登上大殿，殿上侍衛森嚴。只見一個高大莊嚴的人坐在王位上，身穿白色絹袍，頭戴朱紅花冠，用簪子別頭髮。淳于棼嚇得渾身發抖，不敢抬頭看他。左右侍衛叫他下拜。國王說：「從前曾獲得你父親的同意，承蒙他不嫌棄我們是一個小國，允許讓我第二個女兒瑤芳作你妻子。」淳于棼不知如何回答才好，只是俯伏在地，不敢開口。國王又說：「你暫且住在賓館裡，等我們準備好再舉行婚禮。」同時傳下旨意，叫右丞相陪淳于棼回賓館。淳于棼猜想這次婚姻的來由，也許父親還在人間，因目前朝廷和北方鄰國講和，才促成這段婚事。但究竟是什麼原因，他不敢肯定，心中很是疑惑。

當天晚上，羔羊、大雁、金錢、綢緞等聘禮，各式武器、旗仗等，吹彈絲竹音樂等歌妓，以及酒席、燈燭、車馬等一切舉行婚禮用的東西，沒有一樣不預備齊全的。還有一群姑娘，有的自稱華陽姑，有的自稱青溪姑，有的自稱上仙子，有的自稱下仙

子，她們全帶著大批侍女。這些姑娘都戴著綴滿珠翠的鳳冠，穿著金線織成的雲霞紋的披肩，身上裝飾著五彩青碧的嵌金首飾，使人看得眼花撩亂。她們在賓館來來往往，遊逛戲耍，爭著向淳于棼戲謔玩笑，風度姿態妖媚，言語談吐巧慧。淳于棼不知該怎樣應付對答。有一個姑娘對淳于棼說：「以前有次三月初三上巳節，我跟靈芝夫人到禪智寺隨喜，在天竺院看石延跳婆羅門舞。我和女伴們坐在北窗下的石蹬上。當時你還年輕，也下馬來看，你還硬要和我們親熱，調笑打趣。我和窮英妹子把紅手帕打個結掛在竹枝上，這事你可還記得？還有七月十六日，我在孝感寺遇到上眞子，跟他聽契玄法師講觀音經，我在講座下施捨金鳳釵兩隻，上眞子施捨犀牛角作的盒子一隻。當時你也在講座中，請契玄法師把釵和盒子拿給你看。你再三稱讚，讚嘆它們的珍奇。又回過頭來對我們說：『人和物都不是人間所有的。』於是一會兒問我姓什麼，一會兒問我住在哪裡，我都不理睬。你心裡戀戀不捨，盯著我看個不停。這事你難道忘記了嗎？」淳于棼說：「這事我都藏在心裡，沒有一天忘記。」姑娘們說：「想不到今天和你成了親戚。」

接著又有三個男子，衣冠都很華麗，上前來向淳于棼施禮說：「我們奉國王的命令，來給駙馬作儐相。」其中一個人和淳于棼認識。淳于棼指著他問：「你不是馮翊郡的田子華嗎？」田子華說：「正是。」淳于棼連忙上前握著他的手，說起過去的事情。淳于棼問：「你怎麼會住在這裡？」田子華說：「我漫遊經過這裡，得到右丞相武成侯段公的賞識，因此就住了下來。」淳于棼又問：「周弁也在這裡，你知道嗎？」田子華說：「周弁是個顯要人物，在這裡擔任典獄和捕盜的官職，權勢很大，我也屢次蒙他照顧庇護。」二人說說笑笑，很是快活。

一會兒，有人走出來傳話說：「駙馬可以進去了。」三個儐相拿出寶劍、玉佩、禮服來給淳于棼更換。田子華說：「想不到今天看到你舉行這樣盛大的婚禮，將來可不要忘了我啊！」這時

有幾十個美麗的侍女，演奏著優美的音樂，聲音婉轉清亮，曲調淒涼悲切，不是人世間所能聽到的。拿著燈燭引路的侍女也有幾十個。往前走，只見兩邊都是金色和翠綠色的錦絲屏幕，五色繽紛、式樣玲瓏，接連不斷有好幾里長。淳于棼端坐車中，心中恍恍惚惚，很覺不安。田子華看他那樣，屢次說笑安慰他。剛才那群姑娘和其他老少婦女，也都坐著鳳翅車，在屏幕之間來來往往。到了一重門前，那批姑娘都紛紛站在一旁，叫淳于棼下車和新娘交拜。揖讓跪起等禮儀，和人世間一樣。等到掀去蓋頭，拿開遮身的大扇，淳于棼只覺得眼前一亮，看見一個姑娘，年約十四五歲，容貌美麗得像天仙似的，這就是金枝公主。

淳于棼從此和新娘的感情一天比一天深，他也一天比一天更加富貴。進出時的車馬服色，遊宴時接待賓客的排場，僅比國王差一點。

有一天，國王叫淳于棼和官員們帶著武器和衛隊，到京城西面的靈龜山去打獵。那邊山嶺高峻秀拔，湖水廣闊深遠，樹林豐蔚茂盛，各種飛禽走獸，無不生長在裡面。打獵的隊伍收獲豐富，直到隔天早晨才回家。

有一天，淳于棼向國王請求說：「臣剛結婚那天，大王說是根據臣父的吩咐。臣父當初輔助邊防將領，作戰失利，被北方敵國俘虜，如今音訊斷絕已有十七八年了。大王既然知道他在何處，請讓臣去拜見一下如何？」國王連忙說：「親家翁奉命守衛北方疆土，音信不絕，你只需把自己最近的情況寫在信上，派人送去就行了，用不著自己去。」淳于棼就叫妻子準備好送給父親的禮物，連同書信一併派人送去。過了幾天，回信來了，淳于棼細看信中所寫，都是父親的筆跡。信中對自己的思念教誨，情深意切，內容豐富，都和往年一樣。信中還問到淳于棼親戚的健在或死亡，家鄉的興廢變遷。還說道路遙遠，音信隔絕不通，話說得很悲傷淒苦。信後告訴淳于棼不要來見，要到丁丑年才能相見。淳于棼捧著信，悲痛地嗚咽哭泣，激動不已。

　　過了幾天，妻子對淳于棼說：「你難道不想當官嗎？」淳于棼說：「我生性放蕩，不熟悉政事。」妻子說：「你只管去作，我可以幫助你。」妻子去稟告父王，隔天，國王對淳于棼說：「國內的南柯郡政務治理得不好，太守已經被革職了。我想借重你的大才，請委屈去擔任這個職務吧。現在就可以和小女一同前往。」淳于棼恭敬地接受詔命。國王命令主管官員準備太守的行裝，還拿出許多黃金、美玉、綢緞、箱奩、婢僕、車馬，排列在大路口，置酒給公主餞行。淳于棼年輕時只知道行俠仗義，從來不敢存有這麼高的希望，現在榮耀到這種程度，心中很高興。他上表給國王，請求把周弁和田子華派給他，讓他們擔當刑獄的司憲和管錢糧的司農，好協助他辦理政務。國王准了他的奏章。

　　當天晚上，國王和王后在京城南面設宴餞行。國王對淳于棼說：「南柯是我國的一個大郡，物產豐饒，人口繁盛，沒有德政是不能治理好的。現在你有周、田二位輔佐，當可無慮。希望你好好努力，為國盡力。」王后叮囑公主說：「淳于郎性格剛強，喜歡喝酒，而且年輕氣盛，作妻子的要溫柔和順，好好侍奉他，那樣我就放心了。南柯的疆界雖然離京城不遠，但畢竟不能早晚都見面，今天和妳分別，怎能不使我傷心落淚。」淳于棼和公主向國王和王后跪拜叩頭作別，登車向南進發。他們在兩旁騎馬的衛隊簇擁下，一路說說笑笑，非常快樂。

　　走了幾天幾夜，終於到達南柯郡。郡裡的大小官員、和尚道士、父老紳士、歌妓樂隊，以及掌管車馬、警衛、儀仗的人，爭著前來迎接侍候，真是人山人海。鐘鼓喧嘩的聲音，十多里不斷。抬頭看時，只見城牆、亭台、樓閣，都是一派壯麗氣象。他們進入一座高大的城門，門上方有一塊大匾，上面題著「南柯郡城」字樣。接著來到郡衙，只見一座高大的廳堂，敞開朱漆的長窗，門內陳列著刀槍劍戟等儀仗，整齊嚴肅；望進去，屋宇非常深幽。

　　淳于棼到任後，考察地方風俗民情，訪問貧苦百姓，為他們

解除困難。行政事物都委託周、田二人去辦，他們把郡內治理得很好。淳于棼作了二十年的太守，教化普及全郡，百姓們謳歌不斷，到處給他建立功德碑和生祠。國王非常器重淳于棼，賞賜他封地、爵位，地位和丞相一樣。周弁和田子華也因政績卓著而不斷升官。在這二十年裡，淳于棼生了五個兒子和兩個女兒。兒子都靠他的蔭庇而獲得官職，女兒也和王族的子弟訂婚。他們一家榮耀顯赫，盛極一時，沒有人能和他相比。

但是好景不長，就在這一年，有個檀蘿國來進攻南柯郡。淳于棼奉命訓練將士迎擊。他上奏章推薦周弁統兵三萬，抗擊敵軍於瑤台城。不料周弁剛愎自用，單憑血氣之勇，輕視敵人，結果軍隊打個大敗仗，全軍覆沒。周弁單人匹馬，赤身露體乘夜逃回城來。敵軍大獲全勝，收拾戰場上的軍器物資鎧甲等戰利品，退兵回去。淳于棼只好把周弁囚禁起來，上表請罪。國王一併寬恕了他們。可是周弁因出師失利，羞憤交加；就在這個月，背上生毒瘡死了。淳于棼的妻子金枝公主又害了病，不過十天光景也死了。淳于棼於是上表請求交卸太守職務，護送靈柩回京。國王批准他的請求，派田子華代理南柯太守職務。淳于棼悲傷痛苦，護送喪車出發。儀仗在路上經過時，南柯郡百姓捨不得他離去，男男女女呼號痛哭，家家在門前設酒食祭奠。有的人攀住車輪，有的人擋住道路不讓他走，人多得數也數不清。

到了京城，國王和王后已先穿著素服在城外哀哭，等候靈車到來。國王賜公主諡號，叫「順儀公主」。又備了儀仗、華蓋、樂隊，把靈柩葬在京城東面十里的盤龍岡。南柯郡司憲周弁的兒子周榮信，也在這一月護送周弁的靈柩回到京城。

淳于棼雖然長期擔任外郡軍政長官，但和滿朝文武都有交往，豪門貴族沒有一個不和他友好的；且自從交卸南柯郡的官職，回到京城居住，他出入內外不受拘束，呼朋引伴到處遊逛，賓客跟隨左右。他的權勢威望一天比一天高。國王對淳于棼不免有些疑懼。這時國內有人上表說：「天象出現變化，預兆國家將

有大禍，都城遷移，宗廟毀壞，禍端雖起自外族，事變卻近在蕭牆。」當時輿論都認為天象的變化應在淳于棼身上，因為他享受的權威和福貴，都僭越了他的本分。

國王聽後，便撤掉淳于棼的侍衛，禁止他和賓客往來，且把他安排在自己的王宮裡，像軟禁一樣。淳于棼認為自己鎮守南柯郡多年，政績卓著，並沒有絲事過失，現在無端遭受不合事實的毀謗、流言蜚語，因此心裡鬱鬱不樂。國王也有些明白他的心境，便對他說：「我們作了二十多年親眷，不幸小女早死，不能和足下百年偕老，實在使人傷痛！」王后說願意留下外孫們親自撫養。國王又對淳于棼說：「你離家已有多年，可暫時回鄉，探望一下親戚族人。外孫們留在這裡，不必掛念。三年以後，當派人迎接你來。」淳于棼說：「這裡就是我家，還叫我回到什麼地方去？」國王笑說：「你原是從人世間來的，家並不在這裡呀。」淳于棼忽然像初來時昏昏睡去一樣，迷迷糊糊地，許久才如夢方醒，記起從前的事，於是流淚請求回家。國王望望身邊的侍衛，命他們送淳于棼。淳于棼拜別出來。

離了王宮，又看見從前帶他來的那兩個紫衣使者，這兩個使者領著他來到大門外面。淳于棼看見給他準備的車子很破舊，左右也沒有隨從、僕人和車夫，心中很納悶，不由得感嘆起來。他坐上車，走了幾里路，又經過一座高大的城門，和當年來時的景物一樣，只是送他的使者不再是當年那樣威風。淳于棼心中越加感到不高興，問使者說：「廣陵幾時可到？」兩個使者不理睬他，只是自顧自地唱著歌，過了很久才說：「馬上就到了。」不久車駛出一個洞口，淳于棼看見家鄉的街巷仍和從前一樣，沒有什麼變化，不覺一陣傷感，潸然淚下。那兩個使者領他下車，跨進家門，登上臺階，淳于棼看見自己的身體躺在東廂房裡，不禁十分害怕，不敢近前去。兩個使者大喊幾聲淳于棼的名字，他一下子從夢中驚醒，抬頭看時，只見家裡的僮僕拿著掃帚在打掃庭院，兩個朋友坐在榻上洗腳，太陽光斜照在西邊粉牆上，杯中喝

的剩酒還在東窗下放著。短短一場夢裡，好像已經過了一世。

淳于棼不勝感慨，叫過兩個朋友，把夢中的經歷告訴他們。兩個人都很驚駭，和淳于棼一同外出，尋找大槐樹下的洞穴。淳于棼指著那洞穴說：「這就是我夢中進入的地方。」兩個朋友認為是狐狸或樹妖作怪，叫僕人拿著斧頭砍開根上的又又塊塊，折去叢生的枝枝葉葉，尋究洞裡有些什麼東西。向旁邊挖了一丈多寬，發現一個大洞，洞底豁然明亮，可以放得下一張床榻。那裡堆著一些泥土，看來像是城郭、樓臺宮殿的模樣。裡面聚集著成千上萬隻螞蟻，中間有一座小台，紅紅的像是朱砂。兩隻大螞蟻住在臺上，白色的翅膀、紅色的頭，全身大約有三寸長。另外有幾十個大螞蟻在周圍護衛著，旁邊的螞蟻都不敢靠近。不用說，這就是國王和王后。這裡也就是槐安國的京城了。接著，又找到另一個洞穴。那洞穴距槐樹南邊的枝柯有四丈遠，洞裡通道曲折折，中間方方的，也有土城小樓，裡面也住著好些螞蟻。這就是淳于棼擔任太守的南柯郡。另外有個洞穴在西邊二丈光景，中間廣大空窪，有點兒像地窖的模樣，裡面有一隻已經腐爛的烏龜，殼大得像一隻斗。由於積雨潮濕，生長著一叢叢小草，倒也十分茂盛，幾乎把整個殼都掩蓋了。這就是淳于棼打過獵的靈龜山。在東邊一丈多遠處，還找到一個洞穴，老樹根像龍蛇一樣盤曲著，中間有個小土堆，高一尺光景。這就是淳于棼在盤龍岡安葬公主的墳墓。

淳于棼回想前事，心裡有說不盡的感慨。看看挖掘出來的洞穴，都跟夢裡經歷過的一樣。他不願兩個朋友將它們毀壞，立刻吩咐仍舊掩蓋堵塞好。這天夜裡，狂風暴雨突然降臨，天明一看，洞裡的螞蟻都遷走了，不知去向。夢中聽到的預言：「國家將有大禍，都城要遷移。」如今果然應驗了。淳于棼又想到檀蘿國來犯之事，再邀那兩個朋友出去尋找，在住處東面一里地，有一條早已乾枯的山澗，澗旁有一棵大檀樹，樹上爬滿了藤蘿，向上望去，看不見陽光。檀樹旁有個小洞穴，裡面也有很多螞蟻。

所謂的檀蘿國，難道不正是這裡嗎？

當時淳于棼的酒友周弁、田子華都住在六合縣，跟淳于棼已有十天沒見面了。淳于棼馬上派僮僕趕去探望他們，才知道周弁已經害急病死了，而田子華也病倒在床上。淳于棼有感於南柯一夢的虛幻，聯想到人生在世也不過轉眼之間，因此皈依道教，戒絕酒色。又過了三年，正是丁丑年，病死在家，年四十七歲，恰好符合夢中父親信裡的話。＊出自《太平廣記》四七五〈淳于棼〉

吃麵蟲

　　吳郡人陸顒，家住長城縣，祖上曾因考中明經科而作官。陸顒從小酷愛吃麵，可吃得越多，人卻越瘦。長大後從本郡被推薦到禮部，科舉未中，進入太學學習。

　　過了幾個月，一天，一群胡地來的人帶著酒食來拜訪他。坐下以後，一個胡人望著他說：「我是南越人，生長在蠻荒之地，聽說大唐的最高學府裡匯聚了天下英才，而且想用自己的文明帶動四面八方，於是我渡海翻山，不遠萬里來到中華，想親眼看看太學文化的光輝。先生頭戴高冠，身穿長袍，容貌端莊，儀態整肅，真是典型的大唐儒生。所以，想和先生交個朋友。」陸顒稱謝說：「我雖有幸進了太學，卻實在沒什麼別的才能，足下太見愛了。」於是開懷暢飲，盡歡而散。

　　陸顒是個講信義的人，覺得那些胡人根本不會騙他。十幾天後，他們又來了，帶著黃金和絲織品給陸顒祝壽，陸顒才開始疑心這裡面有一些別的名堂，就堅決不收。胡人說：「先生住在長安，日子過得不寬裕，送您一點小東西，只是補貼一天半天僕傭、車馬的花費，和您交個朋友，哪有什麼別的意思？可千萬別多心呵。」陸顒不得已，收下了那些金子和絲帛。胡人離開後，太學中的學生聽說了，都跑來對他說：「那些胡人從來都是要錢不要命的人，為了一點芝麻大的事可以自相殘殺，怎麼可能送這麼貴重的禮物給朋友祝壽呢？況且太學裡學生那麼多，為什麼唯獨對你那麼好？還是到郊外躲一躲，免得他們再來找你。」

　　於是陸顒寄住在渭河邊一所房子裡，整日閉門不出。才過了一個多月，那群胡人又找上門來。陸顒大為驚恐，一個胡人卻樂呵呵地說：「那會兒在太學裡有些話還不好說。現在挪到荒郊野外，正好合適。」坐下後，他拉起陸顒的手說：「我這次來並非

偶然，實在是有求於您，可千萬要答應我。況且我所祈求的對先生沒有一點害處，對我卻是天大的恩惠。」陸顯說：「你說吧。」胡人就問：「先生是不是特別喜歡吃麵？」陸顯說：「是的。」胡人說：「其實吃麵的不是先生本人，而是您肚裡的一條蟲。現在我給您一顆藥，吃下去就能把那條蟲吐出來，我出高價買它，行嗎？」陸顯說：「如果確實有這玩意兒，有什麼不可以呢？」於是胡人拿出一粒紫色發光的藥丸，讓陸顯吃下。一會工夫，吐出一條蟲，二寸來長，體呈青色，形狀像青蛙。胡人說：「這東西叫吃麵蟲，實在是天下少有的寶貝。」陸顯說：「你們怎麼找到它的？」胡人說：「我每天清晨望見寶氣沖天，是從太學府中發出來的，因此特意前去尋訪。可從那以後，有一個多月時間，黎明時遠眺，寶氣轉移到了渭河上，一打聽，果然是先生搬家了。這種蟲是中和天地之精氣生成，喜歡吃麵，因為麥子秋日播種，第二年夏天成熟，接受了天地、四季的全部精華之氣。先生端點麵條餵餵它，就可以看出來了。」陸顯就裝了麵條放在小蟲面前，果然立刻就被吃光了。

陸顯問：「這蟲有什麼用呢？」胡人說：「天下的奇珍異寶都稟承中和之氣，這種蟲則是中和之氣的結晶。二者就像末和本的關係，手裡有了本再去求取末，不就很容易了嗎？」說完用一個小筒把蟲子裝起來，外面又套了一個金匣子，封好後讓陸顯放到寢室裡去，並對他說：「我明天再來。」第二天，胡人趕來十輛滿載黃金、玉器、絲綢的大車，價值好幾萬兩銀子，全部送給陸顯，然後捧著金匣子走了。陸頤從此成了大富翁，買了房子、花園和全部家什，每天吃大魚大肉，穿著華貴的衣服在長安城裡閒逛，號稱豪士。

一年多後，那些胡人又來了，對陸顯說：「先生是個好奇的人，願意一起出海玩玩嗎？我們要到海裡探尋奇珍異寶，向天下人炫耀炫耀。」陸顯日子已過得十分富足，又向來很悠閒自在，就和他們一起到海上。胡人們搭蓋房子住下來，支起一口裝滿油

的大銀鼎，下面架上柴火點燃，將那隻吃麵蟲投進去煉，連燒了七天七夜。

之後，一個身穿青色小襖的童子，從海水中冒出來。他手捧月盤，盤裡裝了很多直徑一寸大小的珠子，過來獻給胡人。胡人大聲喝罵，那童子臉上現出害怕的神情，捧著盤子消失了。過了一頓飯工夫，又有一個女子，容顏妖冶，身披薄紗，佩珠掛玉，從海裡翩然升起。她手裡捧的是裝著幾十顆珍珠的紫玉盤，準備獻給胡人，可他們還是大罵不止，女子沉回海中。不久，出現了一個仙人，頭戴瑤碧冠，穿彩霞衣，捧著絳帕箕，箕中放著一顆珠子，直徑有三寸左右，射出一道奇光，將幾十步之內照得通亮。仙人將寶珠獻給胡人，他笑著收下了，喜滋滋地對陸顒說：「最珍貴的寶貝來了。」就下令熄火，從銀鼎中將蟲子拾出來，裝回金匣裡。那小蟲雖然煉了那麼長時間，卻仍像當初一樣活蹦亂跳。胡人將珠子吞下肚，對陸顒說：「先生和我一起到海裡看看去，不用害怕。」陸顒就拉著胡人身上的佩帶跟他進入海中。海水豁然分開，變成一條幾十步寬的大路，魚鱉蝦蟹都紛紛朝兩邊躲閃。他們遊龍宮、入蛟室，海裡的珍珠寶貝他們喜歡什麼就拿什麼，一個晚上的收獲極大。胡人說：「這些東西價值億萬。」然後從中揀出幾樣珍寶送給陸顒。

陸顒將珍寶賣到南越，得了一千多錠金子，變得更加富有。以後他也不作官，過起自由自在的日子，直到老死在閩越間。＊

出自《太平廣記》卷四七六〈陸顒〉

張女計賺蠐螬怪

　　張景是平陽人，因擅長射箭而擔任郡裡的副將。他有一個十六七歲的女兒，很受父母寵愛，平日住在正房旁邊的屋子裡。

　　一天晚上，她獨自待在自己房間裡，剛睡下不久，就見有人推她的門，然後鑽進來一個穿白衣的人，臉圓鼓鼓的，身軀十分肥大。那人將身子靠到她床上，女孩兒害怕，以為來了個強盜，不敢吱聲也不敢轉頭看。白衣人笑嘻嘻地越靠越近，女孩兒更加驚恐，還怕這人是個妖怪，就高聲罵道：「你到底是賊還是什麼別的東西？」白衣人笑著說：「我想和妳作夫妻呢。說我是賊就不對了，還說別的東西，不更過分了嗎？我是齊人，姓曹。人家都說我風度翩翩，怎麼妳就看不見呢？即使被妳拒絕，我還是要住在這兒。」說完，就躺到床上睡起來了。女孩兒覺得十分噁心，不敢偷眼瞧，天快亮的時候那人才離去。第二天晚上他又來了，女孩兒恐懼之極。第三天，她把事情詳細告訴父親。她父親說：「肯定是個妖怪。」於是拿出一把金錐，在末端拴了根線，還把針尖磨得很鋒利，交給女孩兒，教她說：「鬼來的時候，就用這個刺進它的身體，作個標記。」這天夜裡，白衣人再度出現，女孩兒強作歡顏地應酬他，那白衣人果然更加能說善道。將近半夜的時候，女孩兒悄悄地將金錐刺進他的脖子裡，那妖怪跳起來大叫，拖著線逃走了。到了早晨，女孩兒報告父親，張景命僕人沿著白衣人留下的蹤跡找去。走出屋子幾十步，來到一棵古樹下，發現一個小洞，一根繩子貫穿其中。挖開那個洞，不到數尺深的地方，蹲著一隻一尺多長的蠐螬（金龜子），脖子還紮著一根錐針。這就是所謂姓曹的齊人吧。

　　張景把那蠐螬殺了，從此再沒發現過這種妖怪。＊出自《太平廣記》卷四七七〈張景〉

蓑衣蟲成精祟女郎

　　桐城縣南門外住著一位叫章雲士的書生，生性好佛，對人和善。一次，他偶過古廟，看見一尊木雕佛像非常威嚴，便把它迎回家，並虔誠地供奉起來。一天夜裡，章雲士夢見一個佛像般的天神對他說：「我是靈鈞法師，修煉千年，道行廣大，你如此殷勤供奉我，以後如有事相求，可焚牒喚我，我自會夢中與你相見，幫助你。」章雲士夢醒後，覺得此佛像不比尋常，因此香火更盛。

　　不久，章雲士有個鄰居的女兒被妖怪纏上了，那怪物面目猙獰，十分兇惡，遍體長滿茸毛，醜陋異常。那女子每次被迫與怪交媾，下體便痛楚難當，血流不止。那女子多次哭求妖怪饒了她，那妖怪說：「妳長得這麼漂亮，我怎麼捨得呢？」女子說：「前街那女子不是更漂亮麼，你幹嘛非苦苦纏住我？」妖怪又說：「那女子一身正氣，我不敢碰她。」女子怪說：「她一身正氣，偏我一身邪氣不成？」那妖怪哈哈大笑說：「某月某日，妳去城隍廟燒香，路上遇見一個美男子，妳偷偷啓開轎簾，盯了半晌，心中胡思亂想一番，是也不是？」女子聞此言，又羞又驚，張口結舌。

　　此怪鬧得越來越凶，那女子的母親無奈，找到章雲士，求他拿個主意。章雲士想起佛堂中那尊佛像，便焚牒相求。當晚，果然夢見靈鈞法師，法師說：「這妖怪我尚不知其來龍去脈，且等三日，我自會查個水落石出。」三天後，靈鈞法師在夢中對章雲士說：「這妖怪名叫囊囊，神通甚是廣大，除非我親自前往，否則別人奈何不了它。就是我親自降妖，也需人力相助。你選月底一天，準備一乘轎子和四名轎夫，再用紙剪好四個紙人和繩索、刀、斧之類的東西，放在女家大廳上。然後你在旁先大喝『上

轎』，再喝『抬到女家』，再喝『斬』。如此這般，定能除去此怪。」

兩家如法施行，當章雲士大喝「斬」後，忽見一紙刀盤旋而上，發出唰唰的怪響。半晌，見一物從後牆翻了出去，家人圍上去一看，原來是隻蓑衣蟲，長三尺左右，已被斬成三段。家人不敢怠慢，舉火焚燒，臭聞數里。那女子霍然而愈。

桐城人不知囊囊為何物，後來從《庶物異名疏》這本書中，才知蓑衣蟲又叫囊囊。＊出自《子不語》卷三〈囊囊〉

盧姑

　　清宣統初年，河南嵩山有個馮子春，是個孝子。他母親故去後，因哀傷過度，身體非常虛弱，只有拄著枴杖才能站起來。因要爲母親守孝，就在墳旁搭蓋一間茅屋住著。一夜，他忽然看見幾個小人各執梃棍打鬥。這些小人眉長腰細，臉色黧黑，短衣打扮，穿著和尚領的黃襖，頭戴方巾，腳穿草鞋；兩隻腳雖長，但兩腿很細。他們打鬥一陣子，死一個，傷兩個，也就停止了。天亮後，馮子春一看，有個很大的螻蛄僵死在地上，約有二尺長，一條腿斷了，腰也受到重傷。他才知道昨夜那些小人大戰，原來是螻蛄相爭。他挖了一個坑，把這個螻蛄埋了。當天夜裡，他作了個夢，夢見一個老翁來拜謝他，說：「我們家族不和，發生惡鬥，致使我兒子死去，暴屍荒野，是您把他埋了。這個恩德三年之內必定報答。」

　　到了民國二年南北戰事又起，馮子春爲避亂逃進深山。他看見一間茅屋就前去投宿。只見一位扶著拐杖的老翁親自迎他進去，酒肉款待，非常殷勤。等酒喝半酣之際，老翁說：「小女名叫盧姑，十六歲，尚未許配人家。我願將小女許配給您，以侍奉您。」馮子春連說：「這不行，不行。」老翁又再三勸他，希望他不要推辭，不要過慮，這只是報答恩情罷了。馮子春不明白報答他什麼恩情。老翁就說起當年馮子春掩埋螻蛄的事。馮子春說：「那是區區小事，我只是信手作了，並沒有想要人家報答。」老翁說：「您有德於人，自己卻淡忘了，不求報答，這是君子的美德；而我是受恩惠的人，如果忘了報答，那我怎樣作人呢？您怎能只想著自己不求報答，而不爲我想？您如果一定要推辭，那我就死在您面前；不過死後到了陰間，我還是會想辦法報答您的。」馮子春無法，便答應了。盧姑過門後，他們生活得很和美。＊出自《南皋筆記》卷四〈盧姑〉

蟬怪

　　淮南內史朱誕，字永長，吳國孫皓當政的時候，他任建安太守。朱誕手下有一名給使，他妻子作事老是詭詭祕祕的，令人難以捉摸，給使便懷疑她與人有姦情。

　　一次，給使裝作出遠門的樣子，然後悄悄躲在外面，透過牆縫朝屋裡窺伺，正好看見妻子在織機上織布，一邊幹活一邊遠遠地望著門外的桑樹又說又笑。給使抬頭一看，樹上有一位十四五歲的少年，穿著青色外衣，戴青色頭巾。給使真以為那是個人，且與他妻子通姦，就張弓搭箭射過去，卻見那人頓時化為一隻簸箕大的蟬，振翅飛走了。妻子一聽弓弦之聲就失聲驚叫：「哎呀，有人射你……」給使見他們如此親密，心裡很是生氣。

　　後來有一天，他在田裡幹了好久的活，忽然聽見兩個少年在田埂上說話，一個說：「怎麼好久不見你了？」另一個就是桑樹上的少年，他回答說：「前一陣不小心，被人射傷了，傷口好長時間都沒好。」第一個少年又問：「現在呢？」受傷的少年說：「全靠敷了朱誕掛在房梁上的膏藥，總算癒合了。」

　　給使跑去對朱誕說：「知道嗎，有人偷您的膏藥！」朱誕說：「我的膏藥掛在房梁上好久了，別人怎能偷到呢？」給使說：「不信，您自己去看。」朱誕根本不相信，但他還是去看了看，見那藥包得好好的。朱誕說：「你真是故意搗亂，這藥明明是老樣子嘛。」給使勸他打開看看。結果打開藥包一看，裡面的藥膏少了一半，且表面還有趾爪刨刮的痕跡。朱誕吃了一驚，忙細細盤問，給使就把事情的前後經過告訴他。＊出自《太平廣記》卷四七三〈朱誕給使〉

滕庭俊奇遇治熱病

　　唐睿宗文明元年，毗陵人滕庭俊患了一種熱病，好幾年都沒好。每次發作的時候身上像著火似的，幾天時間才能平息下去。請了好多名醫都治不好。後來，他赴洛陽等候調派官職，走到滎水以西十四五里的地方時，天色已開始發暗，眼看當天難以到達目的地，便去路旁一戶人家投宿。

　　這家主人暫時外出沒回來，滕庭俊感到百無聊賴，就嘆息說：「爲客多苦辛，日暮無主人。」正在這時，一個衣著破舊、頭上稀稀拉拉沒幾根頭髮的老頭兒，從堂屋西邊走出來，深施一禮說：「老夫雖然學問不高，但生性喜歡文章。剛才不知道先生來了，正在與和且耶連句，聽見您吟的詩句：『爲客多苦辛，日暮無主人。』覺得即使是曹丕的門客子常、畏人也都比不上！老夫與和且耶都在給婆娘當門客，雖然窮點，但還有一點酒喝，請先生進來聊聊天吧。」滕庭俊覺得很詫異，便問：「老先生住在哪兒呢？」老頭兒不知怎麼一下子生起氣來，說：「老奴充當婆娘家打掃門戶之人，姓麻叫來和，排行老大，你幹嘛不叫我麻大呢？」滕庭俊見自己說話不慎，趕快賠禮道歉。二人同行，繞過堂屋西角，見到兩扇門，門一打開，只見眼前是重重疊疊的亭臺樓閣，華美而奇秀。堂上擺著斟上美酒的金樽和裝滿水果的大盤。麻大施禮請滕庭俊入座。過了許久，有個人從中門走出來，麻大說：「和且耶來了。」和且耶走下臺階，大家見過禮重新坐下。和且耶對麻大說：「剛才不是正要和你連句嗎？你那首詩寫出來了嗎？」麻大就寫下一個題目：《同在渾家平原門館連句》，說：「我作的四句已成了。」然後麻大吟詠道：「自與渾家鄰，馨香逐滿身；無心好清靜，人用去灰塵。」和且耶說：「我作的是七言詩，韻也不一樣，行嗎？」麻大說：「只要自成

一章，也可以。」和且耶沉思了好一會兒，吟誦道：「多朝每去依煙火，春至還歸養子孫；曾向符王筆端坐，爾來求食渾家門。」滕庭俊怎麼也聽不明白這是啥意思。他打量著眼前寬敞豪華的門庭，產生在此留宿的念頭，於是也念了一首詩：「田文稱好客，凡養幾多人；如欠馮諼在，今希廁下賓。」和且耶、麻大聽了，相視一笑說：「幹嘛嘲笑我們呢？先生要是在這兒住下來，保管不出一天工夫就撐得你啥都不想吃了。」於是大魚大肉好酒擺上來，碗盞交錯，你來我往，足足喝了幾十回合。

　　主人回來時，滕庭俊已經不見了，便派人四處高聲叫喚，才聽見他迷迷糊糊地應了一聲。而剛才的樓堂屋宇，以及麻大、和且耶則消失得無影無蹤。再看滕庭俊，坐在廁所的屋簷下，旁邊有一隻大蒼蠅和一把禿掃帚。

　　滕庭俊先前的熱病從此痊癒，再也沒有復發。＊出自《太平廣記》卷四七四〈滕庭俊〉

【卷二】妖仙　神異

韋滂見了，躲在門後拉滿弓，
一箭射過去，恰好射中。
他喊來僕人，點起蠟燭一照，
原來是一團肉，這肉團四面都有眼睛，
眼睛幾次開闔，便會發光。
韋滂笑著說：「殺鬼的說法，果然不錯。」
說著，讓僕人把肉團抬到廚房裡去煮。
肉的味道極香。韋滂用刀把它切碎，
拿起筷子一吃，更覺得芳香無比，十分可口。
他吃飽後，吩咐僕人將剩下的鬼肉好好留著，
等明天讓主人嘗嘗鮮。

食蟹怪

　　富陽地方有個姓王的，在一片水窪中安置了一個誘捕螃蟹的木箱子。第二天早上去看時，發現箱子裡有一塊二尺多長的木頭，被隨便扔著，螃蟹倒是一隻也沒有。而那箱子已經破裂，有螃蟹也關不住。王某把木塊拿出來，扔到岸上，並把箱子修好，重新安置在那兒。

　　第三天一早，王某來到水窪中一看，木箱又破了，那塊木頭又在箱中，螃蟹還是一隻也沒有。王某只得把木頭拿出來又扔到岸上，把木箱重新釘牢固，再安置好。

　　第四日早晨，王某再來察看，又見箱子破裂，木頭在裡面，螃蟹一隻也沒有。王某這才明白是有精怪在作祟，這塊木頭不尋常。於是把木頭裝進蟹籠中，封好口，挑在肩上準備回家。嘴裡說道：「一回去，我就拿斧頭劈了這木頭怪，然後把它給燒了。」

　　離家還有三里路時，聽見蟹籠裡窸窸窣窣地響。回頭一看，那塊木頭變成了一個怪物，臉面長得像人，身子卻像猴子，奇怪的是只長著一隻手一隻腳。怪物對王某說：「我生性喜歡吃螃蟹，前些天確實是我鑽進水窪裡，弄破您的木箱子，把螃蟹全吃了。我實在對不起您，請您饒我這一回，打開籠子，放我一條生路吧！我是山神，您可能還不知道。我會保佑您一家幸福愉快的，還會讓您的螃蟹箱子裡爬滿螃蟹。」

　　王某怒氣沖沖地說：「你這怪物一次又一次糟踐人，不思悔改，罪該萬死。」

　　怪物悲悲切切，不斷哀告，王某不理它。怪物又問道：「先生您姓甚名誰，能告訴我嗎？我想知道。」三番五次地問，王某回頭看看並不答話，只管趕路。

　　眼看快要到家，怪物急了，又苦苦哀求說：「先生您既不放

我，又不告訴我您的姓名，您這是打什麼主意啊？不能讓我莫名其妙送死啊！」王某仍不答話，只管走路。

回到家裡，王某二話不說，立刻點火燒了那怪物，以後再也沒出現什麼怪事。

原來這種怪物就是當地所謂的山猱。它要是知道人的姓名，就能傷害人，所以它才一再地打探王某姓名，是爲了傷害他來求脫身。＊出自《太平廣記》卷三六○〈富陽王氏〉

山魅附體

　　唐文宗時候，進士曹朗任松江華亭縣令。任期將滿時，他在吳郡購置一所住宅，又買來一名小婢女，叫花紅。花紅的身價是八萬，長得很漂亮，全家人都很憐愛她。

　　到了秋天，官職被新縣令接替，曹朗帶著一家大小遷入吳郡的宅子裡。

　　秋去冬來，住宅的新堂屋還未修繕完畢，曹朗在堂內西間存放了二百斤炭，在東間窗戶底下放著一張臥榻，榻上鋪著一領新席，又堆放著十幾領蘆席。堂屋附近的幾間房子，一間當庫房，一間是花紅和奶媽的住處，另有一間作廚房。

　　除夕前一天，曹朗的姊妹都來看望他，一起備辦奠祝用的酒菜。鍋裡煎著三升左右的熱油，旁邊堆著十餘斤炭。曹朗的妹妹在作餅，其他人都在旁邊幫忙，唯獨花紅沒來。曹的親友們覺得花紅偷懶，便去把她叫過來。

　　來了之後，她也不幹活，只是閒站在旁邊。曹朗心中惱怒，拿起竹條抽她一頓。花紅說她頭痛。一言未了，房頂上掉下一塊大磚頭，差點把親戚給砸了。大夥還沒反應過來，又一塊磚頭掉下來砸在油鍋裡，熱油四濺，廚房裡的人一片驚叫，都逃了出去。灶上、案板上的食具器物都打翻在地上，一片狼藉。

　　這時天色已晚，人們都聚集在西廂房裡，後來又轉移到堂屋，把小孩反鎖在裡面，怕他們在外面亂跑被磚頭砸了。大人摟著孩子縮成一團，所有的人皆冷汗如雨，沒人知道是怎麼回事。

　　曹朗取炭來燒火，卻聽見空中轟隆作響，像是有東西倒塌的聲音。點燃的火自己在空中忽上忽下。曹朗扭頭看一眼東窗下的床上，發現有一個女子，約十四歲年紀，頭上梳著兩個髮髻，身穿黃色繡花襖，跪在床上，樣子像是在學人碾茶。曹朗快步走過

去想捉住她，女子繞著屋子跑，追也追不上，轉眼間鑽進一堆蘆席中去。曹朗追過去，用腳在蘆席上使勁踩，踩得啾啾有聲，隨後女子就不見了。

曹朗從此不敢闔眼，坐著等天亮。直到雞叫了幾遍才開門。花紅和奶媽在西屋裡還在酣睡。

曹朗不敢耽擱，直奔玉芝觀請來顧道士。顧道士作法好幾天後，聽見有人拖長聲音嘆道：「我是從梁苑來的客人，叫作枚皋。之前因為過節，上這家來要飯吃，你家不知道為什麼把我捉起來了。」曹朗擺上酒和茶水，請枚皋說說來龍去脈。枚皋說：「元和初年，我遊上元瓦棺閣時，在第二層西面角落牆上題了一首詩。」曹朗再三請他把詩說出來，枚皋說：「以後到金陵時你自己去抄吧。現在遇見的怪事可不是我幹的。幹這事的人離你並不遠，你問問其他人就知道了。」曹朗便讓顧道士把枚皋放了。

這一帶還有個女巫叫朱二娘。曹朗讓人把朱二娘請來。朱二娘一到，就把全家人都叫出來。花紅稱頭痛，沒有來。朱二娘讓人硬把她叫出來，責問她為什麼要躲在屋裡，還抓起她的胳膊把袖子往上一捋，發現肘部突起一吋多長的青筋。朱二娘說：「哈哈，大老爺在這兒住著啊！夫人為什麼驚慌？」花紅變了臉色，低頭下拜，連說自己是身不由己。

曹朗見這情況，連忙減價把花紅賣了。此後花紅又轉手二次，每到一家都是這樣，後來那家就把她放了。花紅從那以後無處容身，常常到寺廟裡去作點針線活糊口。

過了些時候，有個叫申屠千齡的包山道士從這裡經過，說花紅本來是洞庭山人家共同買的一個女僕，讓她守洞庭山廟，後來廟往前拓展二百多步，原廟就荒廢了。那些人家把花紅賣給曹朗時，原來廟中居住的山妖鬼魅無處安身，便結夥依附在花紅的胳膊上。東吳地方的人都知道這件事。＊出自《太平廣記》卷三六六〈曹朗〉

山神與書生

　　唐德宗貞元年間，許敬和張閑一起在偃月山讀書。書房有兩間，一人一間，相隔一丈左右。許敬在西邊書房，張閑在東邊書房。兩人坐在書案前從窗戶裡可以互相看見。他們有時候互相激勵，有時候開玩笑鬧著玩，自春天至冬天，苦讀詩書。

　　一夜，兩人都讀到很晚。到二更時分，兩扇窗戶都還亮著燈。這時有個怪物推開許敬的門走進來。許敬想，無非是張閑在搗亂，所以並不理睬，只管讀書。怪物來到桌旁，站在許敬跟前，既不吭聲也不動。許敬讀完一篇文章，伸伸懶腰回頭一看，才看見身旁站著一個怪物，高五尺，一嘴虎牙，一雙狼眼，渾身長著長毛，像猿；手腳上長著銳利的爪子，如同鷹隼；還穿著一條豹皮褲。怪物看見許敬在看他，把手叉腰，雙腳併攏，立正站好。許敬愣了一會兒才反應過來，便失聲尖叫，不斷叫喚張閑。他喊了不知幾百聲，嗓子都啞了，而張閑卻吹熄了燈，用棒子把窗戶、門都頂死，假裝已經睡熟了，一聲也沒答應，更沒出門。

　　怪物倒退著走，退到北面牆根上火爐那兒，眼睛看著許敬。許敬沒有別的念頭，只是一直叫張閑，請他救命。怪物走到床前，從床下拿出許敬砍柴用的斧頭，又返回火爐前，坐著烤火。這樣過了很久，許敬心裡稍微安定些，便對怪物說：「我叫許敬，告別父老鄉親與張閑一起來到這裡，只為安靜地讀書作學問。我們沒能及早拜謁山神，實在有罪。我們都還年輕，才疏學淺，不懂禮貌，請山神寬恕。」話剛說完，怪物突然站起來，雙手交叉在胸前，深深地鞠躬，嘴裡一陣唯唯諾諾，便出門去了。

　　這件事使許敬恨透了張閑，當下收拾書卷行李，逕自下山。張閑也隨後收拾東西離開。這兩人的學業就這樣斷送了。＊出自

《太平廣記》卷三六四〈許敬與張閑〉

山魈的故事

　　嶺南山裡有一種山魈，它們只有一隻腳，而且是腳後跟朝前，腳趾朝後。另外，它們的手和腳都只有三根指頭。

　　母山魈喜歡往臉上塗脂抹粉。山魈的窠建在樹洞裡，裡面有木製的帳幔、屏風，並且備下充足的食物。嶺南人走山路時，一般都隨身帶著黃脂、鉛粉等化妝用品，還要帶些錢。公山魈又稱作山公，一旦遇上它們，必定會向人索取金錢；而母山魈又叫山姑，遇上它們就得送些脂粉。交出了金錢或脂粉，山魈會保護行人的安全。

　　唐玄宗天寶中葉，有一位從北方來的客商，走在嶺南的山道上。這位客商很怕山裡有老虎，到了夜裡，打算上樹去睡覺。當他爬上樹，卻遇到一個母山魈。這個人隨身帶有貨物，連忙爬下樹，向樹上的山魈行禮跪拜，口呼山姑。樹上的山魈問說：「你帶了什麼貨物？」客商拿出脂粉送給山魈，山魈大喜，對客商說：「你睡覺吧，不要有什麼顧慮。」

　　客商在樹下睡了。半夜，來了兩頭老虎，想到客商這裡來。母山魈從樹上下來，撫摸老虎的腦袋說：「斑子，我有客人，你們快走吧。」兩頭老虎聽話地離去了。

　　第二天，客人與山魈辭別，山魈很是謹慎，有禮貌。

　　山魈也有些事情讓人不明白。每年山魈都替人種田，人出田地和種子，山魈負責耕地和種植。穀物熟了，山魈就叫人來平分。山魈的性情質樸、直爽，和人分穀物時，決不多拿。而人也不敢多拿，多拿的人必會染上疫病。＊出自《太平廣記》卷四二八〈斑子〉

梁仲朋

　　葉縣人梁仲朋，家住汝州城西南渠一帶。南渠西邊還有一處房子，梁仲朋經常白天去晚上回來。

　　唐代宗大曆年間的一個八月十五，天氣非常清朗。梁仲朋騎馬踏月而行，心情非常好。離城十五六里處，有一處大戶人家的墓地，世代相襲，墓地巨樹參天，有許多白楊。當時，已是秋天，天氣涼爽，樹葉已經開始掉了。梁仲朋騎馬走過這裡，聽見樹林裡唰唰作響，接著有樣東西撲楞一聲飛起來。梁仲朋心想：馬蹄聲把樹林裡過夜的鳥給驚起來了吧！沒等他反應過來，這飛翔之物便已撲到他懷裡來了，就坐在馬鞍上。月亮正圓，月光中，這怪物看起來就像是用竹蔑或柳條編的筐，一身黑毛，頭長得像人，眼睛像珠子，說話倒挺清楚，說：「仲朋兄弟，別害怕。」說話時有一股濃烈的羶氣，神態同人一樣。

　　梁仲朋不敢有所動作，只好讓它待在懷裡，任馬往前走。不多時走到汝州城外，許多人家還沒睡，有人在外賞月，屋子裡燈火通明。怪物有些害怕，便從馬背上飛起來，往東南方向去了，轉眼間蹤影全無。

　　梁仲朋回家後，過了好多天，心中尚有餘悸，也不敢向家人提起這件事。又過了幾天，一個月朗星稀的夜晚，梁仲朋招呼弟弟妹妹一起在庭中賞月，一邊喝酒，一邊唱歌、吟詩。梁仲朋心裡一高興，就把那天夜裡遇見怪物的事說出來。正說著，怪物忽然從房脊上飛下來，大聲問道：「兄弟說哥哥什麼事呀？」一下子滿院人都嚇得跑回屋裡去了。梁仲朋想走卻走不掉。怪物留住梁仲朋說：「兄弟留下來作東，好好招待一下哥哥吧？」它坐下來便吃喝，不斷要求添酒。梁仲朋在它吃喝的時候仔細觀察，見它下巴底下長著個大瘤，像個沒熟的瓜。它飛翔時不是靠翅膀，

而是靠兩隻大耳朵。它的鼻翅極大，渾身的黑毛胡亂糾纏在一起。怪物不停地喝酒，一直喝到爛醉如泥，癱在桌前。

梁仲朋看時機到了，躡手躡腳起來，取一把刀在石頭上磨快了，對準怪物的脖子用力刺進去，鮮血立刻噴出來。怪物大叫：「兄弟，可別後悔！」叫罷翻身飛上屋脊就不見了。

怪物走後，庭院裡鮮血陡然暴漲，三年不退。梁仲朋一家三十多口人全被血流沖走了。＊出自《太平廣記》卷三六二〈梁仲朋〉

韋滂吃鬼

　　唐代宗大歷年間，有個年輕人叫韋滂，生得高大強健，膂力過人。走夜路如同白晝，一點也不害怕。韋滂對騎馬射箭尤其在行，出門總是帶著弓箭。他不僅獵殺飛禽走獸，拿來煮熟或烤了吃，凡是地上爬的各種各樣的小動物，什麼蛇、蠍子、蚯蚓、螳螂、螻蛄、螞蟻等，只要碰上，他就抓住吃掉。

　　有一次，韋滂來到京師長安，只聽得鼓聲稀稀落落，天色已晚，距他要去的地方還很遠，便打算先住下來，卻不知該上哪找住處。他正在躊躇，忽然看見城裡一戶體面人家舉家要外出，像是要搬走的樣子。那家的孩子正要鎖大門，韋滂走近前去，請求讓他借住一晚。這家主人對他說：「我們這座宅子附近有戶人家剛死了人。俗話說：妨殺入宅，當損人物。我們全家要暫時躲到親戚家去，明天他們辦完喪事我們就回來了。這個情況我不能不向你說清楚。」

　　韋滂聽了滿不在乎地說：「若能答應我借住一宿，別的你就不用管了，不會有什麼危險的。有鬼就殺鬼，我自己承擔。」主人看他了無畏懼，就引他進屋，打開客房的門，告訴他床鋪在哪，又告訴他吃的喝的在哪兒，就走了。

　　韋滂讓僕人把馬拴在馬槽上，在堂屋裡點上蠟燭，又讓他到廚房裡去準備飲食。不一會兒，一切料理妥貼，韋滂也吃飽喝足了，便讓僕人睡到別的屋裡去，他自己把床支在堂屋裡，把堂屋門大開著，吹熄了蠟燭，張弓搭箭坐在那兒等著。

　　前半夜沒動靜，到了三更將盡的時候，忽然一片白光像個圓盤從空中飛下來，落在大廳北門門扇下面，照得一片通明。韋滂見了，心中大喜，躲在門後拉滿弓，一箭射過去，恰好射中。只聽爆竹般一陣響，白光一閃一閃地顫動起來。韋滂搭箭再射，連

68

著三箭過去，白光漸漸暗下去，也不再動彈。韋滂提著弓，大步走過去，把射中的箭拔下來，白光撲通掉落在地上。他喊來僕人，點起蠟燭一照，原來是一團肉，這肉團四面都有眼睛，眼睛闔便會發光。韋滂笑著說：「殺鬼之語果然不是瞎說。」說著，讓僕人把肉團抬到廚房裡去煮。肉的味道極香。韋滂用刀把它切碎，拿起筷子一吃，更覺得芳香無比，十分可口。他吃飽後，吩咐僕人將剩下的鬼肉好好留著，等明天讓主人嘗嘗鮮。

第二天，主人回來看見韋滂還好好地活著，便非常高興。韋滂把夜裡發生的事告訴主人，然後讓僕人把剩的鬼肉端上來請主人吃。主人哪裡敢吃，只是一個勁地驚嘆。＊出自《太平廣記》卷三六三〈韋滂〉

巨卵

　　唐德宗貞元九年間，亳州刺史盧瑗正住在東都康裕坊一帶。盧瑗的父親久病不愈，終於死了。父親死後兩天，正是大白天，忽然一隻黑色大鳥從外面飛進來，在庭院上空盤旋。估計它的影子，約有一丈四五尺寬。盧瑗一家大小都見到了。大鳥飛了幾圈之後，飛向庭院西南角一口井裡去了，過了好長時間才從井裡飛出來。大家到井口一看，井裡的水已被大鳥喝乾了。下到井底察看，發現有兩只鳥蛋，其大如斗。把鳥蛋吊出井口打破，血流了一地。

　　第二天，聽見堂屋西邊深處有女人在哭。前去一看，有個女子年約十八九歲，頭上纏著黑布，見人來，哭得更傷心。盧瑗厲聲喝道：「妳從哪裡來的？」女子慢慢起身，走到東屋來，才說道：「我在井裡生下兩個孩子，你們怎麼敢隨便取出來就給殺了呢！」說完，退往西間，拽出盧父的屍體，將屍體搗成糜爛。女子弄完之後，奮臂一揮飛起來，出門馬上不見了蹤影。

　　盧瑗一家大驚失色，將破卵送到郊外野地裡。盧瑗又派人去請教桑道茂，桑道茂讓他們祭祀消災。此後再沒別的怪事了，也沒有人知道那是什麼妖怪。＊出自《太平廣記》卷三六三〈盧瑗〉

白面婦人

　　有個叫劉積中的人，常常住在西京郊區的別墅裡。這段時期他的妻子一直生病，病勢轉危。劉積中四方求醫無濟於事，心情十分沉重，晚上老睡不好覺。

　　這天夜裡，他躺在床上輾轉反側無法入睡，朦朧中看見燈影裡走出一人，白面、身高不過三尺，是個老婦人的樣子。婦人對劉積中說：「你妻子病了，只有我能治，你為什麼不求我呢？」

　　劉積中歷來一板一眼，從不信邪，見婦人鬼不鬼人不人的樣子，早就煩了，揮揮手說：「走開走開，趁早離開這裡！」婦人也發了怒，用手指著劉積中說：「好哇，我走，你可別後悔！」說完就不見了。

　　白面婦人出現後，劉積中妻子的病情更重了。突然間爆發的心痛病，把他妻子折磨得死去活來，奄奄一息。劉積中沒有辦法，只得向白面婦人求助。他向空中剛念叨了幾句，婦人立刻出現。劉積中向婦人打恭作揖，請婦人坐下。婦人讓他備一罐茶來，然後捧著茶罐面朝太陽念幾句咒語，便對劉積中說：「拿這罐茶水往你妻子的嘴裡灌。」說也奇怪，茶水剛灌下去，妻子的症狀便全沒了。

　　從這以後，白面婦人成了劉家的常客，隨意進出，毫無顧忌。劉家的人也不害怕，且漸漸習以為常。

　　這樣過了約一年。有天，婦人對劉積中說：「我家裡有個女兒，剛成年，想拜託你給找個好女婿。」劉積中感到這事很可笑，說：「人和鬼各是各的路數，互不沾邊，怎能結婚呢？這事恐怕幫不上忙。」婦人說：「不是要你找活人，是讓你幫著用桐木刻一個人形，刻得大致像就行了。」劉積中想想這倒不難，就答應下來。

　　桐人刻好後，擱了一天便不見了，不知道是怎麼回事。白面婦人又來了，告訴劉積中那桐人已領走了，還想麻煩主人夫妻作鋪公、鋪母，替小倆口的新房增些福氣。如果答應的話，成親那天她會親自備好車馬前來迎接。劉積中心裡盤算一陣，想不出托辭，只好答應了。

　　這天，白面婦人果然領著一隊車馬來到門前，說：「主人可以去了。」

　　劉積中和妻子一上車，車子便啓程了。一直走到天黑時分，來到一個所在。只見紅漆的大門，高大的院牆，張燈結綵，香燭兩邊排列，青煙繚繞。院內很多衣著華麗的客人談笑風生，儼然王公貴族之家。

　　劉積中被引到一個大廳，遇見很多人，穿紫色衣服的，穿紅色衣服的，有些認識，有些不認識，有些是已經死了的；彼此見面只是看看對方，並不說話。他的妻子被引到另一間屋裡，只見蠟燭像胳膊一樣粗，裡面的人個個穿得花團錦簇，總共有幾十個婦人。這些人裡也有些認識的，和已經死了的，見了面互相看看，也不說話。

　　他們在這裡一直待到五更天，劉積中夫婦感到迷迷糊糊，似乎漸漸離開這個地方，不一會兒發現已經在自己家裡了，感覺像喝醉酒，而此前發生的事，只能隱隱約約記起一鱗半爪而已。

　　幾天以後，白面婦人又來了，對劉積中說：「上次承蒙幫忙，十分感謝。現在我的小女兒也長大成人了，請你再給找一個合適的女婿。」

　　劉積中聽罷此言，早已按耐不住，順手抓過一個枕頭扔過去，說：「妳這個老刁婆子、老鬼，竟敢這樣三番兩次來擺佈我！」

　　白面婦人立刻不見了。與此同時，他妻子的毛病又發作了，痛苦萬狀。沒辦法，夫婦二人一起對天念咒，請白面婦人再來關照一回。可是這次祈禱卻沒有反應，白面婦人沒再露面。劉積中

的妻子心痛欲裂，全家人眼睜睜地看著她疼死了。

　　過些日子，劉積中的妹妹也開始心痛，越來越厲害。劉積中知道這裡住不下去了，便盤算著搬家。

　　到了搬家這天，一動手才發現問題嚴重。所有的家俱都像被膠水黏在地上，紋絲不動。就連一雙小小的拖鞋，也像是跟地板長在一塊兒，根本拿不起來。請道士上書求神，或請和尚念咒誦經，都沒效果。

　　劉積中這天正在研讀藥方，他的小丫頭小碧從外面進來，兩手垂著，腳步輕輕地，卻發出男聲大叫道：「劉四，還記得以前的事嗎？」說著，嗚嗚咽咽哭起來，又說：「我這次回家探親，從泰山那邊回來，路上遇見飛天夜叉，手提賢妹的心和肝，已經被我奪回來了。」小丫頭一面說，一面舉起袖子，只見袖口裡面蠕蠕地動，像是有東西。小丫頭望著袖子，像是對誰有什麼吩咐，說：「我會安置好的。」這時小丫頭的袖子裡彷彿有一股風吹出來，吹得門簾晃晃悠悠。小丫頭走到劉積中面前，同他談以前的事，還談到誰已死了，誰還活著等等。劉積中考中進士時，有個同年叫杜省躬，兩人很要好。此時這小丫頭的音容笑貌、言行舉止，同杜省躬簡直一模一樣。

　　談了一會兒，小丫頭說：「我還有事，不能在這裡久留，得走了。」邊說邊握著劉積中的手泣不成聲。劉積中也忍不住悲從中來，淚眼迷離。突然，小丫頭一頭栽倒，劉積中一下子也清醒過來。他的妹妹從此以後完全好了，也沒遇過什麼麻煩。＊出自
《太平廣記》卷三六三〈劉積中〉

食人美女

　　唐玄宗貞觀年間，望苑驛西部一帶有個叫王申的人，特別樂善好施。他在大路邊上種許多榆樹，長成了林，又在路邊搭蓋一座茅屋。夏天炎熱時，常燒些茶水供給過往的行人，若官府來人，還請到屋裡休息，招待上好的茶。

　　王申有個兒子剛滿十三歲，有客人來，王申便讓兒子招呼應酬。這天，兒子進屋說，門外有個女子討水喝，王申便讓她進來。女子年紀很輕，穿一身青綠衣服，短外衣上有白邊。她自稱家在南邊，離這裡十來里路。她的丈夫死了不久，沒留下兒子，現在打算到馬嵬坡去投靠親戚。女子一路討吃討喝，穿戴也簡樸，但說話挺有條理，口齒伶俐，舉止活潑可愛。王申便把她留下一同吃飯，他邊吃邊說：「今天天色已晚，妳就別趕路了，住在我們這兒吧，明天再走。」女子欣然答應了。

　　王申的妻子把女子領到裡屋去，稱她為妹妹，吩咐她作些裁剪縫補的事。她手腳不停地作，縫出的針線活作工極細，簡直鬼斧神工。王申看了非常吃驚，想不到女子有這樣好的手藝。他的妻子也特別喜歡她，同女子開玩笑說：「妹妹肯不肯作我家的新媳婦呢？」女子笑瞇瞇地回答說：「我現在無依無靠沒處落腳，有個地方待著，侍候丈夫，那是太稱心不過了。」王申一家十分高興，當下就購置衣服，買酒，以厚禮將女子娶為兒媳婦。

　　新婚之夜，新媳婦告誡丈夫說：「現在盜匪特別多，得把門關上，用木棍頂死了。」新郎因為正值暑熱，想開門涼快，見新娘這樣說，也就依了她。

　　睡到半夜，王申的妻子被惡夢驚醒了，夢中她的兒子披頭散髮向她哀告說：「兒子已經快要被吃完了。」妻子把王申搖醒說了夢中的事，打算去兒子兒媳屋裡看看。王申笑著說：「這妳還

不明白？咱兒子新娶了這樣漂亮能幹的媳婦，高興得不得了，說夢話哩。」

妻子聽了覺得有理，翻身又睡了。剛剛睡著，又入了夢鄉，還是剛才的情景。這會她無論如何睡不著了，王申也覺得事情有點異樣。兩人起身點燈，來到新人的洞房。先叫兒子，不答應，再叫媳婦，也不答應，敲門也不應。王申上前推門，只覺得堅如磐石，只好把門砸破。門剛開一條縫，只見一隻藍色的小動物，眼睛大而圓，齜牙咧嘴一頭竄出來，擦著王申的腿跑了。他們往床上一瞧，兒子只剩一塊頭骨和一撮頭髮了。＊出自《太平廣記》卷三六四〈王申子〉

三百歲老魅

　　夏縣有個武官叫胡頊，擅長寫詩填詞。有一次胡頊到金城縣地界上，在一戶人家借宿。這家人給胡頊準備好飯菜，胡頊卻意興大發，自己悄悄出門遛達去了。過了一會他返回住處，看見飯桌前正坐著一個老婆婆，只有二尺高，銀白的頭髮已剩不多。老婆婆坐在桌前吃得正香。主人家給胡頊預備的飯菜和果餅之類已被吃去大半。這時主人家的新媳婦出來看見了，怒氣沖沖地奔過去，揪住老婆婆的耳朵把她扯到裡屋。胡頊覺得奇怪，便悄悄跟在後面看她如何處置。原來屋裡有個木籠子，老婆婆被扯進屋裡就被關進了木籠子。胡頊朝籠中看，只見老婆婆兩眼通紅放光。

　　新媳婦發現客人看見了，便解釋說，這是個魅（物老變成的精怪），算是七代祖姑，活了三百多年了，既不病也不死，就是身體不斷萎縮，縮成現在這麼小。她不穿衣服，不怕熱也不怕冷，一年到頭就住在這個木籠子裡。不能放她出來，因為她的個頭雖小，胃口可是大極了；只要瞅個空溜出來一次，總得吃好幾斗東西。

　　胡頊聽了這番解釋，驚異不已，回去便把這事記下來了。＊

出自《太平廣記》卷三六七《胡頊》

蟄龍、鯉魚和靈龜

唐玄宗開元中葉，河南採訪使、汴州刺史齊浣上了一道奏章，稱淮河洪水對徐州威脅甚大，請求開鑿十八里河，將河水引入青水中。這條河需要經州縣分段同時開掘。

亳州眞源縣丞崔延緯，帶領縣裡的民工挖河。挖到幾千步遠的地方，發現一處龍堂。起初，眾人以爲挖到了古墓，但看那樣子，又像是新近建築的，室內十分清潔乾淨。眾人仔細巡視屋內，發現北牆下有一條身長一丈多的五彩蟄龍，龍頭旁邊有五六條鯉魚，每條魚長約一尺多。此外，還有二頭靈龜，各長一尺二寸，樣子和普通烏龜沒什麼不同。

崔延緯把此事報告開河御史鄔元昌，又寫成公文報告齊浣。

齊浣下令，把蟄龍移到淮河裡，把靈龜放到汴河中。崔延緯搬運蟄龍和鯉魚走了二百多里才來到淮河邊，只見幾百萬條白魚紛紛跳上岸來迎接蟄龍，淮水像開了鍋一樣翻騰起來。龍一進入淮河立即噴出水氣，一時間雲霧瀰漫，再也不見龍的蹤影。

鄔元昌叫人用網裝上靈龜運往汴河。半路上，經過一處水窪，靈龜向水窪伸脖子，持網的人可憐這些靈龜，就把它們暫時放到水裡。這個水窪寬不過幾尺，深不過五寸，沒想到靈龜一進水裡便不見了。送龜的人把水窪裡的水抽乾，也沒抓到靈龜，就這樣白白放跑了它們。＊出自《太平廣記》卷四二十〈齊浣〉

洪由義水府得珠

　　在靖遠地區，有一個協助官府作疏浚河道營生的人，名叫洪由義。他性情溫和、心地善良、喜好放生，閒暇時常坐在黃河岸邊觀看漁夫撒網打魚。漁夫起網後，將大魚大蝦裝船運走，其餘的小魚小蝦及螺蚌之類卻被丟棄在沙灘上。洪由義見了，頓生惻隱之心，便將這些可憐的小魚蝦拾起放回到河裡去，數十年來從不間斷，不知救了多少水族中的生命。

　　一日，洪由義渡河，不慎落水。身子隨波逐浪十餘里，昏迷中覺得有人抓住他的胳膊，拽他到一個去處。他睜眼看見前面有一扇朱門，四面黃水像牆一樣立著，門前有兩個大如數十畝地的石碑分立左右。洪由義不由得更加心慌。門突然開了，走出兩位穿紫衣、戴紗帽的使者，向洪由義說：「請進！請進！」洪由義身不由己地隨著使者來到一幢寬敞的宮殿，遠遠看見上面端坐一位衣著奇古的貴人，約四十多歲。階下侍者甚眾，兩邊排開。紫衣使者囑咐洪由義不要因為恐懼而失去禮節，洪由義趕緊伏於階下見禮。只聽那貴人說：「你對我的部下恩重如山，今日不只要救你脫險，而且還要用寶物來報答你的救命之恩。」說罷早有侍從托出一枚豌豆大的珠子來，貴人將此珠賜給洪由義，並告訴他：「這叫如意珠，若握在手中，凡有所求無不如願。」還相約三年後還回，洪由義感激不盡連忙道謝。他接了寶珠，慢慢退下，仍由方才那兩位使者護送出宮。遵照兩位使者的囑咐，洪由義緊閉雙眼跟隨在後，只覺耳邊波濤洶湧，澎湃之聲大作，過了一會兒聲音又慢慢消失了。睜眼一看，自己已腳踏土地，那兩個紫衣使者卻無影無蹤，而如意珠仍握在手中。他忙把珠子收藏好，急急奔回家去。

　　家裡人以為洪由義已落水而死，正在為他辦喪事。洪由義突

然出現在門前，全家老少個個大驚。洪由義急忙解釋，安慰大家不要怕，說自己並未被淹死，是隨波逐流十幾里，幸而抱住一棵枯樹，方才得救，家人轉悲為喜並相信了他的話。

　　洪由義素有執骰賭博的愛好。回家後又和原來那些賭友在一起玩。自從有了如意珠，每次賭博都出現奇蹟，擲骰時大家明明看見的是個么點，但眾人最後呼喚出來的卻是六點，因而洪由義每博必勝。如此這般，洪由義的家產漸漸豐厚起來。不久，洪由義奉命受官到西安。西安是省會大城，曾經是漢、唐的故都，歷代繁榮昌盛，俗尚豪華，人情奢侈；王孫公子肥馬輕裘，一頓美食就可揮霍萬錢，賭博場上一擲即百萬錢，令人觸目驚心。洪由義初到西安，辦完公事就到賭場去試探。起初還小心翼翼，後來手氣越來越好，從中午到下午三點，開局不到二個時辰的工夫竟贏白銀二千四百兩，旁觀者莫不豔羨咂舌。他越贏越多，終於滿載而歸，成了巨富。不久，他為長子捐了一個官職，次子又納為監生，都有了功名。這時，洪由義才把落水遇水神，得如意珠的實情告訴妻子兒女。從此洪由義更加虔誠，一心行善放生，黃河沿岸人人皆知，稱洪由義為善人。

　　三年後的一個秋夜，洪由義剛剛安寢，就夢見兩位紫衣紗帽使者前來，說是按期來取如意珠。洪由義信守前約，急忙取出如意珠，高舉雙手跪而奉還。既而醒來，發現如意珠果真失去了。

＊出自《夜譚隨錄》卷一〈洪由義〉

五通

　　五通是五種妖怪。據說南方五通作惡多端，正如同北方狐精鬧得很厲害一樣。然而北方狐精作祟，還有辦法可以驅趕；而江蘇、浙江一帶的五通，見民間有姿色的女子就強佔，女家的父母兄弟都不敢聲張。所以說，五通的危害可比狐精慘烈得多了。

　　有個叫趙弘的人，是蘇州的商人。他的妻子閻氏，頗有姿色。一天夜裡，有個高大的漢子闖進閻氏房裡，握著劍柄，四面環視，婢女傭人都嚇得奪門而逃。閻氏也想逃走，被巨漢橫著身子擋住，說道：「不要害怕，我是五通神中的四郎。我愛妳，不會害妳的。」

　　巨漢像舉嬰兒似的攔腰把閻氏抱起來放到床上，閻氏的裙衫衣帶不解自開，巨漢便為所欲為起來。巨漢的塊頭實在令閻氏不堪忍受，她痛楚呻吟，幾乎昏絕。那巨漢竟稍存憐惜之心，沒有發瘋似地盡興胡來。事畢之後，他下床說：「我五天以後還會再來。」說罷，便逕自離去。

　　趙弘的店鋪開在城門外，巨漢糟蹋閻氏那晚，婢子連夜趕來告訴他。趙弘知道是五通造孽，不敢過問。等天明後，他才敢回家看動靜，見妻子疲憊不堪，尚未起床。他心裡非常羞恨，但亦無可奈何，只是告誡家裡人不要對外聲張。

　　過了三四天，閻氏的創傷平復了，她實在害怕巨漢又來。婢女和傭人也都不敢在內室睡覺，統統到室外躲避。第五天晚上，閻氏一個人對著蠟燭發愁，等候巨漢到來。

　　沒過多久，巨漢同另外兩人一起來到。那兩人都顯得少年蘊藉。他們隨身帶來的童子擺列菜餚酒器，三人要與閻氏一起喝酒。閻氏羞慚，縮著脖子低著頭，他們一定要她喝酒，她硬是不肯喝，心裡七上八下，唯恐這三人輪番與她淫樂，她就沒命了。

這三人這個叫大哥，那個喚三弟，互相邀杯勸酒。飲到半夜，與巨漢同來的兩人一齊起身說：「今天四郎招我們來與美人共飲，該當請二郎、五郎也湊份子，買酒來為四郎祝賀。」

他們兩人走了，巨漢把閣氏拉進床帳。閣氏苦苦求免，巨漢不理，強迫與她媾合，以至於閣氏鮮血淋漓，昏死過去。到了這地步，巨漢方始離去。

閣氏臥床不起，羞憤難忍，想要懸梁自盡。然而，她剛把脖子伸進繩套，繩子便自動斷絕；她結好繩子再試，每試每斷。閣氏想死都死不得，真是苦到家了。

幸而巨漢並不常來，但閣氏傷好了，他一定會來。這樣折騰了二三個月，全家都不得安生。

紹興有個萬生，他是趙弘的表弟。一天，他到趙家作客，當時天色已晚，趙家的客房都被躲避巨漢的家人佔據了，趙弘只得把他安頓在內院裡。

萬生躺在床上，許久未能入睡，聽到庭院裡有行走的腳步聲。他從窗戶裡悄悄往外望去，見一個巨漢走進閣氏房中。他心生疑惑，拿著刀子，暗中走過去看動靜。見那巨漢與閣氏並肩而坐，几案上還放著酒菜。

萬生怒火中燒，奔進房中。巨漢吃了一驚，急忙起身找他的寶劍，但是萬生已一刀砍中他的腦袋，巨漢顱裂倒地。萬生一看，原來是一匹跟驢子一般大的馬。萬生驚愕地問閣氏是怎麼回事兒，閣氏把一切都告訴他，並說：「另外幾個馬上就來，怎麼辦呢？」

萬生對她搖搖手，要她別出聲。他取過弓箭，吹滅蠟燭，藏在暗處。

一會兒，有四五個人從空中飛降。萬生飛快地射出一箭，將第一個射死。另外三人怒而大吼，拔出劍來搜索射箭的人。

萬生握著刀子，緊貼在門後，不發一點聲響。一人剛踏進房中，萬生一刀砍在他脖子上，他立即倒地而死。萬生依然靠在門

後，等待第二個人進來。

等了好一陣，再不見人進來，外面也沒有聲息了，萬生才走出來，敲開趙弘的房門，把剛才發生的事情告訴他。趙弘大吃一驚，與他們一起進房點燭照看，見一馬二豬死在地上。趙弘與家人互相慶賀告慰。

趙弘怕逃走的兩個怪物來復仇，把萬生留住在家中，並且燉豬燒馬招待他。誰知這些豬馬肉味道十分鮮美，與普通肉類大不一樣。

萬生的名聲由此而大振。他在趙家住了一個多月，另兩個怪物絕跡無蹤，萬生便想告辭回家。但是有個作木頭生意的商人，卻苦苦邀請他到自己家中去。

原來，木商有個女兒，還沒出嫁。有一天，忽然五通來了，是個二十多歲的美男子，說是要娶他的女兒作妻子。他放下一百兩銀子作聘禮，並約定來迎娶的吉日。如今婚期已到，木商全家正惶惶不可終日時，聽到了萬生能降五通的聲名，所以堅邀萬生到他家去。他們唯恐萬生托辭不肯受邀，所以沒把五通強娶女兒的事直言相告，只說請他去作客。

到了木商家，盛宴款待剛完，妝扮好的女兒出來拜見客人。這是一個面貌姣好、年僅十六七歲的女郎。萬生很詫異，為什麼讓一個待嫁娘出來拜見他這個生客。他惶惶不安，哈著腰站起身來。木商把他按在座位上，把五通強娶之事據實相告。

萬生一向意氣豪壯，聽說是請他降妖，也不推辭。

到了迎娶那天，木商在門口掛燈結彩，而讓萬生坐在房中。眼看日頭偏西，五通還沒來。萬生以為要強娶女子的那個五通或許就是被他殺死的妖物中的一個，所以沒有出現。他正疑想間，見屋簷上墜下一隻鳥，落地後化為少年。他走進房中，看到萬生，轉身就逃。

萬生立即追出房來，只見一股黑氣正要飛升，他一個跨步跳將過去，舉刀就砍。那傢伙被砍斷一隻腳，狂叫一聲逃走了。

　　萬生低頭一看，被砍下的是一隻爪子，竟有手掌那樣大，但不知是什麼東西的爪子。他順著血跡找去，只見血跡一直沒入江水之中，到了也沒發現妖物。

　　木商高興極了，他知道萬生尚未婚配，便在當晚利用現成的新房，讓萬生與女兒進了洞房。

　　從此以後，凡是受五通禍害的人家，都拜請萬生到自己家裡住一宿，以求鎮邪。

　　萬生在丈人家裡住了一年多，才帶著妻子回老家。

　　從此以後，蘇州一帶五通中只剩一通，但也不敢再公然為害了。＊出自《聊齋志異》卷十〈五通〉

西湖三塔記

　　宋孝宗淳熙元年，臨安府湧金門住著一個人，官爲統制，因爲姓奚，所以人們稱他爲奚統制。奚統制有個兒子叫宣贊。

　　奚統制棄世之後，奚家嫡親只有四個人，宣贊和母親、妻子及一個叔叔。這個叔叔在龍虎山出家學道。

　　宣贊二十餘歲，家中雖然頗有資財，但他並不好酒貪色，只喜歡閒遊。

　　這天正值清明節，氣溫不寒不暖，到處一片盈盈嫩綠，佳人才子都在西湖上玩賞，宣贊也想去觀玩湖景，於是他稟告母親說：「今天孩兒想去湖上閒玩，不知可否？」母親說：「可以，只是要早些回來。」宣贊答應會早去早回，便辭別母親，拿了張弩，獨自一人離家。

　　宣贊出錢塘門，過了昭慶寺和水磨頭，來到斷橋四聖觀前。看到一夥人正鬧哄哄地圍著什麼觀看。宣贊很好奇，分開眾人來到人群中間，原來人群中間是個迷路的小女孩。宣贊生性愛管閒事，上前問女孩說：「妳是誰家的女孩，在什麼地方居住？」女孩看見宣贊便停止哭泣，扯住他的衣服說：「我姓白，叫卯奴，住在湖上，今早和奶奶出來閒逛，不見了奶奶，也迷了路。這位官人，我認識你，你就住在我家附近。」說罷又哭了起來。

　　宣贊仔細看了看這女孩，並不認識，可他被女孩牢牢抓住，又見她不停地哭著，就說：「別哭了，我帶妳回去，慢慢尋妳的家人。」卯奴停止哭泣，跟宣贊一起搭船直到湧金門，宣贊帶女孩回家參見母親。母親見兒子帶個女孩回來就問：「我兒，你出去遊玩，爲什麼帶個女孩回來？」宣贊把遇到女孩的事說一遍，而他母親也是個好心腸的人，便說：「這是好事，若尋訪到她的家人，就把她送回去。」

　　卯奴留在奚家，一晃過了十多天。一天，宣贊正在吃飯，聽見門前有人吵嚷。宣贊出門來，見一乘小轎停在門口，一個雞皮白髮的老太婆指手畫腳地在說著什麼，引得很多人停步。那白髮老太婆見宣贊出門來，就下了轎子。宣贊正要發問，卯奴從他身後走出來，對那老太婆行禮。老太婆說：「這個孩子，叫我急死了，我這幾天挨門挨戶打聽，今天才找到妳。是誰救了妳，怎麼到了這兒？」卯奴指指宣贊說：「是這個官人救了我。」

　　老太婆聽完卯奴的話，上前對宣贊施禮、道謝，還進入府中向宣贊母親道謝。老太婆對宣贊說：「這孩子大難中得到官人相救，請官人到我家，以酒謝恩。」宣贊再三推辭不過，只得隨老太婆同去。

　　老太婆的轎子在四聖觀前的一座門樓停下。宣贊抬頭看那門樓，碧瓦楹簷，四邊是紅粉泥牆，雕欄玉砌，彷彿帝王之家，很氣派。老太婆帶著宣贊走到裡面，一個白衣婦人走出堂來迎接宣贊。這個白衣婦人長得十分美麗，鬢髮像低垂的烏雲，長眉像彎月，肌膚雪白若凝脂，腮若桃花，唇如櫻珠，真如神仙中人。那婦人見到卯奴，便問老太婆：「在哪裡找到我女兒的？」老太婆便把宣贊救卯奴的事一一告訴婦人。婦人謝過宣贊，道過寒暖，請他上堂來坐。兩個青衣女童排上酒宴，一會兒桌上擺滿了各種美酒甘果。那婦人殷勤勸酒，幾杯酒下肚，宣贊有些醉，看著眼前的婦人如花似玉，不覺心神蕩漾。正要拜問婦人的姓氏，外面進來一個僕人，對那婦人說：「娘娘，今日有新人到此，換了舊人吧。」婦人點頭說：「可以。快些安排來與宣贊下酒。」

　　宣贊還沒弄明白是怎麼回事，只見兩個大漢捉著一個後生過來，大漢把他的巾帶解去，綁在將軍柱上，用一個銀盆接在他的胸前。一個大漢手拿一把尖刀，一下子破開後生的肚皮，取出心肝，呈上來給婦人。宣贊見了嚇得魂不附體。那婦人斟過一杯熱酒來，請宣贊吃那心肝，宣贊推辭不吃，那婦人也不再讓，和老太婆一起津津有味地吃了起來。

　　吃過人的心肝，那婦人說：「難得您救我女兒一命，我現在沒有丈夫，情願嫁給您。」宣贊很害怕，可俗話說「酒是色的媒人」。他多吃了幾杯酒，當夜便留在這裡與那婦人同宿。

　　就這樣宣贊被那婦人一留半月有餘，宣贊被折騰得面黃肌瘦，很想回家。他對婦人說：「娘娘，請您放我回家幾天再回來。」話音未落，只見一個人來稟告說：「今天有新人到此，換了舊人吧？」那婦人說：「請進來。」幾個大漢擁著一個眉清目秀的後生走進來。婦人請新來的後生共坐飲酒，命大漢取宣贊的心肝來下酒。宣贊當時三魂蕩散，見卯奴在坐，便去求告：「小娘子，我救了妳的命，妳要救我呀！」卯奴對那婦人說：「他救過我，饒了他吧。」婦人說：「先用那件東西把他罩住。」一個僕人取一個鐵籠把宣贊罩住，宣贊感覺好像被一座山壓住。那婦人吃罷酒，領著新來的後生到後堂同宿。

　　卯奴見婦人離去，悄悄來到籠邊，對宣贊說：「我來救你。」說罷提起鐵籠。宣贊出了籠子，卯奴說：「官人，閉上眼，如果張眼，一定會死於非命。」宣贊聽話閉上眼，卯奴背他騰空而起。宣贊聽見耳邊有風雨之聲，不敢睜眼，只覺得手扶著的卯奴脖子上有毛，他心中好生奇怪。一會功夫，卯奴叫道：「落地。」宣贊兩腳著地，忙睜眼來看，不見了卯奴。這時天還沒亮，仔細辨認，是在錢塘門城上。

　　宣贊順著路慢慢走到湧金門，來到自家門前。宣贊的妻子聽到扣門聲，出來開門，見是宣贊，吃驚地說：「丈夫，你送那女孩回去，為什麼半個多月才回來？讓母親終日惦念。」母親這時也聽到動靜，從後堂走出來。母親見到面黃肌瘦的兒子，幾乎認不出來，急忙詢問原因。宣贊便對母親和妻子敘說自己的遭遇。

　　他母親聽了兒子的話，大驚說：「我的孩子，我知道了，我想我們住的地方正處在湧金門水口，是不是閉塞了水路，因此有事。你先好好在家休養，我去找房子搬家。」

　　幾天後，母親在昭慶寺灣找到一處閒房，選個良辰吉日全家

搬過去。宣贊在家休養一段時間，身體日漸復原。轉眼又是一年，又遇到清明節。宣贊不去西湖玩耍，拿張弩來到屋後柳樹旁尋覓飛禽。他看見樹上有隻老鴉在叫，便搭箭瞄準獵物，一箭射出，正中老鴉。老鴉撲楞翅膀落在地上，打個滾變成一個老太婆，正是去年那個老太婆。

老太婆說：「宣贊，你腳快，現在搬到這裡來了。」宣贊叫聲：「有鬼。」回身便走。那老太婆叫聲：「下來！」只見空中墜下一輛車來，還有幾個鬼使。老太婆命令說：「給我捉入車中。」鬼使上前把宣贊抓起來推進車中。老太婆又說：「閉上眼睛，你若不閉眼睛，讓你死於非命。」只見車子飛了起來，一會又落在四聖觀前的門樓前。

老太婆領宣贊進到院中，白衣婦人見到宣贊，說：「你跑得好快啊！」宣贊急忙謝罪，連連說：「望娘娘恕罪。」那婦人不再說什麼，留下宣贊再作夫妻。

又過了半個多月，宣贊說：「稟告娘娘，我有老母在堂，恐怕她惦念，回去看看還回來。」那婦人聽了，柳眉倒豎，杏眼圓睜，說：「你還想回去。」又招呼說：「鬼使在哪裡，給我取他的心肝。」鬼使上來，把宣贊綁在將軍柱上，宣贊大呼卯奴：「我曾救過妳，妳為什麼不救我？」卯奴向前求道：「他曾救我，千萬別殺他。」婦人說：「小賤人，又來勸我，先用那東西把他罩了，再結果他的性命。」鬼使解開繩索，把鐵籠罩上去。

宣贊叫天天不應，叫地地不靈，正著急間，卯奴又來救他。宣贊又閉目抱住卯奴，只聽耳邊風雨之聲，一會兒卯奴叫聲：「下去！」便把宣贊扔了下去。只聽得噗通一聲，他落在一個水塘裡，宣贊大叫：「救命！」

兩個漁夫經過，救起宣贊，把他送回家。母親見了兒子，拿出酒來酬謝二人。宣贊對母親敘說事情的經過，母親說：「孩兒你不要再出門去了。」

又過了幾天，有天宣贊的母親立在簾下，見一個人走近，仔

細一看，原來是奚統制的弟弟，在龍虎山學道的奚眞人。奚眞人向嫂嫂問安，又問：「嫂嫂爲何在此居住？」宣贊聽見聲音也走了出來，見是叔叔，急忙拜見。奚眞人說：「我看見城西有黑氣，必是有妖怪纏人，特來此降妖，沒想到卻是你家。」母親把宣贊遇妖之事說一遍。奚眞人說：「侄兒，這三個妖怪把你纏得很深。」又對宣贊的母親說：「我明天在四聖觀散符，妳可以寫張投訴狀求告，我要降服這三個怪物。」奚眞人說罷離別而去。

第二天宣贊和母親帶了香紙和投訴狀，關上門，吩囑鄰居幫助照看門戶，便直奔四聖觀。奚眞人接過投訴狀，看過後說：「等到晚上我要治它們。」他讓宣贊吃符水吐出妖涎。天色將晚之時，點上燈燭，燒起香來，奚眞人口中念念有詞，又畫道符在燈上燒了。

符咒剛燒完，只見一陣風起，風過處，一員神將站在面前。神將上前問道：「師父，有何法旨？」奚眞人說：「給我把湖中那三個妖怪捉來！」神將領旨而去。不多時只見老太婆、卯奴和那白衣婦人都被捉到。

奚眞人對三個妖怪說：「你們身爲怪物，怎敢傷害命官之子？」三個怪物說：「回師父，他不該衝塞我們的水門，而且我們並沒有傷他性命，饒了我們吧。」奚眞人喝令：「給我變形！」卯奴說：「奚哥，我不曾害你，求你救我。」奚眞人不理，令神將打，這一打三人立刻現身，卯奴成了烏雞，那老婆子是個獺，白衣女人是條白蛇。

奚眞人又命神將取來鐵罐，捉這三個怪物盛在罐內，奚眞人將鐵罐封好，用符壓住，安在湖心。奚眞人又化緣造成三個石塔，鎮三怪於湖內。至今古蹟尚在。

宣贊隨著叔叔和母親在俗出家，百年而終。＊出自《清平山堂話本》

卷一〈西湖三塔記〉

洛陽三怪記

　　洛陽城外的壽安縣，縣內有座壽安山，山中有萬種名花異草。

　　洛陽章台街上有個開金銀鋪的小員外，名叫潘松。這天正是清明節，潘松見滿城的人都去郊外賞花遊玩，便告明父母，也去遊玩。他先去定鼎門找相識的翁三郎。

　　潘松來到翁三郎門前，問道：「三郎在家嗎？」三郎妻說：「拙夫今日去會節園賞花，才剛離開，小員外若走得快還能趕上。」潘松聽了這話，獨自行出定鼎門外，不一會兒來到會節園。

　　會節園遊人很多，潘松在園裡沒找到翁三郎，獨自玩了一陣，想要回去，又捨不得大好的景致。看那青山似畫，綠水如描，使人入迷，潘松不覺走入一條小路。這條小路上的景致優美，遊人卻稀少。正走著，忽然聽見後面有人叫：「小員外。」回頭看，只見路旁站著一個婆子，潘松仔細打量，這婆子滿頭白髮，眼睛渾濁，顯得老態龍鍾。潘松問：「老婆婆，我和妳素昧平生，爲何喚我？」老太婆說：「小員外，老身是你母親的姐姐。」潘松又仔細看看這婆子，說：「我也曾聽說過有個姨母，我仔細觀看，婆婆與我母親面貌有些相似。」婆子說：「好幾年不見，請到我家來吃杯茶吧。」潘松謝過姨母，隨她走去。

　　婆子引著潘松沿一條崎嶇小徑走去，過一條獨木橋，來到一座園子前，婆子推開園門，潘松跟著婆子走進園中，四下看去，裡面是個破敗的花園，四處亭台倒塌，欄杆斜傾。

　　婆子把潘松領到一個破亭子上說：「請坐，我去報知娘娘，便出來。」婆子去後不久，只見假山背後走出兩個青衣女童來，對潘松說：「娘娘有請。」左邊那個女童忽然吃驚地叫道：「小

員外，怎麼在這裡？」潘松這時也認出，這個青衣女童是鄰居王家的女兒，名叫青青，前些日子病死了。潘松問：「青青，妳怎麼在這裡？」青青說：「一言難盡，小員外，你趕快離開，這裡不是人待的地方，快走，遲了你的性命不保。」潘松聽了這話似冰水澆頭，急忙走出花園，過獨木橋，走到來時的大道上。

潘松慌張地向前奔，看見前面有家酒店，走到店門口，看見店中走出一人，此人是自己的舊相識──天應觀的道士徐守真。潘松說：「剛才我遇見一件怪事，差點喪命。」接著便把剛才發生的事說一遍。徐道士說：「我學的天心正法，專門捉拿邪祟，你和我一起去，看看是什麼鬼魅敢來作怪。」

兩人飲畢酒，同出店門，正走著，潘松指著前面一堵矮牆說：「師兄，你看那牆上有兩隻鷯子在瓦上廝啄，一隻鑽進瓦縫裡，我去把它捉來。」潘松走到牆邊，抬起手剛要捉那鷯子，覺得被人一掀，一下翻進牆裡。潘松一看，又是先前那個園子。

徐守真道士走在前面，回頭看，不見了潘松，心想可能被別的朋友邀去了，便獨自回去。

再說潘松，在亭子上坐下，婆子說：「剛才好意留你，怎麼走了，我有好些話要和你說。你先在亭上等著，我這就來。」潘松想，等她走後，我再逃走。

誰想到老婆子走了幾步，又回來說：「剛才娘娘相請，小員外卻走了，娘娘怪我，你若再走了，我沒法交待。」說罷，拿過一個大雞籠把潘松罩住，將衣帶結了三個結，吹口氣在雞籠上，這才離去。

潘松用力推那雞籠，可怎麼也推不動。一會兒，婆子和一個女童回來了。女童問：「小員外在哪裡？」婆子答：「在客位裡。」婆子過來解了衣帶結，用指頭挑起雞籠，青衣女童用手揪住潘松，一下把他拎到一個去處。這裡碧瓦楹簷，金釘朱戶，好似神仙之府，王者之宮。那婆子引一個白衣女郎出來迎接。潘松抬眼望去，見這女子長得如天仙一般，十分美麗。兩人相見後，

分賓主落座。白衣女吩囑兩個青衣女童擺上酒來。

女童給潘松斟酒，潘松接過來飲了一杯，然後拜問白衣女的姓氏。話音未落，外面急匆匆走進一個穿紅袍、手執長戟的人。那人怒氣沖沖地對白衣女說：「娘娘又和誰共飲，又是白聖母招惹來的吧？妳們可不要連累我。」白衣女站起身來相迎，口稱赤土大王，並請他入座共飲。沒多久赤土大王離去。

白衣女轉身對那老太婆說：「婆婆費心請得潘員外到此，今夜我要和他作夫妻。」聽了這話，嚇得潘松不敢抬頭。白衣女不由潘松說話，拉著他共入蘭房。

潘松心中始終不樂。夜到三更，那女人起身離去，青青悄悄走來，對小員外說：「我叫你離去，你怎麼又來了？你快起來，跟我去看一件事。」兩人躡足走去，看見外面柱子上綁著一個人。那婆子用刀剖開那人的胸，取出心肝。潘松嚇得魂不附體，問青青：「這人是怎麼回事？」青青說：「這人和小員外一樣，前幾天被婆子騙來，也是排宴、與娘娘作夫妻，幾天後再騙個人來，就把這人殺了。」潘松聽完，兩腳都站不住了，說：「我該怎麼辦？」

正說話間，白衣女回來了，潘松急忙上床裝睡。一會兒，那婆子也來了，和白衣女兩人一起用人的心肝下酒。吃過酒，婆子獨自去了，白衣女吃醉了，上床睡去。

潘松哪裡睡得著，看見青青又悄悄來到床前，輕聲招呼潘松說：「只有一條路，我教你怎樣順著這條路逃出去。你若能回去，請告訴我娘多在神佛面前作功德，好超度我。你記住，這花園叫劉平事花園，因為荒敗，無人到此。那穿白衣的婦人叫玉蕊娘娘，白天那個穿紅袍的叫赤土大王，老婆子叫白聖母。這三個已經害了不知多少人命。我現在教你出去的辦法，你去屋裡床頭邊，那兒有個大窟窿，你別怕，下到窟窿裡，順著路只管走，就可以走出洞口，找到歸路。趕快走，走晚了，怕逃不出去了。」

潘松謝過青青，到床頭看去，果然有個大洞。他急忙鑽進

去，摸索著走了約半里路，找到出口。潘松爬出洞口，沿著小路向前奔，天亮遇到打柴的人，問清方向，找到回家的路。

潘松在路上急急忙忙走著，忽見路旁有一座廟宇，廟門開處，層層冷霧籠罩著祠堂，潘松走進廟去，看見殿上的黃羅帳內泥金塑成三個神像，中間的正是赤土大王，左面是玉蕊娘娘，右面是白聖母，都是園中所見的人物。潘松驚得手足無措，急忙跑出門外，尋找歸路。

回到家中見了父母，細細敘說昨夜的事。老員外說：「世上竟有這樣的怪事。」父親領著兒子立刻到應天觀找徐守真。潘松見了徐守真，便把自己被老婆子攝入花園、看見老婆子和白衣女取人心肝吃的事又說了一遍，並告訴徐守真虧得青青相救。

徐道士聽後，立刻登壇作法，用丈二的黃絹寫一道大符，口中念念有詞，把符燒了。一會兒，壇前颳起一陣大風，風過後，一個黃袍力士走上前來稟告：「潘松命中該有七七四十九日災厄，招此等妖怪，不可剷除。」徐守真向老員外說：「你兒子有七七四十九日災厄，只可留在觀中躲災。」老員外謝了徐守真，自己先回去。

潘松在觀中住了一個多月。一天他在池邊釣魚，剛放下鉤子，只見水面開處，一個婆子咬住魚鉤，嚇得潘松丟下釣竿，大叫一聲昏過去，半晌才蘇醒。徐守真派人去把老員外請來。

徐守真對老員外說：「要除此妖，非要請我的師父蔣真人下山不可。」老員外急忙問：「蔣真人在哪兒？」徐守真說：「在嵩山修行。」老員外求道：「那就麻煩師父親自請蔣真人來此捉妖吧。」徐守真立刻上路去嵩山。

老員外把兒子帶回家中，潘松睜開眼睛便看見白聖母在眼前。一天，潘松正在門前站著，忽見那老太婆走了進來，說：「娘娘叫我來請你。」正說著，徐守真和蔣真人來到門前，蔣真人大喝一聲，那婆子抱頭鼠竄，化作一陣清風不見了。徐守真讓潘松謝過蔣真人救命之恩，老員外聞聲也出來拜見蔣真人，敘禮

畢，安排飲食不在話下。蔣眞人說：「今夜三更，先除白聖母。」

天色將晚，金烏西墜，玉兔東升，蔣眞人收拾停當，等到三更前後，蔣眞人作法念咒，二員神將拘來白聖母，蔣眞人叫人抬來雞籠罩住婆子，四下用柴圍住，並喝令：「放火燒！」不一會兒，婆子不見了，只見一隻烤焦的雞在籠子裡。

天快亮了，蔣眞人說：「今天午時去劉平事花園剷除剩餘二妖。」到了中午，四個人同到花園門口，蔣眞人令徐守眞用一道符將二枚大釘釘在花園門口的地上。

符燒過，一陣大風颳起，風起處，四員神將出現，神將領法旨離去沒多久，花園內又起一陣風，風過處只聽見一聲響亮，神將提著兩妖怪來了。蔣眞人命令道：「打死這兩妖，讓它們立刻現形。」神將在壇前將兩妖怪打死，原來赤土大王是一條赤斑蛇，玉蕊娘娘是一隻白貓精。那白聖母是一隻白雞精。

神將打死了妖怪，化作一陣清風去了。潘員外拜謝蔣眞人和徐守眞。兩位道人除了妖怪，飄然而去。＊出自《清平山堂話本》卷二
〈洛陽三怪記〉

巨人

　　長山的舉人李質君在去青州的途中，遇到六七個客人，聽他們說話的聲音跟燕子叫似的，再細看他們的面頰兩邊，都有銅錢大的疤痕。他感到奇怪，問他們得了什麼病，他們便述說以下的遭遇：

　　去年他們到雲南去，天黑以後在山中迷了路，四周都是斷崖絕壁，怎麼找也找不到出山的路。他們只得卸裝拴馬，靠著一棵大樹休息。夜越來越深，只聽見虎豹、夜貓子的嚎叫聲此起彼伏，他們只敢相向抱膝而坐，誰也不敢睡覺。

　　忽然一個高達丈許的巨人走來，他們蜷伏在地，不敢發出一點聲息。巨人走近他們，用手提過馬就吃，六七匹馬一會兒便吃完了。然後折了一根長長的樹枝，捏住他們的腦袋，用樹枝一一穿腮而過，像穿魚似的把他們穿在一起。

　　巨人提著這六七個人，剛走了幾步，聽到樹枝折裂的聲音。他怕枝斷人落，就把樹枝窩成一個圈，用一塊大石頭壓住兩端，然後離去。

　　他們覺得巨人已走遠，拔出佩刀，斫斷樹枝，掙扎而起，負痛快步逃走。隨見巨人領著另一個巨人一起來到，這六七個人不敢再逃，都躲在樹叢中。後來的那個巨人比先前的巨人還高大，他走到樹下，往來巡視，好像在找什麼東西卻找不著。他發出一種巨鳥鳴叫的聲音，似乎懷疑另一個巨人在欺騙他，十分憤怒。他痛打另一個巨人的耳光，挨打的巨人彎腰恭立，逆來順受，一聲也不敢吭。

　　待兩巨人都走遠了，他們才倉皇而起，在荒山裡胡亂奔竄了好一陣子，遠遠望見山頂處有燈火，便一齊向亮處奔去。

　　到了山頂，見一男子住在石屋中。他們一齊跪拜，訴說剛才

所受的苦難。男子把他們一一扶起，請他們坐下，說：「這些傢伙非常可恨，然而我也不能制服他們。等我妹妹回來，可以向她討教。」

不久，一女子扛著兩頭老虎從外面入內，問他們從何處來。他們又一齊伏地叩拜，把遭遇一一相告。女子說：「早已聽說這兩個傢伙逞惡作孽，想不到兇暴到這般地步。我去收拾它們。」

她在石室中取出一把銅錘，重有三四百斤。出門後，一會兒就走遠了。

男子煮老虎肉招待他們。肉還未熟，女子已回來了。她說：「那兩個傢伙見我便逃，我追了幾十里路，追到後便與他們打了起來，可惜只打斷他們一個手指，卻被他們逃脫了。」

說罷，她把手指頭扔在地上。客人們看這手指頭比大腿骨還粗，害怕極了。問女子姓氏，女子沒有回答。

稍過片刻，虎肉煮熟了，可是客人們腮幫子痛得不行，沒法吃肉。女子用藥敷灑在他們的創口上，疼痛立即止住。

天明時，女子送客人下山，途經夜裡客人被捉處，見行李俱在。客人們背起各自的行裝，又走出十幾里路，來到昨夜女子與兩巨人打鬥的地方。經女子指示，見到石窪地中還有一灘殘血，想必是巨人受傷後所流。

女子一直把他們送出山外，才告別而回。＊出自《聊齋志異》卷六〈大人〉

素秋

　　俞慎，字謹庵，是順天府的世家子弟。他到都城參加考試，暫時住在城郊。他的居所對門住著一個少年，貌美如玉。俞慎見少年的言談舉止風雅之極，便十分喜歡他，還邀他到寓所相敘，並設酒款待。席間，他問少年姓名，對方自稱是金陵人士，叫俞士忱，字恂九。

　　俞慎聽說少年與自己同姓，更加感到親近，便與他結拜為兄弟。因為俞慎是單名，既結為兄弟，少年也把自己的名字減去一字，單名忱。

　　隔天，俞慎到俞忱家拜訪，見他書房光明潔淨，然而門庭冷落，一個僕從書僮都沒有。俞忱請俞慎入內，叫妹妹出來拜見。他的妹妹年約十三四歲，肌膚細白如粉、光瑩如玉。一會兒，妹妹獻茶待客，一切清簡，好像家底並不厚實。俞慎暗暗感到奇怪，談不多時，便告辭而出。從此以後，他倆友愛如同胞兄弟。俞忱天天都到俞慎家，有時俞慎留他住下，俞忱總以弱妹沒人作伴為由而告辭。

　　俞慎對俞忱說：「弟旅居千里之外，連個開門僮子都沒有，你兄妹倆又都文靜纖弱，這日子怎麼過下去？我想你倆還不如隨我回鄉，我給你們提供住處，你以為如何？」俞忱聞言大喜，約定考完後隨俞慎一起回家。

　　考試完畢，俞忱來邀俞慎到他的住處，說：「正當中秋，月明如晝，妹子素秋備了一些酒菜邀我們賞月，可別拂了她的好意。」

　　素秋出來迎接，與俞慎寒暄幾句後，自己進入內室準備酒菜。不一會兒，她親自出來燙酒斟杯。俞慎說：「讓妹子奔波勞碌，好不忍心！」素秋聞言，笑著走進房內。隨即見一個黑衣婢

女捧著酒壺挑簾而出，另一個婢女捧著一盤紅燒魚跟出。俞慎驚訝說：「這些丫鬟從何而來？怎麼不早點出來幹活，倒要勞動妹子親自動手。」

俞忱微笑著說：「妹子又弄出怪事來了！」房內傳出素秋吃吃的笑聲，俞慎不知其中有何奧妙。等到筵席終了，婢子撤去杯盤碗筷。正巧俞慎咳嗽，不慎咳到婢子身上，那婢子沾著唾沫星子便倒地，弄得殘酒流灑，碗破杯碎。俞慎看那婢子，已成用布剪成的小人兒，只有四寸來長。俞忱見此情景，不禁大笑。素秋也笑著出來，拾起小人兒又進房去了。一會兒，婢女又從房內走出，行走如故。

俞慎大為詫異，俞忱說：「這不過是我妹子小時候玩插神姑的小技。」俞慎又問：「你和妹妹都已長大成人，為什麼都不結婚。」俞忱答：「先人都已過世，我們的去留尚未確定，所以遲遲未婚。」俞忱與俞慎商定動身的日期後，把住宅賣掉，帶著妹子隨同俞慎一起往順天府去。

到家後，俞慎令人打掃住宅，安頓俞忱兄妹，並專派一個婢女服侍他們。俞慎的妻子是韓侍郎的女兒，她特別憐愛素秋，連吃飯都叫她來同桌。俞慎與俞忱的交情一直很深。

俞忱非常聰明，讀書一目十行；作文論藝，連最有學問的老先生也不及。俞慎勸他去考秀才，俞忱說：「我與你共讀，是為了分擔你的辛苦。我知道自己福份太淺，在仕途上不會有出息。而且一旦走上作官這條路，便不能不為利害得失憂戚，所以我一直不願赴考。」

如此一住三年。俞慎再次赴考，又沒考中，連俞忱也大為不平，扼腕嘆息。他激動地說：「為了榜上有名，怎麼艱難到這等地步！我當初不受考場成敗的引誘，寧願自甘寂寞。今見大哥一直考場失意，不覺胸中熱情高漲，我這十九歲的『老童』也要到考場馳騁一番。」

俞慎大喜，試期一到，便把俞忱送入考場。結果在縣考、州

考和道台學府的巡迴考試中都得了第一。從此以後，他與俞慎更加刻苦攻讀。

第二年，他們在參加鄉試前的預考中，俞忱又並列本縣和州府的冠軍。從此俞忱的名聲大振，遠近都有人爭著要與他攀親，俞忱統統予以推辭。俞慎勸他當婚則婚，俞忱以考完之後再說爲托辭，再次拒絕。

俞忱文章作得好，欽慕他的人都搶著抄錄他的文章，互相傳看。俞忱自己也覺得榜首非他莫屬。等到發榜之日，方知他哥倆一個也沒考上。落榜的消息傳來時，他倆正相對飲酒，俞慎尚能勉強談笑，俞忱卻惶然失色，酒盞驚落不說，人也昏絕，撲倒在案桌之下。

俞慎把他扶到臥榻上，見俞忱病得十分沉重，急忙派人把他妹子叫來。俞忱睜開眼睛對俞慎說：「我們倆雖然情同手足，但不是同類。我不久將命歸九泉，備受你的恩德，無以報答，素秋已長大，而且嫂子特別喜歡她，你就收她爲妾吧。」俞慎嚴肅地說：「你真是胡說。你妹即我妹，要我這麼作，豈不是讓我成了畜生！」俞忱聽了，感動得落下眼淚。

俞慎拿出許多錢，讓人去採購上等棺木。棺木買到後，俞忱要求立即抬到跟前，他拼盡全力爬進棺木，對妹妹囑咐說：「我一死立即把棺木蓋上，不要讓任何人開棺啓視。」俞慎還想對他說幾句告別的話，俞忱已瞑目而逝了。

俞慎如喪手足，十分哀傷。他對俞忱臨死前對素秋的囑咐頗感疑惑，等她離開後，便將棺木打開看個究竟。但見棺中俞忱的衣服像蛇蛻皮似的空了，揭開衣服一看，有一條尺把長的蠹魚僵臥著。俞慎正在驚奇時，素秋匆促而來，她神色慘然地說：「你揭棺偷看，沒有尊重我哥哥的遺願，兄弟間爲什麼要有隔閡呢？哥哥不讓你知道真情，不是對你有什麼避諱，只恐怕消息傳出去後，我也不能在這裡住下去了。」俞慎說：「只要有真情在，不是同類又有何妨？妹妹難道不知道我對你們的真心嗎？即便我知

道這一切，也不會走漏消息的，請不要顧慮。」

俞慎儘快選定下葬的吉日，把俞忱的葬禮辦得非常隆重。

當初，俞慎想在名門世家中爲素秋訂一門親事，但是俞忱不同意。俞忱已經離世，俞慎便直接與素秋商量婚事，素秋仍不答應。俞慎說：「妹妹已經二十歲了，那麼大了還不嫁，別人會怎麼議論我呢？」素秋說：「既然如此，我從命就是了。然而，我知道自己並無福相，不願嫁給王公侯門，找個貧寒之士就行了。」俞慎答應她的要求，他請媒人物色對象，終也沒有合適的人家。

有次俞慎的小舅子韓荃來弔唁俞忱，暗暗注意素秋，頓生愛悅之心，要想把她買去當妾。他和姐姐商量，俞慎妻子告誡他，切勿說出來，讓俞慎知道了肯定要生氣。韓荃不死心，託媒人向俞慎暗示他的企圖，並表示如果俞慎答應，他可以在考場上替他買通關節，賄賂考官。俞慎氣得高聲大罵，把媒人連打帶推，逐出家門，並從此與韓荃絕交。

另有已故尚書的孫子某甲，剛要結婚，新娘子卻暴病而死。他派媒人來俞家求婚。俞慎想親眼看看某甲，便與媒人約定要某甲親自來一趟。到了約定日期，俞慎要素秋隱在垂簾後面，自己相看某甲。

某甲果然來了。他穿輕裘，騎良馬，僕人相隨，在鄉閭間十分炫耀。某甲本人秀雅文靜得如同一個姑娘，俞慎十分中意，但是素秋看了卻老大不高興。但是俞慎作主同意了這門婚事，要爲素秋準備豐厚的嫁妝。素秋堅決阻止，俞慎聽不進，不僅答應了婚事，還送某甲許多禮物。

素秋終於嫁過去了，夫妻倆過得還挺融洽。素秋常常想念兄嫂，每月都回俞慎家來。她來的時候，總要帶回嫁妝中的幾件珠玉繡衣，請嫂嫂代爲收藏。俞慎妻子不明白她是什麼意思，但也聽之任之。

某甲從小喪父，他母親又對他過於溺愛。他漸漸被壞人引誘

去嫖娼、賭博。某甲賭輸了，便把家傳的書畫文物拿去賣了還債。韓荃原本與某甲有來往，他有天請某甲喝酒，暗中探某甲的口氣，願以自己兩個小妾加上五百兩銀子與他換素秋。某甲起初不同意，韓荃一再勸說，某甲就動搖了，但只怕俞愼不肯善罷甘休。韓荃說：「他與我是近親，況且素秋又不是他家的嫡系，只要我們商量的事情一旦辦成，俞愼能把我怎麼樣。萬一出了什麼事，由我承擔。我父親是侍郎，還怕一個俞愼嗎！」說罷，他讓自己的兩個小妾盛妝而出，為某甲斟酒，並對某甲說：「如果你同意我剛才所說的。這兩個女子就是你的人了。」某甲瞧這兩位麗人，心動意惑，便同意韓荃所求，商定履約的日期後便走了。

到了約定之日，某甲怕韓荃有詐，夜裡等在途中，果然見有轎子來，打開轎簾查看，果然是兩個小妾。他便把轎子引導回家，暫時把兩妾藏在書齋裡。韓荃的僕人還把五百兩銀子與某甲交割明白。然後，某甲故作慌張奔到房中，騙素秋說：「俞公子得了暴病，來叫妳回去。」素秋來不及梳妝便草草出門，坐上轎子就走。

轎子出發後，夜裡迷了路，不辨方向，走了很長時間，還沒到家。忽見兩盞燭光迎面而來，眾人喜出望外，以為可以問路了。待到前方一看，原來是一條大蟒蛇，兩眼如燈。眾人驚恐萬狀，人馬紛紛逃散。轎子被扔在路旁，無人過問。等到天明，眾人才聚攏來查看，只見轎子空空。他們料定素秋已被蟒蛇吞食，回來告訴主人。韓荃垂頭喪氣，無可奈何。

幾天後，俞愼派人來接妹妹回家，才知道她已被惡人騙去。他起初並不知道是某甲作的圈套，待細細盤問當初陪嫁過去的婢女後，隱約知道其中的騙局。俞愼氣憤之極，同時向縣衙、州府告狀。

某甲害怕，來向韓荃求救。韓荃正為白白損失兩個小妾和銀子而懊喪，痛罵某甲不已，哪裡還肯幫忙。某甲無計可施，而縣衙的逮捕公文已下，只得到處賄賂，才得暫免。

一個多月後，某甲為行賄，已把家財變賣一空。俞慎又上訴到州府，州官嚴令縣衙拿辦某甲。某甲知道逃脫不掉，只得上堂從實招供。縣衙拘提韓荃來對質。韓荃十分害怕，把實情告訴父親韓侍郎。韓父這時已告老還鄉，他對兒子橫行不法十分憤怒，把他交給差役。

韓荃說到夜遇蟒蛇等等，但是言辭支吾，官府對他動用棒刑，當初參與騙局的家僕也被打得死去活來。韓荃的母親變賣田產，上下賄賂，韓荃才保全了性命，而他的僕人則已病痛交加，死於獄中。

韓荃久困於監獄之中，苦不堪言，願幫某甲賄賂俞慎一千兩銀子，求他撤訴罷訟。但俞慎拒絕。某甲的母親又答應給兩個小妾好處，要她們設法使這樁官司成為疑案，以爭取時間尋訪素秋下落。俞慎的妻子也奉母命，朝朝暮暮地勸說丈夫，俞慎才同意存疑待查。

過了幾天，俞慎在書齋中夜讀，素秋由一老太太陪同，翩然而入。俞慎驚問道：「妹妹一直平安嗎？」素秋笑說：「蟒蛇乃是妹子略施小技而已。當晚我逃到一戶秀才家裡，投靠他的母親。那秀才也認識哥哥，現在就在門外。」

俞慎連鞋子都來不及穿好，趕緊迎出。秀才原來是宛平縣的名士周生，俞慎與他一向友好。他挽著周生，迎進書齋中，兩人談得十分投機。他們談了許久，才把素秋受騙及到周家的來龍去脈說個明白。

當時，素秋天濛濛亮來敲周家的門，周生母親把她請進，細問來由，知道是俞慎的妹妹，當即就要派人騎馬速報俞慎，卻被素秋阻止。這樣，素秋便與周母暫時住在一起。

素秋被周母看中，老太太想到兒子還沒結婚，願留下素秋作媳婦。她隱約把自己的意思對她說，素秋以沒有兄長之命為由而謝絕了。

周生也因俞慎是自己的好友，不肯與素秋作沒有媒人的婚

配。他頻頻打聽並關注俞慎這邊官司的進展。得悉官司已有一個臨時的處理方案後，素秋來向周母告辭，要回哥哥家中看看。周母便讓兒子領著一個老太太陪伴素秋歸來，並囑咐老太太作媒。

俞慎考慮到妹妹已在周生家住了好些日子，有讓素秋與周生成婚的意思，聽到老太太開口作媒，正中下懷，當面與周生訂立婚約。

素秋原想讓俞慎得到某甲一筆賠償金後，再宣佈她的消息。俞慎不同意，說：「剛開始我氣憤之極，才向他們要錢，好讓他們敗家，以洩心頭之恨。現在又見到妹妹了，這是一萬兩銀子也換不來的呀！」

他派人告訴韓荃和某甲兩家，他已撤訴，這樁案子就算了結。又考慮到周生家經濟不寬裕，且路途遙遠，迎親有困難，便把周生的母親接來，住在原來俞忱住過的宅第中。周生也置辦彩禮，請來樂隊，與素秋喜結良緣。

一天，嫂子對素秋開玩笑說：「今兒得了新女婿，從前枕席之間的男歡女愛還記得嗎？」素秋笑著問婢女說：「還記得嗎？」嫂子不明白她為何問婢女，再三追問，素秋才告訴她。原來她與某甲結婚三年，夜夜同床，都是讓婢女代替她。每到晚上，素秋便用筆畫婢女的眉毛，然後把她趕到某甲那裡。某甲就是與婢女燭下相對，也認不出來。嫂子稀奇得不得了，想學她的法術，素秋只顧笑，不肯告訴她。

第二年是大考之年，周生要與俞慎同去。素秋對丈夫說：「你不必去。」但是俞慎硬把周生拉走了。這科考下來，俞慎中了舉，周生卻落了第。第二年，周母病故，周生從此不再赴考，也不再想當官了。

一天，素秋對嫂子說：「妳以前要學我的法術，我沒教妳，是怕弄不好嚇著別人。而今我將遠別，把法術的祕密告訴妳，妳在躲避兵災時用得著。」嫂子驚問何故，素秋說：「三年後，這裡不會再有人煙了。我素秋纖弱，受不了這等驚嚇，將到海濱隱

居。大哥是富貴圈中人，不必與我們同往，所以要與你們要遠別了。」素秋把自己的法術統統傳授給嫂子。

過了幾天，素秋真的來告別了。俞慎再三挽留，素秋去意已決。俞慎流淚問道：「那麼妳要到哪裡去？」素秋也不說。第二天，雞剛打鳴，素秋只帶著一個白鬚老僕，替她牽著驢子走了。

俞慎悄悄派人在她後面跟著，走到膠東萊陽地面，突然濃霧蔽天，伸手不見五指。待霧散天晴，素秋已不知去向。

三年後，順天府遭兵戎之災，村舍都成廢墟。俞慎的妻子剪了個布人兒放在門裡。有士兵到來，見院內有一丈多高的韋馱菩薩站在雲霧繚繞中，便立即退走。俞慎家因而得以保全。

後來村裡有位商人走海路去經商，遇到一個老人，很像當年素秋帶走的老僕，但是鬍鬚頭髮都是黑的，所以不敢相認。倒是老人停下來笑問商人：「我家公子身體健康嗎？請你帶個話給他，就說素秋姑娘也很安樂。」商人問老人現住何方，老人只說：「遠啦，遠啦！」說完便匆匆離去。

俞慎得知消息，派人到商人碰到老僕的地方尋訪，但始終找不到素秋的蹤跡。＊出自《聊齋志異》卷十〈素秋〉

三仙

有一個讀書人到南京去趕考，路經宿遷縣，遇見三個秀才，一起談論得很開心，於是就去買酒來喝。四人邊喝酒，邊聊天，越聊越親密。他們三人自報姓名：一個叫介秋衡，一個叫常豐林，一個叫麻西池。他們開懷暢飲，非常高興，不知不覺太陽已經落山了。

介秋衡說：「我未盡地主之誼，反而吃了你的酒，於理不合。茅舍離此不遠，可以順便去休息一下。」常豐林、麻西池二人一起站起身來，拉了拉衣襟，招呼僕人跟著一起去了。

走到城外的北山，看見前面有一幢房屋，一條清清的溪流從門前繞過。走進屋裡，房子非常乾淨、整潔。介秋衡叫書僮張燈，又讓他安排好僕人的住所。麻西池說：「今天離考試的日期很近了，不可虛度如此美好的夜晚。請擬四個題目，作成四個鬮，每人抓一個，根據題目作文章，文章作成了才能喝酒。」

大家都同意了，於是四個人，每人擬一個題目寫在紙上，把紙放在桌上，抓到題目後就伏案構思。二更未盡，四人的文章全都脫稿，互相交換著傳閱。外地來的那位秀才讀了當地那三位秀才作的文章後，拍案叫絕，佩服得五體投地，他草草地抄錄下來藏在懷裡。

主人抱來一罈美酒，換上大杯子，四人互相推杯換盞，喝得酩酊大醉。主人領著客人到另一個院子去睡覺。客人喝得爛醉如泥，鞋也顧不得脫，便和衣躺在床上。

一覺醒來，已是紅日高照。秀才睜開眼睛往四周看去，根本沒什麼房屋，主僕二人都躺在山谷中。他嚇了一大跳，再仔細看看，自己身旁有一個山洞，山泉正涓涓流淌著。秀才覺得非常驚訝，伸手摸摸懷裡，那三篇文章都在。於是，他下山去問當地居

民，才知道這裡叫「三仙洞」。洞中有蟹、蛇、蛤蟆三種動物，非常有靈性。他們時常外出遊玩，當地的人經常看見他們。

　　那位秀才到金陵參加考試，那三個題目的文章都是仙人作的，自然是出類拔萃的通達佳作。＊出自《聊齋志異》卷十一〈三仙〉

廊下物

有個人早晨起床，看見一個怪物躺在臺階上，一個身子，兩個腦袋，從脖頸處分開。怪物鼾聲大作，正在熟睡。這人嚇得叫起來，家人都趕來，手持棍棒擊打怪物。怪物驚醒，站了起來。人們看到怪物有兩個頭，耳朵、眼睛、嘴、鼻子都與人一樣，只是兩張臉表情不同，一張臉蒼老，另一張臉年輕；老的表情黯淡，年輕的表情歡快。眾人見此都很驚駭。怪物兩張嘴一起說：「我還不算奇怪，落瓠山有個叫尳尳的，才奇異呢。我應該把它接來讓你們看看。」說完，從屋簷間跑走了。一會兒，領著一個怪物來了。第二個怪物一個身子、九個腦袋，腦袋環繞肩膀，大小像拳頭，形狀表情各不相同。有嬉笑的，有哭鬧的；有生氣的，有發愁的；有閉目睡覺的，有豎起耳朵傾聽的；有說話的，也有凝神思索的。此怪見到人，不害怕、不躲藏，但也不靠近人。雙頭怪站在九頭怪的身旁像僕役一樣侍候它。但九頭怪對眾人說：「我還不算奇怪，為何不把吾頵頵請來呢？」說罷，兩怪一起飛去。

就在眾人驚歎時，只見兩怪引來另一個怪物從門外飛入。此怪腦袋多得不勝其數，如花瓣般叢生，有的仰面，有的低頭，有的側臉，有的唱曲，大小像桃核一般。容貌美的、醜的都有，姿態歪的、正的相互交錯，七嘴八舌，混亂嘈雜，聽不清說什麼。不一會兒，怪物樣貌發生變化，在場眾人的相貌一一出現在怪物那數不清的頭上，維妙維肖。眾人相互看看，非常驚訝。

忽然間，廊下有雙腳自地面向上拱出，很快地手出來了，過了一會兒肩膀出來了，竟然跳出一個新怪物站在那兒，它的頭比甕還大，但臉上沒有七竅。那三個怪物看見此怪，驚嚇而逃。此怪迅即追去，比隼鳥還快，頃刻間無影無蹤。眾人最終也不知道這都是些什麼怪物。＊出自《耳食錄》卷二〈廊下物〉

水底弦歌

　　西漢時期，一天，武帝劉徹正在未央宮進膳，忽然聽到一個蒼老的聲音說：「老臣冒死上訴。」然而，只聞其言，卻不見有人。武帝和諸位侍臣大驚。

　　眾人各處尋覓，過了好一會兒，才發現房梁上有一位老翁。這老翁身高僅八九寸，深紅色的面龐布滿皺紋。他鬚髮皓白，挂著拐杖，弓著背行走在梁上，顯得很衰老。剛才的話，就是這個小老翁說的。

　　武帝心裡明白，此老翁決非凡人，便仰頭發問：「老叟姓什麼？家住哪裡？爲什麼帶著病來向我上訴？」小老翁順著殿柱滑下，放下拐杖，稽首而拜。他拜畢起身，仍不言不語，只仰頭看了看屋頂，低下頭指了指武帝的腳下，就突然不見了。

　　武帝驚駭異常，百思不得其解。他自言自語地說：「東方朔一定知道是怎麼回事？」於是，立即召東方朔上殿。東方朔聽完，說：「他的名字叫『藻』，乃水木之精。這種精靈夏天棲息在幽森的樹林，冬天則潛入深河。陛下連日頻頻興土木、造宮室，斬伐了他的居所，所以他才來上訴。他仰頭看屋而俯指陛下腳，是希望陛下宮室到足下爲止。」武帝聽罷，感觸良多，遂下令停止工程。

　　後來，有次武帝出巡，來到河南的瓠子河邊。突然，有嫋嫋的弦歌聲從河底傳來。不一會兒，又見從前那位梁上老翁帶領幾個人，從河中凌波而出。幾個人中，只有一人身高一尺多，其餘人和老翁一樣僅八九寸。他們從水中出來，身上卻滴水不沾。每人手中都拿著一件樂器。

　　此時，武帝正在進餐，見到這一夥人，便停止進膳，命眾人列坐於食案前。武帝問老翁：「方才聽見水底奏樂，是你們演奏

的嗎？」老翁答道：「老臣以前冒昧上訴，幸蒙陛下施恩於我輩，真如天之無不覆蓋，地之無不承載。陛下停斤斧，罷工役，使我輩之居室安然無恙。我們非常感激，不勝歡喜，故在此私相慶賀呢。」

武帝聽罷，點了點頭，說：「他們能為我奏樂嗎？」老翁立即答道：「我們特意前來獻樂，豈敢不奏。」言罷，那個身高一尺多的小人彈琴而歌，唱道：「天地德兮垂至仁，潛幽魂兮停斧斤。保窟宅兮庇微身，願天子兮壽萬春。」歌聲大小與常人無異，其音則清澈悅耳，繞梁越棟，為世間所無。

武帝極為歡悅，舉觴向眾矮人勸酒，並謙遜地說：「我不足以受到如此高雅的贈與。」老翁等聞言，紛紛起身，稽首再拜，然後接過酒杯，每人各飲數升。

飲罷，老翁獻給武帝一個紫色的海螺殼。螺殼中有狀如牛脂的東西。武帝說：「我很愚昧，不認識這是什麼。」老翁笑道：「東方朔君知道此物，陛下可以問他。」武帝此時也不客氣，對老翁說：「還有什麼珍寶可以送我嗎？」

老翁立即命取洞中之寶，一人隨即領命下水，直至淵底。不一會兒便回來，手中捧著一顆直徑數寸的珍珠。珍珠出水，光耀映日，堪稱絕世珍奇。武帝十分喜歡，正當他把玩寶珠之際，老翁及一群小人忽然而隱，不知去向。

武帝問東方朔：「紫螺殼中是什麼？」東方朔回答說：「是蛟龍髓，用它敷面，可使皮膚光鮮細嫩，是護膚佳品。此外，它又是催產的良藥。」

當時，正巧後宮有妃子難產，用蛟龍髓催產，果然十分靈驗。武帝又問東方朔：「這個寶珠為什麼叫洞穴珠？」東方朔說：「河底有一洞穴，深足有數百丈。洞中有一個紅色的大蚌，這個寶珠就是這個大紅蚌生的，所以叫洞穴珠。」武帝聽了，感嘆良久，又欽佩東方朔學識的淵博。＊出自《幽明錄》卷五〈水底弦歌〉

石雞山

東晉永嘉之亂時，江南處於兵荒馬亂中，處處是流寇。

河南宜陽有個年輕姑娘，姓彭名娥。一天，她到村外水潭邊汲水，恰逢亂兵經過村子，待彭娥回到家中，只見牆倒屋塌，家中父母兄弟一個也不見，想來是被賊兵抓走了。彭娥不禁失聲痛哭起來。這時又有一群亂兵擁來，彭娥無處可逃，只好拚死抵抗，終因力弱不敵，被捆綁著拉到村外河邊處死。河水臨山，高岩聳立，彭娥無限悲憤，無可發洩，仰頭對著高岩呼喊道：「天地神靈，你們究竟有沒有眼睛？我彭娥有什麼罪孽，竟會遭此惡報？」然後，邊喊邊向山岩跑去，想一頭撞死在岩石上。就在她剛跑到山岩前面時，巨大的山岩忽然從中間分開，現出幾丈寬的大道，道路十分平坦。彭娥便順著大路往裡跑。賊兵見彭娥奔逃，都隨後追來，不料他們剛跑進那條新出現的大道，忽聽驚天動地一陣巨響，分開的山岩重又合攏，賊兵全被壓死在山中。

彭娥從此隱居山中不再出來。她用來裝水的東西竟化作石頭立在山岩上，因它的形狀像隻雞，當地人就把那座山叫石雞山，把彭娥汲水的那個深潭起名娥潭，以紀念這位剛烈的女子。＊出自《太平廣記》卷三九七〈石雞山〉

和尚化石

　　唐僖宗乾符年間，天臺山有個和尚在臨海縣邊上發現一個洞穴，爲好奇心驅使，他邀約了另一個和尚一道進洞探察。起初，山洞又矮又窄，地上泥濘難行。不料走了二十來里後，卻又變得開闊起來。出了洞口，前面是一座山。上山走了十來里路，見到一個市鎮。鎮上有居民，有商店，同別處一樣。

　　這和尚平時修習辟穀之術，雖然走了這麼多路，倒也不覺得饑渴。然而他那同伴卻早已腹中空空，饑餓難熬，一見來到市鎮，迫不及待就跑去化齋充饑。市鎮上的人勸他說：「如果能夠忍耐，趕快回去最好，如果你吃了這裡的東西，恐怕就出不去了。」這個同伴餓得心慌意亂，不信別人說的話，堅持要討飯充饑。吃完以後，兩人繼續往前走，道路又漸漸變得狹隘起來。最後進了一個山洞，剛鑽出山洞，那個在洞中吃過齋飯的和尚突然化爲石頭人。另一和尚大驚，無奈，只好繼續往前走，走出深山見人一問，才知自己已走到牟平縣的海濱了。＊出自《太平廣記》卷三九八〈僧化〉

石清虛

邢雲飛是順天人。他喜歡收集各式各樣的石頭，看見好的石頭，他就不惜重金把它買下。

有一次，他偶然到河邊去捕魚，河裡有個東西掛住網，他潛到水裡去撈，撈上來一看，原來是塊一尺多高的山石。這塊石頭四面玲瓏，峰巒疊秀。邢雲飛高興極了，如獲奇珍異寶般。

回家以後，他特意為這塊石頭雕了一個紫檀木的座子，把它供在案頭上。每當天要下雨時，這石頭的每一個孔竅都會冒出白煙，遠看好像塞了一團團的新棉絮。

有一個很有勢力的豪紳，親自登門來看這塊石頭。他一見這塊石頭，就舉起來交給一個強壯的僕人，然後騎著馬跑了。邢雲飛無可奈何，只有頓足悲憤而已。

再說那個僕人，背著石頭跑到河邊，走到橋上想換換肩，休息一下，忽然一失手，石頭掉進河裡。豪紳大怒，用鞭子抽打僕人一頓。他當即出錢雇用水性特別好的人，到河裡去打撈，但是怎麼也找不著那塊石頭。他在橋上貼了一張告示，重金懸賞撈到石頭的人。自從這張告示貼出以後，每天來尋找石頭的人擠滿了河床，但都沒有收穫。

一次，邢雲飛來到石頭掉下去的地方，對著河水悶悶不樂。突然，他看見河水清澈，石頭就在水中。邢雲飛大喜，脫去衣服，跳入水中，把石頭抱出水面。

邢雲飛把石頭抱回家裡，再不敢放在接待客人的廳堂裡了。他把內室打掃乾淨，把石頭供在裡面。

有一天，有個老頭兒來敲門，說想看看石頭。邢雲飛推說石頭已經丟失很久了。老頭兒笑笑說：「廳堂裡擺著的不就是嗎？」邢雲飛請他進屋，想證實一下自己沒有說假話。誰知他們一進

門，那石頭果然擺在廳堂的桌子上。邢雲飛驚訝得說不出話來。

老頭兒撫摩著石頭說：「這是我家的傳家之物，已經丟失很久了，現在居然在此地啊！既然我已經看見了，就請你馬上還給我吧。」邢雲飛十分窘迫，硬說石頭是他家的，於是兩人爲石頭爭執起來。老頭兒笑著說：「既然是你家的寶貝，請問有什麼憑證嗎？」邢雲飛回答不出來。老頭兒又說：「我可是早就知道它的特徵。它前後共有九十二竅，孔中有五個字：清虛天石供。」

邢雲飛仔細一看，孔中果然有小字，細小如粟米，使勁兒看才能辨認出來。他又仔細數石上的竅，果然有九十二個。邢雲飛無話可說，但還是執意不還給老頭兒。

老頭兒笑著說：「我家的寶貝，怎麼能夠任憑你作主呢？」說完，拱拱手走出去。邢雲飛將他送到門外，等他再回到客廳時，石頭已經不知去向了。邢雲飛急忙去追趕老頭兒，幸虧老頭兒走得慢，還沒有走多遠。邢雲飛追上他，拉住他的衣袖苦苦哀求。老頭兒說：「奇怪呀！一尺多高的石頭，難道可以捏在手裡、藏在袖筒裡嗎？」這時候，邢雲飛才知道這位老者是神仙，他強拉著他回家，長跪在地上請求老者把石頭還給他。老頭兒說：「石頭究竟是你家的，還是我家的？」邢雲飛說：「確實是你家的寶貝，但求你能割愛，贈送給我。」老頭兒說：「既然你這麼說，石頭依然在你家裡。」邢雲飛忙進內室，石頭果然已經放回原處了。

老頭兒說：「天下的寶物，應該給愛惜它的人。這塊石頭，能夠自己選擇主人，我也很高興。然而，它太急於表現自己，而且出世太早，因此命中註定要遭受劫難。我原來想把它帶走，等三年後再奉贈給你。既然你現在就想留下，那就得減你三年壽數，這樣，它才能與你終身相伴。不知你願不願意？」邢雲飛說：「我願意。」老頭兒伸出兩個指頭，在石頭上捏住一個竅，隨手封了起來。封閉了三個竅以後，老頭兒說：「石頭上的竅數，就是你的壽數。」說完就要走。邢雲飛苦苦挽留，問他的姓

名,他也不說,扭頭就走了。

過了一年多,邢雲飛有事外出。到了夜裡,有盜賊闖到他家裡,別的什麼也沒有丟失,獨獨把那塊石頭偷走了。邢雲飛回家後,發現石頭丟失了,十分著急,傷心得差點死去。他四處察訪,懸賞求購,全無蹤影。

又過了幾年,邢雲飛偶然到報國寺去,看見有一個人在賣石頭,賣的就是他丟失的那塊寶物,他要認取,賣石頭的人不給,背起石頭要跟他去打官司。

官員問:「你們雙方都說說有何憑證?」

賣石頭的人只能講出石頭上的竅數。邢雲飛問他還知道石頭上有些什麼,賣石頭的人回答不出來。於是,邢雲飛就說石頭上還有三個手指頭印,有一個竅中還有五個小字。官員當場驗證了,這樣,邢雲飛的官司就算打贏了。官員要用棍杖責打賣石頭的人,讓他招供,賣石頭的人說他是用二十兩銀子從集市上買來的,於是官員就把他放了。

邢雲飛得到石頭以後就回家了。他用一塊錦緞把石頭包裹起來,藏在櫃子裡,過些時候就取出來自己觀賞一下;觀賞之前,必定先點上好香,然後再把石頭請出來。

有一位當尚書的大官,知道邢家有一塊奇石,表示願意出價一百兩銀子購買這塊石頭。邢雲飛說:「你就是給我一萬兩銀子我也不賣!」尚書發怒,暗地找碴來誣陷他。結果,邢雲飛鋃鐺入獄,家裡人只好變賣田產、房子救他。

尚書託別人捎話給邢雲飛的兒子,只要把石頭賣給他,就沒事了。兒子到監獄把尚書的話告訴父親,邢雲飛情願一死也不賣石頭。邢雲飛的妻子和兒子偷偷商量,為了保住他的性命,只好把石頭獻給尚書。

邢雲飛出獄後知道石頭已經獻出去了,他罵妻子,打兒子,甚至幾次要上吊自殺,均被家裡人發覺救了下來,才沒有死成。

有天夜裡,邢雲飛夢見一個男子走進來,自稱叫「石清

虛」。他勸慰邢雲飛不要過分悲傷，說：「這一次，不過與你分別一年多的時間。明年的八月二十日，天不亮時，你到海岱門，用兩貫錢就可以把我贖回來。」邢雲飛醒來後，高興得要命。他把石清虛告訴他的日期恭恭敬敬地記下來。

那塊石頭在尚書家裡，下雨的時候不再生出白雲來了。時間一長，尚書也就不怎麼看重它了。第二年，尚書因犯罪而被削職。不久，便自殺了。邢雲飛如期到了海岱門，果然看見尚書家的僕人把石頭偷出來賣，邢雲飛出了兩貫錢就把石頭買回來了。

邢雲飛活到八十九歲那年，他爲自己置辦棺材、壽衣等葬具，他又囑咐兒子，一定要用那塊石頭給他作陪葬。囑咐完畢，他就死了。他兒子遵循父親的遺訓，把石頭埋到父親的墳裡。

過了半年多，忽然來了盜墓賊，從邢雲飛的墳墓中把那塊石頭盜走了。等他兒子知道以後，也不知道到哪兒去查找。兩三天後，他兒子和僕人一起走在路上，忽然看見兩個人在前面奔跑，他們跌跌撞撞，汗流滿面，朝著空中邊叩頭邊作揖說：「邢先生，你不要逼迫我們了！我倆偷走石頭，只不過賣四兩銀子。」

邢雲飛的兒子和僕人一起把這兩個盜墓賊捆綁起來，送到官府。一經審訊，他們就招供了。官府問石頭的去向，盜墓賊說賣給了姓宮的人家，官府從宮家把石頭取了回來。誰知這官兒也愛玩石頭，一看見這塊石頭，就喜歡得不得了。他想把石頭貪汙下來，就命令把石頭先存放在倉庫裡。衙役剛舉起石頭，石頭忽然掉到地上，碎成好幾十片。在場的人全都大驚失色。當官的把一腔怒火全都發在兩個盜墓賊身上，給兩賊戴上重重的刑具，判處他們死刑。

邢雲飛的兒子從地上把碎石片撿起來，仍然將它們埋葬到父親的墳墓裡。＊出自《聊齋志異》卷十一〈石清虛〉

石言

　　呂著，建寧人，曾在武夷山北麓古寺中讀書。一日黃昏，呂著讀書累了，推窗往外一看，不由倒吸一口冷氣。只見那石階上的青石板被寒風一吹，一塊塊都立了起來。寒風過處，木葉蕭蕭，那樹葉一碰到石板，便被黏住了，不但如此，連吹落的房瓦也被黏在石上。呂著揉揉眼，只見塊塊青石板竟轉了起來，一瞬間變成十餘位偉長的男子，樹葉變成衣服，石頭變成帽子。這十幾個人圍坐一處，高談闊論，很有儒士風範。呂著見此異狀，心跳不已，趕緊吹滅油燈，鑽進被窩，抱頭而臥。第二天起床，呂著到臺階處細細查看，無一異狀。午後，那些石塊又如昨天一樣變成了儒士，圍坐著談詩論道。以後，竟天天如此，從無間斷，呂著也慢慢不再害怕，走出房門與他們攀談起來。

　　呂著問他們姓甚名誰，那些人客客氣氣地報了姓名，其中有不少很不常見的複姓。這些人說他們都是漢魏時人，其中兩位年老者乃是秦人。他們所談的也都是漢魏時的一些舊事，與史書所載有很大差異。呂著聽他們談話覺得其樂融融，很投脾胃。每天午後，都等著他們。呂著問他們為什麼一會變成人，一會又變成石頭，他們笑而不答；問他們為什麼不常住寺中跟世人交往，他們也避而不答。這些人對呂著說：「呂君真是文人雅士，今天晚上月明星稀之時，請你來看我們比武較力，讓你開開眼界。」是夜，呂著早早來到院中，但見那些巨人，手持古怪兵器，就月起舞，或單或雙，神妙飄逸，宛若神仙現世。呂著大飽眼福，喜不自禁。

　　一天，那些巨人神色淒清地對呂著說：「我們與你相處日久，情深意厚，不忍分別。但今晚我們都已托生海外，要作一番前生未了之事，不能不與你分手告別了。」呂著聞此，如失魂落

魄一般，戀戀不捨地把這些人一直送出門外，一一話別。從此，古寺中再也見不到這些人的蹤跡了。至於他們所談漢魏時的古事，呂著早已一一記下，整理成書，書名《石言》。但呂著一貧如洗，此書一直沒能付印，誠為憾事。＊出自《子不語》卷七〈石言〉

白石精霸占乩壇

　　林名師在家設乩壇時，乩壇被自名爲白石眞人的妖怪所占，林名師從此陷於魔道，瘋瘋顛顛。妖怪在乩壇上寫道：「在臉上另開一眼，你便可見到玉皇大帝。」林名師見了，便眞的要用刀在自己臉上劃道口子，當作另一隻眼。被家人阻止後，林名師就「混蛋」、「王八蛋」地罵個不住。家人正發愁，乩壇上出現了這樣的字跡：「我乃土地神也，現在騷擾你家的是白石精。這傢伙神通廣大，我也供它驅使，這幾天他去西天拜佛，你們趕緊拆去乩壇，寫好牒文到城隍前焚燒，狀告白石精。只有如此，你家才可脫此大難。」恰巧此時林名師的好友太史蔣莩生來訪，聞知此事後，即刻勸林家毀去乩壇，又花三十兩銀子買了張天師的符，供在堂中。這白石精從此消聲匿跡，再也沒有來過。

　　十幾年後，林名師因病亡故，供在堂中的符因香火不愼被燒個精光，只剩下一張襯紙。這時蔣莩生恰巧在北京，還沒得到好友的訃告。張天師當時也在京城，對蔣莩生說：「你的摯友林名師不幸亡故了。」蔣莩生聽罷，臉色陡變，問道：「先生何以知之？」天師說：「某月某日，我符上派遣的神將已向我交令歸位，唉，可惜，可惜。」不幾天，蔣莩生便收到林名師的訃告，和張天師符不愼被焚的消息。他傷心之餘，對張天師又敬又畏。

　　一次，別人家扶乩，蔣莩生前去觀看，那乩盤上便一字不出。蔣莩生好生掃興，拱手告辭。蔣莩生剛抬腿出門，乩盤上便現字道：「剛才那位先生，文光射人，我不敢見他。」

　　後來，土地神又在林家乩壇上顯靈，道：「白石精到你家作祟，是要攝取林名師的魂靈，供它驅使的緣故。」＊出自《子不語》卷十九〈白石精〉

山神

　　楚北有個叫屠越的秀才，一年，臨近年關時，屠越關閉了他的學堂，準備回家過年。忽然有個頭戴皮帽、身著戰裙，魁梧健壯，虎氣逼人的武士，臉色嚴肅地來到他的屋裡。武士自我介紹說姓莊，問屠越明年準備在哪裡開辦學堂。屠越回答說：「還沒有考慮好。」莊武士接著說：「我有兩個兒子，想勞先生教誨，我每年給先生三十斤金子。」屠越嫌學生太少，莊武士趕忙說：「我們村中還有鄰居家的二三個孩子，可以同時請先生教誨，先生這下可以安心教了吧。」屠越聽後仍猶豫不決。莊武士拿出準備好的鹿肉乾放在桌上，說：「這是一點見面禮，請先生笑納。」說完便出門走了，屠越追上去想問清他住在什麼地方，但是人已走遠了。

　　那時，附近山林中常有綠林好漢聚眾鬧事，屠越懷疑這莊武士也是綠林的一員，心中惴惴不安，沒有答應其他人的聘請。

　　時間過得很快，轉眼元宵節已過去。一天夜裡，莊武士敲開了屠越的家門，對他說：「我已準備好車子，請先生跟我上路吧。」屠越請他明天早上再來，莊武士不肯，並上前拽著屠越登車就走。一路上彎彎曲曲地走了很久，來到一個村子。那村子的房屋都是用幾根木頭搭成的架子，形狀稀奇古怪。天快拂曉，屠越跟隨莊武士進到一間屋裡，屋內四壁如巢穴一般參差不齊。

　　莊武士的兩個兒子出來拜見屠越，大的十四五歲，小的十二歲，兩人長得猿目鳶肩，面目兇惡。屠越教他們讀書，發現他們愚笨的沒有一點靈氣，而且性情非常暴烈。沒幾天，莊家兩個兒子便將伴讀的其他孩子的頭打破了。鄰居家來這兒一起學習的有三個孩子，反而受莊家的兩個兒子欺負。屠越生氣地責備莊家兩子，他們還不服氣，反而與先生反目相罵。莊武士出來也說先生

祖護鄰居的孩子，話語激憤並帶罵聲。屠越大怒，當即辭職準備回家。莊武士說：「你打算去哪裡？恐怕由不得你！」說完便忿恨而去。屠越隨他走出屋子，忽聽屋裡孩子們號叫不止，他馬上返回屋中，只見莊家兒子撕開鄰居孩子的胸膛，正用手掏他們的內臟吃。屠越驚恐萬狀，連忙轉身落荒而逃。

屠越逃出莊家，但認不得來路，莊家兩個兒子這時也追出來攔他。屠越拚命逃竄，在山林裡東奔西跑，正跑得走投無路時，只聽到貓頭鷹叫、狐狸嚎，他站住腳扭過頭看了看，那兩個孩子不知追向何處去了。這時，屠越看到路旁有一荒窯，他正打算進去暫避一時，忽然從路旁荊棘中鑽出兩隻狼，上前銜住屠越的衣袖，使勁往草叢裡拖，屠越被嚇得半死。正在這危急關頭，只見一個穿粗布短衫，頭戴高帽，胸前飄著長長鬍鬚的老人，舉起手中的拐杖將兩隻狼擊斃，救了屠越。

老人問屠越怎麼會來到這裡，屠越將他的遭遇講了一遍。老人說：「這裡是豺狼虎豹之鄉，哪能久留在此。你幸虧遇到老夫，不然就沒命了！」說完，老人給屠越指明出山的道路。屠越急忙走出這重山峻嶺。他回頭望去，哪還有什麼道路。

屠越回家過了幾天，一天夜裡，忽然夢見救自己的那位老人，老人手中提著一顆人頭掛在院中的樹上，說：「莊某不法，我已將其斬首了！」屠越大驚，忙問老人姓名，老人說：「老夫是此山的主人。」說完便不見了，屠越隨之也醒了。他起身來到院裡一看，樹上果然懸掛著一顆鮮血淋淋的虎頭。屠越此時才明白這老人就是山神。＊出自《醉茶志怪》卷三〈山神〉

水晶石記

清朝宣統年間，涪陵有一個漁夫，一天他正在江邊捕魚，遠遠看見一塊石頭在江中漂浮。這塊只有八寸見方的石頭卻光華四射，照得江邊的水都清澈明亮。漁夫忙把它撈起來，原來這是一塊水晶石。漁夫如獲至寶，把它拿回家放在水缸裡。

那天夜裡，這漁夫的小屋通室明亮。鄉人都很納罕，第二天爭先恐後地來觀看。漁夫拿出石頭給大家看，鄉人都讚不絕口，祝賀他得了寶貝。

這時，有個知道這塊石頭值錢的人就勸漁夫說：「這石頭誠然是個寶貝，但你窮得衣不蔽體，食不果腹，你要這個寶貝又有甚麼用呢？況且古人說過，一個平常百姓本來安然無事，一旦得寶，倒可能禍從天降。我是擔心你因此寶而遭禍，還不如賣了它，你既可發財，又能免禍。你意下如何呢？」

漁夫說：「我也想賣了它，但不知有沒有識貨的人，真要有識貨的，我就獻給他。我是怕明珠暗投，給了不懂得珍惜它的人，那就可惜了。」

那人說：「隋侯之珠、和氏之璧，誰都知道是珍寶。這石頭既是稀世之寶，怎麼會沒有人識貨呢？我願意以百金買它。」

漁夫聽說給這麼多錢，就同意賣給他，但又怕受騙，就說：「一手交錢，一手交貨。」那個人真的拿出百金買走水晶石。他懷裡揣著石頭往回走，路過江邊，那石頭突然從他懷裡一躍而跳回江裡。那人急忙去撈，可再也沒有撈著。＊出自《南皋筆記》卷四〈水晶石記〉

奇石合記

　　導江的陳曉山，是清朝道光、咸豐年間的一位博學之士。他閒暇時常愛在江邊散步，眺望。

　　一次他在江邊慢踱，突然看見一塊石頭居然漂在水上，而且正向著江邊漂浮。他用網把它撈上來，並請來石匠剖開這塊奇石。當時他非常驚訝，裡面竟然是一條二寸來長的小魚，可是由於石匠粗心，碰傷了小魚，小魚死了，陳曉山很是惋惜。他忙取石中之水點在眼睛裡，奇蹟出現了，從此他的眼力出奇地好，看小的東西就像看大的一樣，看細微的東西也清晰明顯，而且終生沒有害過眼病。直到九十歲，還能在芝麻粒上寫數行小楷。

　　光緒年間，導江有位姓高的，也在江邊看見一塊石頭在江水中浮動。他突然想起陳曉山獲石的故事，知道此石一定是寶物，就讓人下水撈上來。初看時，石頭很小，也就二寸來長，可是一會兒功夫，它就漸漸變得大起來。等到距離江岸四五尺的時候，它已大如磨盤了。高某找了幾個大力士把它抬上來，又請石匠剖開它，心想裡面一定是什麼寶物。可是直到石匠把這塊石頭鑿碎了，也沒見到裡面有什麼東西，只是一塊頑石罷了。高某就把那些碎石丟在路邊。至今它們還在那兒呢！

　　導江縣城裡，住著一個姓苟的寡婦，因為家貧，就以幫人洗衣來維持自己和女兒的生活。有一天，這位苟寡婦正在江邊洗衣服，看見一塊石頭向江邊漂來，她就撈起來背回家去，放在水缸裡。夜裡，她就著燈光向水缸裡一看，大吃一驚，那塊石頭居然像蚌殼一樣張開著，裡面有一條五彩金龍正吐著沫在換氣。這條金龍頭上有角，全身的鱗甲金光燦燦，光華耀眼。這婦人連忙叫她女兒來看，女兒也甚為納罕。不一會兒，金龍縮回石頭裡，石頭又闔上了，看上去仍是一塊普通的石頭。

　　這天夜裡，女兒作了一個夢。她夢見一個身穿五色彩衣的人前來向她訴說：「日前，我在江中遊戲，不慎被妳母親所獲；適才又在妳們面前現了原形，實在是有失體面。惟願妳們念及我多年修行的苦處，把我放回江中，這大恩大德他日我一定重重報答。」女兒聽罷，就答應了它。那身穿彩衣的人拜別而去。

　　女兒醒來，就把夢中的情景告訴母親，並說自己已答應把金龍放回江中。母親聽了卻堅決不同意。女兒又勸說道：「這蛟龍並不是池中豢養之物，老是這麼囚著它，並不見得能以它獲福。要是它帶來災禍怎麼辦？」母親仍不答應，說：「既然它是個寶物，怎麼能把它捨棄呢！」仍不肯把金龍放回江中。

　　不久，這塊石頭上忽然出現兩行字，一行是女兒的生辰八字，另一行是女兒表弟的生辰。接著兩個人都得了病。這時候大家都說是這塊石頭在興妖作怪，於是就把它擲回江裡去。女兒和表弟的病也就好了。＊出自《南臯筆記》卷三〈奇石合記〉

無畏三藏

　　一年，唐玄宗駕幸東都洛陽，正值當地大旱不雨，酷熱難當。當時聖善寺住著一個從天竺國來的高僧，法名無畏。因他精通佛教經典，人們都尊稱他為三藏和尚。無畏和尚擅長召龍降雨的法術，唐玄宗於是派高力士去請他來祈雨。無畏回奏說：「今年的旱災是上天的旨意，如果召喚龍王降雨，就會伴隨颶風暴雨，造成損害，最好不要這樣作。」唐玄宗堅持說：「老百姓已被這旱災折磨得太久了，儘管神龍帶來疾風暴雨，但百姓也會高興的。」無畏和尚不得已，勉強奉旨求雨。

　　有關官員為此準備了旗幡之類的法器，無畏和尚笑著說：「都用不著。」叫統統撤去，只用一個缽盛滿水，用一把小刀在水裡不停地攪動，口中用番語念咒禱告。一會兒出現了一條龍，只有拇指大小，全身紅色，將頭伸進缽中，不久全身都沒進水裡。無畏和尚又用刀在缽中不停地攪動，口中依舊反覆祝禱。又一會兒，一股白氣從缽中飄出，像輕煙一般，約幾尺長，漸漸飄出屋門。無畏和尚對一直在身旁侍立的高力士說：「你快回去，雨就要來了！」高力士忙上馬飛奔而去，奔跑中回頭一看，只見那股白氣盤旋直上，升到天空，就像一匹自由舒卷的白練。接著烏雲密布，遮天蔽日，狂風陡起，霹靂震地，大雨嘩嘩直潑下來。高力士剛奔馳到天津橋，風雨已經追到，只見路邊大樹多數被大風颳倒。等他趕到皇帝駕前跪下復奏時，全身已沒有一根乾紗了。＊出自《太平廣記》卷三九六〈無畏三藏〉

化銅爲金

隋朝末年，有個道人在太白山中修道煉丹，歷時幾十年，煉成道家仙藥大還丹，終於得道。

他曾收過一個徒弟，名叫成弼，跟師父在山中修行十幾年，除了平時侍候煉丹，作些雜事外，道人並沒向他傳授過道法。後來成弼父母去世，他就向道長辭別下山，料理後事。道人說：「你跟隨我時間也不短了，現在老人又仙逝而去，我也沒別的東西送你，就給你十粒大還丹吧。這丹乃是仙物，用一粒就可使十斤赤銅變成黃金，足夠你辦喪事的用度了。」說完從葫蘆中倒出十顆金丹給成弼，成弼收下藏好，拜謝師父，下山回家。

到家後，他按照師父的傳授用一顆大還丹把十斤赤銅化爲黃金，很體面地給父母辦了喪事。他見大還丹果真具有點銅成金的靈效，不由貪心大起，又回太白山找師父，求師父再賞賜一些給他。道人見他如此貪婪，很不高興，拒絕再給。成弼見求索無效，突然抽出事先準備好的利刃，先將師父捆起來，逼他交出大還丹。道人還是不給，成弼就剁掉他的雙手，道人依然不從，又被成弼砍掉雙腳。他見道人受此重創卻依然臉不變色，便惱羞成怒，一刀把道人的頭砍落地上，然後解開道人身上穿的衣服仔細搜查，終於發現肘後有個紅色的布袋，解開一望，不由心中狂喜，原來裡面盛的正是他尋找的大還丹。於是他把布袋藏在身上，急忙下山。剛走幾步，忽聽身後有人叫他，回頭一看，竟然是剛才被他殺死的師父，不由嚇得魂飛魄散，邁不動腿。只聽師父恨恨地說：「我沒想到你是這種狼心狗肺的人，像你這種缺德的人也配得到這靈丹嗎？神必降罰於你，你的結局將同我一樣。」說完，忽然消失不見了。

成弼下山之後，用大還丹化煉了許多黃金。他用大還丹化煉

的黃金，顏色微紅，比普通黃金要好，還可用作修道時的丹藥服食。很快他就成了遠近聞名的巨富，也引起人們的懷疑。有人去向官府告發，說他的錢來路不正，終於被抓了起來。成弼申辯說自己的錢來路正當，是用仙法化煉黃金而來的。

此事驚動了唐太宗，他把成弼召到金鑾殿親自詢問，然後詔令他為朝廷煉金。第一次黃金煉出後，唐太宗十分高興，授予他五品官，令他繼續煉金，直到把天下的銅都煉完。然而成弼所得的大還丹有限，化煉出幾萬斤黃金後，大還丹終於用完了。他化煉的黃金被稱為「大唐金」，百煉之後質量更精，十分寶貴。仙丹用完，再也不能把銅變成金子，成弼只好向皇上如實奏明，請求放他回家。唐太宗不信，說雖然丹藥沒有了，也可將煉丹藥的處方開列出來。成弼哪知道煉丹的處方？極力辯解，唐太宗不信，還說他欺君，龍顏大怒，令武士用刀威逼。成弼拚命為自己辯解呼冤，唐太宗先命武士砍斷他兩隻手，見還是不承認，又下令砍掉他的兩隻腳。成弼見命在旦夕，不得已，便把師父煉丹，自己如何殺死師父搶走丹藥的經過如實說出來，以求寬恕。無奈唐太宗還是不信他的任何辯解，下令把他斬首。大唐金後來在民間流通起來。＊出自《太平廣記》卷四○○〈成弼〉

屍

于凝也朝南邊看過去，
發現百步之外有一座荒墳，
墳頂上有一副骷髏正蹲著，
從頭到腳、手、腰身，
全身上下的骨頭一塊也不缺，
肋骨排列整齊，歷歷可數，
各個關節連接緊湊，眼窩、鼻子通明透亮，
整個骨架白森森的耀眼。
這骷髏張開嘴用力吹了一口氣，
只見枯葉輕塵，紛紛揚揚撲面而來，
漆黑的烏鴉、老鷹在旋風頂上盤旋，
聲嘶力竭地怪叫，震耳欲聾。

夜半失馬

河東地方有個武人，晚上從外面回來，拿著弓，背著箭袋，縱馬飛馳。忽然聽見後面有動靜，像是什麼東西正在逼近。武人回頭一看，見一個怪物，身上毛茸茸，兩眼放光，衣服黑紅相間，像是主管驅鬼的方相氏。怪物一迭聲地只說口渴，緊追武人。眼看靠近了，武人挽弓搭箭，嗖地一聲射去，怪物便不動了。武人走出不遠，怪物又追了上來，於是又射一箭，怪物又停下。可是過了不久，又跟上來。

武人不敢逗留，急忙打馬往家趕。到家門口一看，院門已經門上。武人撇下馬，獨自縱身一跳進了院子。他進去後從窗戶裡往外看，見怪物還在大門口。武人也不敢開門出去牽馬，只好先睡了。

第二天早晨起來一看，馬不見了。只有馬鞍在地上扔著。武人在房前屋後到處找，沒有蹤影；再到方圓幾里的山崗樹林中找，也沒結果。後來到了一片墓地，才發現馬已被吃得乾乾淨淨，只剩下一堆白骨。＊出自《太平廣記》卷三六二〈裴鏡微〉

朽棺成精

　　隴西李夷遇作邠州從事時，有個僕人叫李約，是李夷遇科舉登第時所用的僕人，特別能跑路。李夷遇經常派他往京城送信。

　　這年秋天，李約從京城返邠州，半道上走累了，在一株古槐樹下歇息。當時明月高懸，枝葉扶疏，照得地上還很明亮。有一個白髮蒼蒼的老頭拄著一根拐杖也來到槐樹下。老頭一坐下就呻吟個不停，呻吟了半天見沒人答理，就對李約說：「我打算到咸陽去，但腿腳不方便，走路很吃力。你如果有仁義之心，背著我走行嗎？」

　　李約心裡生氣，不答應。老頭再三懇求，李約耐不住磨，便答應讓他伏在背上。老頭高高興興伏在他背上。李約知道他是鬼怪，暗暗從背後拿出護身用的哥舒棒，用棒勒住，背上就走。

　　走到開遠門附近，東方漸漸發白，老頭在背上要求下來。李約說：「你先前爬上來讓我背你，那麼來勁？這會兒見天亮了，又要求下來，怎麼又那麼膽小呢？」邊說著，邊把哥舒棒勒得更緊。老頭在背上急得語無倫次，苦苦哀求，李約就是不聽，大踏步只管走。走了一陣他忽然感到背上一輕，有什麼東西掉到地上，回頭一看，是一塊腐朽的棺板。老頭已經化作輕煙溜了。李約拾起棺板往路邊一丟，昂然走了。此後也沒遇過什麼麻煩。＊

出自《太平廣記》卷三六五〈李約〉

古墓鏖兵

汝南人岑順，字孝伯，小時候好讀書，文章寫得很漂亮，長大以後又熱心練武，鑽研用兵之術。旅居陝州時，一貧如洗，沒有住處，恰好有外族人呂氏打算把一處山宅棄置不用，岑順請求讓給他來住。知情人勸他小心點，岑順回答說：「天命有它自己的規矩，該死的活不了，該活的死不了。我怕什麼？」毫無顧忌地就住進去了，一住就是一年多。

岑順在這住著的時候，喜歡一個人坐在書房裡，即便是自己家裡的人也不能進去打攪。這天夜裡，岑順正在讀書，忽然聽見一陣鼙鼓聲，不知道是從哪裡來的。等他出門去看時，卻什麼也沒有。岑順回到屋裡想起這事，覺得自己很威風，以爲鼙鼓之聲象徵吉兆，於是默默禱告說：「這一定是陰間的兵將在替我助威。若眞是這樣，應該告訴我何時能夠富貴。」

又隔了幾夜，岑順睡覺夢見一個人，身穿甲冑前來報告說：「金象將軍派我來告訴岑君：夜裡城中有軍情，喧嘩吵鬧很屬害。承蒙岑君褒獎，特來領命。岑君將有厚祿，望岑君善自爲之。既然有凌雲壯志，難道能屈尊侍奉小國嗎？目前正是敵國大舉進攻的時候，我誠心誠意招賢納士，我聽說過你的英名，願君早日出山，爲國效力。」

岑順感動地說：「將軍英明偉大，領兵軍紀嚴明。鄙人聽到將軍的召喚，不勝榮幸。鄙人有心爲將軍效犬馬之勞，只盼著將軍錄用。」

甲冑使者回去彙報去了。岑順忽然醒了過來，恍恍惚惚若有所失，坐在那裡琢磨這個夢是凶兆還是吉兆。不一會兒就聽見鼓聲四起，聲音越來越大。岑順整整衣冠下了床，再次對著空中參拜祝願。不多時就聽得窗戶上忽啦啦有風聲，帷布和簾子隨風飄

蕩。再看燈下，只見數百名披堅執銳的軍士騎馬往來奔馳。軍士大都身高數寸，一個個迅捷靈活、驍勇異常。呼哧一聲，如風流散，一聲號令，又迅速聚攏，結成戰陣。

岑順看得駭怪不已，屏息斂氣繼續觀察，看他們究竟要幹什麼。轉眼之間，有個小兵持一封書信送上前來說：「將軍有信在此。」岑順接了信，見上面寫的是：「地界連著胡虜，戎馬奔馳，戰火不息。幾十年以來，將軍衰老，士兵精疲力竭，還得參戰，爬冰臥雪，備嘗艱辛，老天給我們安排下北邊的勁敵，想躲也躲不過。明公您多年讀書習武，積學養德，功夫已經相當深厚。我屢次聽到您為國效力的心聲，也很願意與您共同禦敵，但您是陽間的官，理應在這盛世享受朝廷的俸祿。我這樣的小國實在委屈您了。天那國北部山區一夥賊寇糾合起來要同我軍會戰，子夜交兵，我們國家生死存亡尚未可期，因此十分惶恐。」岑順謝過送信的小兵，在屋裡又加了幾根蠟燭，興致勃勃地坐在那裡等候開戰的消息。

到了半夜，果然鼓角聲四起，先是東面牆壁上的老鼠洞變為城門，堡壘堅固而高大。鼓角奏了三遍後，四面城門都出兵了，人喊馬嘶、旌旗飄蕩，有如彩雲舒卷。兩方都列出陣來，東牆下是天那軍，西牆下是金象軍，列好陣勢後雙方都安靜下來。軍師上前稟告：「天馬斜飛度三山，上將橫行繫四方。軸車直入無回翔，六甲次第不乖行。」大王點頭說：「好！」於是鼓手奮臂擊鼓。雙方軍陣中各出一名騎兵，斜角走三尺，停下，鼓聲又起；各出一名步兵，橫著走一尺，鼓聲再起；戰車開始出列，鼓聲漸漸緊密，如急風暴雨。雙方互相丟擲，石頭、瓦塊雨點般互相傾瀉，飛箭如流星。不一會兒工夫，天那軍大敗，官兵狼奔豕突，競相逃命，死傷無數。天那軍大王單槍匹馬向南逃去，幾百名殘兵跟著，總算逃出了虎口。屋子西南角本是供著藥王，這會兒化成城堡。金象軍精神大振，乘勝追擊，把來不及逃走的全部活捉。戰場上屍橫遍地，戰車七零八落。

　　岑順聚精會神俯身觀看，忽然有人騎馬跑到跟前說：「陰陽各有一套曆法，按曆法行事必然成功。我們將軍奉上天旨意，威力無比，發兵如雷霆，一舉獲勝。明公您對這一仗有什麼看法？」岑順連忙答道：「將軍英名如日月，浩氣貫長虹，順天意，抓時機。我剛才看見將軍出神入化的用兵打仗本領，真使人痛快。」

　　從這天起，連著幾天的大會戰，殺得天昏地暗。有時天那軍勝，有時金象軍勝。金象軍大王神采奕奕，雄姿英發，打了勝仗便設宴慶賀，滿桌珍饈美饌，盡情享用。送給岑順的金銀珠寶不計其數，岑順也漸漸飄飄然起來。他現在想要什麼，就有什麼。

　　岑順終日躲在自己房中閉門謝客，不見親友也不見家人。妻子兒女有些不放心，偷偷看他，發現他形容憔悴，顯然中了邪氣。親戚上門來盤問，他也不回答。於是大家弄來一罈美酒請他喝，大家互相配合，很快把岑順灌醉了。他滿嘴醉話，把這些天來所見所聞，所作所為，全說了出來。

　　親戚朋友一聽，便分頭悄悄準備鍬鎬等工具，然後趁扶他上廁所時把他關在另一間屋裡。大夥手持工具來到他的居室中，一齊動手往下挖掘，挖到八九尺深的時候，土層忽然塌陷。原來底下是一座古墓。墓中有磚砌的墓室，其中有很多器具，還有幾百套甲冑、馬匹、兵器、各種戰袍。許多人馬都是金、銅所製，這些模型有的已經排列好布陣。大家這才明白岑順酒醉中所說的金象軍是什麼了。於是一把火把這些全燒掉，把整個古墓給平了。還揀出許多金銀器皿和珠寶。

　　岑順一覺醒來，嗷嗷地嘔吐了半天。聽家人說了掘墓之事也非常高興。這所住宅從此再也沒有鬧過鬼。這是唐代宗寶應元年的事。＊出自《太平廣記》卷三六九〈岑順〉

竇不疑射鬼

中郎將竇不疑告老引退之後回到老家太原，住在城北面的陽曲縣。

不疑勇力過人，膽子很大。年輕時好勇行俠，經常幾十個人一夥，鬥雞走狗聚賭，一次就下幾萬錢的賭注。他們這夥人在一起總是互相激勵，誰都想逞能。當時城北幾里路上常常有攔路鬼。這種鬼個頭都很大，往往高達二丈，喜歡在陰雨天或是夜裡出來。有不少見鬼的人被當場嚇死。

他們這一夥人裡有人提出，誰要是敢到這條路上去射鬼，就給他五貫錢。所有人你看我，我看你，都沒人應聲。突然，不疑說：「我去。」

黃昏時分，不疑帶著弓箭上路了。其他人算計說：「不疑要是一出城就找個黑角落躲起來，過一會兒回來說他用箭射鬼了，我們不就被他騙了嗎。」於是他們全體出動，悄悄地尾隨在不疑後面。

不疑到了經常鬧鬼的地方，正碰上那鬼剛出來。不疑拉弓一箭射去，鬼身上帶著箭就跑。不疑在後面緊緊追趕，一面又拉弓射箭，這鬼身上連中三箭，跑到一處土崖旁縱身往下跳，不疑這才返身往回走。藏在一旁的同伴們哈哈笑著迎出來，對不疑說：「我們怕你騙人，所以暗暗跟在後面。現在才知道你的膽量真是不同常人。」說著把五貫錢遞給他。不疑接過錢，招呼眾人一起到酒店喝酒。第二天大夥一起來到夜裡鬼跳崖的地方，發現了一個驅疫避邪的神像，身體是荊條編織而成的，而長安城裡的這種神像大都是竹編，這裡沒有竹子只好用荊條。神像旁邊還扔著三支箭。從這以後，城北的攔路鬼再也沒有出現過。不疑勇武過人的美名也到處傳開了。

不疑告老還鄉時，已經七十多歲了，但精氣神還跟年輕小夥子一樣。唐玄宗天寶二年冬天，不疑去陽曲跟人喝酒，喝得有些醉了，主人挽留他住下，明天再走。不疑便吩咐他的隨從先回去，他自己留下同主人繼續喝酒聊天。黃昏時分，不疑執意要走，主人苦留不住，只好放他騎馬走了。

陽曲離太原將近一百里，中途有一段路是舊戰場，狐兔出沒，鬼火叢生，向來沒有人煙。這天夜裡，不疑騎馬走到這一帶，忽然看見大路兩旁淨是商店肉鋪酒館，密密麻麻一直往前排列過去。當時天空雲層稀薄，月明如水，眼前一切都看得清清楚楚。不疑覺得很奇怪。轉眼間，店鋪越來越多了，還有許多顧客商販。男男女女有的唱歌，有的跳舞，都在開懷暢飲。還有些人結夥成群，一邊唱歌，一邊整齊地用腳在地上踏節拍。一會兒，百十個小孩圍住了不疑的馬，一邊踏著拍子一邊唱歌。不疑的馬被團團圍住，無法向前走。路旁正好有一株大樹，不疑折下一枝又長又粗的樹枝，用力向四下裡打，唱歌的小孩被打散了，不疑這才能往前走。走到一處旅館，那裡有二百多人，身材都十分高大，穿戴很講究。他們見到不疑，便繞著不疑的馬轉圈子，載歌載舞，也是腳下踏著節拍。不疑心頭火起，掄起大樹枝又是一陣亂打，高個子人都消失了。

不疑怕他所見到的這些人都不是人類，就驅馬下了大道，往荒原野村走。不多時到了一個地方，大約百十來戶人家，房舍屋宇整齊華麗。不疑下馬去敲門，卻沒人答應。他連敲幾家都沒有人來開門，無論怎樣狠敲，怎樣叫罵，就是沒有反應。好在村裡有一座廟，不疑進去把馬拴在柱子上，坐在臺階上歇息。這時還不到半夜，月光很好，不疑剛剛放鬆下來，就見一個穿著素雅衣服的女子，濃妝豔抹，推開大門走了進來。女子一直走到不疑面前，向不疑作揖。不疑問她上這兒幹嘛？女子回答說：「我看夫婿一個人在這待著，所以前來作陪。」不疑奇怪地問：「誰是妳的夫婿？」女子說：「先生您不就是嗎？」不疑一聽心裡明白，

掄拳就打，女子急忙走了。

　　廟的廳房裡有張床，不疑折騰了半夜已疲憊不堪，便躺下了。剛躺了一會兒，房梁上有樣東西掉下來，正落在不疑的肚子上。這東西有臉盆那麼大，不疑用拳頭一打，卻發出狗叫聲，一面叫一面跳到床底下，變成人形。這小人只有二尺來高，卻渾身發光，明晃晃的。片刻，小人鑽進牆壁就不見了。

　　這裡顯然沒法過夜，不疑只好騎馬離開。走了一陣，見路旁一座樹林子，不疑走進林子，下馬躺下休息，到天亮時卻動彈不得。幸好他家裡人正在找他，家人找到樹林裡一看，不疑已經變得十分呆傻，精神恍惚，他的魂已被嚇丟了。大家七手八腳把他抬到馬背上馱回去，他還在不斷地向人說他夜裡的見聞。

　　不疑回家就病倒了，在床上躺了一個多月以後死了。＊出自《太平廣記》卷三七一〈竇不疑〉

桓彥範鬥怪

　　扶陽王桓彥範年輕的時候好義尚俠，說話作事我行我素，爲所欲爲，卻沒闖出什麼大禍。他經常與一幫年輕人結夥遊玩，有時候跑到荒郊野外去喝酒。這天，他們在一片荒野中的水窪地裡喝酒，一直喝到天快黑，大部分人都告辭回家了。桓彥範等人喝得太多，爛醉如泥，翻身便躺在爛泥裡。睡到二更天時，有個二丈多長、十幾圍大的龐然大物過來了，手裡還拿著矛戟。怪物瞪大眼睛，狂喊大叫，直向他們撲來。眾人都不敢吱聲，緊緊貼著地面趴著。桓彥範一躍而起，也大聲喊叫著，掄起拳頭向怪物衝過去。怪物掉頭就往回走。旁邊有株大柳樹，桓彥範伸手折下一根大樹枝，猛力向怪物打去，只聽欶欶地響，就像打在空中。打了一陣，怪物狼狽地爬著逃走，桓彥範更來勁了，拚命追趕。怪物被追得沒辦法，躲進一座古墓就不見了。

　　第二天天亮，他們一起到古墓去察看，原來是一具已經朽腐的驅疫避邪的神像。＊出自《太平廣記》卷三七二〈桓彥範〉

人鬼之間

　　潁陽人蔡四，是個讀書識理、舞文弄墨的人。唐玄宗天寶初年，蔡四跟家人住在陳留郡浚儀一帶。在他吟詩作文的時候，經常有個鬼爬到他的榻上，有時問他些話，有時欣賞他新寫的詩。

　　蔡四問道：「先生您是什麼鬼神啊？您上我這裡來想幹什麼？」鬼說：「我叫王最大。我早聽說您德高望重，又有才學，我專爲此而來。」

　　起初，蔡四見了鬼還有些害怕，後來熟了，也就不怎麼怕了，彼此間還開開玩笑。這鬼每次一來，就稱蔡四爲「老蔡」，蔡四稱鬼爲「王大」，談笑戲謔，關係挺融洽。

　　蔡四有個朋友的僕人能看見鬼，蔡四試著讓他觀察，他嚇得渾身戰慄。蔡四問他鬼長什麼樣，僕人說：「我看見有個大鬼，身高一丈長，後面跟著許多小鬼。」

　　蔡四讓人作了一個小木屋，安置在西南角，周圍還種了許多樹木花草，把環境弄得很幽雅，然後等著鬼搬來住。這天，鬼來了後，蔡四對他說：「人和鬼不同，各有各的一套法則，這您是知道的。昨天我給您造了一座木屋，想請您住進去。」鬼聽了非常高興，謝過蔡四就告辭了。

　　從此鬼每次來跟蔡四會晤之後，就上小木屋裡去歇息。漸漸地他們都適應了這種生活。

　　這樣過了很長時間，有一天，鬼對蔡四說：「我的女兒要出嫁了，把您的住宅暫借我幾天行嗎？」蔡四覺得不妥，便回答說：「母親大人還在，要是染上鬼氣，一定會有很多麻煩，你還是到別處另找地方吧。」鬼說：「太夫人住的屋子可把門關緊，我們不會進去的。其他房子借給我用七天吧！」蔡四沒法再推辭，只好答應了。

七天後蔡四和家人搬回來住下，一家老小平安無事。又過了幾天，鬼來對蔡四說：「我們要設齋，請你幫我們借些茶飯用具吧！」蔡四推辭說：「我在這地方住的時間還不長，不認識什麼人，我把我家的借給你吧！」鬼把蔡四家的許多器皿搬走了，蔡四問他打算在什麼地設齋。鬼告訴他，就在附近，那地方叫繁北台。人世間的月中時分，就是冥界齋祭的時候。蔡四又問到時候能不能前去參觀，鬼爽快地說：「有什麼不行？」蔡四便跟鬼約定了。

蔡四因為有鬼，讓全家人都帶著千手千眼佛的符咒，家裡清淨，鬼就不來。如果有豐盛的葷血食物，鬼一定會來。到鬼設齋的那一天，全家人都專心致志地念咒，穿戴乾淨衣服，乘著月色前往繁北台。

他大老遠就看見帳幕裡有許多和尚。家人不斷念咒，又往前逼近，看見那些和尚裝束的鬼驚慌失措地到處亂跑，這才知道鬼挺怕人的。於是蔡四放開膽子又往前走，鬼便向四面八方逃散。王大與其他十幾個和尚往北邊去，蔡四在後面跟蹤，走約五六里，到一片墓地，林木繁茂，鬼全都不見了。蔡四仔細看看周圍地形，記在心裡，就回去了。

第二天，蔡四帶著家人去繁北台查看，這才發現這裡本是一座荒廢的墳墓，墓坑裡有許多陪葬的器皿和人物。擺在墓坑正面的那個最大，額頭上有個「王」字。蔡四笑著說：「這恐怕就是王大了。」然後堆積柴草將這些陪葬品全都燒了，從此再沒出過鬼怪。＊出自《太平廣記》卷三七二〈蔡四〉

葬器謀反

　　去商鄉那邊旅行的人漸漸多了，有人就遇到怪事。那天，一位旅客在半道上碰見一個同路人，兩人一起趕路，有說有笑，旅途中輕鬆了許多。同路人突然說他其實是個鬼，因爲給他隨葬的器物反叛了，天天跟他打鬥，鬧得無法安生，想借旅客一句話平定這場糾紛。旅客表示，只要眞能管用，沒有什麼不行的。

　　這時天色已晚，道路左邊有個大墳墓，鬼指著墳墓說：「這就是埋我的地方。你只須站在墓前大聲喊：『皇上有令，斬金銀部落！』喊完就沒事了。」鬼說完就鑽進墓穴裡去。

　　旅客照鬼說的，站在墓前宣佈聖上的旨意。剛一說完就聽見墓穴中一片判決斬頭之聲。過了一會兒，鬼從墓穴中爬出來，手裡拿著幾個被砍了頭的金銀人馬。鬼對旅客說：「這幾樣東西就送給你作爲報答吧，估計夠你這輩子用了。」

　　旅客到了西京，被長安人告官，上了大堂。縣官說：「你拿的這些東西都是古物，一定是盜挖墳墓從裡面偷的。」旅客連忙辯解說是接受的饋贈，接著把路上遇到同行者、墓前宣敕等等情形，細說了一遍。縣官將這件事報告上級，上級派人掘墓，果然掏出被斬首的金銀人馬好幾百個。＊出自《太平廣記》卷三七二〈商鄉人〉

盧涵奇遇

　　唐文宗開成年間，有個學究叫盧涵。他家住在洛下，在萬安山南邊還有一處莊園。這年夏天，小麥已經開始採收，時令瓜果也陸續成熟，盧涵獨自騎著小馬，打算到莊園裡去看看收成。

　　走出十幾里地，迎面有一片大柏樹林，樹林旁邊有幾間店鋪門面，都是剛修的房子，裡外粉刷一新。這時太陽快要下山了，盧涵想在這裡歇歇腳，便走到店鋪前下了馬。在他拴馬的時候，看見一個女子，模樣特別嫵媚，便上前搭話。女子回答說，她是為耿將軍守墓的婢女，父母兄長都不在。盧涵聽她這番話，心裡很高興。女子又接著同盧涵聊天，言談之間顧盼生姿，柔情似水。她對盧涵說：「我家存有少許家釀的老酒，郎君願隨我去飲幾杯嗎？」盧涵早已心旌搖盪，但還要儘量作出斯文的樣子，說：「稍飲一二杯倒也可以。」

　　女子捧出一個古色古香的銅樽，給盧涵斟上酒，然後自己也舉杯，兩人同飲。三杯下肚，盧涵不覺心曠神怡，女子也意興大發，用手拍著坐席唱起來。這支陪酒的歌是這樣的：「獨持金櫛掩玄關，小帳無人燭影殘。昔日羅衣今化盡，白楊風起隴頭寒。」盧涵聽著歌，覺得這詞不大吉祥，但也不能完全理解，只管喝酒。

　　不一會兒，一樽酒已喝完，而兩人興猶未盡。女子對盧涵說：「郎君少坐，我去裡屋再添些酒來。」女子捧著樽，拿著燭火到裡屋去了。盧涵躡手躡腳跟在後面偷看，只見裡屋房梁上吊著一條大黑蛇。女子用刀把蛇刺傷，蛇血滴入樽中，變為酒漿。盧涵看到這裡大驚失色，這才明白女子其實是妖魅。盧涵不敢怠慢，三兩步搶出門去，騎上小馬就跑。女子隨即也出來了，見盧涵馳馬而去，急忙叫他趕快回來，喊道：「今天無論如何我要留

你在這裡過一夜，你不能走啊！」喊了幾聲，知道勸是勸不回來了，便大聲向東邊的柏樹林裡叫喊：「方大，你快替我把這位郎君捉住呀！」

轉眼工夫，柏樹林中枝葉簌簌一陣響，闖出一條大漢，嘴裡答應著女子，腳下大步追趕。盧涵回頭一看，像是有株大樹朝他這邊移動，腳步聲很沉重，距離盧涵一百步左右。盧涵顧不上多想，只管快馬加鞭，拚死奔逃。經過另一個小柏樹林子，又有一個白色龐然大物在前邊。盧涵聽見有人說話的聲音，說的是：「今天夜裡我們必須把這個人抓住，不然明天你可就吃不了兜著走。」盧涵一聽這話，更加害怕。等他走到莊園大門口，已經是二更天了。莊園大門關得緊緊的，萬籟俱寂，只有幾輛空車停在外面。羊群還在圈裡嚼著草，一個人也沒有。

盧涵下了馬，偷偷走過去藏在車廂底下，觀察動靜。只見那個大漢徑直走到大門口，高大的院牆才不過到他腰眼上。這巨人手裡拿著一把戟，虎視眈眈看著牆裡頭，正好看見床上睡著個小孩，便把戟伸過去，把小孩戳在戟尖上挑著，小孩在戟尖上還手腳亂抓亂蹬，但是聽不見聲音。過了一陣，巨人走了。盧涵估計他已走遠，便爬出來敲門。莊客起來開了門，非常吃驚，不知道盧涵為什麼現在才到，也不知道他為什麼面如死灰。盧涵便把遭遇說了個大概。

第二天天剛亮，院子裡一陣哭聲。有婦人哭訴道，昨夜裡她家三歲的孩子在床上好好睡著，不知不覺就叫不醒了。盧涵心裡痛恨這件事，便帶家僕、莊客，各拿斧頭、大刀、弓箭等等，前去察看究竟。他們來到夜裡喝酒的地方，只見到幾間缺了門窗的破屋，但一個人也沒有。盧涵率領人馬又來到柏樹林中，看見有個很大的陪葬品，是個丫頭模樣，身高二尺多。丫頭身旁躺著一條黑蛇，已經死了。再來到東邊柏樹林中，見有一個大大的送殯驅妖的神像架子。盧涵讓人把這幾樣東西收在一起，燃起大火燒掉了。再去尋找夜裡那個顏色發白並且說人話的東西，原來是一

副死人的骨架，肢節筋絡一點也不缺，位置也不差分毫。盧涵讓人用大銅斧把它劈碎，不料絲毫不為所傷，只好扔到山澗裡去。

　　盧涵本來患了多年的風濕病，自從那天喝了蛇血酒，風濕病竟然好了。＊出自《太平廣記》卷三七二〈盧涵〉

墓葬小布人

南陽人張不疑，唐文宗開成四年登博學宏詞科，任祕書之職，遊宦京師，周旋於諸侯。因爲隻身一人在京城作官，十分寂寞，生活上也頗多不便，就打算買個婢女來使喚。

張不疑把要買婢女的消息讓人傳到大街小巷，一二十天裡，回報的人倒是不少，但卻沒有一個能讓張不疑看中。一個多月過去了，媒婆說新近來了個賣婢女的，手上有不少人可供選擇。張不疑便跟人商定第二天見面。

第二天，媒人領著張不疑來到一戶人家。有個穿朱紅衣服、佩著牙笏的人出來迎接。此人自稱是前浙西胡司馬。作過揖後，兩人便坐下來談。胡司馬性格十分爽朗，說：「我年輕時也挺熱衷於科場應試，差點就把書讀出名堂來了。後來奉使去了南海，承蒙各方面錯愛，在那裡待了些年，在嶺中得到三十多個使女，途中經過不少地方，現在只剩六七個了。媒人說您想找一個，就把您給請來了。」

胡司馬說完，就有個婢女捧著小盤過來，給賓主各放一個。轉眼間婢女又來一趟，帶來些金銀器皿和美酒清茶，屋內立刻溢滿了香氣。張不疑信奉道教，平常不沾酒肉，這天卻不知不覺飲了幾杯。胡司馬讓六七個婢女全部出來，排成橫列，站在面前讓張不疑挑選。張不疑說：「我因爲一直沒有僕從使用，今天願拿出六萬錢作爲價金。希望胡司馬按六萬錢的價格給指出一個來。」胡司馬說：「我這裡的女孩子都是有標價的，貴賤不等。」說著，指著一位紮著髮結的姑娘說：「春條可以介紹給您。」張不疑一看，果然就是自己所看中的，當下就立契約、付款。

春條能讀書寫字，謄抄尤其快捷，嗓子很甜潤，歌舞曼妙。張不疑只要有所吩咐，春條總是作得乾淨俐落，很稱人意。閒的

時候，春條便自己讀詩，並且學著作詩，偷偷寫了好幾首，門板上、窗戶上，到處都有春條的題詩。有一首是：「幽室鎖妖豔，無人蘭蕙芳。春風三十載，不盡羅衣香。」張不疑看了這首詩，心中暗暗爲春條惋惜，覺得像她這樣的容貌，這樣的才氣與聰明，卻賣身爲奴婢，眞是可惜了。

這樣過了兩個月，張不疑去旻天觀看望師父。師父一見面就說：「你身上邪氣已經積得很深了。」張不疑覺得這話突兀，不明白是怎麼回事。師父問他：「你是不是最近娶妻了？」張不疑回答說：「聘娶之事倒沒有，只是買了一個婢女。」師父說他遇上大禍患了。張不疑吃了一驚，忙問對策。師父對他說：「明天早晨你再回去，一定要注意，別讓她知道我們的想法。」

第二天一早，師父來到張不疑處，對張不疑說：「叫那怪物出來！」張不疑去叫春條，春條躲在屏風後啜泣不止。張不疑再三催促，春條死也不肯出來。師父說：「看來這女子果然是個怪物。」便在屋裡大聲斥責，把房門都給關死了。師父開始焚香作法，口中含水向東方噴了三次，對張不疑說：「你現在去看看那怪物，看她怎麼樣了。」

張不疑去看了一下，出來說：「大致還是原樣，只是尺寸看起來小了些。」師父說：「原形還沒現出來呢。」接著又作法，先是以禹步走了幾圈，接著再向門噴水三次。然後吩咐張不疑再去看看。張不疑進去一看，春條已經短小了許多，只剩一尺多，站在那兒僵直不動。張不疑再往前湊近點一看，小人噗地一聲倒在地上，變成了一個墓葬小布人。小布人背上寫著「春條」二字。她穿的衣服薄得像蟬翼，衣服上的帶子、扣結還同以前一樣。張不疑大驚失色。師父說：「這怪物腰間已經有些變化了，你可以拿刀試試。」張不疑用刀在小布人腰上砍一下，馬上滲出血來。張不疑點上火把小布人燒了。師父說：「如果她使血遍布全身，你們全家都要遭到這妖物的禍害了。」

從這以後，張不疑終日抑鬱沉悶。他想，怎麼會和陪葬物同

居而不知道？每次一想到這事就悵然若失，因此得了重病，只好告假回家。第二年，被徵召到江南，出使淮南中途又被免職。再一年的八月死去，他母親也隨後死去。師父的話果然應驗。＊出自

《太平廣記》卷三七二〈張不疑〉

無敵骷髏

　　歧山人于凝，嗜好喝酒，經常往來於邠州與涇陽間。有次他去看一個老朋友，在一起喝得痛快，竟待了十多天才往回走。早晨起來他感到酒勁還沒過，頭重腳輕，就讓僕人帶著行李先走，到前面去安排住處，他自己則騎著馬隨後到。

　　正是初夏時節，路旁時而麥浪滾滾，一望無際；時而樹木蔥蘢，草長鶯飛。自己騎著馬，悠悠哉哉，不緊不慢，由著馬兒的性子走，覺得心曠神怡。路旁見一處林木秀美，綠草如茵的好地方，于凝心裡喜歡，便撥轉馬頭走過去。他把馬繫在小樹枝上，任它自己吃草。于凝坐在草地上，剛想伸伸懶腰，忽然看見馬朝南邊望著，打著響鼻，一副恐懼的樣子，好像看見了什麼。于凝也朝南邊看過去，發現百步之外有一座荒墳，墳頂上有一副骷髏正蹲著，從頭到腳、手、腰身，全身上下的骨頭一塊也不缺，肋骨排列整齊，歷歷可數，各個關節連接緊湊，眼窩、鼻子通明透亮，整個骨架白森森的耀眼。

　　于凝騎上馬走近一些，想看個明白。這骷髏張開嘴用力吹了一口氣，只見枯葉輕塵，紛紛揚揚撲面而來，漆黑的烏鴉、老鷹在旋風頂上盤旋，聲嘶力竭地怪叫，震耳欲聾。于凝只得停住馬，站在那兒等了半天，想再靠近一點。骷髏突然振作一下，嘩地一聲站起來，顯得高大而挺拔，有一股凜然不可侵犯的氣勢。于凝不禁心裡發虛，馬被嚇得掉頭就跑。沒有辦法，于凝只好縱馬飛馳，直奔旅舍。

　　先到的僕人已經等候多時，聽見馬蹄聲迎了出來。一看見于凝，不禁大驚失色說：「先生怎麼了？臉色白得像紙？」于凝便把剛才的遭遇說給僕人聽。適逢涇陽地方的一隊兵士走了過來，一個個手執長短兵器，雄糾糾的樣子。兵士們聽說這件事，都覺

得不可思議。於是這群出門在外的血性青年，吆吆喝喝結成一幫，由于凝領著，打算前往荒墳一帶看個確實。于凝聲明：「如果骷髏還在，大夥一齊上前把它砸碎；若是已經不在了，大家不許怪我。」說著便上了路。

不久一群人來到荒墳邊，骷髏赫然在目，凜然端坐，一如方才。這幫人便齊聲大叫，作怪樣嚇唬，骷髏沒有反應；有人解下弓箭向骷髏發射，沒有一枝箭射中；有人想繞著骷髏走一圈，所有的馬都不肯向前。折騰了半天，終究無可奈何。而骷髏過會兒倒自己起來了，緩步向南邊走去。這時太陽已經要下山了，在場的人都有些心虛，漸漸地散了。于凝也掉轉馬頭往回走，遠遠地回頭看去，荒墳上空烏鴉、老鷹黑壓壓一片，趕都趕不走。

從這以後，于凝又幾次從這裡經過，卻再也沒見過骷髏了。他到處詢問當地人，他們都說從未見過。＊出自《太平廣記》卷三六四〈于凝〉

朽骨美婦

　　有個叫金友章的人，滿腹經綸，卻無意仕進，隻身來到中條山隱居，一住就是五年。在金友章棲身的地方，有一條溪流，清澈見底，淙淙有聲。金友章讀書困倦之時常到溪邊散步。

　　這天他來到溪邊，遠遠看見一個女子，手拿一張餅邊走邊吃，另一隻手提著水桶，來到溪邊打起一桶水就走。金友章同女子打一個照面，只見她姿容非凡，心裡便不由得活動起來。

　　這天，女子又汲水從門前經過。金友章出門迎著女子，挑逗說：「誰家這麼漂亮一個女子，怎麼老上這條溪邊汲水呀？」

　　女子嫣然一笑，答道：「山澗裡流出的清泉水，不屬於任何人，需要時就來汲點兒，誰會來規定呢？從前沒見過你，眞是太莽撞了。我就住在附近，從小父母雙亡，現在寄養在姨媽家裡。這麼多年，什麼苦都吃過，什麼危險都經歷過，沒有合適的去處，只好就這麼待著。」

　　金友章聽了心中暗喜，說：「娘子既然尚未嫁人，我又正想娶妻成家。我倆都有這個想法，何必捨近求遠呢？妳我作夫妻，豈不是現成的好事？」女子低眉頷首說：「先生你既然不嫌我醜陋，那我還有什麼可推辭的呢？只是現在不妥，今天晚上我來找你吧！」說罷，女子提著水桶就走了。

　　到了夜裡，女子果然如約而至。金友章早已將自己整飾一新，恭候多時。他將女子迎入室內，當下便作了夫妻。山野之中，夫妻兩人過得倒也快活。夫敬婦愛，情深意篤。每天夜裡金友章伏案讀書，總要讀到半夜，妻子總是坐在旁邊陪伴著他，每天夜裡如此。

　　轉眼已是半年過去了。這天夜裡，金友章像往常一樣拿起書卷展讀，妻子卻不像往常那樣坐在旁邊，而是直挺挺地站著陪

讀。金友章問她幹嘛不坐著，妻子卻用話岔開去，不肯回答。金友章便勸她去睡，別陪著了。妻子離開時說：「今夜你進屋睡覺時別點燈，你千萬記住，別點燈。那我就太感謝你了。」

金友章讀完書，心不在焉地拿著蠟燭就走進寢室。撩開被子，燭光映照著竟是一塊朽骨！金友章坐在床沿上，嘆息了半天，又重用被子把朽骨蓋好。不一會兒，枯骨又變成了人形。那女人看見金友章，嚇得面如土色，說：「我本來不是人，而是南山的一塊朽骨之精，住在北山。有個叫恒明王的，是我們鬼的頭領。過去每月要我侍候他一夜。自從認識你後，我已半年沒去見他了。剛才我被他派的鬼差抓去，打了幾百鐵棒。我受了這毒刑，支持不住，本想立刻化為肉身卻沒化成，不料被你看見我的原形。現在事情遮蓋不住了，夫君你儘早離開這裡吧，別留戀我。這座山裡，所有的東西都有精怪附體，我怕會傷到你。」

女子說完嗚嗚咽咽哭了一陣，不見了。金友章悔恨，嘆息半天，知道事情已不可挽回，只得收拾行李下山去了。＊出自《太平廣記》卷三六四〈金友章〉

奇怪的音樂

處士鄭賓在河北住過一段時間，聽過見過很多怪人怪事，其中一件是關於一個村正的。

這位村正的妻子剛死還沒有收殮。天快黑的時候，村正不在家，他的兒女聽見有音樂聲漸漸近了，好像已經進了自家庭院。這時再看屍體，竟然微微動起來。音樂聲進了屋，在屋梁和柱子之間繚繞不絕。這屍體竟隨著音樂翩翩起舞。音樂聲漸漸向外移動，又出了門。屍體頭朝地，腳朝天，隨著音樂一邊舞蹈一邊出了門。一家人都看呆了。這時天色已黑，沒有月亮，誰也不敢出去找。

到了半夜，村正回來了，聽家人說罷，勃然大怒，折下一根胳膊粗的桑樹枝，灌了半瓶酒下肚，破口大罵提著樹枝出門去。

村正尋到一片墓地，走了五六里，聽見音樂聲在一株柏樹上。走近柏樹，看見樹根上一片螢火閃閃發光。屍體隨著音樂還在舞動。村正二話不說，掄起桑樹枝就是一下。屍體一下倒在地上，音樂聲也停止了。村正扔了桑枝，扛起屍體，大踏步回家去了。＊出自《太平廣記》卷三六四〈河北村正〉

林某

　　有個姓林的人，每天喝酒鬧事，街坊鄰里都非常討厭他。當時，村子中有個怪物，整夜出沒作祟。眾人用話激林某：「你平日總說自己膽子大，那你敢不敢與妖怪面對面？」林某說：「這不難！只要你們為我準備牛肉、燒酒，我便把妖怪抓回來。」眾人按他所說的備好一切。

　　林某帶著一大瓶酒，喝得醉醺醺地坐在村外。黑夜降臨，只見有個身高八尺多的怪物出現了。由於天黑，林某看不清那怪物的模樣。只聽怪物張口問林某是什麼東西，林某說：「我是妖怪，你是什麼東西？」怪物聽後呵呵一笑，說：「我和先生一樣，只是四肢尚未長齊全，不像先生那樣與人酷似。你手裡拿的是什麼？」林某舉起酒瓶讓他看，然後勸他嘗嘗。怪物說：「我的腰不能彎，煩請先生把酒倒入我的口中。」林某伸出手摸到怪物的嘴巴，只覺其大如杯。他提起酒壺朝怪物嘴裡倒進去。怪物咂了咂嘴，大聲讚道：「痛快！痛快！」說完便頹然倒下。

　　林某一見怪物倒下去了，急忙用準備好的板斧朝怪物砍下去，只聽唪嚓唪嚓聲音不斷。林某估計怪物已死，急忙叫人拿著燈籠來照。眾人仔細一看，原來是一具破敗的棺材板兒。大家一擁而上將破板兒全打碎。自此，怪物沒再出現。＊出自《醉茶志怪》卷二〈林某〉

惡鬼丁大哥

　　清康熙年間，揚州城外有位農民叫俞二，種糧為生。一日，俞二進城去收賣麥子的錢，被糧店挽留，多喝了幾杯，回家時已是日薄西山，走不多遠，天便漸漸黑了下來。他路過紅橋，忽然道上蹦出幾十個小人攔住去路，奔上前拉拉扯扯。俞二知道此地鬧鬼，但天生一副粗魯性格，再加上有酒壯膽。一擄袖子，拳打腳踢，把眾小人打得叫苦連天。一小人喊道：「這小子，不好惹，找丁大哥去！」喊罷，眾小人一哄而散。俞二這時酒已醒了大半，嘟嘟囔囔道：「丁大哥？丁大哥是個什麼，俞二哥不怕。」說完，又跟跟蹌蹌往前走去。剛過紅橋，忽見前面站著個身高丈二的惡鬼，影影綽綽地可以看見它面呈青紫，猙獰可怖。俞二心想，這傢伙不是個善類，若讓他先動手，我可吃不消。想到此，他從腰間解下錢袋，這錢袋裝有兩貫錢，著實不輕。他趁惡鬼一個失神，奮力擊出，正中惡鬼面門，只聽一聲巨響，惡鬼應聲倒地。俞二衝上前用腳一踩，只覺腳下之物越來越小，再抬腳一看，原來是一枚棺材上的大鐵釘，足有二尺來長，拇指般粗細。俞二隨手把它扔進火爐，但見釘子上冒出了不少鮮血。

　　俞二好生得意，第二天找來一幫朋友，添枝加葉把這事說了一遍又一遍，最後一拍大腿，端起酒碗，瞪著通紅的眼珠子，說：「丁大哥？狗屁！俞二哥，天下第一大力士。」＊出自《子不語》卷二十二〈丁大哥〉

鬼

【卷四】鬼物・凶宅

這天兄弟倆都在家裡，
廚房裡正在準備飯菜，
煮飯的鍋忽然在爐灶上自己噹噹地敲起來，
敲著敲著已經離灶口一尺多了，還在敲。
旁邊有十多個小鍋，裡面煮著東西已快熟了，
這會兒都自動地搖晃起來，
兩邊的耳朵叮噹作響。
這些炊具搖晃了一陣，便都走動起來，
每三個小鍋扛起一隻大鍋，前後排成一排，
整整齊齊地走出廚房。

鼓槌編歌

　　東晉末年，桓玄曾舉兵攻入建康城，殺司馬元顯，掌握了朝政。第二年桓玄代晉自立，國號爲楚。當時朱雀門下，有兩個小孩，渾身烏黑，如同兩錠墨。小孩互相唱和，唱出一首《芒龍歌》，路旁戲耍的小孩覺得好玩，也都聚攏來跟著一起唱。一時間朱雀門下數十個小孩齊聲歌唱，響徹雲霄。歌曰：「芒龍首，繩縛腹，車無軸，倚孤木。」仔細聽聽，歌聲中透出一股悲涼蕭殺之氣。過路的人有很多停下來觀看，竟忘了趕路。

　　太陽偏西了，兩個小墨人回到建康縣衙，來到閣樓下，立刻變成了一對黑漆鼓槌。鼓吏劉雲打鼓已經很多年了，他說：「這鼓槌堆放好長時間了，最近常常不見了又回來，沒想到它們變成了人。」

　　第二年春天，北府兵將領劉裕起兵南下，桓玄退回江陵，兵敗被殺。歌中唱「車無軸，倚孤木」，是指「桓」字。荆州人用破敗的竹墊子包裹著桓玄的頭，所以說「芒龍首」；桓玄的屍體用芒繩捆紮著，所以說「縛其腹」。桓玄的屍首被沉入江底。桓玄的下場預先都在小墨人的童謠中唱出來了。＊出自《太平廣記》卷三六七〈桓玄〉

紅裳女子

　　常德有一位讀書人，曾客居在雲南，後返家。路上，只有一名僕人擔著行李隨侍。一天，傍晚時分，還沒有遇到旅店。這時路過一個小村莊，書生向村裡人借宿。村裡人說：「此地沒有其他館舍，只有一座古廟，但是古廟經常有妖怪出沒殺人，所以不敢留客人居住。」書生考慮到天色漸黑，路途遙遠，迫不得已才說：「我不怕妖怪，只借一張桌子、一個凳子，用來熬夜。」村人把桌凳借給書生。

　　書生進到廟裡，在一間屋裡下榻，讓僕人住在旁邊的小房間裡。他點燈讀書，從行李中把筆、硯臺取出，放在桌子上。書生靜下心思、屏住氣息，等待情況的變化。二更天後，僕人已經熟睡。這時，有一位穿紅衣的女子款款走來，她的年紀約十八九歲，女子笑著注視著書生。書生暗自揣摩，知道是妖怪來了，故意不看她。紅衣女子一直站在一旁，並且唱道：「昔日伴著笙歌樂舞，今日居住土木屋中，漢殿埋在泥土下面，不知誰是享受歡樂之人？」歌聲時而低迴，時而高揚，斷斷續續，音律節奏很是美妙。唱完，紅衣女子笑著問道：「郎君知道這個曲子嗎？」書生答道：「不知道。」女子又走近些，說：「還有新的曲子。可以獻給郎君嗎？」書生答：「只管唱來。」紅衣女子於是抖動袖子，撩起衣裳，目光斜瞟，腳跟提起，輕緩地唱了起來。歌聲輕柔、曼妙，纏綿動人，女子姿態更是妖媚百出。歌第一章唱道：「白色的月光生了塵土，星星也暗淡了，黑夜長長，梳妝打扮後孤獨地躺下，曇花對答臘月，沒有消息，只是肝腸寸斷，空自涕零。」第二章唱道：「聽說蕭郎喜愛細腰之體，喜愛齊娘、薛姐的顫聲嬌語。自愛雖不能雙宿雙飛，但尚可在譙樓陪伴路人。」唱完，紅衣女子已站在桌旁，情不自禁。書生拿起紅筆，裝作開

玩笑地在紅衣女了臉龐畫上痕跡，她叫著跑了，再也沒有回來。

　　第二天，書生把發生的事情告訴村裡人，讓他們追尋這個女子的蹤跡。村人找遍廟裡，看見在大殿角上有一個破鼓，上面明顯有紅色的筆跡，於是把鼓打碎，鼓裡面有幾升血及許多人骨，鬼魅從此滅絕了。＊出自《耳食錄》卷一〈紅裳女子〉

鼓樓

　　某城中鼓樓上有個巨大的銅鐘，是一件古器。每天夜裡敲鐘，聲音轟然，遠近幾十里都能聽見。

　　鼓樓當初修建時，爲把鐘懸掛起來，幾十個健壯的漢子費了九牛二虎之力，也沒能把鐘掛上去。這時來了一個老漢，站在旁邊笑著說：「我念咒，必靈驗。」說完，老漢對著鐘喃喃自語。念完之後，老漢便讓四個壯漢又試了一遍，這次輕而易舉便成功了。等人們回過頭來再尋找老漢時，人已無影無蹤了。

　　清道光戊戌四月間，銅鐘在白天響了起來，鎮老爺覺得鐘響得不是時候，感到非常奇怪，便派營卒前去鼓樓察看。營卒見樓門鐵鎖仍如以前，便取來鑰匙登上鼓樓。他遠遠地望見東門樓上有個人面朝西方跪著，焚香朝天正拜，手中還拿著個紅蓋旋轉不停，銅鐘便嗡嗡作響。營卒急忙上前捉住那個人帶回衙門，並向鎮老爺稟報。鎮老爺親自審訊，只聽焚香人供道：「此鐘鎖閉日久已變成龍了。我用法術將其取去，埋藏在墓地，則子孫後代便能出顯赫之人。」

　　鎮老爺憎恨此人以妖異蠱惑人心，命手下人嚴厲懲處他。＊

出自《醉茶志怪》卷二〈鼓樓〉

枕中記

唐玄宗開元七年，有個道士叫呂翁，他修道多年，已得正果，能行神仙之術。這天，呂翁在邯鄲道上趕路，來到一個客店，便脫帽寬帶，進店休息。不一會，他看見一個少年從大路騎馬而來。這個少年名叫盧生，他正要到于田去，也走進客店休息。

呂翁和盧生共席而坐，談得極爲投機。過了好一會兒，盧生看著自己破舊的短衫，長長地嘆息說：「大丈夫生不逢時，竟混到這般田地！」呂翁看了看盧生，說：「看你的形體，既無痛苦，也無疾病，而且舉止大方，言談詼諧，卻慨嘆自己窮困，爲什麼？」盧生苦笑道：「什麼詼諧大方，我不過苟活而已。」

呂翁聽罷，大不以爲然，說：「我看你活得好好的，如果這樣還不滿足，你覺得怎樣才算好呢？」盧生毫不遲疑地答道：「我輩在世，理當建功樹名，出將入相，列鼎而食，聽清歌，聞妙曲，使家族昌盛，耀祖光宗，然後才稱得上合適。我一直有志於學業，常出外遊歷，自認爲年齡一到，不難求得功名。而如今已至壯年，仍在田間勞作，難道還不算窮困嗎？」

說也怪，盧生說到這兒，頓生睡意。此時，店主人正在蒸黃梁米飯。呂翁從隨身攜帶的布囊中取出一個枕頭，遞給盧生，說：「你枕這個枕頭睡吧，它能令你像希望的那樣榮華富貴。」這是個青瓷枕，兩端有孔。盧生枕在上面，只見枕兩端的孔漸漸擴大，越來越明朗。盧生好奇心大起，竟從枕孔走進枕中去了。

他在枕中走了不一會兒，便回到家。幾個月後，盧生娶了清河崔家的女兒爲妻。崔家是清河有名的大族，盧生的妻子不但容貌秀美，而且性情忠厚，盧生十分愜意。

從此以後，盧生便穿鮮衣，騎駿馬。第二年，盧生一舉考中了進士，被派往渭南當都尉。不久，遷爲監察御史，又轉爲起居

舍人。三年後，又出任同州地方官，後遷陝西牧。

　　盧生一向喜歡通浚河道，在陝西爲官期間，鑿河八十里，疏通河流。當地百姓感謝盧生的功德，爲他刻石留念。

　　他在陝西的政績不錯，朝廷又調他到汴州，爲河南道探訪使，爾後又被調到京兆府當府尹。

　　這一年，朝廷要興兵伐戎狄，以展疆擴土。同時，又趕上吐蕃悉達邏及燭龍莽布支攻陷瓜洲，節度使被殺。朝廷爲此而選擇將帥之才，於是拜盧生爲御史中丞、河西道節度使。盧生掛印出征，一舉大破戎虜，斬敵首多達七千，招展疆土達九百里，又築三大城牆以遮擋要害之地。邊民特意爲他立石碑於居延山，以頌揚他的功德。朝廷得到捷報，立即加官進爵，轉爲吏部侍郎，又遷戶部尙書兼御史大夫。

　　盧生在短期內如此飛黃騰達，很快便遭到那些嫉賢妒能之輩的非議，蜚語四起，朝廷貶盧生爲端州刺史。不料，三年後，盧生又被徵召爲常侍，沒多久，又升爲同中書門下平章事，與中書令蕭嵩、侍中裴光庭共同執掌朝廷大政，達十年之久，被當時的人稱爲賢相。

　　好景不長，盧生再遭同僚的誣陷，說他交結邊關將士，圖謀不軌。一天府吏帶著兵丁來到盧府逮捕他，盧生驚駭不測，對妻子說：「我家在山東，有良田五頃，足以溫飽，何故苦苦求取功名？如今弄到這樣的下場。回想起當年，騎青駒，穿粗布短衫，漫遊於邯鄲道上，多麼自由自在。而今再也不可得了。」言罷，拔刀欲自刎。妻子見狀，忙奪下刀。

　　受這件事牽連的人都被殺了，只有盧生被宮中太監們力保，才免去死刑，發配驩州爲平民。數年後，皇帝終於查出盧生的冤情，又調他回京，追爲中書令，封燕國公，倍加恩寵。

　　盧生共生了五個兒子，分別叫盧儉、盧傳、盧位、盧偁、盧倚。這五個兒子都有才氣。盧儉進士登第，作了考工員外郎；盧傳作了侍御史；盧位爲太常丞；盧偁當了萬年縣的縣尉；盧倚最

有出息，二十八歲就當了左襄。盧家的姻親，都是當時天下的望族，都頗有錢有勢。

就這樣，盧生在五十餘年中曾二次被貶，又都重回朝中爲官，於高層官吏間周旋，名望顯赫。他性情頗爲奢侈放蕩，所蓄歌妓，均爲天下最爲綺麗之人。得朝廷賞賜的良田、甲第、美女、名馬不可勝計。

五十餘年後，盧生年老體衰，屢次上表辭官，都沒有被應允。後來，盧生終於病倒了，前來盧府探望的人，前後接踵，絡繹不絕。請遍天下名醫，吃盡環宇之妙藥，都不能救命。臨死前，盧生上疏道：「臣本山東的一名儒生，以田間勞作爲樂。偶得聖上恩典，入朝爲官。數年來，得到聖上特別恩寵殊獎，出擁節旄，入升台輔，周旋於中外。老臣實在有忝於天恩，亦無裨於聖化，卻得到聖上日復一日的厚待。爲此，臣如履薄冰，日益增憂。如今年邁體病，八十多歲仍任朝廷高官，卻不能盡責盡職，晝夜臥床休息，臨終之際昏沈疲困，空負聖上的深恩。特此奉表陳謝。」

皇上看了盧生的上疏，隨即下詔書，說：「卿以才華德性作朕的元輔重臣，內外升平，多有賴於卿。卿有病在身，不日即可痊癒。今命驃騎大將軍高力士到府第探視，望卿自愛。」當夜，盧生便死了。

盧生伸了個懶腰醒來了。他看見自己仍躺在客店裡，呂翁仍坐在身邊，店主人蒸的黃梁米飯還沒有熟，而自己在枕中卻已度過了五十餘年。盧生驚嘆道：「這難道是一場夢嗎？」呂翁淡淡地說：「人生亦不過如此。」盧生無語，良久，對呂翁謝道：「人生的寵辱、窮達、得失乃至生死，我都嘗到了。這是先生在節制我的欲望啊，豈敢不受教誨。」言罷，盧生跪地叩頭，拜謝兩次，心平氣和，起身告辭而去。＊出自《虞初志》卷三〈枕中記〉

枕中風雨

　　汴州有個人叫趙懷正，住在光德坊。妻子賀氏，善作針線刺繡，並用它賣錢生活。

　　唐文宗太和三年的一天，有人拿著一個石枕頭上門叫賣，賀氏用一塊玉將它買下。晚上，趙懷正枕著石枕睡覺，聽見枕中風雨聲聲，吵得人難以入眠。奇怪的是賀氏和兒子用它作枕睡覺，卻什麼也聽不見，很快就能睡著。趙懷正再試，依然聽見風雨交作，他感到十分驚異。兒子提議把石枕砸破，看裡面究竟裝著什麼東西。趙懷正不同意，說：「要是裡面什麼都沒有，石枕又砸碎了，不是白白丟掉一筆錢嗎？等我死後你再砸碎它看個究竟吧。」

　　過了一年多，趙懷正患病死去。賀氏叫兒子把那個石枕砸碎，發現石枕中竟裝著一錠金子和一錠銀子。尤其古怪的是石枕與金銀錠緊緊相連，中間沒有一絲一髮的空隙，好像鑄模時預先嵌入似的，簡直不可思議。那金、銀錠各長三寸多，有大姆指寬。賀氏母子把它換成現錢為趙懷正辦喪事，喪事辦完，換得的錢也花得個乾乾淨淨，不餘一文，好像事先精確計算好了似的。

＊出自《太平廣記》卷四百〈趙懷正〉

神筆肇禍

　　山東有一個叫廉廣的人。有一天，他進泰山採藥。忽然間，風起雲湧，大雨飄潑而下。在這深山老林中，前無村莊，後無茅舍，廉廣只得跑到一棵大樹下躲風避雨。大雨一直下到半夜才停。雨過天晴，皓月當空，廉廣這才借著月亮疾行下山。

　　路上他偶遇一個老人，此人相貌如同一位隱士。老人問廉廣：「你為何深夜來到此處？」邊問邊拉著廉廣在林中一塊大石上坐了下來。兩人談了一會兒話，老人突然對廉廣說：「我善於繪畫，可以教給你。」廉廣聽罷，點頭稱謝。老人又說：「我給你一支筆，不過，這不是一般的筆，你且牢牢記住，不能輕易拿出來給人看。」說罷，從懷中取出一支筆交給廉廣。

　　廉廣接過筆，仔細端詳，表面上這支筆並無異樣，他正思忖間，老人說：「你用這支筆只要隨意一畫，便可通靈。我的話，請不要當耳邊風，免得召來禍端。」話音剛落，老人突然身影皆無，不知去向了。

　　廉廣得筆之後，曾偷偷地試過，還真有靈異。從此以後，他將筆珍藏起來，不敢輕易畫什麼。

　　後來，廉廣因事去中都縣。中都縣的縣令姓李，李縣令酷愛繪畫。他不知從哪裡知道廉廣有一支神筆，便請廉廣到府衙來，並特地擺一桌酒席招待他。酒席上，李縣令一邊勸酒，一邊從容地詢問廉廣有關神筆的事。起初，廉廣祕而不言，說那都是人們的謠傳，哪裡有什麼神筆呢？後來耐不住李縣令苦苦請求，不得已，廉廣只得拿出神筆來。廉廣在一面粉白牆上，信筆畫了一百多個鬼兵，個個是準備出征打仗的神態。

　　中都縣縣尉趙某知道此事後，也苦苦請求廉廣，非要他也在自己家的牆壁上畫一幅畫。廉廣無可奈何，只得在趙縣尉家的牆

壁上又畫了百餘個鬼兵，其狀如迎戰。

沒料到這天晚上，兩處的鬼兵一齊出戰，只聽刀槍之聲震天響，攪得全縣烏煙瘴氣。李縣令及趙縣尉一看不好，忙命人將牆上鬼兵塗去。廉廣聽說此事，也在次日清晨偷偷地逃走了。

廉廣逃到下邳。下邳縣的縣令聽說此事後，頗感新奇，懇請廉廣也為他畫一幅畫。廉廣哪裡還敢輕易下筆，就把發生在中都縣的事講給下邳縣令聽。下邳縣令聽了，仍堅持要他畫。弄得廉廣沒辦法，就把如何奇遇異人，如何得筆的經過說了出來。下邳縣令不以為然，說：「你畫鬼兵，鬼兵們就打起仗來，假如畫物，便不必擔心會打起來了。」並堅持要求廉廣畫一條龍。

廉廣勉強從命，在牆上畫了一條飛龍。龍形剛成，突然間，雲騰霧起，飄風候至，不一會，雲霧已籠罩了整個縣城，瀰漫於茫茫四野。再看壁上畫的龍，已活潑靈動，須臾之間，騰空飛出，乘著雲氣，直沖而上。龍形尚未消失，傾盆大雨已潑了下來，轉瞬間，已成滂沱之勢。這場雨接連下了數日仍不止歇，縣令非常擔憂，生怕洪水氾濫，毀了莊稼，吞了縣邑。他又懷疑廉廣有妖術，於是命人將廉廣抓起來，投入監牢。

縣令數次詰問廉廣，廉廣既不承認有妖術，也說自己無法止住大雨。縣令更加惱怒，眼看要治廉廣的死罪了。廉廣在獄中十分害怕，他嚎啕大哭，呼喚那位在泰山中遇見的老神仙。

這一夜，他夢見老神仙來到監牢。老神仙告訴他，可以畫一隻大鳥，令大鳥飛起來，便可以騎著大鳥逃出監牢。廉廣夢醒後照著神仙的指示畫了一隻大鳥。大鳥真的帶著廉廣飛走了，直向泰山飛去。到了泰山，老神仙早已等候在山中。老神仙對廉廣說：「你把這個祕密洩露出去，沒能按照我的要求去作，因此才遭到危難。當初送你這支神筆，本想讓它給你帶來好處，不料被你自己惹出禍來，看來你必須把筆還給我了。」廉廣只得從懷中取出神筆還給老神仙。老神仙接過神筆，便不見了。＊出自《太平廣記》卷二一三〈廉廣〉

筆怪

　　唐憲宗元和年間，博陵人崔谷從汝鄭到了京城長安，住在延福里。崔谷好讀書，經常終日伏案誦讀，樂此不疲。這天崔谷又在窗前讀書，看見一個身高不足一尺的小孩，穿一身黃衣服，沒戴帽子，從北牆上下來徑直走到榻前，對崔谷說：「能不能讓我借住在您的硯臺裡呢？」崔谷覺得太突兀，沒有答應。小孩又說：「我身體還結實，願意聽從您的指使。您怎麼就這樣拒人千里之外呢？」

　　崔谷扭過頭去，根本不理睬他。小孩卻毫不氣餒，邁步上了榻，恭恭敬敬站了半天。然後又從袖子裡面取出一小幅文書遞到崔谷面前。原來是一首詩，字跡很細小，像米粒一樣，卻非常清晰。詩曰：「昔荷蒙田惠，尋遭仲叔投。夫君不指使，何處見銀鉤。」崔谷看罷詩，笑著說：「既然是你自己願意讓我指使的，那你以後可別後悔啊。」小孩又從袖中取出一首詩，投到書桌上。詩曰：「學問從君有，詩書自我傳。須知王逸少，名價動千年。」崔谷看了又說：「我沒有王逸少（王羲之）的才藝，儘管得到你，又有什麼用呢？」小孩又取出一首詩，投到書桌上。詩曰：「能令音信通千里，解致龍蛇運八行。惆悵江生不相賞，應緣自負好文章。」崔谷開個玩笑說：「可惜你顏色並非五彩。」小孩笑著下了榻，便朝北牆走去，走到一個洞口，鑽了進去。

　　崔谷讓僕人去挖那個洞，挖出一支毛筆。崔谷拿來寫字，柔韌挺拔，筆鋒像新的一樣，用了一個多月，小孩沒再出來，也沒別的怪異出現。＊出自《太平廣記》卷三七〇〈崔谷〉

靈鼎

　　太常協律韋生有個哥哥特別凶，自稱他生平沒有遇見過值得害怕的事，只要聽說什麼地方有鬧鬼的住宅，他一定要專程前去，夜裡一個人住下領教領教。

　　韋生跟同事說起哥哥這個特點，同事中有人就想試試這個人的膽量。適逢有人說起延康東北角有個馬鎮西宅，常年鬧妖怪。於是一干人領著韋生的哥哥到那所住宅，給他準備了酒肉。天黑的時候大夥都走了，留他一個人住下。

　　這所住宅的院子裡有個水池，水池西側是一座孤零零的亭子。韋生的哥哥選了這座亭子住在裡面。他喝了一陣酒，覺得渾身燥熱，便把衣服都脫了，赤身裸體上床睡覺。

　　睡到半夜他忽然醒了，看見一個小孩，僅一尺多高，身體很短，腿卻很長，渾身烏黑，從水池中走出，晃晃悠悠地走過來，沿臺階而上，走到他跟前站住了。他一點也不怕，說：「睡覺的人最討厭人來打擾！你是不是想來看望我？」

　　小人繞著床轉了幾圈，韋生的哥哥翻個身，又仰面朝天躺著，繼續睡覺。不一會兒，覺得小人上了床，他仍然一動也不動，不久就感覺到有兩隻小腳在身上走。小人順著他的腳往上走，他感到冰涼如鐵，涼得直透心肺。小人走得特別慢，韋生的哥哥一直不動，等他往上走。小人終於走到肚子上了，韋生的哥哥突然伸手一把抓住，原來是個古時候留下來的鐵鼎，已經折斷了一隻腳。他扯過一條衣帶把鐵鼎綁住拴在床腿上，繼續睡覺。

　　第二天，眾人來看望韋生的哥哥。他讓他們看拴住的鐵鼎，講了夜間的事。大家便用鐵杵把鼎砸碎，碎處都有血跡。從此所有人都相信韋協律的哥哥確實是個很厲害、能杜絕住宅妖怪的人。＊出自《太平廣記》卷三七〇〈韋協律兄〉

留不住的錢財

　　北齊武成帝時候，安陽縣有個姓黃的人家，住在古城南邊。黃家從祖上起就是巨富，世代傳下來，家資萬貫，富甲一方。這天，黃家請巫師占卜，巫師神情嚴肅地說：「你們家的錢財要出去，得好好守著。如若放它們出去，你們家可就一貧如洗了。」

　　黃家人聽了十分緊張，選拔一批剽悍的家丁，日夜看守庫房和各路城門。

　　這天夜裡，守在北門的家丁看見一隊人馬往城門口走來，騎在馬上的人個個都穿黃衣服，出了城門，徑直往北去了；守在西門的人看見一隊人全部身穿白衣，也騎著馬出門往東邊去了；一隊穿青衣的人騎著馬出了東門。這三隊人馬出城門時都打聽趙虞家在哪兒，離此地多遠。守門的家丁都很殷勤地給他們指路，放他們出去。眼看著各路人馬漸行漸遠，大夥恍然大悟：那黃衣人、白衣人、青衣人不正是金、銀、銅三樣東西嗎？趕快去追，哪裡還追得上！

　　一家人懊喪得不得了。沒多久，遠遠地看見一個跛子走過來，身上還背著一捆柴禾。這跛子也向守門人打聽趙虞家在哪兒。黃家人早已怒不可遏，吩咐家丁拿大棍子狠打。幾棍子下去，跛子變了形，原來是自己家裡那只缺了一隻腳的銅鍋。

　　從此之後，黃家一天比一天窮，到後來家人全部貧病而死。

*出自《太平廣記》卷三六○〈安陽黃氏〉

油鍋作怪

　　昭儀從事韋琛，幼年時在學校讀書。冬至節這天晚上，捧著書本回到家，進臥室一看沒人，廳堂裡也空空的，只有廚房裡柴火燒得正旺，正在熬油。於是他就向廚房裡窺視，那盛油的鍋忽然一直長大，長大數尺之後又縮至原形，再長大，再縮小，如此再三。韋琛嚇一大跳，拔腿便逃出門去。這才看見全家人都在外面待著，正在料理祝奠的東西。韋琛神情慌張地說了他在廚房看見的情形，家裡人都喝斥他，說是大過節的小孩子別胡說八道，不吉利。

　　過了一會兒，一個婢女在廚房裡作飯，俯身向著鍋，鍋中油已經滾了。婢女懷裡還抱著小孩，小孩掙扎著找奶吃，一下掉進鍋裡，滾開的熱油溢了起來。婢女慘叫一聲，鍋中騰起的油已經被柴火點燃，轟然一聲燃起一團大火。外面的人全都奔進來撲火。有人端盆潑水，油水相激，火勢更加兇猛。大夥都慌了，抓到什麼是什麼，亂往火裡扔，瓶、甕、盅、毛毯、被子亂投一氣，折騰了半天，火終於撲滅了。撥開破爛一看，小孩已經燒得焦黑一團。全家人驚恐不已，因此也不過節了。婢女不久便驚悸而死。＊出自《太平廣記》卷三六六〈韋琛〉

寶珠

　　咸陽岳寺後面，存有周武帝的皇冠，冠上綴有一顆珠子，像粒梅子那麼大，歷代都不把它當作寶貝，任其廢置。

　　武則天執政時，有個人去揚州收債，路過岳寺，見到這頂皇冠，順便就將冠上那粒珠子摘下。走到寺門口時，因天氣熱而脫了一件衣服，隨手就把珠子裹在裡面，塞在寺門金剛力士塑像的腳下，也忘記帶走，第二天便往揚州去了。路過陳留時，住在客店中，晚上聽說有幾個胡人在店裡賽寶鬥富，心裡好奇，就披上衣服前去看熱鬧。正看之間，猛然想起在岳寺後面取下的那粒珠子，不知價值如何？可惜連衣服都放在金剛腳下忘記帶來了。於是隨便把這件事說給那幾個胡人聽。不料胡人聽他說後，都大吃一驚，說：「早就聽說中國有這個寶貝，正想去購買哩！」這人一聽，也十分懊惱地說：「可惜被我丟在咸陽了。」胡人十分惋惜，說：「你要能將它找回來，我們必定重金購買。聽說你要去揚州收債，不知有多少錢？」這人說：「五百貫錢。」胡人們當即湊足五百貫錢給他，要他回咸陽去把那粒珠子取回。這人很高興地答應了。

　　第二天，他立即趕回咸陽，到岳寺門前金剛像的腳下一摸，衣服和珠子都在，於是興高采烈地又趕回陳留，把珠子給那幾個胡人看。只見他們欣喜若狂，鼓掌歡笑，並為此狂歡慶祝十多天，並要求把這粒珠子賣給他們，問要價多少？這人見他們這樣重視，心知是顆寶珠，心想，我就給你們來個獅子大開口。於是說要賣一千貫錢。不料胡人不僅不嫌多，反而大笑說：「這麼點錢未免太辱沒此珠了！」他們商量了一下，決定用五萬貫錢購下這粒寶珠。當即湊齊這筆錢交割，並邀請這人同他們一起去海上，讓他見識寶珠的價值所在。於是他們一同到了東海。

　　船行大海，水天茫茫，只見胡人中為首的一人，先用一個銀製的小鍋煎熬醍醐，然後把那粒寶珠放在一個金瓶裡，再放進醍醐中繼續煎煮，煮到第七天，忽見兩個老人率領幾百個從人攜帶許多寶物乘船前來，請求將那粒寶珠贖回。胡人不肯，這些人只得怏怏而回。過了幾天，這些人又帶來更多的寶物贖珠，那些寶物像小山一樣堆滿船上，胡人還是不答應。到第三十天，那些贖寶人離去，卻見兩個龍女到來，只見她們潔白端麗、翩翩而降，忽然飛入金瓶之中，人和寶珠皆不見，原來已被熬成了油膏。

　　這人眼見如此奇特的事，心中充滿疑問，就問那為首的胡人說：「這些來求贖珠的是什麼人？」胡人答說：「這顆珠子是罕有的寶物，應該由兩個龍女守護它。但是群龍愛女，願捨棄其他寶貝把它贖去。可是我不想發財，而願成道飛升，哪會把人世的富貴放在眼裡？」說完，用金瓶中的油膏塗抹在腳底，縱身跳入海中，竟不沉沒，足踏波濤就要離去。其他胡人慌了，齊聲說：「這珠是我們大家共同買下的，你怎麼能一個人享受呢？再說你走了，我們怎樣才能回去？」那水上的胡人說：「你們把銀鍋中熬的醍醐抹在船外面，就會有天風送你們回家。」說完，凌波如飛而去，轉眼就不見蹤影了。＊出自《太平廣記》卷四〇二〈寶珠〉

水珠

　　大安國寺，是唐睿宗李旦作相王時的舊府邸，後來他登上帝位，就將原王府改建成廟宇。改建時，李旦曾施捨了一顆寶珠，作為寺院鎮庫之寶，並說：「此珠價值億貫。」寺裡和尚把寶珠珍藏在櫃子裡，然而並不覺得這珠有多麼珍貴。

　　唐玄宗開元十年，安國寺的和尚作佛事，開庫檢閱所藏寶物，見到這顆珠子，準備把它賣掉，見裝寶珠的盒子上寫有「此珠值億貫」幾個字。和尚們打開一看，那珠顯得與眾不同。外形像一片石頭，呈紅色，夜裡發出微光，光照幾寸遠近。和尚們不由得議論起來，都說這不過是件很平常的東西，哪裡能值億貫？於是派一個和尚去市場上監賣此珠，看它究竟值多少錢？賣了幾天，倒有幾個有錢人問價錢，但仔細一看，都搖頭說：「這不過是一般的石頭罷了，與碎石破瓦沒什麼區別，居然還漫天要價，可笑！」搖頭嗤笑而去。監賣的和尚聽到這些冷言冷語，感到十分羞愧。過了十天，有人問知這珠在夜裡能夠發光，就願意出幾千貫購買，漸漸地還價高漲起來。

　　一個月後，有個從西域來的胡人到市場尋購寶物，見到安國寺要賣的這一寶珠，欣喜若狂。這個胡人頭上戴有不少貴重的飾物，顯然是個貴人。他通過翻譯問寶珠的價格，和尚回答說：「一億貫。」這個胡人沒有買，但總捨不得走開，用手撫摸寶珠很久，才戀戀不捨地離去。第二天，胡人又帶著翻譯來看寶珠，對和尚說：「寶珠的確價值億貫，可是我旅行在外，共只帶來四千萬，願全部用來買珠，可否？」和尚大喜，帶他一起去見寺裡住持商量，住持萬沒想到能賣這麼高的價錢，當即點頭答應。於是胡人果然送來四千萬現金把寶珠買走，臨走對和尚說：「讓你們吃虧了，真對不起！」和尚問胡人是哪國人，回答說：「我是

大食國人。我們國王在貞觀初年與貴國通好，貢獻了這顆寶珠給太宗皇上，後來舉國都很想念這一國寶。國王於是許諾，誰要是能將這寶珠找回來，就賜他當宰相。尋求了七八十年都沒下落，沒想到今天卻得到了，真是幸運。這珠名叫水珠，在行軍打仗的時候，只要在地下挖個二尺深的坑，把珠埋在裡面，立刻就會有泉水湧出，能供好幾千人飲用。帶著它行軍不愁缺水。自從這顆寶珠上貢貴朝後，我國軍隊行軍時常遭受乾渴之苦。」說完，胡人見和尚好像不信，就叫人往地下挖二尺來深，將水珠埋好，不一會兒，埋珠處果然湧出一股清泉，泉水透明清涼，和尚取水一喝，果然甘爽無比，這才知道水珠果然是價值連城的寶貝。胡人將珠取出，告辭而去。＊出自《太平廣記》卷四○二〈水珠〉

水鬼帚

　　張鴻葉是袁枚的表弟，曾旅居秦淮，住在一戶姓潘的家中。漏下三更，張鴻葉如廁歸來，只見四下寂寂無聲，月光如水。張鴻葉不禁詩興陡起，對月憑欄，吟詩遣句。突然，只聽水中嘩嘩作響，張鴻葉定睛一看，見一人頭從水中慢慢鑽出，張鴻葉心道：「此時還有人游泳，真是怪事。」那人頭越升越高，不一會，一個遍體烏黑、眉目皆無的怪物，出現在河面上。張鴻葉膽大，彎腰拾起塊利石，用力向怪物投去。那怪物一驚之下，晃晃悠悠又沉入水中去了。第二天，秦淮河中淹死一男子，張鴻葉大悟：「原來昨晚上見的是水鬼呀！」

　　回到旅店，張鴻葉把昨晚的奇事跟客人講述一番，一米商說：「我經歷過一件事，比這精采百倍。」

　　原來，這米商年輕時，曾到嘉興販米。騎牛過黃泥溝時，忽然從泥中伸出一隻黑手，緊緊抓住了米商的腳踝。米商大驚，用力把腳縮了上來。那隻黑手在泥中亂舞，噗的一聲又把牛腿緊緊抓住。米商在牛背上嚇得渾身亂顫，大呼：「救命！來人呀！」此時天色尚早，路人頗多，不一會兒聚了一大群人。幾個人用力地牽牛，但折騰了半天，牛紋絲未動，那隻黑手反倒越抓越緊。有個聰明人見狀，找人尋了支火把，伸到牛尾之下。那牛巨痛，哞哞亂吼，雙眼瞪得銅鈴般大。只見它一聲猛吼，拔泥而起，拖出黑手，躍離黃泥溝。眾人圍上觀看，見牛腹下緊黏著一把黑色的破笤帚，腥臭難當。有人用棍子捅那把破笤帚，它便發出啾啾的怪叫，往下滴滴答答流黑血。眾人用刀把破笤帚從牛腹割下，縱火焚燒，那臭氣無以復加，經月不散。從此以後，這條黃泥溝再也沒有淹死過人。＊出自《子不語》卷二〈水鬼帚〉

盆兒鬼

宋朝都城汴梁有位楊從善，他的兒子叫楊國用。一天早上，楊國用來到街上，準備找個熟悉的朋友合夥作生意，正走著，忽然遇到一位叫賈豐仙的算卦先生。他聽別人說過，此人的卦算得極其靈驗，便花一分銀子請賈豐仙算一卦。沒想到，此卦算得他在百日之內有血光之災，必須遠走他鄉千里才能免災。楊國用聽後嚇得六神無主，急忙找到表弟趙客，向他借五十兩銀子，置辦些雜貨，選個吉日辭別老父，外出作買賣躲災避難去了。

時間如梭，轉眼間已過去九十九天。這一天，楊國用挑著貨擔來到離家只有四十里地的瓦窯村。他心裡盤算著，如今已是九十九天，現在天色已晚，不如在此住一宿，明天一早回家正好一百天，災也躲過了，錢也賺了些，這不更好嗎？他邊走邊想，來到瓦窯店投宿。

這瓦窯店是個叫盆罐趙開的。店主盆罐趙和他的妻子撇枝秀都不是善良的生意人。他們經營一座瓦窯，賣些盆盆罐罐，另外還開著一處小客店。凡南來北往的經商客旅，本錢多些的，都被他們圖財害命了。

楊國用叫開店門，對前來開門的撇枝秀說：「店家，我什麼茶飯都不用，拿盞燈來我住一宿，明早好趕路。」這個婆娘是個察言觀色、掏人底細的老手兒。這時，她眼珠子一轉，接口說：「客官，我家男人不在家，剛才你說一早要趕路，不是我小氣，請先將房錢付了倒也利索。」楊國用聽罷，便打開擔子取出二百小錢交與她。趁此機會，那婆娘趕緊瞥了一眼擔子，心中便有了底。她接過錢後馬上轉身去找盆罐趙，如此這般地講了一番，唆使丈夫趁楊國用睡覺時趕緊下手。

盆罐趙聽罷，手持利刃闖進客房，逼迫楊國用將所有的錢財

都交出來。得手之後，賊婆娘又拉住丈夫藏在窗戶下偷聽，聽到楊國用自言自語地說明天要去包公那裡告他們。於是盆罐趙不由怒從心頭起，惡向膽邊生。他一腳踹開房門，搶到楊國用跟前，只一刀就將楊的頭砍下來。

可憐的楊國用就這樣命喪黃泉了。盆罐趙夫妻合計了一下，便將楊國用的屍體拽到窯裡，加上木柴焚屍滅跡。第二天，他們將骨灰用碓臼研成細粉，再用篩子篩過，然後拌上黃泥作成一個盆胚，並在下面畫了個十字記號，與其他盆罐一起燒了七天，製成一個特殊材料的盆。

自打盆罐趙殺了楊國用，一直心神不定，連作噩夢，直嚇得他緊閉門戶不敢出門。從前的窯戶都供奉著窯神，為的是神靈保佑他們買賣興隆。不料，他們夫妻作的這罪惡勾當都被他家供奉的窯神看到了，於是窯神晚上便下凡來教訓他們一番。待窯神走後，他們夫妻才發現滿窯的盆罐都不見了，只剩下那個作過記號的盆兒。賊婆子嚇壞了，盆罐趙不信邪，一氣之下就要摔碎那盆。他妻子趕忙攔住，出主意將此盆送給那個幾次三番想要個便盆的張老漢，就用不著擔驚害怕了。

這個張老漢年屆八旬，原是開封府包公手下的差役，因年老退職，又孤身一人，包公讓他「柴市裡討柴，米市裡討米」，成了開封府獨一無二的伸手派。盆罐趙平時常將一些自製的盆罐放在老漢家中寄賣，並應允老漢一個便盆，卻一直沒有兌現。這天張老漢閒暇無事，便到瓦窯店來討便盆。

盆罐趙夫妻作下這傷天害理的罪惡勾當，還被窯神教訓一番，又害怕又懊惱，巴不得將這個盆兒送走，便將盆兒痛快地送給老漢。

老漢辭別盆罐趙夫妻，手中拎著盆兒回家。老漢邊走邊想：「剛才盆罐趙說路上有鬼，讓我小心著點。哼，我才不怕鬼！我會天心法、地心法，還有哪吒法，會書符咒水，只要我念『太上老君急急如律令』，就是有鬼也嚇得他遠遠地躲起來了。」

正想著，忽聽背後有響動，好像什麼人在跟著他走，老漢朝後邊喊了一聲：「呔！是什麼人在後邊，別嚇著我老漢。」剛說完就像被人抓住，老漢一掙，竟絆了一跤，嚇得老漢嘴裡直喊：「有鬼！有鬼！」待轉身細看，卻原來是棵酸棗樹枝掛住了他的衣服。老漢起身正要趕路，忽又聽得有人哭，還有人叫「老的，老的」。老漢心中納悶，自言自語道：「哪來的哭聲，還那麼悲悲切切？」他靜下心來聽了聽，又看了看四周，已是不見一個人影。但那哭聲似隱似聞，又恍恍忽忽看見遠處有個黑影，直嚇得老漢連聲大喊：「打鬼！打鬼！」待走近一看，原來是個土堆。老漢拍了一下頭，自嘲地嘀咕道：「我可真是老胡塗了，見了土堆便喊有鬼。」於是老漢邊走邊嘴裡念叨著「太上老君急急如律令」回到了家。

老漢回到家便生火作飯。吃過飯後想起白天發生的事，覺得很奇怪。自己離開盆罐趙家時太陽剛剛西斜，進門時夕陽尚未落盡，怎麼會有鬼折騰我？老漢百思不解，便上床睡覺了。臨睡時，老漢將一領老羊皮襖鋪在身下防寒。可當他躺下後，只覺得身上涼颼颼的，他很納悶，伸手一摸，哪還有什麼羊皮襖！急得老漢高喊：「有賊！有賊！」邊喊邊跑出門，想找巡夜的人幫他抓賊，但外邊一個人也沒有，只得又回到屋裡。進門時，老漢冷不防被門檻絆了一跤，又不知什麼東西蒙到他頭上。老漢慌忙伸手抓住，拳腳相加連踢帶打。待仔細一看，原來是那領老羊皮襖蒙在頭上。老漢被折騰得睡不成覺，歇了一會兒，他起來想小解，便伸手將盆罐趙送的那個盆兒拉了過來。老漢邊解邊覺得不對勁，怎麼沒聽見盆裡響聲，好像都尿到地上了。他伸手一摸，果然盆兒在那邊，他卻在這邊小解。老漢移了移身子，那瓦盆卻忽左忽右，忽上忽下，像跟他捉迷藏，這可把老漢驚呆了。

這時，只見一個鬼魂拿著盆兒走到老漢跟前跪下。張老漢嚇得往後退了幾步，戰戰兢兢地問：「你是人還是鬼？你是怎麼進來的？」鬼魂說：「我就是這個盆兒，這個盆兒就是我。我藏在

你的衣襟底下被你帶進來的。」

　　鬼魂衝著老漢一個勁兒地作揖，說道：「您老可要爲我作主呵！」老漢定了定神說：「你有什麼冤情也得把事情說明白了，我才好替你作主。」鬼魂哭著訴說他的遭遇，老漢聽罷同情地點點頭說：「確實冤枉！可你是個陰間鬼魂，而我是陽間之人，我怎麼爲你作主伸冤呢？」鬼魂連忙指著瓦盆說：「您老將這個盆兒拿到包大人面前，在盆沿上敲三下，我就會玎玎瑯瑯地說起話來。」老漢將盆拿過來裡裡外外看了看，又用手指彈了幾下，便答應了鬼魂的請求。

　　天亮後，張老漢拿著盆兒來到開封府。包公見是張老漢走上公堂，以爲街市上有人欺負他不肯給柴米，沒想到這老漢舉起盆說：「大人，我倒沒什麼冤屈，是這盆兒有冤情。」包公感到很奇怪。老漢忙說只要敲三下盆，它就會自己說。說著，老漢便敲了三下，可是這盆兒卻一點聲音也沒有。包公見狀不高興地說：「這老兒是老糊塗了，哪有盆兒會說話的道理。張千，把這老兒給我轟下堂去。」

　　老漢走到堂下看了看手中的盆，想：沒上堂他說話，上了堂卻不說，真是豈有此理。老漢用手敲了三下盆，盆兒馬上答應。老漢生氣地抱怨說：「剛才在堂上叫你，你沒聲音，把我嚇得臉焦黃。」盆兒向老漢求道：「真對不住，還得請您爲我作主。」

　　張老漢二次來到公堂爲盆兒伸冤。他見了包公，邊叩頭邊說道：「大人，此盆兒確實有冤情稟告。我剛才在門外敲了三下，他就說起話來。」包公命張千仔細聽著，老漢又敲了三下，但什麼動靜也沒有。包公不由大怒，命手下人亂棒將老漢打出堂外。

　　老漢來到衙門外自忖道：「唉，我今天算是被這盆兒給壞了名聲，我得問清楚這是怎麼回事。」於是，老漢又敲了三下盆兒，盆兒馬上又答應了。老漢一聽，氣得火冒三丈，舉著盆兒大聲說：「你害得我好苦！我差點被包大人打出魂來。不如將你這盆兒摔碎，咱們各走各的路！」盆兒趕忙央求老漢不要生氣，解

釋說：「我不是不去大堂上說，實在是被門神擋住，不放我進去。」老漢聽後消了些氣，埋怨盆兒不早說，差點誤了正事。說罷，張老漢整整衣帽，第三次走上大堂，為這盆兒打抱不平。

包公一見張老漢，把臉一沉，問道：「你這老兒好生無禮！三番兩次拿這盆兒戲弄老夫。今天你要說得確實，什麼都好說，如胡說八道，我可饒不了你！」老漢趕忙將盆兒兩次進不來堂的原因稟告包公。包公聽後覺得有理，乃命張千燒祭門神一百文錢。這時只覺一陣冷風，盆兒鬼隨風進到大堂上。老漢馬上敲了三下盆沿兒，這個盆兒便玎玎璫璫地訴說起自己的悲慘遭遇。包公聽完心中震怒，當即命張千帶差役將那對賊夫妻捉拿歸案，一步一棍帶上公堂來。

盆罐趙夫妻被帶到公堂，包公隨即升堂開審。這對賊夫妻百般抵賴，拒不認罪。這時，張老漢將盆兒敲三下，楊國用的鬼魂出現在公堂上。他一把抓住這夫妻倆，邊打邊說：「賊人！你們也有今天！你們圖了我的銀子，害了我的性命，害得我好苦！你們還我命來！」盆罐趙夫妻嚇得連連磕頭作揖，嘴裡不住喊饒命。包公見狀便命道：「拿大棒來，每人先打一百，然後錄下口供，待他二人畫了押即開刀問斬。」賊夫妻聽罷癱倒在地，被差役拖下公堂，即日押赴市曹，千刀萬剮，凌遲處死。

包公又吩咐道：「張千，你將盆罐趙家產全部沒收，平均分作兩份。一半給張老漢，以表他見義勇為，代人雪冤之功；另一半給楊國用父親，作為贍養之資。並將這個盆兒交給他，回家埋葬。再出一面告示，使天下人盡知。」

就這樣，圖財害命的盆罐趙夫妻伏法，包公為屈死的楊國用伸冤報仇。這個頗為傳奇的故事也一直流傳至今。＊出自《元曲選》之〈玎玎璫璫盆兒鬼〉

古鐘自鳴

　　唐玄宗開元年間，清江郡有個老頭常常在郡南田間放牛。這天，老頭像往常一樣趕著牛到田埂上，忽然聽見一種古怪的聲音從田間發出來。老頭和附近幾個放牛娃都聽見了，於是大夥趕著牛急忙跑開了。

　　老頭一回家就開始發燒，燒得不省人事。過了十幾天，老頭作了個夢，夢見一個穿青色短襖的男子，對老頭說：「把我遷到開元觀去！」老頭被驚醒了，反覆回味男子的話，不知道是什麼意思。

　　過了些日子，老頭又到野外去，又聽到上次那種怪聲。他便去找郡守報告這件事。郡守聽了喝斥說：「你這個老頭不是老糊塗就是瘋了，胡說什麼呀！」讓左右將老頭趕出堂外。

　　這天夜裡老頭又作個夢，穿青色短襖的男子又出現了，對老頭說：「我在地下藏了很多年了，你儘快想辦法把我挖出來，否則你要得病的。」老頭嚇壞了，天一亮就帶自己的兒子一起到郡南去挖地，挖了約一丈深，挖出一口大鐘，顏色發青，同夢中男子所穿衣服的顏色一樣。

　　老頭又去見郡守，報告這個新發現。郡守派人把鐘安置在開元觀裡。這天辰時，這口鐘忽然自己響了起來，聲音極其洪亮。清江郡的人全都驚嘆不已。郡守便把這件奇事報告皇上。唐玄宗得知後也很高興，派宰相李林甫去把鐘的樣子畫下來，廣為傳布，讓天下人都知道。＊出自《太平廣記》卷三六八〈清江郡叟〉

飛翔的石碓

　　荊楚地方有個人叫李楚賓，生性剛直孤傲，特別喜歡田獵，長年累月以此為樂。他每次出去打獵，從不空手回來。

　　當時有個叫童元範的，家住青山。他的母親不知為何染上一種病，白天總是好好的，每天夜裡就發作。這樣熬了一年，童元範想遍了法子，請了無數醫生，沒有一點效果。

　　唐德宗建中初年，有個算卦的人名叫朱邯，要回豫章去，路過童元範家，知道這個情況後就替他算了一卦，說：「今天下午你穿戴整齊到路邊去等著，要是過來一個手拿弓、腰挎箭袋的人，你就請他幫助。這個人一定會替你解憂，治好你母親的病。而且還能讓你們弄明白究竟是什麼病。」

　　童元範按照朱邯的吩咐守候在大路邊，果然李楚賓挎著弓箭，騎著快馬過來了。童元範慌忙上前行禮，請李楚賓去家裡作客。李楚賓回答說：「我今天什麼也沒獵到，你為什麼要我去作客呢？」童元範就把母親的怪病和一年來的診治、朱邯的吩咐都說了，再三請求，李楚賓就答應了。

　　童元範設酒菜款待李楚賓，晚上安排他在西廂房裡睡。這天夜裡，月朗星稀，照得地上就像白天。李楚賓走出房門看動靜，發現空中一隻大鳥正向這邊飛，轉眼間停在童元範家房頂上，伸出長嘴就在房頂上啄。大鳥一啄屋頂，就聽屋裡傳出童元範母親的呻吟叫痛聲。李楚賓尋思了一陣，斷定作祟的就是這隻大鳥，於是張弓搭箭，連射兩支，全都射中。大鳥撲楞一下就飛走了。屋裡童元範母親的呻吟聲立刻停止了。

　　第二天早晨，李楚賓對童元範說：「昨天夜裡我已經解除了妳母親的痛苦，禍害已除。」說完便領著童元範在房前屋後裡裡外外尋找，找到一間破房子裡，看見一個廢棄已久的石碓。石碓

上有兩支箭深深地插著。李楚賓將箭拔出，上面還滴著血。

童元範當下讓人把石碓搬出，點起火來燒毀了。從此以後，精怪再沒出現過。童元範母親的病也徹底好了，再沒復發。＊出自《太平廣記》卷三六九〈李楚賓〉

石火通

　　進士盧郁，原住黃河以北，後來遷到河南長安。有一次他去北方燕趙一帶遊玩，來到內黃縣，郡守安排他住在官衙裡。他來之前，那間屋子無人居住，盧郁住進去後，卻有一個老婦人前來拜訪。這個老婦人長得又矮又胖，身穿白色衣服，她對盧郁說：「我僑居此處很久了，也算是主人，所以前來拜望你。」說完告辭離去。

　　這天晚上，天上風雪交加，屋裡又濕又冷，盧郁一人住在大堂前，難以入睡，白天見到的那個老太婆又來拜訪，問道：「貴客一個人住在這裡，太寂寞了吧！」盧郁請她進屋坐下說話，老太婆自我介紹說：「老身姓石，華陰人氏，後跟隨呂御史來到內黃，已經四十年了。家裡十分貧苦，希望貴客給些照顧。」

　　盧郁心想大約她餓了，就拿出食物請她吃，不料老太婆連看都不看一眼。盧郁問道：「大娘為什麼不吃？」老太婆答道：「我的確很餓，但從不吃飯，可是一向身子很硬朗。」盧郁覺得奇怪，心想老太婆可能有道術，就很有興趣地問道：「大娘既然從來不食煙火，用什麼填飽肚子呢？莫非服用仙藥不成？」老太婆答道：「老身家在華陰，祖先好神仙之術，曾在太華山頂結廬修行，我也常住在山中，跟隨道士學長生之法。道士教我吞火，從此後就再也不吃五穀了。今年我已九十歲，從來不知道受寒、中暑、生病是什麼滋味。」

　　盧郁又問：「我早年也曾碰見過一個異人，教我吸氣之術，覺得其中頗有奧妙。後來奔忙於塵世利祿中，效命於朝廷，早晚忙碌，無形中把道術也忘了，想不到今晚碰見大娘，談到我生平喜好的事，真使我高興。只不知吞火是不是修仙的妙旨？」

　　老太婆回答說：「你沒聽說過嗎？異人是不怕冷熱的。他進

入火裡，火不能燒壞他一根毫毛；他下到海裡，水也淹不死他。像這樣，吞火對於他是很平常的事。」盧郁好奇心大盛，說：「我想看大娘吞火，可以嗎？」老太婆答道：「那有什麼不可以的？」說完把手伸進熊熊燃燒的火爐中，拿出一塊通紅的炭塊吞進肚去，神色自若，毫無痛楚之態。

盧郁十分驚異，忙起身對老太婆恭恭敬敬地再次行禮，謙恭地說：「在下鄙野之人，從未聽說過神仙的事，不想今晚得遇仙姑，使我見識到吞火的神異，實是平生從未有的幸事。」老太婆說：「這不過是微末小技，沒什麼神奇之處。」說完，告辭而去。盧郁恭恭敬敬將她送出門外，因夜已深沉，回屋後便躺下睡覺了。

睡到半夜，忽然被僕人叫醒，告訴他西廂房失火。盧郁大驚，忙起身去看，西廂房已被燒毀。這時周圍住戶紛紛趕來救火，直亂到天亮才把火撲滅。於是紛紛探尋引起火災的原因。後來在西廂房的一個凹處，發現有個石火通，裡面裝有炭火。原來先前有乾草覆蓋在上面，被引燃延燒起來，禍及房舍。

盧郁恍然大悟，原來晚上去拜訪他的那個又矮又胖的老太婆，就是這個盛火的石火通變幻的，怪不得她自稱姓石，家住華山。於是盧郁去打聽老太婆說的呂御史是誰？衙役中有個老人告訴他說，呂御使四十年前曾經在這裡住過。果然這一切都與老太婆說的相符。＊出自《太平廣記》卷三七三〈盧郁〉

張知縣婢祟

　　知縣張德隆，家裡有女婢五人，其中一人爲妖怪所迷，雖然沒造成大禍害，但行事往往令人可恨，全家上下都深感厭惡和苦惱。張德隆只好請當地一個叫文法師的巫師來爲她驅邪。文法師日常職業是酒店老闆，他來到張家，該婢女不但不怕反而掩面大笑說：「你一身酒糟氣，怎能抵得過我。」文法師羞愧極了，只得告退。張知縣又招來既會陰陽又能驅邪的林持起。這個林持起是張知縣的妻兄，曾爲別人祛除一怪，他來降妖，或許能行。

　　林持起的背微駝，女婢一見，毫不在乎地說：「你也不過是一片芭蕉葉兒，我豈會怕你。」林持起見此妖厲害，也被嚇住，只得偃旗息鼓。於是被妖怪附了體的女婢更加放肆。張知縣無法，又邀法師高日宣及梁緄前來治妖。梁緄先來到張府，見了女婢，問道：「妳曾在誰家作惡？」婢女回答：「我從來如此，只是過公宅門時不能有半點差錯，門前有神兵千萬在那排列守護，我連正眼都不敢瞧上一眼。」梁緄嚴肅地問婢女說：「妳是什麼精魅，如實告訴我，如果不老實，我就拘捕妳下北酆地。」女婢沉思很久說：「我是商門外的石獅子，願先生慈悲爲懷，只要饒恕我的罪過，我一定不再作惡。」兩人經過協商，梁緄讓女婢將妖的身世寫清楚，然後寫牒書，移送東獄收管。完事之後女婢突然倒地，待她清醒過來後，即恢復如常人。

　　商門外的石獅子近臨官路，立於何年，已無從察考，石獅形態猙獰，雙眼睜睜嚇人。就在女婢倒地時，忽然風雷大作，等到天明風止，石獅子已不知去向。＊出自《夷堅志》卷四七〈張知縣婢祟〉

禹王碑吞蛇除害

屠赤文任陝西省兩當縣縣尉時，手下有一廚師張某，體力強健，日食三斗，身高丈二。張某沒有左耳，屠赤文問他原因，張某嘆口氣，說出了下面這段故事。

原來，張某生於四川，祖孫三代打獵為生。張家祖上傳有一本異書，能教獵手於幾里外就嗅到野獸的氣味，還能判別是何野獸。張某自小打獵，有次來到邛徠山想打點大獸，多換點錢。這邛徠山險峻異常，有段地方人稱陰陽界，陽界向陽，地勢比較平緩；陰界向北，無比險峻，沒有幾個人敢到那裡去。這天，張某在陽界轉了一天，兩手空空，無奈，便備了些乾糧進入陰界。走了五十多里，天色漸漸暗下來，張某正喘氣之間，忽見十餘里外的山岡上大火熊熊，燒亮了半邊天。片刻，一股怪風呼嘯而來。張某仔細辨別，那氣味竟是那本異書中從未記載過的。張某此時不由得兩腿顫抖，冷汗淋漓，匆匆忙忙爬上一棵大松樹，往火光處一望，只見火光中一座雕工精巧、碩大無朋的石碑正蹣跚而行！這石碑渾身噴火，光芒四射，照得張某雙目生疼。片刻，這石碑來到張某藏身的樹下，忽然停了下來，左右搖擺幾下，忽然跳起三四丈高，似乎要把張某趕下樹來。張某早已遍體發涼，大氣不敢出，哪裡敢動。須臾，那巨碑又搖搖晃晃往西南走去了。

張某直瞪雙目，見石碑確已去了，才長長舒口氣說：「嚇殺我也！」正要下樹逃生，忽見東北方千萬條蛇，蔽空而來。大的有車輪粗細，小的也有一抱來粗，全都騰空飛躍，宛如巨龍。張某哪裡見過這個場面，爬在樹上，口中不住聲地念「阿彌陀佛」。幸好，這些巨蛇飛得很高，一一從樹梢上一掠而過，並未傷及張某。張某偷眼望去，那巨碑在火光中止住腳步，凡從碑上飛過的蛇無一幸免，全部跌落，猶如萬條白練從天而降。而巨碑

不停地發出咀嚼聲。張某恐懼中，不小心將頭抬得稍高，恰巧一條飛得稍低的小蛇從他左耳畔擦過，張某只覺一陣巨痛直達心肺，一股熱血從頰邊直流而下，用手一摸，左耳已連根斷去。張某緊閉兩目待死。

不一會兒，山中逐漸安靜下來，火光也漸漸暗去。張某睜開眼，一條蛇都看不見了，巨大的石碑也已走得很遠了。張某害怕極了，直到第二天早晨才敢下樹。不料禍不單行，張某驚恐過度，忘了回家的路徑，在林中亂轉起來。正饑渴難耐之際，遇見一白髮老翁。張某把昨晚奇遇跟老翁講，老翁抽口冷氣說：「你昨天見到禹王碑了。當年大禹治水來到邛徠山，毒蛇擋道，阻礙禹王爺治水，惹得禹王爺大怒，命庚辰把蛇殺淨，這還不算，又立兩石碑鎮蛇。禹王爺對石碑說道：『他日你若成神，必以殺蛇為職，為民除害。』這事一晃過去了四千年，這兩塊石碑早已成神，真還記得禹王爺的囑咐，世世殺蛇。這石碑有一大一小，你命大，遇見的是小的。那大的一出來，火燃五六里，樹木成灰，禽獸無存。這兩碑全都以蛇為糧，蛇一見到石碑，全嚇得一動也不敢動，只有被吃的份了。你左耳已中蛇毒，如果不趕緊救治，一出陰界，見到陽光，立時斃命。也是你福星高照，命不該絕，遇見我了。」說罷，這白髯老翁從衣襟下取出一隻小瓷瓶，給張某幾丸藥，又給他些乾糧，詳細指清道路，飄然而去。張某拿著東西，呆呆地發愣，不知自己是否遇見了神仙。＊出自《子不語》卷十〈禹王碑吞蛇〉

鐵人

　　長孫繹的親家，人稱鄭使君。鄭使君有兩個兒子，都是他的掌上珠、心頭肉。大兒子十五歲那年，鄭使君主持一郡的事務，身邊常有十幾個家奴。

　　有天半夜裡，家奴們正在吃宵夜，大兒子在一旁閒坐著，忽然聽見窗戶外面有什麼東西在行走，聲音自東而西，移動聲十分沉重，像是巨獸經過。不多時走到窗前，逕自進了屋，來到床前。大夥一看，不過是個小人，但質料是鐵，所以足聲如雷。鐵人有三尺多高，十分粗壯，一雙血紅的眼睛，一張大嘴。見了鄭使君的兒子便叫道：「嘻嘻！阿母叫我到這來吃奶！」

　　鄭使君的兒子大吃一驚，大喊大叫跑了。家奴們急忙報告鄭使君。鄭使君命家奴們全體出動，拿上棍棒傢伙去打這鐵人。家奴舞槍弄棒狠打一陣，鐵人毫無反應，只管慢慢走自己的路。它下了臺階，出南門繼續走去。家奴們又拿刀來砍，用斧子剁，鐵人依然完好無損。鄭使君急中生智，讓人點起火來燒，這一燒有了效果，鐵人見火就開口大叫，叫聲像夏天陣雨中的炸雷，家奴們有不少被震倒在地上。很多人跑去拿火把，大夥一起圍上來燒，鐵人這才急忙逃跑。它上了大路，一腳踏進車轍當中，立刻就不見了。＊出自《太平廣記》卷三六一〈長孫繹〉

瓦片成精

　　唐德宗貞元四年的春天，李哲正在作常州錄事參軍。李哲家住在丹陽縣東城。往東五里地，有個莊子。莊子裡的人家大都住著茅草房，大白天會莫名其妙地失火，一撲也就滅了。莊人查看地上，見有一尺多長的草鞋腳印，都猜想可能是強盜來騷擾，四處查訪也沒有蹤跡。此後十來天裡，火災又連著發生好多起，每次都很容易撲滅，人們這才想可能是妖怪在作祟。

　　後來常有東西被擲向空中。李哲一家人惶惶不可終日，家裡的東西一不小心就丟失了，防不勝防。當時家裡有個老奶媽叫阿萬，她與鬼神頗有來往。阿萬經常看見一個男人出出進進跟著她，這男人有時候打扮得像個胡人，一臉絡腮鬍子亂蓬蓬的，穿一身羔羊皮袍，皮袍上點染著紫紅色塊，戴一頂貂皮帽子。

　　這天晚上，李哲在書房裡挑燈夜讀，阿萬看見胡人偷走一卷書匆匆離去，急忙奔過來報告李哲。李哲檢查書帙，果然缺了一卷。於是向空中祈禱，請求把書還來。過了不久，丟失的那本書果然重新出現在書帙中，既沒弄髒也沒弄破。李哲見這情形十分擔憂，心想庭院裡種了不少竹子，長得很茂盛，最適合鬼魅潛藏，便提議把竹子全部砍掉，改種桃樹。這建議一提出來，就在院子發現一封匿名信，上面寫著：「聽說你打算砍掉竹林種桃樹，我為你的竹竿打個主意。目下常州粟米正賤，一船竹竿就可換回一船米，太划算了。請你儘快實施計畫吧。」這封信寫得潦潦草草，信紙只有數寸見方。李哲的兩個侄子李士溫、李士儒兄弟，生性都很剛勇，見鬼怪投書，便大罵一通。不一會兒，兩人的鞋帽都不見了。稍微祈禱了幾句，丟失的鞋帽便都重新出現。院子裡又發現一封信，上面寫著：「聖人絕不倡狂，倡狂的人作不了聖人。起初你們二位罵我，後來又向我求情，現在一併還給

你們。」這封信後面的落款是「墨荻君」。

　　過了月餘天，鄰居有人偷了李哲家的狗，並殺掉吃了狗肉。這事被人發現後，李哲家又得到一封信，信上說：「鄰里相處，以仁愛為美，不選擇好鄰居，怎能算是明智呢？」又過了月餘，李哲家丟了很多東西，全家人都認為一定是被鬼怪給偷走了。這時又得到一封信，信上說：「劉長卿有句詩說：『直氏偷金枉，君謂我為盜』，如今知道誰是盜賊，你能把盜賊怎麼樣呢？」李士溫和李士儒揮拳弄腿，對著空中氣哼哼地比劃了一陣。

　　轉眼到了夏天，這天夜裡，李士溫喝多了酒，醉醺醺地躺在床上，正好在燭光照不到的暗影裡。剛躺下不久，就看見一個身材魁梧的漢子從門外徑直走進來。這人顯然不曾想到這屋裡有人，直接就走到燭火跟前。李士溫一個鯉魚打挺跳起來，撲過去抓住了來人。燭火被碰滅了，兩人在黑暗中格鬥。李士溫用盡全力和生平的武藝，一點不敢鬆懈。打了一陣之後，聽見喀嚓喀嚓的聲音，拳腳出去總碰上硬東西，對方也不怎麼還手了。李士溫讓人拿燈來看，那人已完全變硬了，原來是一片瓦。這瓦片背上畫著眉毛眼睛鼻子嘴，用一張紙當作頭巾，穿著一身小孩衣服，又以女人的披肩在頭上纏了幾層。李哲過來看了，便拿錘子、釘子把這瓦片往柱子上釘，當下就碎了。

　　幾天以後，門外來了個穿喪服的女人，進了大門在花園裡哭個不停，說：「你們為什麼殺死我丈夫？」第二天女人又來，在廳前院子裡哭。這次還留下一封信，上面寫的是：「俗諺說，一隻雞死了，另一隻雞就得為它鳴冤。我屬下百家，應當報復。」就這樣她像以前的妖怪一樣出入自如。曾把人的衣服拿去掛到院子裏的樹上，隨風飄動，誰也不知從哪來的。有人來找，衣服就自己落下來。有時候這女人在院子裡玩戲法，把大罐裝進小罐，或者把大盒子裝進小盒子，一點阻礙也沒有。

　　過了十來天，李士儒晚上點燈，又看見一個女人從門外進來，在燈光下鬧著玩。這女人被李士儒給捉了。廝打搏鬥了半

天，漸漸感到變硬了，點燈來看，又是一個瓦片，畫人臉，穿衣服。李士儒一怒之下把這瓦片砸得粉碎。第二天又有女人來哭哭啼啼。這些女人一般都比較害怕李士儒，他在，她們就很少來。

李哲感到這裡住不下去了，盤算著搬家。忽然又得到一封信，上面寫道：「聽說你打算搬家，我們已經提前搬到你的新居去了。」李哲家裡養著兩隻老狗，一隻叫韓兒，一隻叫猛子。自從出現妖怪，兩隻狗都不吃東西了，經常在陰暗處空對著什麼東西搖頭擺尾打鬧，後來就死了。自從狗死之後，家裡人再悄悄商議什麼事，鬼魅就沒法知道了。這時又得到一封信，上面說：「自從失掉韓大和猛二，我們這幫人沒有依靠了。」

李哲家有人從城裡回來，走近自家住處時，見路旁站著兩個男人，迎上前來詢問說：「聽說你們家老有鬼怪作祟，到底是怎麼回事啊？」家人便把種種怪異現象說給他們聽。臨走時仔細一看，兩個人都不見了。

李哲覺得這件事非得有個了結不可，便從潤州請來一位算卦的山人，名叫韋士昌。他備好一道符，把它放在椽子上，用瓦片壓住。鬼怪又捎來一封信，上寫：「符是很神聖莊嚴的東西，你把它放在房頂上，不是太不莊重了嗎？」韋士昌見了信，羞慚不已，自動告辭了。

後來有人說淮楚地方有個叫衛生的人，研究咒術很多年。李哲便派人去把他請來。衛生一到，鬼怪們立刻害怕了，來的次數少多了。衛生在院子裡設道場。他在壇中放一口箱子，第二天箱子裡便有了東西。打開看，原來是狀子，上面說以前丟失的東西有些已賣掉了，賣得的錢用來買了果子或是梳子，其他的除日常開銷外還餘下一些，現在將剩的東西送還。查驗箱子裡的東西，果然都是以前丟失的。狀子又說：「以前丟失鍋子的事不是我幹的，你們可以到水邊察訪。」從此鬼怪完全銷聲匿跡。

過了些天，李哲等人在河裡撈到一個鍋子，正是以前丟失的。這正好驗證了鬼怪的供詞。＊出自《太平廣記》卷三六三〈李哲〉

炊具遊行

　　唐朝時候，陽武侯鄭絪被罷了相，貶到嶺南任節度使，後來又調入京城任吏部尚書，住在昭國里。鄭絪的弟弟鄭縕，正任職太常少卿。

　　這天兄弟倆都在家裡，廚房裡正在準備飯菜，煮飯的大鍋忽然在爐灶上自己噹噹地敲起來，敲著敲著已經離灶口一尺多了，還在敲。旁邊有十多個小鍋，裡面煮著東西已快熟了，這會兒都自動地搖晃起來，兩邊的耳朵叮噹作響。這些炊具搖晃了一陣，便都走動起來，每三個小鍋扛起一隻大鍋，前後排成一排，整整齊齊地走出廚房。

　　一些長期廢而不用的或跌斷了腿的鍋，本來在地上放著，這時也一瘸一拐地跟在後面出了廚房門。這支隊伍迤邐向東而去，經過一道水渠時，所有的鍋都輕鬆地過去了，唯有那些缺胳膊少腿的卻不能過。這時全家大小都驚嘆不已，跟在後面觀看，不知道這是怎麼回事。看見有缺陷的器具過不了水渠，有個小孩兒很不以為然地說：「既然能作怪，斷了腿的怎麼就過不了河？」幾個過了河的鍋聽見了，便把扛的鍋丟棄，返回水渠這邊，每兩個鍋架起一個缺腿腳的便過去了。

　　這支鍋子隊伍走進鄭絪住的院子裡，按大小排好次序，忽聽空中一聲巨響，就像屋頂倒塌了，所有大大小小的鍋都變成黃土和黑煤塊。鬧騰了一天現在才安靜下來，誰也無法解釋原因。

　　幾天之後鄭縕死了。沒多久，鄭絪自己也死了。＊出自《太平廣記》卷三六五〈鄭絪〉

皮口袋伶人

北周靜帝初年，居延部落主勃都骨低是個兇狠殘暴、驕奢淫逸的人，特別喜好玩樂，他的門下總是聚集著各地的歌女舞伎。

這天，勃都骨低的帳門口來了幾十個人，其中一個先通名報姓說：「我是省名部落主成多受。」勃都骨低讓他進來，問道：「什麼叫作『省名部落』，我沒聽說過。」成多受回答說：「我們這一群人，各有各的姓氏，都不另起名字。有姓馬的，姓皮的，姓鹿的，姓熊的，姓獐的，姓衛的，姓班的，但是名字都叫『受』，只有我這個當帥的叫『多受』。」勃都骨低說：「看起來你們都像是唱戲賣藝的，你們有什麼節目？」成多受回答：「我們擅長玩玩碗珠，生性不愛庸俗，說出的話都合乎經典。」勃都骨低聽了非常高興，說：「我生平沒見過你們這樣的人，我要好好領略領略。」

有個伶人走上前來說：「我們肚饑，咕嚕嚕地響，肚皮可以繞身體三圈了。主人若是食物不充實，我們開口要，終究也不會給的。」勃都骨低聽了高興，讓人擺上許多酒菜，請他們吃個夠。有個伶人提議說：「我們給大人玩個『大小相成』、『終始相生』吧！」於是群起回應開始玩起來。高個子把矮個子一口吞進肚裡，胖子把瘦子一口吞進肚裡，到後來只剩下兩個人。高個子說：「請看我們再玩個『終始相生』。」說罷張口吐出一個人，被吐出的這個人也張口吐出一個人，第三個人也張口吐出一個人，一直這麼往外吐人，後來人數又恢復到剛才那樣多了。

勃都骨低對這個節目真是聞所未聞，見所未見，心中有幾分懼怕，便讓人以重金賞賜，然後打發他們儘快上別處去。

勃都骨低驚魂剛定，第二天原班人馬又來到府上，繼續玩「大小相成」、「終始相生」。接連半個月，天天如此。勃都骨低

實在煩得受不了，這天伶人又來時，便不給吃的。伶人一看沒吃的，立刻就生氣了，說：「主人恐怕把我們的表演當成幻術了。我們這可全都是真的。不信請讓我們借用一下貴府的郎君、娘子，試給大家看。」

話猶未了，一個伶人把勃都骨低的兒女、弟妹、甥侄、妻妾等等全都找來，張口吞進肚裡。隔著肚皮可以聽見一片啼哭呼叫聲。勃都骨低嚇壞了，親自走下臺階，跪在地上磕頭，哀求把親屬都放出來。吞了人的伶人都哈哈大笑說：「沒事，你根本用不著害怕。」說著張口將勃都骨低的親屬全部吐出來。這件事使勃都骨低怒火中燒，決心剷除這班伶人。等伶人走後，就派出探子跟在後面盯梢。只見這班人走到一處古宅院的牆基那兒就不見了。

勃都骨低派許多壯丁上古宅院的牆基處挖掘，挖到幾尺深處，在瓦礫堆中發現一個大木籠，木籠裡裝有好幾千個皮口袋，旁邊還堆放著些麥粒，用手一摸就成了灰。木籠中還有很多竹簡寫成的文書，上面的字十分模糊，已經無法辨認，只有三兩個字隱約可以辨出是「陵」字。勃都骨低看這情形，知道是這些皮口袋在作祟，打算全部加以焚燒。這些皮口袋立刻哭嚷嚷成一片，說：「我們這些口袋本來沒有生命，因為李都尉留了些水銀在這裡，所以這麼多年我們才沒腐敗。我們都是李都尉搬運糧食用的。有一天房頂突然塌下來，把我們全部壓在底下，壓了好長時間，使我們漸漸有了生命。居延山山神將我們收作伶人。請將軍看在山神的面子上，別毀了我們。以後我們再也不敢去打擾您了。」勃都骨低哪裡聽得進去，讓人把水銀全部盛走，然後放火把所有的皮口袋燒毀。哭喊聲響成一片，血流成河，慘不忍睹。

燒毀口袋之後，勃都骨低的住宅裡，房門、窗戶、走廊到處都發出喊痛喊冤的聲音，完全跟焚燒口袋時的聲音一樣。一個多月後，這種聲音還是沒有停止。到這年年底，勃都骨低全家大小一齊生病死去，連一個小孩也沒留下。取回的那些水銀後來也不知所終。＊出自《太平廣記》卷三六八〈居延部落主〉

高談闊論原是酒

　　道士葉法善十分精通符籙之術，皇帝很賞識他，拜他為鴻臚卿，待遇相當高。

　　葉法善平時住在亥貞觀，常常有官員前來謁見，有時多達幾十個。這天又是一夥人來訪，大家脫去官服，穿上便衣，隨便坐在一起聊天。這時大家不約而同都想到喝酒。忽然有個人在外面敲門，說：「我是曲秀才，請開門！」葉法善讓人回答說，這裡正有很多朝廷裡的同事，沒工夫見客，請改天再來吧。話猶未了，一個滿身窮酸氣的年輕書生推門而入，一臉傲慢無禮的樣子。書生長得又白又胖，看起來挺富態。進門後對在座的人作個揖，就揀末座坐了。

　　書生一坐下便高談闊論，亮開嗓子噴著唾沫星子地旁徵博引，從古到今無所不知、無所不曉。大夥兒都吃驚地看著他，不知道這是什麼人，來這兒幹什麼。書生談了一陣，忽然起身像旋風一樣旋轉起來。葉法善對同僚說：「這個年輕人突然闖進來，辭令又是如此不凡，想必是個妖魅來蠱惑人了。我給諸位取把劍來以防不測。」

　　曲秀才又轉回座位上，意興風發，談到興起便振奮鼓掌，大放厥辭。其辭鋒之犀利，有橫掃千軍之勢。葉法善一面聽他說話，一面不動聲色，悄悄取出一把小劍。一揮手，隨著白光一閃，書生的頭掉了下來。這頭掉在地上卻成了個瓶蓋。在場的人都大驚失色，再看書生的身子，原來是滿滿一瓶好酒，於是哄然大笑，紛紛取大杯子斟酒。酒一沾唇，都稱讚說味道之佳，前所未有。

　　不一會兒瓶子見底，官員們喝得酩酊大醉，用手撫摸著酒瓶說：「曲生曲生，風味絕美，真讓人難以忘懷呀！」＊出自《太平廣記》卷三六八〈葉法善〉

釣魚出怪

姚司馬在邠州住的時候，他的住宅中間有一條小溪流過。他家兩個女兒經常在溪邊拿釣竿釣魚玩，當然什麼魚也沒有釣到過。可是這天姐妹倆從溪水中起竿後，卻發現各人都釣到了一樣東西，樣子十分古怪，像是鱔魚但身上有毛，像是鱉但又有腮。家裡人覺得好玩，就找只盆養起來。

過了一夜，兩女兒忽然都精神不正常了，迷迷糊糊，恍恍惚惚。夜深人靜時姐妹倆常常點上燭火相對作戲，臉上亂塗顏色，嘴裡說些莫名其妙的話，一刻也不肯歇息。誰也不知道她們從哪拿來的顏料。

當時楊元卿在邠州作官，姚司馬與楊元卿有舊交，便在他手下任一職。半年以後，女兒的病情日益嚴重。這天姚家人點著燈數錢玩，燈影裡突然伸出兩隻小手，大聲說：「給我一枚錢吧！」有人吐一口唾沫，想把怪物趕走。小手又說：「我是你家女婿，你怎麼敢這樣無禮？」這兩隻手一個自稱為烏郎，一個自稱是黃郎，此後常常出來，同人逗著玩。

楊元卿知道這個情況後，便幫著請來上都一個叫瞻的和尚。瞻和尚通鬼神，念咒作法，祛鬼除邪，每次都靈驗。瞻和尚到了姚家，標出釭界繩，按上手印，握著劍召喚。然後又在釭界線外擺上血食盆酒。到了半夜，酒盆上有了一樣東西，形狀像是牛鼻子。瞻和尚把劍藏好，輕手輕腳走過去，大喊一聲，用力一劍刺過去。那東西帶著劍就逃，血流如注。瞻和尚立刻招呼左右點上火把，順著地上的血跡追蹤。一直追到後面房簷角上，發現一個東西，像是黑皮口袋，有竹籮筐那麼大，正在呼哧呼哧喘粗氣。這就是烏郎了。瞻和尚吩咐準備一堆柴草點燃，然後把這烏郎放進去燒了。這一燒，一股惡臭之氣瀰漫了方圓十幾里地。一個女

兒的病馬上就好了。

　　從此以後，每逢刮風下雨的夜晚，門前院子裡總會發出啾啾的聲音。二女兒還一直病著。瞻和尚站在二女兒面前，念咒作法，大聲喝斥，二女兒驚恐萬狀，不斷叩頭求饒。瞻和尚無意中發現二女兒衣帶上有一個黑色口袋，便讓身邊的侍女上前解下來。打開一看，是一支叫龠的樂器。再撥她的衣服和玩具，又找到一個小竹筐，裡面全是死了人發喪時搭帳用的布，顏色除了黃的就是黑的。

　　瞻和尚假期已到，沒時間繼續整治鬼怪，便回京城去了。過了一年，姚司馬任職期滿去京城，先拜訪瞻和尚，瞻和尚又給他二女兒發功治療。十天以後，二女兒胳膊上腫起一大塊，像結了個瓜。瞻和尚用針將腫塊刺破，流出不少血。二女兒經此一治，竟痊癒了。＊出自《太平廣記》卷三七○〈姚司馬〉

骰子佈陣

　　東都陶化里有一座無人居住的空宅。唐文宗大和年間，張秀才向人借來打算在裡面讀書，但想到這是一座久不住人的大宅院，心裡便發虛。他給自己壯膽說：「男子漢大丈夫，應當敢作敢為，而不能縮頭縮腦。」想到這裡，便一個人搬進去住了。

　　直到半夜，秀才才把頭放在枕頭上。恰在這時，從堂屋裡走出十五個道士、十五個和尚，身材長相都幾乎一樣。和尚、道士走出後便排成六行，一個個神情莊嚴，儀表堂堂，令人肅然起敬。秀才不敢出聲，靜靜地躺著假裝睡著，暗中窺視。

　　過了一陣，又有兩樣東西出來，在地上旋轉不止。每一樣各有二十一隻眼睛，其中四隻眼睛通紅如火。這兩個東西互相追逐，不斷發出嘩啦嘩啦的聲音。一瞬間，僧人、道士共三十個一齊行動起來。有的走，有的跑，有的向東，有的向西，有的朝南去，有的朝北去。有一個道士獨自站著不動，有和尚過來打他一下，他便跑起來。那兩個東西在和尚、道士之間往來穿梭，一刻也不停。忽然有人大叫一聲：「太精采了！」一語既出，和尚、道士都停了下來。兩個多眼怪面對面站著說：「剛才這群和尚同那些道士搏鬥，打得真是精采。但他們都是靠我們倆才能展露本領的。若不是我倆教練訓導，他們哪能打出什麼花招。」

　　秀才聽了，這才知道原來是一群妖怪。於是從頭下抽出枕頭，奮力擲了過去。和尚、道士與多眼怪受這一驚嚇，全都逃走了。一面逃一面大聲叫道：「不趕快逃走，我們都得受這個窮酸秀才的苦了！」轉眼間，屋裡又恢復平靜。

　　第二天一早，秀才滿屋子尋找，找到牆角上，發現一隻破舊的口袋。打開來，裡面有賭博用的長行子三十個，骰子一對。＊

出自《太平廣記》卷三七〇〈張秀才〉

棋盤談兵

　　馬舉鎮守淮南的時候，有人帶來一個棋盤獻給他。這個棋盤上裝飾著很多珠玉寶石，馬舉還贈來人一筆鉅款，把棋盤留下了。過了些天，棋盤忽然不見了。馬舉急忙派人四下尋找，卻毫無結果。

　　這天，有個老頭拄著拐杖來到大門口，要求見馬舉。馬舉讓人放他進來。老頭坐下後就大談兵法。馬舉遠遠地坐在自己的座位上向他發問，老頭滔滔不絕地說：「現在戰亂頻仍，正是用兵的時候，將軍爲什麼不多鑽研些兵法和戰術，以便同敵人打仗？你若是一天不在這上面用心，那你還作什麼鎮守呢？」

　　馬舉爲難地說：「現在老百姓很不好管，我料理民事尚且顧此失彼，簡直沒有精力來探討用兵之術和取勝之道啊。先生您肯屈尊來看我，不知有何見教？」

　　老頭說：「兵法可萬萬不能荒廢，荒廢了兵法，社會就會出現混亂，外敵入侵或內賊暴動都會使社會動盪，老百姓因而疲於奔命。在這種情況下你想要管好老百姓，那是不可能的。假如你以法治兵，那麼兵士有了章法規矩，將校之類的軍官也會很精悍；將校精悍，士兵也自然勇猛。況且將校一類人，貴在能看出戰事有利還是不利，時勢是順著還是逆著，敢於冒著羽箭飛石前進，面對敵人的鋒刃而不懼怕。兵士貴在義無反顧，一聲令下毫不猶豫地赴湯蹈火、出生入死、令行禁止，服從指揮。將軍您既然統領著幾支部隊，那麼就應當具備帥才，不能怠忽職守啊！」

　　馬舉恭敬地問：「請您講講作一個統帥應當怎麼樣？」老頭回答說：「首先就是要選擇有利地形，有必勝的把握，然後才能與敵人對陣。用一名士兵也要考慮到他的生死存亡，遇見一條路就要想到如何進去，怎樣出來。至於攻城陷關，雖然是軍人的老

套，但也不能掉以輕心。人常爲保全局部利益而丟棄了全局，急於取勝卻每每打敗仗。在佔據了險要地形時，佈置下疑兵，貴在出其不意發起攻擊，萬不可猶豫不決，疑慮重重。如果遇上險阻，利弊懸殊，無法向前推進，則需靈活變通，不可盲目蠻幹。連續不斷地打勝仗，就要有接受敗仗的心理準備。兵不厭詐，欺騙敵人時需要謹慎。如果對以上所說都能注意到了，那麼一個統帥也就沒別的事可幹了。」

　　馬舉聽了這番話十分吃驚，感到老頭很不尋常，便問道：「先生您是什麼人？您的兵法怎麼這樣精深？」老頭回答說：「我是南山人，生性率直剛強。從小對奇異怪誕的事極有興趣。知道我的人都說我有見識有心計，是韜玉含珠之人。我一生經歷了無數兵家紛爭之事，所以對用兵之法無所不知。但是乾坤之內，萬事萬物有始必有終，有生必有死，有盛必有衰。況且我們人的身體本來就是暫時聚合之物，尤其不堅牢，根本不可能在世上留得長久。閒來無事，與明公談這一席話，說說兵家三昧，但願明公能稍加留心。」

　　老頭說完就要告辭，馬舉無論如何不放，硬把老頭留在公館裡住一宿。到了晚上，馬舉讓人去請老頭繼續論兵，派出的人到客房一看，人不見了，只多了一個棋盤。仔細一看，正是丟失的那個。馬舉料定這是個精怪，讓人用古鏡照它。這一照，棋盤忽然跳起來，掉在地上摔碎了。看起來它當時來不及變化。馬舉大吃一驚，便讓人把碎片給燒了。＊出自《太平廣記》卷三七一〈馬舉〉

198

玉梁觀

漢武帝年間，江南玉笥山附近的老百姓每遇水旱蝗災，愛向山神祈求保佑，常常都有靈驗。於是有人倡議在山上修一座道觀，以彰顯山神菩薩的靈跡。一呼百應，百姓紛紛捐款響應，很快就開工修建起來。

修建大殿的時候，缺少一根可作大梁的木料，大家各處探訪尋購，幾十天過去，仍然沒找到這樣一根合用的美材。

一天夜裡，忽然狂風大作，終夜雷電不絕，鄉民們不知會有什麼災禍降臨，無不驚疑萬分。不料天亮後晴空朗朗，人們驚喜地發現，一根光彩耀目的白玉大梁不知何時已穩穩架在道觀大殿的頂上，長短大小不差毫釐，彷彿是按照尺寸裁成的。道觀很快建成，被稱為「玉梁觀」。

魏武帝年間，皇帝派人去玉笥山，想把觀中這根玉梁取下運往京城。來人剛到山門，離玉梁觀還有幾里路，這時恰是正午時分，忽然聽見空中雷聲大震，遙見玉梁觀大殿突然崩坍，從中騰空飛起一條銀白色的巨龍，昂首探爪，在雲煙繚繞之中向東邊群山飛去，很快消逝在霧靄中。觀中那根玉梁也不見了。

到了晉孝懷帝永嘉年間，有個姓戴的人，平時喜愛遊山玩水，尋幽探勝。一次來到郁木山麓，見山崖之下有兩塊大青石，相距幾丈，中間架著一根白玉石梁。他感到驚異，便走近仔細觀看，見玉石梁上有五行紅色字跡，字體古拙難識，天書一般。他忍不住用手撫摸一番，又用隨身攜帶的手斧輕輕敲打幾下，石梁發出鐘一般悅耳的聲音。忽然，又聽見雷聲隱隱，從石梁上發出，驚異中又彷彿見到石梁上有鱗甲耀動。他不由大驚，飛跑出山叫人，一齊又去山中觀看。來到山崖下面，白玉梁卻已消失無蹤，不可搜尋。

　　後來到了唐代宗大曆年間，無瑤縣有個姓黃的年輕人進山打獵，又見到傳說中的白玉石梁。後來還有幾人分別見到過，但他們都絕口不談這事。

　　玉梁觀自玉梁化龍飛去後，那裡已沒有人再去居住，漸漸地成了野獸蛇蟲經常出沒之地了。＊出自《太平廣記》卷三七四〈玉梁觀〉

鐵貓

　　城裡有一賈某，以買賣廢鐵為業。他經營有術，沒幾年家境逐漸富裕起來。一天，有個善識水性的人，在海河底撈到了四隻鐵鑄的貓。貓的樣子古香古色，滿身鐵銹斑駁，散發著黑紅色的光澤。每隻貓重達數百斤，上面還鑄刻著唐玄宗貞觀的年號。賈某以低價收購來，打算砸碎作成其他物件。這樣一來，他就可獲得一筆可觀的利潤。

　　夜裡，賈某夢見四個老人來拜見他。只見四老人身穿唐朝的寬體長袍，頭戴唐巾，神采頗為俊逸飄灑。四老人對他說：「我們兄弟四個姓毛。唐太宗當年征討高麗國時，將我們留在此地，已有多年了。沒想到今日被人所獲，來到先生家中。請先生施以仁惠，如把我們放回原處，我等定當厚報先生之恩德。如將我們損壞，恐怕對先生也無益處。」

　　賈某醒後，心中明白這是四隻鐵貓在顯靈。他猶豫著，是將鐵貓送回河中去呢？還是另作別物？最後，他還是被豐厚的利潤所打動，以夢中幻覺不足為怪來安慰自己，而將四隻鐵貓送入爐中熔化了。

　　沒過多久，賈某家遭了報應，從此便一蹶不振，他的子孫們均淪落為乞丐。＊出自《醉茶志怪》卷二〈鐵貓〉

分水箭

　　海河岸邊有一個菜園子，園中結了一個大葫蘆，長得長而白，形狀怪異。有個操南方口音的術士路過這裡，他見到葫蘆便向管菜園子的老漢要求購買。老漢說：「葫蘆已經老了，不能吃，我準備留作種子。客官買它幹什麼用？」術士一聽，便又出更多錢仍然想買下。儘管他出重價購買，老漢偏不賣給他。術士又往上加錢堅持要買。老漢見術士出手如此大方，心知這裡面肯定有緣故，便說：「客官如不明明白白告訴我買它的原因，即使出千金我也不賣！」術士不得已，只得告訴老漢說：「津中三岔河底有一支分水箭，眾支流匯集海河直下出海口，全倚此箭才不致發大水。如若得到這件寶貝，價值千金。但是，分水箭有老龍王看守，只能以術取之。今天如得到這個葫蘆，便可以騎著它下水與老龍王大戰。我這都是實話。另外還要麻煩老人家在某一天子夜時分陪我同去，我交給你五種顏色的旗子，等我入水後，一旦有隻手伸出水面，你只要看見是什麼顏色的手，便將同一顏色的旗子給他。千萬不要害怕！把旗子給他後，你靜候片刻，我就可將寶貝取出來。到時一定厚贈老人家。」老漢聽後答應了術士，摘下葫蘆讓術士拿走。

　　過了幾天，當時間到了夜間子時，天空一輪明月照得水面如同白晝。術士駕一小船來請老漢同往。到了河中間，術士披頭散髮光著雙腳站在船上，先把葫蘆扔到水裡，然後騎上就沉下水去了。只見波浪翻騰，有一隻赤紅色簸箕般大小的手伸出水面，老漢急忙將紅旗插到那隻大手裡。又過了一會兒，水面上伸出一隻黑色的手，大小如剛才一樣，老漢又緊接著將黑旗插到大手裡。河水馬上水波洶湧，水勢高出岸邊許多，小船飄飄悠悠幾乎翻沉。老漢暗自想道：「這件寶貝能在此鎮河，是一方的福氣。如

若被術士取去，水災馬上就會發生，我也就餵魚了！」老漢正想著，又有一隻白色的手伸出水面，他便拿了一支黃旗給他。忽然河中水花四濺，白手又伸出來，老漢忙又拿了支青旗給他。

隨即，小船左右搖擺眼看就要翻沉，老漢急忙將船划到岸邊，跳上岸瞪著兩眼盯著水面。只見白手又伸出水面，好長時間不退縮，手的四周水如小山一般高。正在這時，老漢聽到一聲悶雷，波濤也隨之慢慢平穩下去。他看見水面上浮出術士的屍體，已經身首異處，順水漂流而去。老漢見此便放心地回家了。＊出自《醉茶志怪》卷四〈分水箭〉

匾怪

　　杭州有位孫秀才，夏天在書房中夜讀，正當興趣盎然，忽覺額頂作癢，用手一摸，不覺嚇了一跳，原來是些又長又軟的白鬍子。孫秀才一抬頭，見頭頂有塊匾，匾上生出一張大臉，拖下萬根白鬚。這大臉笑咪咪地看著孫秀才，不停地用白鬚拂弄他。孫秀才從不怕鬼，見此覺得好笑，隨手抓了幾根白鬚，用力拽了拽。那些白鬚，隨拽隨縮，不一會兒，已一根不剩，但那張大臉還在匾上，並不隱去。孫秀才搬了把凳子，放在書案上，爬上去想仔細看看是什麼怪物。可到上面一看，什麼都沒有，大匾上積滿了塵土。才剛坐下讀書，那些討厭的長鬍子又拖了下來。就這樣，一連折騰了幾個晚上。一夜，那張大臉竟下到書桌上，用長鬍子蒙住孫秀才的眼睛，想不讓他讀書。孫秀才隨手抓起硯臺，擲了出去，只聽見砰地一聲，那張大臉隨聲隱去。

　　又過了幾天，孫秀才晚上睡得正香，那大臉悄沒聲響下到枕旁，用長鬚在孫秀才身上掃來掃去，弄得他癢不可忍。孫秀才怒罵：「該死！看我不打死你。」他抓起枕頭，使盡氣力，向那張大臉扔去。那張大臉在地上打了個滾，長鬍子唰唰亂響，跳上房梁，隱於匾中。孫秀才再也忍不下去，第二天讓人把匾拆了下來，點把火燒了個乾淨。從此那張討厭的大臉再也不見了。沒過多久，孫秀才考上舉人，大家都說這是因他燒匾有功。＊出自《子不語》卷二十四〈匾怪〉

瓷礅怪

　　高睿功是位世家子弟，祖上留下一座很大的宅子。這宅中前廳每到夜靜更深，常出現一丈餘高的白衣人。人們從廳前走過，這白衣人便跟隨其後，突然間用冰涼的大手捂住行人的眼睛，嚇得人們半死。時間長了，人們都不敢走前廳，只得封住前門，另開一個旁門。

　　一天，高睿功酒醉歸家，來到前廳乘涼，忽見那白衣人大搖大擺走上臺階奔向自己。高睿功天生膽大，立即站起，狠狠地瞪著白衣人。那白衣人走到柱旁，靠在柱上，雙眼瞟著高睿功，拈髯微笑。高睿功大怒，一個健步向前，忽地就是一拳。這白衣人身法倒還俐落，一縱身跳到階下。高睿功收手不住，一拳擊在柱上，鮮血直流。高睿功喝道：「來人！來人！打妖怪呀！」邊喊邊向白衣人衝去。這時，天方小雨，地下很滑，高睿功一不小心噗通一聲栽倒在地上，弄得渾身泥汙，那白衣人見了哈哈大笑。他走向前，舉拳想揍高睿功，但苦於個高不能彎腰，打不著；又抬腿想踢高睿功，但腿太長，抬不起來。高睿功見此，知道這白衣人是個大草包，膽氣陡增，就地十八滾，一把抱住白衣人的雙足，一用力，把白衣人掀倒在地。這白衣人一倒地便鑽入地下，再也找不著了。

　　高睿功瞪眼對旁邊的家人罵道：「混蛋，等什麼，挖！」眾人七手八腳，找來鐵鏟，挖了二三尺後，發現一白瓷礅，上面還有殷殷鮮血，正是高睿功手上鮮血所染。高睿功找到了禍源，氣得臉都白了，找把鐵錘，乒乒乓乓把瓷礅砸個粉碎。從此這宅平平安安，再也見不到那白衣人了。＊出自《子不語》卷十九〈礅怪〉

不倒翁

　　蔣生因事去河南，過鞏縣時天色已晚，便到一店家投宿。這旅店有一西樓，環境優雅，乾淨整齊。蔣生對店主說：「把行李搬西樓去，那裡好生幽靜。」店主打量蔣生一眼，笑道：「您膽量如何？那西樓環境雖好，可客人住在裡面，常常見些異物，嚇得狂呼亂叫。」蔣生平素大膽，聞此言，拍胸口說：「我膽如斗大，不怕。」

　　深夜，蔣生正秉燭夜讀，忽聞書桌之下泛起嘩嘩水聲，低頭一看，腳下鑽出一群小人，三寸來高，穿著差役的服裝。這群小人看見蔣生後，對他鄙視地盯了會兒，便吵吵嚷嚷跑了回去。片刻，幾個小人抬了一乘官轎出來，轎前的旗幟、儀仗一如世上官員，只不過形狀微小罷了。那官掀開轎簾，正襟危坐，手指蔣生，破口大罵，但聲如蜂鳴，不知說些什麼。蔣生此時不但不怕，反倒覺得有趣。那官罵了一會兒，見蔣生紋絲不動，大怒，兩手一拍，命一群差役猛撲上前牽鞋扯襪。蔣生還是一動也不動。那官見狀，氣得鬚髮皆豎，跳出轎子，揮拳擄袖，直奔蔣生。蔣生笑咪咪地把這官用兩個手指捏到書桌上，想細細觀察。但這官一上書桌，便一動不動，變成一具泥捏的不倒翁，跟市上賣的一模一樣。那群轎夫、差役一見丟了主子，黑壓壓跪了一地，求蔣生放還其主。蔣生故意說：「好，不過你們總得表示表示吧？」眾小人齊聲說：「是。」片刻，牆洞中嗡嗡有聲，出來一隊小人，或四人抬一金釵，或二人抬一金簪，不一會兒，滿屋布滿金銀財寶。蔣生言而有信，把不倒翁放下來。這不倒翁一下地，馬上又變成活靈活現的大官兒，帶領眾小人一窩蜂地跑了。

　　第二天清晨，店主大呼失竊，蔣生細問才知這一地的金銀首飾全是店主的。＊出自《子不語》卷二〈不倒翁〉

伊五降妖

從前，有一位窮當兵的，名叫伊五，身矮貌醜，又不會逢迎巴結，軍官處處擠兌他。伊五貧困交加，覺得再活下去也是死路一條，索性拿了條繩子走出鬧市老遠，想上吊自殺。正在此時，一白髯老翁飄然而來，笑咪咪地望著伊五說：「好端端的，幹嘛走這條路？」伊五哭著把前後一講，老翁拍掌笑道：「好個癡人，你神氣不凡，如果學道，可有大成，怎會如此落魄？這有一卷仙書，你隨我讀後，一生富貴無量。」說罷，拉住伊五右手，曲曲折折來到一條大溪邊，分開蘆葦，七拐八繞，來到一間矮房，讓伊五住在裡邊，跟他學道。七天後，伊五仙術學成，這老翁連那矮屋全都不見了。

伊五重回鬧市，兵也不當了。從此人們發現伊五似乎有了錢，再也不像過去那樣有一頓沒一頓的了。

一天，伊五的一幫朋友饞得發慌，慫恿伊五請客，伊五爽快地答應了。於是五六個人來到一家豪華酒樓，大吃大嚼一頓，竟花了七千二百錢。夥計一報帳，眾人目瞪口呆，正發愁間，只見一黑臉漢子跑上樓來，拱手向眾人說：「主人得知伊五爺在此請客，特遣小人來送酒資，不成敬意，請笑納。」說完，放下錢袋，轉身下樓。幾個朋友如見救星，搶著數錢，正好七千二百錢，一個不多，一個不少。這幫人大驚，才知道伊五非同小可，神通廣大。

又一次，伊五與眾朋友在街頭閒步，見一人騎匹白馬，急馳而過。眾人還沒回過神，只見伊五向騎馬人追去，口中喝道：「快把那皮囊給我！下來！」也真怪，那人聽了伊五這幾句話，吆喝一聲，勒住韁繩，乖乖走下馬來，把一副皮袋子雙手捧給伊五，然後轉身上馬，一語不發走了。眾人圍上來，反覆看這皮袋

子，一無怪異。伊五說：「這中間盛著一小兒的魂魄。剛才那騎馬之人，是一個過往遊神，專門吸取小兒魂魄。今兒個要不是遇見我，又不知那個小兒遭暗算了。」說罷，走入一條胡同，聽見一家門中哭聲陣陣，淒慘之至。伊五並不進門，取過皮袋，向門縫張開一個小口，只見一股黑煙縷縷進入門中。不一會，只聽門中人喊「活了！活了！」欣喜之情難以形容。眾人經過這件事，簡直把伊五看成了神仙。

伊五出了名，找他辦事的人也越來越多。有一個大官家的女兒被妖邪所迷，想盡辦法，都不見效。聽說伊五神通廣大，便致厚禮，求他除妖。伊五慨然應允。伊五來到大官家，剛進門，那被惑的女子已然知曉，張惶不安，神色沮喪。當伊五推門進屋，那女子站起來，擠到牆腳，可憐巴巴地望著伊五，手中緊緊抓著塊烙鐵，準備自衛。伊五並不近前，只上下左右仔細看看，輕輕退出去，關好房門，滿有把握地對眾人說：「這是器物成精，沒什麼可怕，今晚我除妖降怪就是，放心，放心。」

當天夜裡，一家人眼巴巴地望著伊五，看他如何除妖。伊五渾如無事，倒頭大睡。一家人正惶急間，漏下三更，伊五突然坐起，走下床，從一小皮袋中拿出一把鋒利無比的小寶劍，然後披頭散髮衝入那女子的房間。眾人不敢進去，一個個側耳傾聽，只聽見噗噗聲、叫罵聲、撕打聲、怒吼聲聯成一片。片刻，屋內逐漸安靜下來，只聽那女子哀求說：「饒了我吧！饒了我吧。」這時伊五大呼：「快拿燈來！」眾人聞此，一窩蜂地擁了進去。伊五滿頭大汗，指著地上一物說：「就是這傢伙興妖作怪。」眾人低頭一看，原來是一個夏日用來摟抱取涼的藤夾膝。伊五又說：「燒！」說也奇怪，這夾膝燒過之後竟流了一地鮮血。從此，這大官家再也沒有妖怪為害，伊五的名聲也就更大了。＊出自《子不語》卷十五〈伊五〉

紅鞋

　　某縣有甲乙兩人，他們是親戚。平時總愛互相戲謔，只要見面就喋喋不休地說個沒完。縣裡有條很深的溪流，只有幾丈寬，可是水流湍急，無法涉水渡過。一天，甲乙兩人各自約了些朋友去遊玩。路上經過這條小溪時，他們隔岸相遇，在盈盈的溪水邊，一直說說笑笑。這些人都互相認識，他們邊說邊走，甲乙兩人又互相戲謔了起來，遊玩的人無不興致盎然。這時，乙忽然拔出隨身攜帶的小刀對甲戲謔說：「不孝奴才，不要說了，再說，就殺死你。」甲大笑，罵他說：「畜牲！你想殺你父親嗎？生你這個不孝兒，殺我是命該如此。」說完，挺胸對著乙，笑個不停。乙也笑著用小刀作出要殺甲的樣子。正當大家為他們的玩笑捧腹大笑時，甲突然倒在地上，眾人急忙跑去，只見他口吐鮮血，刀已插在他的胸上。甲竟然死了，大家都非常驚恐，再看乙還拿著刀笑呢，刀刃有血。兩岸的人立刻喧嘩起來，過路人也都驚慌害怕。觀看的人很多，像人牆一樣。乙開始覺得自己殺了人，想逃跑已不可能了。大家把他的刀奪下來，揪到官府。

　　這個縣的縣令一向以判案神明而聞名，聽說後馬上奔去驗屍。驗完屍，派人堵住上流的溪水，等水流乾了又繼續探究這件怪事。果然發現溪底有腳印，從溪水的一岸到另一岸，來往的腳印都很清楚。仔細看這些腳印都纖細得像錐子，不像男人的，很令人驚愕。他又派人深挖溪水的淤泥，在數尺深處發現一個小箱子。打開一看，箱裡有一雙女鞋，那鞋像紅蓮般鮮豔，還是新的，一點兒沒損壞。縣令明白這是冤孽，以致紅鞋作祟。隨即叫乙，對他說：「這是原先就有的罪孽。你雖然沒殺甲，但甲是因你而死，開玩笑時動武，這是你們自找的罪過。」乙低頭沒話說，很快，乙被判了死罪。＊出自《螢窗異草》初編卷一〈紅鞋〉

篾段精

　　浙江錢塘江的長三隴地帶，有一段用竹篾編織而成的堤，有幾丈長，受日月之精華，年久而成精。那精怪雖然存身於江中，卻從來沒有害過行人。

　　某年，道人張天師進京，他溯江而上，來到此地。忽見水湧如潮，洶湧澎湃，朝著張天師乘坐的船滾滾而來。張天師仗劍立於船頭，起初並不知道這是什麼東西，當張天師舞起寶劍向潮頭刺去，不料卻給潮水開了一個嘴，那潮水像是很高興的樣子，很快退去。過了一會兒，潮水又一次湧至船頭，張天師再用劍連刺兩下，又爲它開了兩隻眼睛。那潮頭意猶未足，還想求得賞賜。張天師說道：「等我回來，再封賞你。」潮水便悠悠然而退。

　　從此，張天師雖然經常路過錢塘江，但從不循原路返回，生怕篾段精再來打擾他。＊出自《奇聞怪見錄》「妖異類」〈篾段精〉

凶宅

　　唐玄宗天寶年間，長安永樂里有一座老房子，凡住進去的人家都會遇上禍事，弄得家敗人亡，因此被稱作凶宅，再也沒人敢去居住。偶爾有人去住，也只住個一夜兩夜。時間一長，房子也破敗不堪，最後只剩下一間廳堂未倒塌，但也已搖搖晃晃。院子裡更是雜草叢生。

　　有個名叫蘇遏的人，原籍扶風，流落長安，貧困潦倒，沒有住處。聽到有關凶宅的傳說，便去找房主，願出低價典當過來居住。主人也同意，雙方立下契約，尚未交錢。蘇遏當晚就帶一張床去凶宅睡覺。初更已過，蘇遏不能入睡，乾脆起身在門外台階上徘徊。忽然看見東邊牆下有一個怪物，像人卻又沒有手腳，全身通明，放出淡紅色的光，彷彿對著蘇遏喊了一聲：「嘿！」蘇遏不敢答應，呆呆地看著它。許久，那怪物又大聲喊道：「爛木，喂！」忽然西牆下有聲音答應道：「在這裡！」東邊怪物又問：「這是什麼人？」西邊答道：「不知道！」東邊又嘆：「大硬鏘。」西邊接著說：「可怕！」接著便沒有了聲息。又過了一陣，東牆下的怪物忽然消失了。

　　蘇遏心中琢磨了一陣，便下到院中摹仿怪物的腔調呼喊爛木，果然西牆下爛木出聲答應。蘇遏又大聲說：「金精應當注意我，為什麼剛才沒敢叫喚？」爛木說：「不知道。」蘇遏又問：「從前殺害主人的東西在哪裡？」爛木答：「沒有別人，全是金精的緣故。那些人都福薄，不該來此屋居住，所以死亡，金精沒去傷害他們。」蘇遏聽了這些話，心中已有了主意。

　　一夜無事，天亮後他去鄰居家借來鋤頭、鐵鍬之類工具，先去西牆下挖掘，挖下三尺深，掘出一根朽爛了的柱子，柱心木頭像血一樣紅，木質卻十分堅硬。隨後又去東牆下挖，第一天什麼

都沒挖到。接著又挖了一天，挖下一丈深，發現有塊長方形的石頭，寬一丈零四寸，長一丈零八寸，石上刻有篆書：「夏朝天子紫金三十斤，賜有德者。」蘇遏心想：「如果這些金子當歸我所有，我有何德呢？」轉念又想：「我得這些金子後，再多積德也能贏得上天的眷顧。」但還是覺得不妥，一時沉吟未決。

晚上，他心中矛盾，難以委決，不由得連聲嘆氣。忽聽爛木發話說：「你爲何不改名爲『有德』呢，改了名就行了。」蘇遏一聽心花怒放，當即改名叫蘇有德。爛木又說：「先生如果能把我送到昆明池中，我從此就不會搗亂了。」蘇有德答應照辦。

第二天他又繼續往石頭下挖，又挖了一丈多深，挖出一個鐵罐，打開一看，果然裝有三十斤紫金。於是蘇有德用少量所得付了房價，請人將房屋修整一新，派人將爛木送往昆明池，於是閉門安心讀書。三年後被一個叫范陽的官員聘爲幕僚，第七年當上冀州刺史。那座凶宅也再沒出過什麼事。＊出自《太平廣記》卷四○○〈蘇遏〉

怪宅

　　有個叫張奮的，家中十分有錢，後來突然衰落下來，住宅也賣給一個姓程的人家。程家搬進去後，家人不是死就是病，認為房子不祥，又把它轉賣給一個叫何文的人。

　　一天傍晚，何文一人持刃攀到北堂中梁上坐定，準備看看到底有什麼妖怪。到了二更將盡的時候，忽然來了一個人，那人有一丈多高，身穿黃衣，頭戴高帽，來到堂屋之內，大聲問道：「細腰，屋裡為什麼有生人氣？」接著有一個聲音回答說：「沒有呀！」一會兒，又來了一個穿青衣青帽的人，同樣的話又問一遍，細腰也照樣回答沒有。之後又來了一個白衣白帽的高個兒，也是照樣問答了一遍。問答完畢，三個人都消失不見。天快亮時，何文見不再有人到來，便從梁上下到堂屋，模仿前面三人的口氣大聲喝問道：「細腰，穿黃衣服的是誰？」於是空屋中有聲音回答：「黃金！在堂西牆壁下。」又問：「穿青衣的是誰？」回答說：「是錢！在堂屋前井邊五步遠。」再問：「穿白衣的是誰？」回答說：「是銀子！在牆東北角的柱子下面。」何文最後問道：「你是誰？」回答說：「我是棒槌！在爐灶下面。」

　　天亮以後，何文按照夜裡聽到的情況挖掘，從地下挖得金銀各五百斤，錢一千多萬，把棒槌也挖出來燒掉。從此以後，這處宅子就不再鬧怪了。＊出自《太平廣記》卷四○○〈何文〉

魂

女子這才含笑坐在姚某雙膝上，
眼中含情脈脈，
不時轉過頭來向姚某送著媚眼。
女子身上香氣襲人，
姚某被這女子弄得神魂顛倒，
分不清東西南北。
過了一會兒，
姚某覺得兩條大腿像是壓了什麼沉重的東西，
痛不可忍。
他睜眼仔細一看，哪裡還有什麼女子！
腿上壓的明明是廟中的石碑座。

古鏡記

隋朝汾陰地方有個姓侯的人，是當時天下知名的奇士。王度曾拜這位侯奇士為師。侯奇士臨終前，送給王度一面銅鏡，並對王度說：「這面古鏡可以驅邪鎮妖，拿著它，邪崇不敢近身。你要格外珍惜。」王度接受了古鏡，像寶貝一樣珍藏著。

這面銅鏡直徑八寸，鏡背的鼻是一隻蹲伏的麒麟。鏡鼻的四周，按方位排列著龜、龍、鳳、虎四獸。四獸之外，又設有八卦。八卦之外，則用十二種動物分別代表子、丑、寅、卯、辰、巳、午、未、申、酉、戌、亥十二辰。最外圈，鐫雕有二十四個字。這二十四個字似隸書，但都是字典中所沒有收入的字。據侯奇士說，它們是二十四氣的象形。如果舉著古鏡對著太陽照，鏡背上的文字、圖形則會清清楚楚地顯現在鏡影之中。用手輕輕叩擊古鏡，會發出清亮的聲音，悠悠不絕。這真是一件世間絕無僅有的寶物！

侯奇士生前，曾對王度說：「黃帝當年共鑄了十五面銅鏡。第一面銅鏡直徑一尺五寸，月亮由缺到圓，總共要十五天，這面銅鏡就按此數而定的大小。以下各面，依次遞減一寸，我手中的這一面是第八面。」雖年代久遠，古書中已失去記載，但世間高人所講的，也決不會有錯。

王度自從得到古鏡後，奇異之事接踵而至。一一記述如下：

隋煬帝大業七年五月，王度被罷了御史之職，回歸河東。古鏡就是這一次得到的。同年六月王度回長安，路經長樂坡，下榻在一個叫程雄的人家裡。當時，程雄新得一名婢女，這女子長得極為端莊秀麗，名叫鸚鵡。王度將離程家時，對著這面古鏡整理衣冠。鸚鵡從遠處看到這一場面，不知怎的，竟伏地叩頭，直把頭叩出血來，叩畢離去。

　　王度見了，頗爲奇怪，忙叫來程雄，問其中緣故。程雄對王度說：「兩個月前，有一遊客攜此婢從東而來。當時，這個女子病得很重，遊客便請求我將女子暫時寄託在此，說回來時再帶她走。而遊客從此沒再回來。我也不清楚這女子的來歷。」

　　王度聽罷，心中懷疑此女是精魅變化的。於是，拿著古鏡去照這個女子。女子一見古鏡，立即求饒說：「留我一命，我立即現形。」王度收起古鏡，說：「妳先講清楚，再現出原形。」

　　女婢伏地再拜，說：「我是華山府君廟前松樹下的一隻千年狐狸，曾變幻人形，罪當死，被華山府君追捕。我跑到河渭之間，作了陳思恭的義女，取名鸚鵡。義父待我恩重如山，把我嫁給同鄉柴華爲妻。我與柴華情趣不合，逃了出來，在韓城縣被遊人李無傲捉住。李無傲十分粗暴，強帶我到處跑，如此有好幾年了。不知爲何，來到這裡，他就把我留在程家。今天忽見天鏡，再也沒法子保住原形了。」

　　王度聞言，對她說：「妳本來是千年狐狸，變幻成人形，豈不是要禍害人嗎？」女子說：「變幻人形，對人並無害處，但卻爲神道不容，自當死罪。」王度聽了女子的話，頓生憐憫之心，對她說：「那麼，我放了妳，怎麼樣？」

　　鸚鵡慘然一笑，說：「承蒙先生厚賜，豈敢忘記先生的大德。然而，天鏡一照，便不可逃脫了。我幻化成人形已經很久了，羞於復現原形。我只希望先生將天鏡收起來，許我盡醉而終。」

　　王度看看鸚鵡，有些懷疑地說：「我將古鏡收入匣子，妳難道不逃跑嗎？」鸚鵡笑道：「先生剛才曾美言說可以放了我，而我如果乘機逃匿，不就忘了先生的恩德？被天鏡一照，便無路可逃了。只求再給我數刻時間，以盡一生的歡樂。」

　　鸚鵡出言誠懇，王度不能不信，便立即將古鏡收入匣中。又特意爲鸚鵡擺酒，將程家的鄰舍全都請來，共同與鸚鵡飲酒。不一會兒，鸚鵡已喝得大醉，便乘興起舞，並唱道：「寶鏡寶鏡，

哀哉予命。自我離形，於今變姓。生雖可樂，死心不傷。何爲眷戀，守此一方。」唱完了，伏身再拜。拜過五度之後，她突然變成一隻老狐狸，現形之後立即死去。在座眾人看了無不大驚。

又一次，是在大業八年。四月一日這天發生日食。當時王度在任所，白天他躺在廳閣之中，感覺天漸漸昏暗下來。其他官吏告訴王度說日食了。王度拿出古鏡，整理衣服。他發現古鏡也昏昧不明。王度暗想，古鏡一定合乎陰陽光景之妙，否則，怎麼當太陽失耀時，古鏡也變得無光呢？不一會兒，古鏡又變得明亮起來，太陽也重現光明。日食完全過去之後，古鏡也像從前一樣光亮晴朗。從此以後，每當日月薄蝕，古鏡必會昏暗不明。

當年八月十五日，王度的朋友薛俠得到一口銅劍。銅劍有四尺長，劍把作盤龍的形狀，左有火焰的紋樣，右邊有像水波的紋飾。整個銅劍光彩灼爍，決不是普通劍可以比擬。

薛俠拿著這口劍去見王度，說：「我曾經試過這口寶劍，每月十五，天氣晴朗，把它懸掛在暗室，它會發出光芒，能照幾丈遠，我拿著它已經好些天了。你好奇愛古，如饑似渴，今天特意拿來，與君一試。」王度自然高興。當夜，天氣果然清霽。兩人將寶劍懸掛在一間密不透光的暗室中。王度也將古鏡從匣中取出，放在座位旁邊。

不一會兒，古鏡上突然發出光亮來，照亮全屋，就像白天一樣。可是那口寶劍卻顯得暗淡無光。薛俠見了，不禁大驚。他請王度將古鏡收入匣中。王度依言，將古鏡收起來。當古鏡入匣後，劍才吐出光芒，也只不過照到一二尺遠。薛俠撫劍嘆道：「天下的神物，也有互相克制之理。」

從此以後，每當月望時，王度便拿出古鏡懸在暗室之中。每次，古鏡吐出的光都照至數丈遠。如果有月影入室，寶鏡便沒有光芒。可見，日、月的光輝是不可匹敵的。

這年多天，王度兼任著作郎之職，朝廷命他編撰國史。在國史中，要爲蘇綽立傳。王度有個家人叫豹生，已經七十歲了。豹

生原來是蘇綽的部下，此人頗通史傳，也能寫文章。

有一天，王度正在撰寫蘇綽的傳記，被豹生看見了，不知爲什麼，豹生突然悲傷起來。王度見了很驚奇，問他爲什麼如此傷心。豹生見主人發問，頗有感慨地長嘆一聲，說：「唉，蘇公當年的話，如今果然應驗了。」王度大惑不解，更想知道其中的緣故。於是，豹生講了這樣一段往事：

王度手中的這面古鏡曾經屬於蘇綽所有。那是蘇綽的朋友——河南人苗季子送給他的。蘇公非常喜愛這面古鏡，視它爲傳家寶。蘇公臨去世時，戚戚不樂。有一天，他把苗季子叫來，說自己將不久於人世，不知這面古鏡將來會落在誰的手裡。於是命豹生取來占卜用的蓍草，親自算了一卦。對著卦象，蘇公說：「從卦上看，我死後十餘年，我家將失去這面古鏡。它究竟會落在誰的手裡，雖然說不清楚，但大凡世上神異之物，它的一靜一動，都會有徵兆的。近些時候，我常夜觀天象，見河漢之間，往往有寶氣升騰，似與卦兆相吻合。難道它會落到河漢一帶去？」苗季子聽罷，忍不住發問道：「會落在什麼人手中呢？」蘇綽又仔細推敲卦象，斷言道：「此鏡將先落入一位侯姓人家中，然後將轉到王姓人的手中。再以後，便看不清了。」豹生講到這兒，或許更加思念老主人蘇綽吧，竟哭了起來。

之後，很長時間沒有什麼異狀。到了大業九年正月初一這天，忽然有個行乞的胡僧來到王度家。當時王度恰好外出，只有王度的弟弟王勣在家。王勣出門，見到胡僧，他感到這個和尚神采不凡，便請和尚進門，並招待他吃齋。

兩人對坐，相談許久，胡僧突然問：「你家好像有一面絕世寶鏡。能否讓我見識見識？」王勣問他：「法師怎麼知道的？」胡僧不慌不忙地說：「貧僧曾受明錄祕術，善於識別寶氣。你家房屋上空，每天都有碧光，直與日接；又有絳紅之氣，上與月連。這便是寶鏡的靈氣。我看見這股靈氣已經兩年了，今日特地前來一觀。」

　　王勣聽他說得頭頭是道，便拿出古鏡。胡僧見了古鏡，跪著將寶鏡捧在手中，高興地手舞足蹈。他又對王勣說：「這面古鏡有好幾種靈異之相，你們都未曾見到。如果用金膏塗一下，再用珠粉揩拭，舉鏡向日，則它的光可以映透牆壁。如果再用別的方法揩拭，就能照見人的五腑六臟，只可惜此地沒有這樣的藥。不過若用金煙熏，用玉水洗滌，再用金膏珠粉塗拭，即使埋入泥土中，也不會沒了光彩。」

　　聽了胡僧的話，王勣很感興趣，便把胡僧留下來，按上面所說的方法一一試過，果然像胡僧所說的，無不靈驗。試過之後，胡僧忽然不見了。

　　同年秋天，王度奉命出任芮城縣令。芮城縣廳前有一棵棗樹，高可參天，樹圍竟達數丈，樹齡不知有幾百年了。歷屆縣令到芮城上任，都要先拜謁這棵樹，多少年來成為規矩，新官無不遵守。偶有不信那一套的縣官，不去拜樹，就必招致大禍。王度認為，妖由人興，這種胡亂的祭祀行為應當禁絕。當他說出自己的主張後，衙中其他官吏立刻反對，他們紛紛叩頭請求王度千萬不要破了這個規矩。王度不好駁這些人的面子，勉強進行祭祀。

　　雖然舉行了拜謁儀式，但王度心中暗暗地想，此樹一定有妖魅依託，人們因不能割除它，才養成妖魅的惡勢。一天，他暗暗地將寶鏡懸掛在大樹上。當天夜裡，他忽然聽到廳前有聲響，頃刻間如同雷霆一樣，震耳欲聾。王度趕緊披衣而起，跑往前廳。

　　他來到前廳，只見那裡風雨大作，遮星蔽月。風雨纏繞著大樹，雷光晃耀，忽上忽下。天亮時，風停雷止，只見一條巨蛇掛在棗樹上。這條蛇長得奇怪，蛇本無鱗無角，可是它卻長著紫鱗赤尾，綠頭白角，頭上有個「王」字。王度走到樹下，才發現蛇身上有幾處受傷，已經死了。

　　王度這才從樹上摘下古鏡裝入匣中，又命衙役把大蛇從樹上拖下來，在縣衙門外點火焚燒。然後又命人掘樹，發現樹幹中間有一穴，越接近地面，洞穴越大。很明顯，這樹中穴洞便是巨蛇

盤踞之處。大家動手把洞填了。從此之後，芮城縣中再也沒有妖怪作祟。

同年多天，山西、陝西二省鬧饑荒，老百姓病餓而死的不計其數。王度以御史頭銜帶芮城縣令，持節赴河北道賑濟災民。

王度部下有一個小官吏叫張龍駒，河北人。他家有主僕共計幾十口，一時都得了病。王度十分憐憫他們，便將寶鏡借給張龍駒，讓他持鏡在家中照。說也怪，據那些被照的人說，當張龍駒用鏡照他們的時候，他們看見的是張龍駒拿著一輪月亮在照，被照到的人，只覺得冷徹臟腑，然後又由冷變熱；到了晚上，病就好了。

王度看見古鏡能為百姓治病，心中自然十分高興。他以為這樣作對古鏡毫無損傷，於是命人祕密地拿著古鏡，深入到百姓當中去照，為百姓祛病療疾。不料，就在當天夜裡，古鏡在匣中發出鳴聲，鳴聲十分悠遠，許久才停。王度聽了，心中不免奇怪。

第二天清晨，張龍駒求見王度。他對王度說：「昨天夜裡，我夢見一個人來到我的面前。那人長著龍頭蛇身，戴著一頂朱冠，身穿一套紫服。他說他是鏡精，名叫紫珍，說曾對我家有德，所以託我辦一件事。他讓我轉告你，這一帶的百姓有罪，上天降下疾患來懲罰他們的，為什麼讓他違背上天的意志來挽救百姓呢？而且，這場疾患到下個月就會停止，人們會漸漸地好起來。因此，他請求主人不要再讓他受苦了。」

王度聽了張龍駒的敘述，便不再拿鏡去照那些病人。到了下個月，當地的病患果然消失，大家慢慢地也都痊癒了。

大業十年的一天，王度的弟弟王勣棄官歸家。他回家不久，又要外出遊歷名山大川，並作了長遠的計畫。王度聽了，再三勸止，說：「如今天下不平，四處盜賊充斥，很不安全呀。而且，你我聲氣相投，不曾遠別，你今天要離家遠遊，我心中好不痛苦。昔日尚子平遊五嶽，竟不知所終，難道你要追踵前賢嗎？我真不願意呀！」言罷，竟失聲哭泣起來。

　　王勣仍堅持己見，說：「我的主意已定，決不反悔。哥哥是當今難見的達人，沒有什麼體會不到的。孔子說：『匹夫不奪其志矣』，人生百年，如白駒過隙，得情則樂，失志則悲。能讓人遂了他的志願，才是聖人的意思呀！」王度無法挽留王勣，於是與他訣別。

　　王勣臨行，對王度說：「今日一別，我有一事相求。哥哥的寶鏡，不是一件塵世俗物。我此去不是深山老林，便是大壑幽谷，哥哥能否將寶鏡送給我呢？」王度說：「我有什麼不能送你的嗎？」便將古鏡贈給他。王勣得了寶鏡，便離家遠行。

　　直到大業十三年夏六月間，王勣才返回長安，並將寶鏡還給王度。他對王度說：「此鏡可真是寶物呀！辭別哥哥後，我先遊了嵩山。一天，在嵩山看見一個石屋，當時天色晚了，我便在石屋中休息。那天夜裡，明月高懸，借著月光，我看見兩個人進入石屋。一個長得像個胡人，人很瘦，白鬍鬚，自稱為『山公』；另一個臉長得挺大，個子很矮，黑瘦黑瘦的，也長著白鬍子，眉毛長長的，自稱『毛公』。兩個人看見我，問道：『你是什麼人，來這裡住？』我對他們說：『我是個尋幽探穴、訪問奇人異事的人。』兩人聽罷，坐下來與我聊天。我觀其行，聞其言，覺得他們不像人，八成是精怪。於是暗暗地從鏡匣中取出寶鏡。鏡光剛一透出匣子，那兩人大驚失色，伏在地上，一個化為龜，一個化為猿。我把古鏡懸掛著，直到天亮，兩個精怪都死了。」

　　王勣說得十分得意：「後來，我又登箕山，渡潁水，遊武當，賞玉井。所到之處也還平安。只有在河南濟源的玉井有些奇遇。玉井旁有一水池，池水很深。據一位樵夫講，那池名叫『靈湫』。周圍的村民們在每年八個重要節日祭祀靈湫，如果有一次沒能祭祀，池水便會騰起黑雲，天降大雹，池水暴漲，毀田壞屋。我聽到此，頗為氣憤，也不與村民打招呼，便暗中取出寶鏡，照那池水。突然，池水迅速地騰出，池竟成了一個乾池，而池水飛出約二百餘步才落在地上。只見一條長達丈餘的大魚被摔

在地上。那魚長得也怪，紅腦門，白額頭，身上青黃間色，沒長鱗、蛇形龍角，形狀又像鱘魚。它陷在泥水中，只能翻騰，不能離去。後來，我索性把它殺了，用火烤著吃，味道極為鮮美。一條怪魚，吃了好幾天才吃完。」

王勣說罷，哈哈大笑，似乎仍在回味那甘美的魚肉味。他接著說：「在靈湫品了美味，我又到了汴梁，住在友人張琦家。張琦有個女孩，患了一種無名的病症，每至半夜，腹病難忍，必大叫。我問張琦女兒的病情，他對我說，女兒得此病已一年了。白天一點事也沒有，一到晚上就發病。第二天夜裡，我又聽見女子大呼小叫的，便立即拿出寶鏡去照那女子。只聽女子大叫：『戴冠郎被殺了！』再看她的床下，有一隻大雄雞，已經一命嗚呼。原來這是張琦家一隻七八歲的大公雞，竟成了精來魅小姐。

「我離開汴梁又南行，這一日正要在廣陵渡揚子江，忽然黑雲翻滾，直壓江水，黑風狂卷，江水波濤洶湧。艄公十分驚恐，生怕船被颳翻，不大想擺渡。他哪裡知道我身懷寶物。於是我取出寶鏡，坦然登舟。不一會，風息雲散，水清見底，船平穩疾速地渡過了揚子江。

「過江之後，我登山翻嶺，或攀登絕頂，或潛入深洞。每遇群鳥環飛，熊阻路途，只要用古鏡一揮，它們都會立刻狼狽逃去。最有趣的，莫過於在錢塘江觀潮。

「我到錢塘時，正趕上錢塘江大潮，聽見濤聲怒吼，聲如萬炮齊發，直傳到數百里之外。當時，我正在船上，要渡錢塘江。艄公說：『濤已來到，不能再渡了，若不立刻回舟，我們必葬身魚腹。』我不以為然，從匣中取出寶鏡，對著大潮照去。只見鏡所照之處，波濤不前，立在那裡，像萬仞山崖一樣，直與雲齊。四面江水豁開五十餘步，水清見底，水中的魚黿之類的水族紛紛游散，不敢近前。我們乘坐小船直達南浦。到了對岸，再回頭看，只見波濤洪湧，高數十丈，迅疾地直撲剛才江水豁開之處。

「離開南浦，又南行，登天臺山，遍覽洞壑。每至夜晚，在

山間趕路，我便拿出寶鏡，光照周圍百餘步內，哪怕極為細微之物，也能看得見。林中的宿鳥見了，無不驚起飛去。

「在會稽，我得遇異人張始鸞，傳授給我周髀九章及明堂六甲之術。後來又在豫章，偶遇道士許藏祕。他自稱是許旌陽的七代孫，會登刀梯、踏火堆之奇術。聽他說豐城縣有個管糧倉的小官叫李敬慎，家中有三個女兒被怪物魅住，以致大病不起；他去了一次，沒能降伏妖怪。

「聽他一說，我真想去看個究竟。正巧豐城縣有個老朋友叫趙丹，此人非常有才氣，在豐城當縣尉。我來到豐城，見了趙丹，對他說，我想下榻在倉督李敬慎家。後來，聽李敬慎講述三個女兒的病狀。這三個女兒同居一間閣樓，每天下午她們就開始梳妝打扮，黃昏之後便回閣樓，熄滅燭光。每當這時，就會聽見她們與人談笑的聲音，直到第二天清晨才睡去，不喚不起床。三個女孩漸漸消瘦，不吃不喝。假若不讓她們梳妝打扮，三個人便尋死覓活的，不是要跳井，就是要上吊。家人一點辦法也沒有。

「聽罷，我讓李敬慎帶我去看三個女兒住的閣樓。閣樓東側有一個窗戶，我便割斷窗櫺，又用別東西支撐，像原來一樣。

「這天晚上，又聽見女兒閣樓中淫聲浪語，我便持鏡從窗戶鑽進閣樓。進了閣樓，立刻舉起寶鏡照那三個女兒。這時，只聽三個女兒大呼小叫地哭喊：『你殺了我的夫婿！』可是並不見有什麼精靈現出原形來。我仍堅持照射，直到天明，才看見一隻黃鼠狼，長一尺三四寸；有一老鼠，肥達五六斤；還有一隻大壁虎，像人的手掌那麼大，它身披鱗甲，頭上長著兩隻角，約有半寸長，它的尾巴長達五寸。三個怪物都死在牆壁上的一個窟窿前。三個精怪既除，三個女兒的病也就好了。

「後來，我在廬山遇見處士蘇賓，此人洞明《易經》。他對我說：『天下神物，不會久居塵世。如今天下喪亂，他鄉未必可以久住。你應該趁寶鏡尚在的時候趕快歸鄉。』我聽了他的話，便調頭北還。

「就這樣，我攜鏡向北。有一天，來到河北某地，夢見鏡精出來對我說：『我蒙尊兄厚禮，不久之後我便要捨棄凡塵遠去，很想在行前再見你兄長一面。』夢中，我答應了。第二天，我便快馬加鞭，日夜兼程向西安進發。如今幸好鏡子尚在，沒有對神鏡食言。」

大業十三年七月十五日，忽然聽見匣中悲鳴，其聲纖細而綿遠，不一會，聲音變大，猶如龍咆虎嘯一般。這聲音響了許久才停。王度打開鏡匣一看，古鏡已不知去向了。＊出自《太平廣記》卷二三○〈王度〉

鏡戲膽小鬼

蕪湖有個叫馮野鶴的人，與人交往，有膽有識，而唯獨害怕自己的妻子。到了中年還沒有孩子，便娶了一妾。若妻子發現馮野鶴和妾偷偷地談點私房話，她就大吵大鬧，惡語怒罵不止。馮野鶴心裡害怕，不敢言語。

一天，有個書生到馮野鶴的房裡，馮野鶴舒展著身體坐著，書生叩首走過來，說：「我是秦城的學者，善於識別人的膽量，親眼看到人世間的許多事。我看到塵世間的讀書人沒有敢寫文章的膽量；耍刀槍的人沒有擒賊的膽量；在朝廷的官員沒有敢直言規勸的膽量；結婚娶妻的人沒有養妻撫子的膽量。如今，聽說您膽識過人，特意來一睹您的膽略。」馮野鶴喜出望外，想顯示一下自己的膽量。書生說：「你誠心顯示膽量，讓我仔細觀察，但必須堅定而有智謀，鼓起勇氣，才不會鬧笑話！」馮野鶴慷慨激昂地說：「我雖然沒有渾身都是膽，但臥薪嚐膽也有許多年了。我才不會因害怕而壞了家名，並像懷中的嬰兒那樣啼哭吧。」他高談闊論，很是自負得意。書生暗暗稱讚。

不久，內屋中傳出獅子般大吼的聲音，馮野鶴沒有什麼顧慮，仍談笑風聲。接著，聽到廚房裡斧子剁東西的聲音，像銅山自西側傾倒，像洛陽大鐘從東面響起，馮野鶴還勉強能控制自己。過一會兒又聽到堂前傳來敲木頭的聲音，棍棒下傳來哭泣聲，眾婢女奴僕勸解的聲音，馮野鶴臉色漸漸變了。接著有一位老婦人跑來報告說：「夫人撩衣捲袖，手拿木棒躲在屏風後。」馮野鶴漸漸起來離開座位。忽然屏風後面傳來木棒敲擊的聲音，並厲聲高喊著說：「誰家的浪蕩子，引誘我家男人充什麼大膽的漢子？」馮野鶴臉色如土。書生很不滿意地看著馮野鶴說：「奇怪了！剛開始你膽子大得如蛋，繼而小得像草芥；再恐嚇罵你一

頓，恐怕就要破碎了！」說著急忙站起來想走，馮野鶴一再挽留他。書生說：「我認為你有膽量，所以才來瞭解個究竟，沒想到你是空有其表，徒有其名，真是一個儒夫呵！」

話還沒有說完，屏風後飛出一根木棒，打在書生的左臂上，鏗然一聲響，化作一面古鏡。撿起來看，背面刻著篆體「照膽」二字，知道這是秦國時代的古物。馮野鶴的妻子奪過古鏡自己照著，看見膽大得如罈子，還不斷地往外冒怒氣；然後又照馮野鶴，膽小得好像玉蜀黍的一半，不斷地往下滴青水。原來，他的膽子早已嚇破了。＊出自《諧鐸》卷三〈鏡戲〉

石鏡記

　　家住粵東的姚某，到四川經商。這天，他的船停靠在彭山縣的一個碼頭。夜裡，他作夢，夢見一個自稱是河神、名叫石大磯的人，告訴他明天會得到一件奇異的寶貝，但是要他得寶之後立廟供奉河神，按時祭祀。姚某答應了。醒來後，他好生奇怪。

　　第二天，天亮開船，不久就看見一個怪物向船游來。它頭部像魚，可長著一隻角，身子像龜，肚子挺大，還有一個大尾巴，叫起來聲音和揚子鱷一樣。它游到船邊，一躍就躍到船上。艄工一見嚇得要死。姚某連忙起身禱告：「河神，您要是降禍於我，就讓我死在這怪物之手；您要是賜福於我，我一定實踐夢中的保證，立廟祀奉。」

　　這時，空中傳來人聲說：「河水洋洋，息之平之，天賜汝物，烹之食之。」。

　　姚某雖然沒明白「河水洋洋，息之平之」是什麼意思，可是讓他把這個天賜的怪物烹而食之，他是聽懂了。他就對空磕頭說：「天賜給我的，我怎敢不從命？」於是就命僕人把那個怪物殺了烹吃，可是一剖開怪物的肚子，裡面卻有一個橢圓形、像鏡子般明亮、光滑的石頭，直徑約四寸。

　　這石鏡真是罕見，不論大小東西，它都能一一照得分明。不論是迅忽閃過的駒馬，還是蚊子的幼蟲，都能清晰在目。姚某拜謝河神後，就把它珍藏在自己隨身帶著的小箱子裡。

　　姚某在四川作完生意後，就順江而下。一日，船行到巫山峽，突然狂風卷浪，天昏地暗，晝夜難分。江中的舟船都被巨浪吞沒。姚某的船也幾次險些傾覆。他猛然想起箱中石鏡，心想此物既然是寶，也許能鎮風浪。於是慌忙取出，托於手中。果然，頃刻間風平浪靜，他的坐船毫無損傷。這時他才懂得河神所說

「河水洋洋，息之平之」的意思，就是此物能使河靜浪平，果然是稀世珍寶。姚某對此鏡更是萬分珍惜。

船到宜昌，一個西洋人聽說了這個寶貝，願出高價購買。姚某堅持不賣。當夜，他又夢見河神。河神說：「這東西原本不是你家之物，賣它五十萬錢就行了。」於是姚某將它賣了五十萬錢，成了一個富商。

回到粵東老家之後，他購置田園房舍，房舍造得雕梁畫棟，精美異常。他把河神供奉在小園裡，每日必親自焚香頂禮膜拜，以踐前言。＊出自《南皋筆記》卷三〈石鏡記〉

黃花寺壁畫魅女娘

這是北魏孝文帝元宏登基初年的事。當時，魏城有個人叫元兆，字大行。他會使「九天法」，常用此法來驅魔斬妖。

當時，河南安陽城中有個軍士，軍士有個十四歲的女兒。不知為什麼，這個姑娘得了一種怪病。一年多來，雖多方請醫診視，皆不知她所得的是什麼病；用藥百劑，仍毫無效果。

有一天，軍士帶著女兒來到元兆家，請他看看。元兆看過之後說：「姑娘這個病，不是普通藥物可以治癒的，她是被妖物所魅。魅她的是畫妖。」

軍士聽罷，大驚失色，神情沮喪地說：「你怎麼知道是畫妖作祟？」元兆笑道：「我說是畫妖，一定不會有錯。要知道，天下有各種各樣極為靈異的妖怪，不論它們有多麼神通廣大，也不管它是山精還是水魅，都逃不出我的眼睛。魅你女兒的畫妖，是雲門黃花寺中壁畫四天神部下所為。」

軍士聞言，恍然大悟，連連稱是，並說：「不錯，我曾帶著女兒到黃花寺去，在四天神壁畫下乞求恩典。自打從黃花寺回來，女兒常夢見惡鬼抱著她大笑。說不定女兒的病正從此而發。」元兆聽罷，哈哈大笑說：「不錯，不錯。」

言罷，只見他舉首向空，口中念念有詞。周圍的人都聽見空中好像有人與之對答，他們說了好久。忽然，元兆面對庭中大聲叱責說：「為什麼不快快帶來！」這回，左右的人聽見空中有人答話：「春方大神讓我傳話給你，一定親自給惡神定罪。他說，不便把惡神帶來見你。」

元兆聽後大怒，說：「你傳我話，必須把惡神押到這裡。」接著又對空吩咐說：「詔雙牙八赤眉前往擒拿凶神。」

只聽空中風聲大作，不一會兒，風颼進屋來。元兆對著颼進

來的大風說：「你爲什麼如此有恃無恐，膽敢魅祟生人？」又命令惡神立即現形。

話音剛落，空中立刻出現三個神人。他們高達一丈多，各長著三尺長的一對大牙，大牙直伸出在唇口之外。不一會兒，又有八個身穿紅色衣服的神，眼眉都是殷紅之色。這一群神共同押解著一個惡神，風馳電掣直奔到廊軒之下。那個惡神，長得蓬頭赤眼，大鼻，方口，長牙拖在口外，生著鳥一樣的手爪，兩隻腳上全是黑毛。

軍士指著惡神對元兆說：「這正是女兒常常看見的怪物！」

元兆命惡神走到跟前，對惡神說：「你本來是不存在的東西，是畫家賦予你形體。原本不那麼醜惡，你爲什麼幻成如此怪樣來？」

惡神應聲答道：「那個形本來是個畫，畫出來像眞的一樣。既然像眞的，也才有神。何況有了畫的這個形象，精靈便可依附。它們既依附於我，我便有所感覺，於是幻化了這副形象。我實在有罪，還請饒恕。」

元兆只冷笑一聲，並不答話。隨即命侍童取來一隻盛滿水的罐子，元兆接過罐子，將罐中的水澆在惡神身上。可是惡神對這些神水並不懼怕，它面不改色，巋然不動。元兆大怒，命侍童將水燒開了，從頭到腳將惡神淋了個透。很快，神的形象化去，變成一個像囊一樣的東西，不知是何怪物。原來正是這個怪物借壁畫中神的形象出來作祟。然後，元兆命侍者將怪物棄於荒野。軍士的女兒一下子便痊癒了，和正常人一樣。

軍士在帶著女兒回家的路上，又去黃花寺尋覓那幅壁畫。壁畫上有一神，眞像被水淋過一樣。軍士見了，不免駭嘆稱異。黃花寺和尚雲敬見軍士面色有異，上前問道：「你見畫而嘆異，必有原因，能告訴我爲什麼嗎？」軍士見問，便將所發生的事告訴雲敬。

雲敬聽罷，大爲驚嘆，說：「數日前一個大白天，寺裡突然

昏暗如夜，惡風驟起，烏雲罩寺，聲似雷鳴，繞寺旋轉了許久。我們聽到壁畫處像有擒捉之聲，又聽有一人說『勢力不如元大行，不如快去』。不一會兒，風雲就散去了，寺廟內外一片朗然。後來，又見壁畫上一神如同水洗過的一樣。今天聽了你的敘述，才明白是怎麼回事。」＊出自《太平廣記》卷二一○〈黃花寺壁〉

畫馬

臨清的崔生，家裡一直很窮，連圍牆倒塌了也修不起。他每天早晨起來，總在庭院中見到一匹馬臥在沾滿夜露的草叢中。那馬全身漆黑，間有白花，只是尾巴上的毛不齊整，好像被火燒過似的。崔生把馬趕走，當晚它又回來，也不知是從哪裡來的。

崔生有個好朋友在山西當官。崔生想去投靠他，苦於沒有強健善走的馬匹。他便捉住這匹馬，配上韁繩，逕自騎著它到山西去了。崔生臨行前囑咐家裡人說：「如果有尋馬的人來，就說是我騎走了。」

崔生上路之後，那馬跑得好快，瞬息間就走出百里地之外。夜裡餵它，也不吃多少草料，崔生以為馬病了。

第二天，崔生勒緊韁繩不讓馬快跑，但見那馬噴著沫子揚蹄嘶鳴，精神健旺得跟昨天一樣。崔生便鬆開馬韁，任其飛奔，中午就到達山西了。

當崔生騎著馬進入鬧市時，觀看的人無不驚嘆這匹奇麗的駿馬。消息傳到晉王府，晉王願出重金購買此馬。崔生怕馬主找上門來，不敢出售。過了半年，仍無馬主的消息，崔生便以八百兩將馬賣給晉王府，自己則另買一頭強壯的騾子騎回臨清老家。

後來，晉王有緊急要務，派校尉騎這匹馬到臨清。一不小心，這匹馬逃走了。校尉一直追到崔生家的東鄰，他看著馬跑進這家，可是進門搜索，並無馬匹。校尉向東鄰主人索取，主人姓曾，他實言相告，並沒見到有馬跑進家中。

待他走進屋中查看，見牆上掛著一幅元朝著名畫家趙子昂畫的群馬圖，其中有一匹毛色、花紋都跟校尉騎來的馬十分相像，而且所畫之馬的尾部曾被焚香燒了一個洞，這才知道這匹黑底白紋的馬原是個畫妖。

校尉失馬，難以回去向晉王交待，要與曾家打官司。那時崔生用當年賣馬所得的銀子經商，已成萬貫巨富。他自願爲曾家付出當年賣馬的八百兩銀子，交給校尉去還給晉王。

曾家主人十分感謝崔生的恩德，他卻不知道崔生就是當年把馬賣給晉王的那個人。＊出自《聊齋志異》卷八〈畫馬〉

布人成精

　　唐朝時候，京城長安有個年輕人叫韋訓，極其好佛，假期裡請一位先生到家裡來教他讀《金剛經》。這天韋訓在先生指點下正在讀經，看見有個穿粉紅衣服的女子在門口一晃，轉眼間翻過院牆就進來了。她身高三丈，進來後先撲向先生，扯住頭髮把他拖到地上，然後騰出一隻手來捉韋訓。韋訓正懷抱《金剛經》，便用經書抵擋，總算逃脫了。先生卻被女子拖到一戶人家，這家人大叫打鬼，女子扔下先生跑到一個大糞堆前就不見了。

　　這時再看先生，已經被糟踏得不像樣了，渾身青一塊紫一塊，舌頭伸出來一尺多長。家裡人把他扶回去，過了很久才清醒過來。

　　先生恢復之後率領一幫村民去刨糞堆，刨出一個穿粉紅上衣、白襯衫的新媳婦樣的布人，便拿到十字路口點起火來燒了。這個怪物從此就絕跡了。＊出自《太平廣記》卷三六八〈韋訓〉

木人化猿

　　長安城裡有個和尚，衣衫襤褸，窮愁潦倒，肩上托著一隻小猿，在路旁叫賣。這小猿樣子十分機靈，會說人話，能聽從人的指派。

　　虢國夫人聽說了這件事，就派人把和尚召到家來。和尚進了門，夫人問他情由。和尚說，他原來住在西蜀，在深山老林裡待了二十多年。有一次，有一大群狼從附近經過，扔下了這隻小猿，和尚看它模樣可憐，就收養了。養了不過半年，小猿已通人性，並會說人話，可以跟人溝通。叫它作什麼它都明白，會照人說的去作。養這個小猿實在不亞於收留一個徒弟。和尚昨天到城裡來，隨身帶的錢用光了，吃住都成問題，只得打主意賣小猿。

　　夫人聽了，對和尚說：「我現在給你幾束帛，你把小猿留在這裡，由我來收養它吧！」和尚再三感謝，留下小猿去了。

　　自此後，小猿從早到晚伴隨著夫人，夫人對小猿也很疼愛。

　　半年以後，楊貴妃送給虢國夫人一棵靈芝草。夫人把小猿叫來，讓它看靈芝草玩。小猿來到夫人面前，見了靈芝草立刻倒在地上，變成了一個少年，容貌十分端莊秀麗，約十四五歲。夫人覺得很怪異，便很嚴肅地要少年解釋清楚這是怎麼回事。少年回答說：「我本來姓袁，賣我的那個和尚原來在西蜀山裡住。有一次我隨父親到山裡採藥，在那兒待了三年，我父親常常用藥苗來餵我，忽然有一天不知不覺就變成猿了。我父親見了很害怕，就把我扔在山裡不要了。這個和尚看見，收留了我。這次到了夫人家裡，受到夫人的寵愛，又常常想起自己以前的遭遇，口裡雖不好說，心裡卻總是想著。我非常想把心裡的話向夫人一吐為快，直恨自己不敢說。只有在夜深人靜的時候自己偷偷流眼淚。今天萬沒想到竟又變成人身，我不知道夫人打算怎麼辦？」

夫人覺得挺有趣、挺奇怪，就讓人拿衣服來給他穿上。她讓少年以後仍像先前那樣伴隨左右，但是對外人絕不提起。

三年過去了，少年長得一表人材，引來不少羨慕的目光。楊貴妃也往這裡跑得勤了，來了就想見這小袁。虢國夫人怕小袁被別人討走，就限制他出門，讓他一人單獨住在一間小屋裡。

小袁還是只吃藥材。夫人專門派個侍女每天送藥給他吃。一天，忽然發現小袁又變成小猿，連那個送飲食的侍女也變成小猿了。夫人覺得不妥，讓人射殺他們，而少年原來是木頭人。＊出自《太平廣記》卷三六八〈虢國夫人〉

假人成真

　　武功縣人蘇玘，唐玄宗天寶年間任楚丘縣令。蘇玘有個女兒嫁給李氏。李氏非常寵愛他的妾，因此與蘇玘的女兒感情比較淡薄。李氏的妾也很討厭蘇氏，請巫師幫忙，想用魘蠱之法來加害蘇氏。李氏妾把一道符埋在李氏宅中糞堆裡，又紮成七個身穿彩衣的婦人，每個身高一尺多，藏在東牆的窟窿裡，在外面塗上泥，誰也不知道這件事。

　　幾年以後，李氏和他的妾相繼死去。蘇氏寡居四五年後，住宅裡忽然出現一些身穿彩衣的小婦人。蘇氏受了這種蠱惑，鬱悶成疾。李氏的妾已經死了，蘇氏想不出這究竟是誰作的祟。蘇氏花一年時間到處求道士。道士來念咒作法，彩衣婦人照舊隨意出入。蘇氏後來讓一群人埋伏起來，等婦人出來後去捉，終於捉住一個。看其眉目神情和體形，全都同人一樣，握在手中便不停地掙扎，用刀一砍就流出鮮血灑了一地。有人抱來柴草點火，將小婦人放上去燒。其他彩衣婦人全都繞著焚燒處號哭，有的在空中，有的在地上亂竄。燒完之後，住宅裡有一股烤人肉的氣味。第二天，小婦人們全都穿著白衣出來號哭，連著哭了好幾天。

　　此後半年，陸續捉到六個，全都放在火裡燒了，但有一個被捉到後又逃了。許多人圍著追捕，小婦人東藏西躲了一陣，忽然鑽進糞堆裡。蘇氏率領一百多人去挖糞堆，挖到七八尺深，挖出一個桃符。桃符上用紅筆寫著字，還很清楚：「李氏妾魘蘇氏家女，作人七枚，藏在東牆土龕中，九年以後將成人。」

　　蘇氏按符上所說，帶人去東牆挖掘，挖到了僅剩下的一枚小人。蘇氏家從此以後再無騷擾。＊出自《太平廣記》卷三六九〈蘇玘女〉

武平靈怪錄

　　齊仲和，名諧，漳州人，本是富家子弟，粗通學問，很能寫文章，但是豪俠而無約束，揮金如土。

　　元順帝至正年間，紅巾起兵，齊仲和家業蕩然無存，於是東奔西走，寄食於人，曾在武平的項子堅家中設館爲塾師。項子堅出身低微，驟然發跡，爲光耀門庭，婚嫁總要高攀名門。那些有聲望的名門大族，家道中衰後貧窮不振的後代，常與項家締姻；他們是貪慕項家的錢財，項家則是借重他們家族的名望。項家的書信、函箚、簿冊等，則全由齊仲和潤飾，不瞭解內情的人，還認爲項家眞是官紳人家呢。

　　明太祖洪武五年，項子堅去世，他的兩個兒子榮可、貴可，大辦喪事，葬項子堅於長汀山中，距項宅有五十里。爲光宗耀祖，齊仲和特請宋太史景濂寫墓誌銘，並在墓旁修歸全庵一座，十分宏偉壯觀，特意劃出良田二百畝供庵中僧人躬耕而食，且請南華本如眞公主持庵事。平日，齊仲和外出往返，途經歸全庵，必定在那裡留宿。這年齊仲和去福州，被人留住教家館，一耽就是數載。而項貴可則中舉人，拜官嘉興府同知，不料倭寇登岸，項貴可失職，未能及時報告上司，於是被定罪，死在刑部獄中；家產被抄，庵田充公，原有僧人盡都散去。

　　兩年後，齊仲和從福州回來。一日，去拜訪項家，走到歸全庵，天色已晚，於是借宿庵中，並不知道項貴可已死、庵已廢之事。齊仲和走進方丈，寂然無聲，看遍僧房，門或開或閉，全無一人。最後，來到一室，只見一位僧人坐在榻上，聽見有人來的腳步聲，非常驚訝，問：「是誰？」齊仲和把姓名告訴他，那僧人在黑暗中說：「原來是熟人，請坐。」齊仲和詢問僧人名字，僧人說：「山僧初有幻體，先生就見過的，難道今天忘了嗎？」

齊仲和不明白他話的意思，又問：「其他僧人還在嗎？」那僧人說：「恰巧今天都到施主家赴水陸齋會去了，只有我因久患中風，不能下床，留在庵中。只是僮僕都出去了，沒想到先生來，供品、茶茗全無，不能招待先生了。」齊仲和說自己還沒吃飯，那僧人說：「案上還有些剩下的豆子，先生若不嫌棄，請自己拿來吃吧。」齊仲和太餓了，就揀了那案上的豆子吃了。吃完，又問項家的情況，僧人說：「依舊如故。」於是，齊仲和睏了，想睡覺。僧人說：「此間有幾位客人，每晚來與我閒談，一會兒就要到了，恐怕先生睡不安穩。」齊仲和問：「是什麼人？」僧人說：「都是附近村裡的人，也有項家的親戚。」齊仲和高興地說：「若如此，太好了！」

過了一會兒，有兩個人先進來，另五個人跟著也到了。僧人說：「今天偶然有項家的舊友來，留宿這裡，請各位不必驚訝。」齊仲和詢問各位的姓名，先來的二位說：「我們是石子見、毛原穎。」後到的幾人說：「我們是金兆祥、曾瓦合、皮以禮、上官蓋、木如愚。」齊仲和答謝說：「沒有燈火，不敢行禮，請不要怪罪。」眾人說：「既是項家舊友，又是庵寺熟客，彼此像一家人，有什麼得罪？」於是就和那僧人講論起來，都是口若懸河，娓娓動聽，深得佛家真諦。那僧人說：「各位每日談經論道，今日文士在席，為什麼不暫停空談，改覓佳句，以增加良宵的歡樂呢？」大家都說：「好！」個個才思敏捷，出口成誦。

吟完詩，幾個人拍手大笑，旁若無人。忽然，風吹雲散，月亮出來了，月光穿戶，齊仲和隱隱約約看見這幾個人的樣子，有的長著矮而方形的身體，有的高瘦而頭是尖的，有的黑臉、一條胳膊特別長，有的頭戴烏帽而身軀極短，披氈人翩然慢行，靠牆者亭亭而立。最後一位老者，脖子上好像長著鱗片，齊仲和很奇怪，剛要仔細看，僧人忽然說：「清風先生羅本素到了。」眾人都站起來迎接，遠遠地望見一位老者，白衣竹杖，態度悠閒，兩袖清風，搖搖擺擺而來，向眾人拱手，說：「各位今夜吟詩，很

高興吧？」毛原穎問：「先生爲什麼來遲了？」於是每人又吟誦了一遍自己的詩作。先生說：「各位的詩很好，但是不免讓客人感到奇怪。」皮以禮說：「客人雖然年紀未老，但早晚當與上官公同載，卻又何妨？」先生於是對那僧人說：「師父爲何沒有詩作？」僧人說：「只等先生來同賦。」說罷便朗聲吟誦起來。

　　時間過得眞快，不久，月亮落下去了，遠處傳來雄雞報曉之聲，眾賓客匆匆而散，不知去向。齊仲和走出來，一看，原來是已經廢棄了的空庵。他又返回去尋找那病僧，卻只見到一座泥像；看他背後的題字年月，正是齊仲和借宿庵中時所塑，現在早已剝落了。他這才恍然大悟那僧人說的「初有幻體，先生就見過的」話。又到其他房中，只見破硯支門，禿筆倒地，老鼠屎堆積於案上；於是也才想到自己夜間所食，原來是老鼠屎。又有破棉絮一床，舊羅扇一把，破甌子上面積滿了灰塵，銚子沒了把兒，柱子上掛著木魚，牆邊靠著棺材蓋。回想夜間所見，齊仲和害怕極了，三步併作兩步跑出門。

　　走出幾里路才看到人家，趕緊投奔了去。主人問：「此地人煙稀少，怪事很多，先生昨夜住在哪裡了？」齊仲和把夜間之事述說一遍，主人說：「先生的性命危險了！項家遭禍，墳庵都毀了，他家在庵中寄放了一口棺木，近來也被人劈了當柴燒，只剩下棺蓋。先生遇見的石子見、毛原穎，不是『硯』與『筆』嗎？金兆祥、曾瓦合，不是『銚』和『甌』嗎？皮以禮就是『被』字，木如愚就是『木魚』，上官蓋是『棺蓋』，羅本素是『舊扇』，先生所見到的就是這幾種物品所變幻。他說有項氏的親戚，是指棺材說的，因爲棺材是項家之物，所以說是親戚。」齊仲和默然不語，心中恐懼，渾身戰慄。當天回到家中，果然身患重病，回想起「早晚與上官公同載」之言，心中料到自己必定不會好了，於是不醫不藥。妻子百般勸慰，齊仲和說：「死生有定，物已先知，服藥求醫，只是白白吃苦啊！」又過了半月，竟死了。＊出自《剪燈餘話》卷三〈武平靈怪錄〉

泥傀儡

　　廣東西部柳州府，有一座土地廟。廟裡塑有一座神像，形象醜陋無比，黑袍角帶，當地人稱它為泥傀儡。它遇到廉潔清正的郡守，則兩手抱袖；如果是貪污的郡守，便伸手作討錢的樣子。先是有某公來作郡守，貪得無厭，泥神的手伸出衣袖有一尺長。這個郡守想隱瞞劣跡，暗暗派心腹深夜前往廟裡，用力將神像的手臂拽進衣袖裡。第二天一看，又伸出五寸多，而且手指緊握著分不開。某公很慚愧，帶著牲畜和絲綢前去祭祀，沒過十天，神像的手頓時伸開；又過幾天，漸漸縮回衣袖內。某公私下很高興，說神靈也收受賄賂，但不知道他已被取消了官職，新郡守龐公已到任。

　　龐公名叫延驥，從中書升為主政，外派升為郡守，他為官潔身自好，因此神靈預料到了。一天，神像的手又漸漸伸出袖，新郡守大吃一驚，私下自己檢查，原來是朋友饋贈兩桶荔枝，桶中放了三百兩銀子，郡守不知道而誤收了。於是他急急忙忙把銀子送回去，神像的手也就立刻縮回去了。龐公一生都任郡守，從不收別人一文錢。＊出自《諧鐸》卷五〈泥傀儡〉

泥鬼

太史官唐濟武，只有幾歲的時候，有個小表親來到他家，孩子見孩子很親熱，兩人手拉手到寺廟中去玩。唐濟武童年時便胸懷磊落，膽壯氣豪，見正殿旁的偏殿裡有個泥鬼，睜著雙琉璃眼珠子，大而有光。他十分喜愛，暗中用手指摳出琉璃球，悄悄藏在懷裡帶回家。

回到家後，他的小表親突然暴病發作，問他什麼話，他一聲不吭，過了一會兒，他忽然跳起身來，嚴厲地責問唐濟武說：「幹嘛挖我的眼睛？」如此這般，一直叫嚷不停。大家不知道這是怎麼回事兒，還是唐濟武自己把在廟中的所作所為坦白承認了。家裡人便祈禱謝罪，說：「小孩兒家太不懂事，以為這也是能鬧著玩兒的，誤傷了您的眼睛，我們立即送回去。」小表親見他們這樣，便大聲說：「既然這樣，我也該回去了！」說罷，便撲倒在地，昏厥過去，過了好一陣子才蘇醒過來。家人問他剛才說了什麼，他自己一點兒也不知道。家裡人趕緊陪著唐濟武把琉璃眼珠送回廟裡，小心安裝在泥鬼的眼眶中。＊出自《聊齋志異》卷三〈泥鬼〉

泥書生

　　羅村有個叫陳代的人，從小就長得愚笨醜陋，長大後娶了個妻子。妻子相當漂亮，總覺得丈夫配不上她，因而鬱鬱寡歡，但是她為人貞潔，所以婆媳之間倒也相安無事。

　　一天晚上，陳妻一個人睡在房裡，忽聽得一陣風襲來，吹開了房門，隨即見一書生模樣的人走進房中，脫去衣巾，挨著陳妻躺下，要與她共宿同眠。陳妻大為驚怖，想抗拒但又力不從心，覺著肌體綿軟，無力掙扎，只得聽任書生輕薄、玩弄。

　　從此以後，書生每晚必到。一個月以後，陳妻被折騰得身心交瘁，形容枯槁。婆婆覺得奇怪，問媳婦怎麼回事。陳妻羞愧，不肯直說，婆婆一再追問，她才以實情相告。婆婆十分驚駭，說：「這是妖怪啊！」於是想盡各種辦法抵擋，無奈任何法術符咒都不能禁絕妖怪再來。實在別無良策，便教陳代藏匿在房中，拿著根棍棒，等待妖怪到來。

　　到了夜裡，書生果然又到陳妻的房中，一進門，先把帽子放在几案上，繼而再脫下袍服，掛在衣架上。他剛要登上陳妻的床榻，忽然驚呼：「啊！有生人氣！」立即再把衣服披在身上。此時陳代在暗地裡突然跳將起來，掄棍橫擊，打中秀才的腰肋間，奇怪的是發出了硬梆梆的打擊聲。陳代還要再打，但是環視房內四周，書生已經杳無蹤跡了。待他點起火把，四處查找，只見有一片泥作的衣服掉在地上；再看几案上，泥作的巾冠也還放在那裡。＊出自《聊齋志異》卷四〈泥書生〉

泥女

　　慶都有一古寺，多年無人整修，牆皮剝落，滿目荒涼。寺中也無僧人住持。古寺後殿有一侍從婢女的站像，衣裳顏色鮮麗整潔，容光煥發，光彩照人。有個輕狂的後生姚某，見像而動情。於是，大筆一揮，在侍女衣襟上題了首詩：「巫峽巫山幾萬重，不知神女在何峰。陽臺料得難相遇，從此思縈五夜鐘。」

　　姚某回家後苦患單相思，寢食不安，頗感勞頓。一天晚上，姚某忽然聽見院中有女人衣裙、飾物的碰撞之聲，他急忙趴到窗戶往外看，只見一女子踏著月光進到院裡。女子叩門，姚某連忙開門請女子進屋。他仔細一看，原來正是廟中的侍女。姚某狂喜，按捺不住便上前求歡。女子皺了皺眉說：「此人如此狂暴，妾馬上就走。」姚某一聽，趕忙鬆開女子。女子這才含笑坐在姚某雙膝上，眼中含情脈脈，不時轉過頭來向姚某送著媚眼。女子身上香氣襲人，姚某被這女子弄得神魂顛倒，分不清東西南北。過了一會兒，姚某覺得兩條大腿像是壓了什麼沉重的東西，痛不可忍。他睜眼仔細一看，哪裡還有什麼女子！腿上壓的明明是廟中的石碑座。姚某被重石所壓，動彈不得，雙腿骨快要壓斷了。他急得連喊救命。家人聽見呼喊，連忙找來幾個壯漢把石碑座抬下來，可姚某的雙腿已成殘廢了。＊出自《醉茶志怪》卷二〈泥女〉

【卷六】樹妖

樹

須臾，東窗下伸進一條深藍色的大毛腿，
熊本緊握寶劍，目不轉睛，
只見半個人從東窗飄然而入，
只有一目一耳一手，半鼻半口。
同時，西窗也進來了一個與此一模一樣的怪物，
好像是把一個人從中劈成兩半。
這兩半怪物，遊移片刻，忽地合在一處，
成了個青面獠牙、通體深藍的妖怪。

巨樹噴血

　　有個姓張名遺字叔高的人，原籍江夏，作了幾年桂陽太守，不甚得意，便辭了官，找一處山明水秀的地方隱居下來。

　　叔高出門散步，看見田野裡長著一棵大樹，估計得十幾個人才能合抱。大樹枝葉繁茂，如一把巨傘罩在那裡，把六畝田地都遮住了。樹冠之下，五穀不生，連雜草也難成活。叔高便吩咐幾個莊客，讓他們拿傢伙去把大樹砍倒。

　　莊客們拿著大板斧來到樹下，掄圓了膀子就砍。幾斧砍下去，大夥瞪眼一看，全都傻了：樹幹上的刀口處嘩嘩往外淌血。莊客們哪見過這個，丟下斧子撒腿就往回跑。

　　叔高看莊客們一副狼狽相，不由得生了氣，罵道：「這樹長得年代久了，你砍它，它難免流血，這有什麼可大驚小怪的！」說罷氣哼哼地跨出門去，要自己去砍倒這棵巨樹。

　　叔高拾起莊客們扔下的斧子，用盡全力砍起來。不消幾下，殷紅的鮮血嘩嘩地又流了出來。叔高不管，掄起斧子只管砍。不一會兒砍出一個樹洞，洞裡走出一個四五尺高的老頭，口裡直叫：「叔高，叔高！」叔高見了，也不答腔，抽出佩刀，一刀將他揮作兩段。

　　老翁撲通一聲倒下，樹洞中隨即並排走出四五個老翁，一個個滿頭華髮。隨來的莊客見了，膝蓋早已發軟，全都跪倒在地上，大氣不敢出。叔高則神色自若。過了一會兒，莊客們偷偷抬起頭來看，只見這些老翁似人非人，似鬼非鬼，又有幾分像野獸，很難說到底是什麼東西。《國語》中記載：樹木、石頭成了精怪，就叫作夔或魍魎，指的大概就是這種東西了。

　　就在叔高伐樹的那年，他又應詔出任了司空御史、兗州刺史。＊出自《太平廣記》卷三五九〈張遺〉

丹桂巨人

交城縣往南十幾里，經常有怪物出現，走夜路的人很容易碰上。碰上的人大多嚇出病來，有些還一病不起，送了命。南郊的百姓很為這事犯愁。

過了好長時間，郊區又有一個人走夜路經過這裡。他背著箭，提著弓，獨自行走。走到城南郊，看見一個龐然大物，像是巨人，穿一身紅衣服，用黑布蒙頭，一步一步慢慢走過來，看那東倒西歪的樣子像是喝醉了酒。夜行人心裡一陣緊張，彎弓搭箭奮臂射出一枝，恰好射中。怪物便向後退去，夜行人膽子壯了些，繼續往北走到一家旅館，向店主人說剛才的遭遇。第二天到縣城裡去，看見外城西邊種的丹桂樹上紮著一枝箭，拔下來一看，是夜行人昨夜射出的，箭頭上還沾滿了血。

這事被報告到縣裡，縣令派人把這棵丹桂樹燒了。從此交城縣南郊太平無事。＊出自《太平廣記》卷三六九〈交城里人〉

柳將軍

　　洛陽有一處老宅院，建築得寬敞雄偉，十分考究，但是住在這裡的人卻經常突然身亡。由於這個緣故，這座宅子就被鎖起來，長期空置，無人居住。

　　萬陽人盧虔，曾任右散騎常侍，在唐德宗貞元年間派駐洛陽任東台御史。盧虔好幾次想買下這座宅院居住，有人對他說：「這座宅子裡有妖怪，不能住人。」盧虔說：「不怕，我自然能夠降服它。」

　　某天晚上盧虔和一名隨從官員在這座宅院的堂屋裡過夜，盧虔命令僕人們都在大門外過夜。盧虔這名隨從官員非常勇猛驃悍，而且使得一手好弓箭。盧虔讓他手拿弓箭坐在前門廊下。

　　眼看夜要深了，只聽見有人在外邊敲門。隨從官員問來人是誰，有人答道：「是柳將軍派來給盧御史下書信的。」盧虔不予理會。

　　過了一會兒，只見一封書信從天而降，落在廊下。他拿起來一看，字跡纖細，彷彿是邊舔濕筆尖邊寫出的。盧虔命令隨從官員讀那書信，上邊是這樣寫的：「我住在這裡已經許多年了。這裡的一屋一舍，一廊一階，都屬我的住所；這裡的門神護衛，也都是我的奴隸。如今，先生竟然闖入我家，這合理嗎？假使先生有間房子，我去佔據，你能允許嗎？即使先生你不怕我，難道你不覺得內心有愧嗎？先生快點兒離開，不要招來家敗身亡的恥辱吧！」剛讀完，那封信馬上像灰燼一樣飄然散落殆盡。

　　接著，盧虔又聽見有人說：「柳將軍希望拜見盧御史！」一會兒，院子裡便來了一個大惡鬼，身高有百多尺，站在院子中間，手裡拿著個瓢。這時，盧虔的隨從官員彎弓搭箭，一箭射去，正中那個瓢。惡鬼扔掉瓢退走了。不一會兒，惡鬼再次前

來，從廊子上彎下腰，往屋裡偷看，那副相貌非常奇怪。隨從官員又射了一箭，射中惡鬼的胸部。惡鬼大驚，好像害怕了，轉身向東方逃走了。

天亮以後，盧虔命令人們追尋惡鬼的蹤跡，一直追到宅院東側的空地上。只見有一棵高達一百多尺的大柳樹，樹身上插著一支箭，這就是所謂的「柳將軍」了。

盧虔命人砍倒柳樹，把它劈了當木柴燒掉。從此這座宅院裡的住戶沒再有什麼意外。

一年後，屋主重新修建堂屋時，在屋頂的瓦底下發現了一只瓢，大約有一丈多長，瓢把上也釘著一支箭，這就是柳將軍拿的那只了。＊出自《太平廣記》卷四一五〈盧虔〉

呂洞賓度脫城南柳

　　漢鍾離度呂洞賓成仙後，曾吩咐他說：「岳陽城內有株古柳，有仙風道骨，你得便須度它成仙，不可懈怠。」這日，呂洞賓記起師父囑託，來至岳陽地面，化作一個賣墨先生，四處尋訪。

　　此時正值四月天，綠肥紅瘦，春意熏人，呂洞賓無意間來到岳陽樓下。側目一望，見一株古柳，枝繁葉茂，嫩綠喜人。呂洞賓笑道：「貧道好生尋找，這孽樹原來在這裡。」正笑間，呂洞賓忽覺鼻癢，聞到一股酒氣醇香無比。呂洞賓是個見酒沒命的人，哪裡忍得住，四下一望，見一面火紅的酒幌掛在岳陽樓上，搖搖擺擺。呂洞賓低頭思忖：「這柳樹，土木形骸，雖有些道骨，卻如何馬上得道成仙？須得給它尋個伴兒，得些靈性，才可慢慢度它。」想到此，他急步走入酒樓，尋個面湖的座位坐穩。

　　這酒樓原是一位姓楊的老漢開設，楊老漢見有客人，忙上前招呼，呂洞賓說：「打五十文酒，酒菜只管上來。」楊老漢聞此言，心想：「這貧儒，五十文小錢喝什麼酒。吃完酒菜，沒錢支付，我豈不蝕本？」便說：「先生，酒在這裡，酒菜已無。」呂洞賓早知就裡，並不在意，呵呵一笑，打發走老楊，從懷中摸出一枚蟠桃，邊吃邊飲，不一時，有了八分醉意。他把酒臨風，對手中蟠桃說：「小桃，小桃，妳本王母娘娘那裡的仙種，今日須得下界一番了。這柳樹有仙風道骨，但必須成精之後方可成人，成人之後方可成道，我將妳拋於東牆之下，妳與它俱成精怪，結為夫婦。然後我再度妳兩個。」說罷，信手一拋，把蟠桃甩到東牆之下。說也怪，片刻間，一株桃樹已長得碗口粗細，花枝柔媚，風情萬種。呂洞賓早已醉得東搖西擺，見桃花似火，心中得意，禁不住狂笑起來，便拍手吟歌，顛狂而去。

　　光陰似箭，呂洞賓回仙府才待數日，人間已過二十餘年。那仙桃與柳樹俱已成精，結爲夫婦，每日裡早隱晚現，爲妖作怪。呂洞賓這日又來到岳陽樓，飲得大醉，酒興正濃，老楊忽然不上酒了，呂洞賓怒道：「店家，酒呢？」老楊愁眉苦臉說：「先生，本店小本生意，哪有許多好酒？再要酒——錢！」呂洞賓腰間一摸，偏偏分文未帶，酒癮又正厲害，顧不得許多，解下腰中寶劍，隨手遞與老楊說：「喏，拿去換酒。」老楊看看寶劍，說：「什麼稀罕，也值銀子，將就切菜罷了。」呂洞賓此際眞是秀才遇見兵，有理說不清，正要把此劍的妙處一一道來，老楊正色說：「客官，酒錢倒在其次，這樓上如今一到晚上便鬧鬼，你說可不可怕。」呂洞賓聽見鬧鬼，便知是桃精、柳怪所爲，心中暗喜，佯醉道：「什麼妖精鬼怪，道爺怕甚。劍你拿去，酒只管上來。」老楊無奈，搬了罈酒，下樓去了。

　　呂洞賓自斟自飲，興趣盎然，不一會兒，天色陰沈下來，呂洞賓覺得乏了，一推酒盞，信步走下樓梯。不提防，與人撞個滿懷，他微睜醉目看時，不是柳精、桃精是誰？柳精見衝撞了呂洞賓，自知罪過不小，跪下叩首說：「仙人恕罪，老柳罪孽深重，不知上仙何時能度脫老柳成仙。」桃精撇嘴對呂洞賓嬌聲說：「你把我配與這個木頭疙瘩，誤我終生，求你快快讓我重返仙宮，解脫孽緣。」呂洞賓聽罷，含笑搖頭說：「柳精、桃精聽眞，只有人可成仙，哪聞土木形骸成仙得道的？且再等幾年，貧道自有安排。」說罷，頭亦不回，逕自下樓去了。

　　柳精、桃精癡了半晌，說：「仙人不肯度我，如何是好？」柳精皺眉說：「肯定是老楊那老傢伙剛才在上仙跟前說了咱倆的壞話，此番饒他不得。待會兒那老東西上樓來，咱倆齊心協力，弄死這老匹夫。」桃精點頭稱是。不一會，老楊哼著小曲上樓收拾碟碗，剛到樓口，柳精便撲了上去，掐他脖子。老楊「媽呀」一聲回頭就跑，但早被桃精擋住去路。二妖一前一後夾擊老楊。老楊人急生智，刷地拽出呂洞賓所贈寶劍，連刺幾劍。一是老楊

豁出了性命，二是這寶劍不比尋常，這幾劍竟都擊中要害。但聞噗噗連聲，那二怪應聲而滅。老楊呼哧帶喘，打火點燈一照，原來是一枝桃、一枝柳。老楊怒道：「鬧了半天，原來是門前這倆鬧鬼，看我不出了這口惡氣。」

第二天，老楊帶人把這兩棵樹連根伐去。用柳根作了拴馬樁，桃樹作了個桃符，掛在房中避妖。老楊暗道：「這牛鼻子老道留下的寶劍，果真是寶物。下次他再來，我得好好謝他，免他酒錢。」

一晃又是二十多年過去了，桃精、柳精都已投胎成人。柳精投胎老楊家，作了他的兒子，老楊死後接管岳陽樓酒店；桃精投胎老楊鄰居家為女，與柳精成了夫婦。桃精嫌柳精木訥蠢笨，所以一嫁過來，便不與他說一句話，人都以為柳精娶了個啞巴。

這天，呂洞賓想到柳精仙緣已成，便急匆匆來到岳陽，走進岳陽樓。此時柳精變化成人後已迷了本性，哪裡還認得呂洞賓。他跑上樓來問：「道爺要什麼？」呂洞賓端詳柳精，心想：「是度化他的時候了。」便說：「咱倆二十年前曾經認識，你怎麼如此癡迷？」柳精聽罷一怔，隨即笑道：「道爺敢是吃醉了，小可今日年方二十，二十年前，這酒店還是老父所開，怎麼認得道爺？取笑取笑。」呂洞賓見他不解，扭頭朝牆上望去，正看見那把寶劍，便說：「這是我的寶劍，如今我要贖回去了。」柳精大急：「胡說！這寶劍是一位道爺留與老父的，曾斬殺二妖。你年紀輕輕，怎會是你的，休要誑人。」兩人正糾纏不清，桃精打樓下上來，一見呂洞賓，先是一怔，隨即深施一禮，說：「道爺，二十年如夢，怎地這麼長時間不來吃酒？」呂洞賓還未開言，柳精喜道：「賢妻，原來妳會說話？坑得我好苦！」說罷，一蹦三跳，下樓準備酒菜去了，口中喃喃說：「大喜，大喜！」不一時，一桌整齊豐盛的酒席擺了上來。呂洞賓且不飲酒，望了一眼柳精，意味深長地說：「唉！韶華易逝，良辰美景，轉眼即過。那柳樹夭桃，春日風華正茂，萬人誇讚，那消幾時，已是花自飄零水自流。人生如白駒過隙，如若不

思求道成仙，豈不惜哉！」柳精聽了這番言語，渾然不覺，說：「道爺豈不說笑，我家有美妻，又不缺錢財，求道出家，受那寂寞清苦，只有傻子才幹。」呂洞賓長嘆一聲，正失望之際，桃精說：「小妾願隨道長出家。這凡夫俗子，縱相處百年，也是味同嚼蠟。」呂洞賓哈哈大笑說：「還是小桃慧根清秀，走，咱倆走，這蠢木頭不可救藥。」說罷攜著桃精下樓去了。柳精見此不禁目瞪口呆，半晌才回過神來，抓起寶劍追了出去。

出得門來，天色突然陰暗下來，一陣北風吹過，紛紛揚揚飄起大雪。柳精心急如焚，忙循著腳印往河邊趕去。走著走著，來到河邊，忽然看見一位漁翁，正在獨釣寒江雪。柳精大聲喊道：「老漁翁快過來。」那漁翁聞言，收起魚杆，划過船來。柳精跨上船頭，連聲說：「開船，開船。」漁翁聞言，緩緩解開纜繩，雙槳一搖，順流而下。但見青山素裹，萬木染銀，漁翁說：「小後生什麼事這麼心急如火？」柳精說：「我老婆被個牛鼻子老道拐跑了，快追！」漁翁微微一笑說：「我渡你過去，你須息卻心頭無名之火。」柳精點頭說：「老翁放心，我趕上不殺他就是。」

不一會兒，船到對岸，柳精跳下船來，老翁向他指明路徑，柳精連連稱謝，手持寶劍一腳深、一腳淺往前衝去。他哪知道，這漁翁乃呂洞賓所化，為度他暗施巧計。

柳精趕來趕去，迷了路徑，正在發愁，忽然發現山崖邊，萬木叢中隱著個山洞。柳精遲遲疑疑走了過去，豈料正與小桃撞個正著，不禁又喜又怒。他一把拉住小桃說：「走，回家。好大膽，竟敢跟這臭道人到此，回去再跟妳算帳。」那桃精撇嘴說：「蠢東西，這乃仙人洞府，誰跟你回去受苦。」桃精這番話激得柳精面皮紫漲，心頭火起，按捺不住，抽出寶劍砍向桃精。霎時間，鮮血染地，小桃香魂渺渺，一命嗚呼。柳精見桃精真死了，心中噗通亂跳，趕緊想藏寶劍。正惶急之際，幾個公人不知從什麼地方竄了出來，一把抓住柳精，說：「好呀，青天白日，你竟敢平白無故傷人性命，走，跟我們過堂去。」說罷，用鐵鏈鎖住

柳精，拽了就走。

來到公堂，柳精大喊：「冤枉，冤，冤！」縣官拍驚堂木喝道：「冤什麼？」柳精狡辯說：「我沒殺人，是那道人殺的，冤！」柳精正大鬧公堂，門後轉出那道人呂洞賓。但見他仙風道骨，擺擺搖搖走到柳精面前，笑道：「我殺人，那怎麼你拿著寶劍？」柳精被問得張口結舌，眼珠一轉，強辭奪理說：「反正……反正就是你殺的，冤！我冤！」縣官聞此大怒，喝道：「無賴東西，竟還胡言亂語，不肯招認。左右，與我推出，斬，斬，斬！」

說時遲，那時快，幾個公人立時奔上，扭住柳精，二話不說，將他推出門外，按倒在地，揮起快刀。一刀斬下，斗大人頭滾到地上。再看柳精又生出一顆新頭，他頓時悟道：「呀！原來我是城南柳樹精。」那縣衙霎時蹤跡全無，平地上站著八位仙人，原來是曹國舅、漢鍾離、藍采和、何仙姑，韓湘子、呂洞賓、張果老，他們變化人形，來度化柳精。

從此，柳精位列仙人，飛赴瑤池，伺侯在西王母身邊，永享仙壽。於是岳陽附近就留下了呂洞賓三度城南柳的優美傳說。＊

出自《元曲選》〈呂洞賓度脫城南柳〉

柳神

　　清嘉慶六年黃河陡然暴漲，畿南一帶尤其嚴重。新安屬保定府，水與城平，只有三戶人家沒有被淹沒。官民站在城堡上目睹黃河洶洶之勢，以為城沒僅在旦夕之間。突然守城人中一男子陡然跳了起來，頭髮披散，怒目圓睜，手指河水，厲聲說：「我是柳神，你要趁今年水勢找我尋仇，生死由我一個人當著，一城老小無辜，竟遭你的荼毒。我將聚集全族滅了你。」他又跳又罵，不一會兒水中露出一個獸頭，大得像車輪，樣子像龍又像獅，額頭端正，頭上四角森立，長七八尺。那獸用頭上的角頂城牆的西北角，但見城牆從頂到底橫著裂開五六尺，水如牛吼一般叫著從裂口湧進來。柳神用手抓起土向裂口撒去，又用腳在上面拍了幾下，裂口馬上補合了。又折了柳枝大吼：「你真的不退嗎？」言罷憤怒地將柳枝擲進河裡。但見有十幾萬支柳枝逆流在水中旋轉，如一萬支箭直插水中，頓時波濤洶湧，西風狂卷，雲霧迷漫，太陽也變了顏色。不久。河水變成深紅色，散發出一股股腥味，血污淋漓，濺在矮城牆上，臭穢不能近。孤城震撼，洪濤海翻，萬目圍觀，相顧失色。瞬間，河水狂波向北奔騰而去，水位馬上降了幾丈，接著看見護城壕露了出來。又過了一會兒，水歸原來的河道與河堤齊平了。回頭再看城牆裂開的地方，居然堅固如初。全城老少無不歡呼雀躍，但誰也不明白是怎麼回事。而那個男子昏倒在地上，人們給他餵湯水，待他醒來後問他是怎麼回事，他茫茫然想不起來。

　　那是雍正元年的事了，村中有個貧家女兒，姿容婉秀，成年時還沒有出嫁。那年夏初，氣候濕熱，女子到河裡水淺的地方洗內衣，一棵老柳樹正好橫臥在水面上，她就坐在樹幹上洗了半天衣服。她見旁邊長著幾縷青苔，綠茸茸滑膩膩的很可愛，波光柳

影相互蕩摩，就停下手中的活，想著想著便怦然心動，過後也就忘了。可肚子漸漸大起來，父母覺得可疑，就詰問她，她如實說了那日在河邊洗衣服的經過，但父母不相信，屢次毒打她。她感到委屈憤懣，要去尋死。這一日，夜深人靜，她來到屋後的一口井旁，對井哭訴：「妾辱沒了父母的門戶，又被鄉親唾罵。我死何足惜，但是懷孕了十八個月還不生，自己也不知道在哪裡、怎麼懷上孕的。井神如果有靈，別讓我的屍身變色。」禱告完縱身向井裡跳去。此時正趕上她的哥哥也來到井旁，便抱住她的腳使勁往上拉，相持太急都撲倒在井邊。突然有個綠衣人走過來，綠面綠髮，高一丈多，他對女子的哥哥說：「我是柳神之子，今日誕生，要到金河島去找我的父親。我的生母死了，她是被冤枉死的，誰能替她鳴冤？舅舅趕快起來，請你把我母親埋葬在村東的空地裡，立碑一面，說明原委。此外一百多年後本城將有水災，我會來保護的。」說完，綠衣人就不見了。那女子的哥哥醒轉過來，家人都趕來集合在井旁，女子已經沒救了，只得入棺，四天後才收埋。發喪時容貌不變，像生前一樣美麗。當時她的哥哥見她獨自到後園，心中狐疑，就悄悄潛進井旁的草叢中，所以才有此見聞。

　　女子的墓至今還在。至於柳神為了保護母家城池免遭洪水淹沒而來，也能圓其說。獨不知那四角獸是何怪物，與柳神有什麼仇，敗逃到哪裡去？＊出自《蝶階外史》卷三〈柳神〉

桐樹與和尚

臨湍寺有個僧人法名智通，他常常誦讀《法華經》，而且無論入禪還是打坐，必要尋求寂靜的山林野境，人跡罕至之地。

有天，忽然有人在夜裡繞著寺院呼叫智通，直到天明叫聲才止息。如此這般一連三夜，智通忍不住了，便答應道：「叫我有什麼事嗎？可以進來說。」

於是，有一個怪物進來了，它身長六尺多，穿著黑色衣服，臉是青色的，兩隻大眼，一方巨口。怪物見了智通，也合掌問訊。智通看了它很久，對它說：「你冷嗎？要是冷的話可以來烤烤火。」怪物便向前坐下。於是智通仍然念經不止。

到了五更時分，那怪物被火烤得懶洋洋的，閉著眼睛，張著嘴，守在爐邊鼾睡起來。

智通見怪物睡著了，便用香匙舀一匙炭火放在怪物嘴裡。怪物大叫而起，跑到門口好像是摔了一跤。

臨湍寺是在山背陰處建造的，智通和尚等到天亮以後觀察怪物摔跤的地方，找到了一塊樹皮。智通上山尋找怪物蹤跡，走了好幾里地，發現一株大青桐樹，樹枝已經枯乾，下邊突起的根部似有殘缺，智通拿那塊樹皮一對，嚴絲合縫。青桐樹的半截處，有砍柴樵夫砍出的一個腳蹬坑，大約六七寸深，這就是怪物的嘴了。只見腳蹬裡面有炭灰還未滅盡。

智通把青桐樹砍倒燒掉，從此這個怪物就絕跡了。＊出自《太平廣記》卷四一五〈僧智通〉

護花使者崔處士

唐玄宗天寶中葉，一個名叫崔玄微的處士居住在洛陽東。崔玄微愛好道術，吃了白朮、茯苓之類的草藥近三十年。由於藥都吃光了，崔玄微只好領著僕人到嵩山採靈芝。

一年後，崔玄微採藥回來，家裡因為長期無人居住，以至於院中長滿蒿草。崔玄微獨自住在一個院子裡，家裡人沒事不會到這兒來。

有一天，正值春季，夜裡風清月明，崔玄微還沒睡覺。三更過後，忽然來了一個青衣女子，她對崔玄微說：「先生您在院中啊。我們今天要同幾位女伴到上東門表姨家去，暫時在您這裡休息一下，可以麼？」

崔玄微答應了。不一會兒，青衣女子引進來十幾個人。有一個穿綠裙的女子上前說：「我姓楊」，她指著另一個說是姓李，又指另一人說是姓陶。然後，楊氏女子指著一個身穿大紅衣服的小女孩子，說她姓石，名阿措。幾個女人都有幾個侍女陪著。崔玄微同眾女子彼此見過，一起坐在明月照耀的院子裡。崔玄微向眾女打聽出門的原由，有一女答道：「我們來訪封十八姨。好幾次都說要來見見她，一直沒能如願，今晚特意結伴一同前往。」

沒等眾人坐定，忽聽門外有人報說封家姨娘來到。眾人又驚又喜，站起來前去迎接。楊氏女子對封家姨娘說：「這裡的主人十分賢德，在這裡坐一坐也是蠻好的。」

崔玄微也出來見封氏女子，只見她說話的聲音清越動聽，儀態嫻雅。於是彼此行禮入座。崔玄微舉目看去，眾女子都是絕色佳人，而且滿座芳香，透人心脾。

眾女命人擺酒作樂，每個人都要唱一首歌來勸酒，崔玄微只記住了其中二首。其中一首是紅裙女給白衣女的，歌詞說：「皎

潔的皮膚啊賽過白雪，更何況當年正對著皓月；沉吟不語啊並非怨恨春風，而是自己嘆息容貌年華的暗自消歇。」

白衣女也給紅衣女一首，歌詞說：「紅色的衣服披在身上顯露出身體的輕盈，好像是一朵美麗的花兒淡淡地抹上一層胭脂的淺紅；自怨自恨留不住這美好的容顏身段啊，不要去責備春風的薄情。」

到了封十八姨舉杯把盞時，由於她為人性格輕佻，不小心把酒碰翻，染污了石阿措的衣服。阿措不高興地說：「別人都知道小心在意，就是妳不小心！」說著一甩衣服，站了起來。封十八姨說：「這個小丫頭喝醉了。」

眾人都站起來，走到門口相互告別。十八姨往南去，眾人則進西邊苑內。崔玄微也不覺得這事情有什麼奇異之處。

第二天夜裡，眾女子又到院子裡來，商量著要到封十八姨那裡去。石阿措生氣地說：「幹嘛非到封老太婆那兒去？我們求崔處士幫忙，不知道行不行？」阿措接著說：「我們都是在苑中住的，每年都被兇惡的大風吹壞，不得安寧，因此我們常去求封十八姨庇護。昨天我不懂得委曲求全，恐怕把十八姨得罪了。處士您要是能夠幫助我們，我們也會報答您的。」崔玄微說：「我有什麼本事，能幫妳們什麼忙呢？」阿措說：「只要處士在每年的歲日為我們作一個紅色的幡，幡上畫上日月五星，立在苑東，就可以使我們免除災難了。今年歲日已過，只求您在這個月二十一日，早晨微微起東風時把幡立起，也許就可以免掉禍害。」

崔玄微答應了，眾女齊聲感謝說：「我等絕不會忘記您的恩德。」拜謝之後，一齊別去。崔玄微在月色下送她們出去，只見她們翻過苑牆進入苑中，然後就不見了。

崔玄微依照眾女的囑託，於二十一日立起紅幡。當天，東風大起，從洛南吹來，飛沙走石，吹倒了許多大樹，但苑中仍繁花似錦，安然無恙。這時崔玄微才明白，眾女子自稱姓李、姓陶，又想到她們衣著的顏色，原來她們都是一些花精。紅衣叫阿措，

就是安石榴。封十八姨，應當是風神。

　　過了幾天，楊氏女子等人到崔玄微這裡來致謝。她們每人帶了幾大包桃花讓崔玄微服用，說是可以延年益壽。還希望他能長久地像這樣保護眾女，而且他自己也可以因此而長生不老。

　　到了唐憲宗元和初年，崔玄微還活著，外表看起來像是三十來歲的人。＊出自《太平廣記》卷四一六〈崔玄微〉

樹神贖命

　　京洛間有一位姓名不詳的士人子弟，他善於雕刻。一次，這人到外地去，經過一段山路時，他發現路邊長著一棵大槐樹，樹蔭能遮住幾畝地。這棵槐樹的根部長著四個大木瘤，每個木瘤都有盛幾斗米的甕那麼大。這人很想把木瘤取下帶回去雕刻，但當時他身邊的人力不夠，而且也沒有帶斧、鋸之類的工具。如果返回來時再取，又怕被別人先行弄走。這人想到了一個主意，他從衣箱裡取出幾張紙，作成許多紙錢，把它們繫在樹瘤上。他想，人們看到這些紙錢，會以為這棵樹是一棵神樹，就不敢砍伐它了。這人作好這番手腳後便走了。

　　過了幾個月，這人又從原路回到這裡。這一次，他帶來許多工人及斧子、鋸子，準備來伐木瘤。不料來到跟前，只見樹旁畫著圖形，上面掛著一串串的紙錢，而且設有專門燒香祭奠的地方。這人笑說：「這些村野之人真無知，竟然相信此樹有神，真令人難以想像。」說著，他命工人去砍那棵樹。這時，他忽然看見樹旁出現一尊身穿紫衣的神，容貌莊嚴肅穆，他叱責士人的僕人說：「不准砍伐這棵樹！」

　　士人上前對神說：「我上次從這裡經過時看到這棵槐樹上長著木瘤，本打算砍下取走，無奈當時沒帶斧鋸，又怕被別人採去，故而作了幾個紙錢，想先佔好它，以便今日來取。這棵樹本來並沒有神，你有什麼理由不許我砍呢？」

　　神說：「自從你給這棵樹繫上紙錢後，人們都以為這是一棵有神靈的樹，於是紛紛前來祈禱祭祀，求它保佑無禍得福。冥間的官府得知此事，便派我前來任這個神職，享受百姓的供奉。所以，現在它是有神靈護佑的了，怎麼可以說沒有神呢？如果你一定要砍，定會招來禍事的。」

士人不願聽從神的警告，神又問他：「你弄走木瘤打算作什麼呢？」士人說：「我要把它雕刻成器具。」神說：「要是那樣的話，可不可以出高價贖買呢？」士人說：「可以。」神問士人：「你要多少錢？」士人說：「你給我一百貫錢就行了。」神說：「我給你一百匹絹。前面五里地有一座倒塌的墳，絹就放在裡面。你可以去取，要是沒有絹，你再回來找我。」

士人依神所言找到塌墳，果然得到一百匹絹，一匹都不少。

＊出自《原化記》，據《太平廣記》卷四一六〈京洛士人〉

棒打松樹怪

　　有個叫董觀的人曾經出家當和尚，住在太原的一座佛寺中。北魏太和七年夏天，董觀和表弟王生到南方荆楚一帶遊歷，然後他們又往長安去，路過商於地方。一天晚上，他們住在山裡的一家旅館內。王生睡著了，而董觀還沒有睡。忽然，燭光下出現一個怪物。這怪物遮住燭光，好像是一隻人的手但沒有手指。董觀仔細觀看，燭光照射的地方之外好像還有東西。董觀急忙叫起王生，王生一起來，那遮住燭光的怪手便消失了。

　　董觀對王生說：「咱們得小心些，不要睡覺了，這個鬼魅還會來的。」兩人各拿一根棒子守候著。

　　過了很長時間都沒有什麼動靜，王生說：「哪有什麼鬼魅，你一定看錯了！」說完便又躺下睡著了。

　　不一會兒，一個身高五尺多的怪物突然遮住燭光站在屋裡，這怪物沒有手，也沒有臉。董觀嚇壞了，又叫王生。這回王生不願意起來。董觀便用木棍捅怪物的頭，怪物的身子像是草紮的一樣，木棍一下子便捅進去了，但董觀往外拔，卻拔不出來。一會兒，怪物又不見了。

　　董觀生怕怪物又來，整整坐了一夜，沒敢睡覺。

　　第二天，董觀把昨夜的經歷告訴管理旅館的官吏，官吏說：「從這裡往西去幾里地有一棵古杉樹，經常出鬼，也許你見到的就是它吧。」官吏又同董觀和王生前去尋訪，果然看到那棵古杉，只見一根木棍插在它的枝葉間。官吏說：「長久以來人們都傳說這棵樹會作怪，只是沒有真憑實據，如今可以相信是真的了。」說罷急忙回去取來斧子，將古杉砍掉。＊出自《太平廣記》卷四一六〈董觀〉

黃色的怪手

　　晉陽西邊有座童子寺，離城很遠。唐德宗貞元年間，有個名叫鄧珪的人寓居在寺裡。

　　這年秋天，鄧珪和幾個朋友一起住在寺裡。一天，寺門關閉後，忽然從窗戶伸進一隻手，這隻手顏色發黃，瘦骨嶙峋。眾人看著這隻奇怪的手，都嚇得渾身顫抖，只有鄧珪不但不怕，反而把窗戶打開。這時，只聽外邊傳來一陣吟嘯之聲，鄧珪也不以為怪，問道：「你是誰？」外面有人答道：「我隱居在山谷裡許多年了。今晚出來放情遊逛，隨便走走，偶然聽說先生在這裡，因此特意前來拜訪。不過我沒有資格與先生同坐一席，願先生准許我坐在窗戶下，聽聽先生同客人們的談論，便很滿足了。」

　　鄧珪答應了。來人坐在窗下同眾人談笑，非常快樂。時間過了很久，來客告辭，臨走前對鄧珪說：「明晚我再來，希望先生不要拒絕。」

　　來人走後，鄧珪同眾人議論說：「這一定是個鬼，如果不找出它的蹤跡，恐怕要受它的害呀。」於是眾人用絲編成一根繩子，有千尺長，準備等那人再來的時候捆住他。

　　第二天，那人果然又來了，而且仍然把那隻怪手伸進窗內，鄧珪忙用絲繩牢牢地捆在那手臂上。這時，窗外的人問道：「我有什麼罪過，要被捆住？咱們的協議不算數了嗎？你們反悔了？」接著這隻手拽著絲繩離去了。

　　第二天，鄧珪和眾人一起去尋找那隻手的蹤跡。當他們順著絲繩找到寺北邊百餘步的地方，只見一株枝葉繁茂的蒲桃樹，絲繩就繫在一根枝上，上邊有一片樹葉，很像人的手，正是窗戶裡見到過的。鄧珪便同眾人將這棵樹連根掘起燒掉了。＊出自《太平廣記》卷四一七〈鄧珪〉

老槐樹與少女

　　厲泉縣有個人叫吳偃，家在農村。吳偃有個女兒，年已十歲。一天晚上，吳偃的女兒忽然不見了，家人到處都找不著。

　　過了好幾天，吳偃睡覺時夢見自己的父親對他說：「你的女兒在東北方，搞鬼的是木神。」吳偃在驚嚇中醒來。

　　第二天，吳偃到東北方去找女兒的蹤跡，果然聽到有人呼叫呻吟。吳偃湊近一看，只見他的女兒在一個洞裡，洞口非常小，但洞內還算寬敞。洞的旁邊有一棵古槐，樹根盤踞，非常巨大。吳偃把女兒帶回家，但她仍然沉睡不醒。

　　這時，恰好有一位姓李的道士路過此處，吳偃便請道士用符咒法術來給女兒醫治。吳偃的女兒經道士一施法術，忽然睜開眼說：「東北邊有一棵老槐樹，它有神，是它把我從樹的空心裡塞到地洞中的，我的病即由此而來。」

　　吳偃立刻帶人去把槐樹砍掉。過了幾天，吳偃女兒的病就漸漸痊癒了。＊出自《太平廣記》卷四一六〈吳偃〉

桔樹化人

　　唐朝荊南有個闊佬名叫崔導。崔導的家原來很窮，後來他種了上千棵桔樹，每年收成很好，從此富了起來。

　　有一天，一棵桔樹忽然變成一個身高一丈多的男子來見崔導。崔導感到這事很奇怪，不敢出去見他。這個男子在外邊苦苦請求崔導出來，崔導不得已只好接見他。男子對崔導說：「我前生欠你百萬餘錢，沒等到償還我就死了。我家人賴掉了這筆債。你到天上告狀，老天爺命令我全家轉世變成桔樹，為你幫工還債，如今已還完了債。老天爺下令，可憐我這個家族，允我復還本相。我想起前生那些事，就像昨天發生的一樣。希望你給我準備一間破房子，我躬耕為生。你把桔樹統統砍光，然後老老實實地度日，可以保證沒有災禍。如果不這樣作，老天爺會降禍於你，因為前生我欠的那百萬餘錢如今都已經還清了。」

　　崔導聽了大驚，按照這個男人所說的去作，為他蓋一間房，並砍光所有的桔樹。

　　五年後崔導死去了，他的家又像以前一樣窮，而那個男子也不知道到什麼地方去了。＊出自《太平廣記》卷四一五〈崔導〉

桔妖

　　江北有一戶賀姓人家，院中有一株桔樹，按常規，桔樹自然是春花秋實。可是有一年，這株桔樹突然在陽春三月的時候，果實累累掛滿枝頭。賀家人都說這是祥瑞之兆，甚是歡喜。

　　有天夜裡，桔樹下傳出歌聲。歌中唱道：「今年桔柚垂垂熟，家人含笑主人哭。不知明年桔柚時，主人家中更有誰？」

　　賀家的當家聽了，又驚又懼，心神不安，從此積鬱成疾，一病不起，到第二年的春天三月果真就死了。

　　賀某臨死前，把家裡人都召到床邊，對他們說：「你們知道去年三月桔樹突然結果，是甚麼意思嗎？」家人都說不知。賀某就說：「『桔』就是『訣』，也就是我要和你們永訣的意思，我是不會好起來啦！」說完，又唱起來：「桔柚垂垂兮，吾將歸兮，其與世常辭兮。」唱完就咽氣了。

　　有人說，這是桔妖作怪的結果。＊出自《南臯筆記》卷二〈桔妖〉

大樹記

同安縣城外的舊校場有一株古樹，高二千尺，圍粗四十尺，盤根錯節，銅幹鐵枝，古意盎然。就是用唐朝大詩人杜甫詠武侯祠老柏的詩句來形容它，也不過分。這樹沒有名字，也不知是甚麼年代所種，因為它大，人稱它為大樹。

清朝光緒癸巳年七月，突然有天夜裡大雷大雨，狂風拔樹，聲震天地。校場附近的鄉人都非常害怕。等天亮一看，那大樹已經倒臥校場，枝枒被摧折，幾乎攤滿了校場。一時來看這株倒樹的人，把校場圍得裡外三層。鄉人們拿刀斧把老樹枝枒砍了個精光，拿回去當柴燒，只剩那棵老樹幹還躺在校場的地上。

第二年二月，有一天半夜裡又是電閃雷鳴，狂風大作，和去年那個夜晚相似。第二天一看，那株老樹又挺立在校場，根鬚深入地中，就像它未曾倒過一樣。鄉人都很吃驚，以為它是神樹，競相去祭祀。其後，不但樹幹直立，而且枝葉又繁茂起來，鬱鬱蔥蔥，比以前更壯觀。＊出自《南皋筆記》卷四〈大樹記〉

江叟

　　唐文宗開成年間，有一個喜歡讀道家書籍，學習奇方異術的老頭。這個老頭姓江，他還善於吹笛子。平常，江老頭兒經常到永樂縣靈仙閣去。

　　有一次，江老頭兒喝了不少酒，走在往閿鄉的路上。途經盤豆館東邊官道時，他的酒勁兒上來，便倒在大槐樹下睡著了。

　　一覺醒來，已經是半夜，江老頭兒忽然聽見有一個大傢伙行走的聲音，聽起來腳步很重。江老頭偷偷地一看，只見有個人身軀有幾丈高，他來到槐樹旁坐下，伸出一隻毛茸茸的巨掌摸摸江老頭，自言自語說：「我以為是個莊稼漢，卻原來是個醉鬼！」巨人敲著大槐樹，說：「我是荊館裡的老二，特地來見大哥。」大槐樹說：「有勞兄弟前來看望。」

　　江老頭兒好像聽到從槐樹上下來一個人，跟這個巨人說話。不一會兒，又聽到兩人喝起酒來。荊山來的槐樹說：「大哥打算什麼時候放棄這二京官道上槐王的職位？」大槐樹說：「等到我二百四十歲的時候就退位。」荊山槐樹說：「大哥，你不知道你已經老了，還佔著這個位子戀戀不捨。難道一定要等到空心朽爛、營養斷絕時才被迫退下去嗎？大哥你可真是貪得無厭呀！依小弟看，你不如趁哪天雷霆下擊時，自己把自己從道上拔斷，還可以充當有用之材，給高房大廈作棟梁；而且你留下的根還可以生出新芽，開出好花來。何必一定要等到完全朽爛，被當作木柴連根挖起燒成灰燼呢？」

　　大槐樹說：「小小的麻雀、老鼠尚且知道貪圖活命，我怎麼能照你說的那樣自我了斷呢？」荊山槐樹說：「老兄，真是沒法子和你講道理。」說完便告別而去。

　　天亮後，江老頭才敢爬起來。幾天以後，江老頭來到閿鄉荊

山的旅館中，只見院子裡有一棵巨大的槐樹，高大偉岸，枝幹扶疏，有十圍那麼粗，看那個樣子就像有神仙附體。江老頭兒坐在樹下，等到半夜，擺上酒肉之類的祭品，對著槐樹奠祭說：「我前幾天夜裡曾夢見槐神您跟盤豆官道大槐王說話，當時我睡在大槐樹旁，你們的談話我都記下來了。現在請槐神同我談談。」

槐神說：「難為你一片厚意，不知你有什麼請求。那天爛醉如泥躺在路上的就是你呀！」

江老頭說：「我一生愛好道家學問，只是沒有碰到好老師。樹神您是有靈性的，請教導我。如果能夠使我有地方去學道，我一定給您供奉祭品。」

槐神說：「你到荊山去找一個叫鮑仙師的。只要你找到他，不管是水上陸上，總能有一個地方給你度世。我是因為感謝你對我這份情義才對你說的，千萬不要把這些話洩露出去。你沒聽說過華表告老狐狸狀的故事麼？一旦傳出去，連我都要倒楣的。」

江老頭謝過槐神，第二天便進荊山。經過一番跋山涉水，他果然找到鮑仙師。江老頭趴在地上，對鮑仙師行禮。仙師問：「你從什麼地方聽說的，知道要來投我為師呢？你得老實告訴我。」江老頭不敢隱瞞，說是經荊山館的槐樹神指點前來。

仙師聽了，說：「這個小鬼，竟然敢把祕密告訴別人。如今不能把它砍伐消滅，且用符去砍它一個枝幹下來。」江老頭聽了，連忙請求不要責罰槐神。仙師說：「我如果不誅殺它，下次它又會指點別人前來。」又問江老頭說：「你有什麼本事呢？請一一道來。」

江老頭稱自己喜好道術，另外酷愛吹笛子。仙師命江老頭取來笛子吹一段。聽了江老頭的吹奏，仙師讚嘆道：「你吹笛子的技藝可稱得上是到家了。不過你吹的是一根枯竹製成的笛子，我現在送你一支玉笛，這是荊山中最好的笛子。你就按照普通的笛子那樣吹上三年，就能把洞裡的龍給招出來。龍出來以後，必然會把它口裡銜的明月之珠送給你。你得了這顆珠子，要用醍醐煮

上三天，這樣小龍便會頭疼，這是因為龍珠被煎煮的感應所致。小龍因為頭疼，會拿化水丹來跟你贖換龍珠。你把化水丹吞下去，便會成為水仙，而且能活一萬歲以上。這樣，你不需要我的仙藥便能得道成仙，因為你這個人面貌生得好，有琴高之相。」

仙師把玉笛送給江老頭，江老頭問仙師：「這玉笛同竹子作的笛有什麼不同呢？」仙師說：「竹子是青色的，和龍的顏色接近，竹笛吹出的曲子就像龍的吟唱之聲，龍不會因為竹笛的聲音而感到奇怪。玉笛是白色的，它與龍的顏色相剋，一聽到玉笛的聲音，龍會感到新鮮，便會從洞裡出來查看是什麼東西發出的聲音。這就是所謂感召、變化，玄機之義理。」

江老頭聽從仙師的教導後離去，從此開始練習吹玉笛。三年後江老頭才熟悉了玉笛的音律。

後來，江老頭憑著吹玉笛的本事被岳陽刺吏李虞召去，充當門客。這一年，岳陽地區發生大旱災，江老頭拿出玉笛，半夜裡到聖善寺的經樓上去吹。果然，有龍飛到洞庭湖心的小島上降下來，經樓周圍也繞滿了祥雲。有一條老龍銜著一顆寶珠，贈給江老頭。他照著仙師的吩咐，將龍珠煎煮三天，居然真的有一條龍變成人的樣子，拿著一個內盛化水丹的小藥盒，趴在地上請求贖還寶珠。江老頭拿過藥盒，把寶珠還給來人，自己把化水丹吃下。頓時，江老頭體貌變年輕了，跳進水中，水不會沾濕他的身體。從此，江老頭走遍天下，遊歷所有的洞天福地，最後他定居衡陽，而他的面容和頭髮，又都恢復成舊時的模樣。＊出自《太平廣記》卷四一六〈江叟〉

櫻桃精

　　熊本作太史時，在北京半截胡同租了所房子，與編修莊令相鄰，兩人經常詩詞唱和，飲酒酬答。

　　某年八月十二日夜，莊令家中設酒請熊本小酌賞月，正高談闊論之間，家人來報，桐城相公有要事相商。莊令道1聲歉，匆匆離席而去。熊本知莊令片刻即回，無聊之際，自斟自飲。熊本剛剛斟了一杯酒，正要喝，低頭一看，已是一只空杯。熊本好生奇怪，暗想：是不是記錯了？正遲疑間，又倒了一杯酒，置於桌上，忽見一隻藍手，從茶几下緩緩伸了上來，一把抓住酒杯。熊本大驚，忽地一下猛然站起來，緊跟著茶几下也鑽出個渾身深藍的怪物。熊本禁不住大聲呼救。群僕聞聲趕來一看，什麼怪異都沒有，免不了竊竊私語，怨熊本沒事找事，自驚自怪。

　　不一會兒，莊令回來知道了此事，與熊本開玩笑說：「此地鬧鬼，你敢住這兒嗎？」熊本是個血性漢子，如何禁得起激，大叫說：「快拿被褥，老爺今晚就在這兒睡了，看這藍怪物能奈我何？」熊本果真在此屋過夜。他嘴裡說不怕，但心裡多少也有些不安。熊本睡不著，手持一劍，獨守孤燈。這把寶劍乃平西大將軍年羹堯所贈，在青海不知殺過多少人，拿著它，對熊本多少是個安慰。夜半，秋風怒號，斜月冷冷，熊本正強忍瞌睡，忽聽茶几上嘩啷一聲，擲出一只酒杯，緊接著又是一只，熊本笑道：「偷酒賊，你可來了。」須臾，東窗下伸進一條深藍色的大毛腿，熊本緊握寶劍，目不轉睛，只見半個人從東窗飄然而入，只有一目一耳一手，半鼻半口。同時，西窗也進來了一個與此一模一樣的怪物，好像是把一個人從中劈成兩半。這兩半怪物，遊移片刻，忽地合在一處，成了個青面獠牙、通體深藍的妖怪。這妖怪雙目如電，衝著熊本藏身的帳子怒視許久，張開血口，一步步

慢慢走來。熊本此時手上全是冷汗，閉住呼吸，瞅準時機刷地一劍刺出，正中妖怪的胳膊，如中敗絮。那妖怪大驚，轉身便逃，熊本那裡肯放，舞著寶劍，緊緊追趕。三轉兩繞，那妖怪奔到院中一棵櫻桃樹下倏忽而滅。

第二天，莊令早早起來，趕到熊本住處探問，見東窗下滿是血跡，不由吃了一驚，急來詢問。待熊本把昨夜奇遇講完後，莊令忙道：「快，快，叫人把這妖樹砍了，燒！」說也奇怪，燒這櫻桃樹時，旁邊人還真聞到了酒氣呢！＊出自《子不語》卷六〈櫻桃精〉

吳士冠

吳生名傑，字士冠，豫章人。租沈氏別墅居住。

院子裡有一個小池塘，塘邊有桃樹、柳樹各一株。雖算不得美景佳境，卻也自然清幽。吳生常常選擇日光不強、微風輕拂之時，在這裡吟詩讀書。日子久了，孤獨寂寞襲上心頭，面對藍天白雲、柳拽桃搖、池水漣漣，感慨這好景虛設，身邊少了一個人相伴相隨，興味便也索然了。

一天晚上，又圓又亮的月剛剛升起，吳生隱約看見有人在桃樹下徘徊。他急忙走上前去，原來是一位很好看的姑娘。

這姑娘髮似流雲，面如朝霞，一身淺紅的衣服，襯得姑娘越發光彩照人。見吳生走來就想走開。吳生急切之中，也顧不了許多，上前一把拉住了姑娘的衣服。

吳生說：「天風把妳吹來，怎麼能又叫它把妳吹走呢？」姑娘說：「我是你西鄰某家的女兒。喜歡這裡的夜景，所以前來遊賞。」

吳生請她到自己的房中坐坐。來到房中，紅衣女說：「我對你雖也有意，可是初次相見羞羞答答，難以滿足你的願望。況且又擔心家裡發現，還是等幾天另選合適的日子吧。」吳生不得已，只好同她約定下次相會的日期，就放姑娘走了。從這天起，他每天都打掃床帳整理被褥，日思夜盼好日子快點到。

三天之後，天色剛黑，忽聽有敲門聲，吳生趕忙開門，讓姑娘進來。沒想到姑娘卻慌張地說：「這裡不是我阿姨的家，我走錯門了。」轉身便走。吳生這時才看清楚，她並不是前幾天約好相會的那位紅衣女，而且她穿的是一身綠衣服。可這位姑娘容貌的豔麗、身姿的柔婉，與紅衣女不相上下。吳生此時此刻真是又驚又喜，哪管她是這一位還是那一位，便緊緊地擁抱她，笑著對她說：「誰是妳阿姨？我就是。」綠衣女又生氣又好笑，說：

「我真是太冤了。」吳生關好門，強逼著求歡，姑娘不得已，只好同意了。

事畢，綠衣女說：「我家離你這兒不遠。因阿姨打發丫鬟來叫我去一趟，錯走到你這兒。我倆也算有緣，現在我該到阿姨家去了。」吳生請求再訂後會之期，綠衣女答應只要有機會一定來。吳生只好送她出門。

其時，吳生租住沈氏宅第時間不久，又不常到戶外走動，所以並不熟悉周圍鄰居都是誰。綠衣女去後，但覺柔情未盡體香猶存，回想歡會中的情景，深深地印在心裡，竟再也睡不著了。

朦朧中，又聽見敲門聲，心想綠衣女是不是又回來了，便高興地開門請她進來。燭光之下，只見她紅衣長袖，婉轉嬌嗔，低頭不語，正是先前在桃花下所見的女子。吳生非常高興，心想：一會兒的工夫竟得到兩位玉琢般的美人，既得隴又望蜀，便主動地討好說：「我等妳好幾天了，今天才等到。」紅衣女低頭不語，眉目似有埋怨和不快之色。幾次問她卻始終不回答，住了一夜，無言而去。

第二天晚上，綠衣女又來了，說：「昨天得以侍奉君子，心都醉了，寫了一首不像樣的小詩，作爲永誌不忘的紀念，不知你肯不肯賜教？」吳生大喜過望，堅持要看。綠衣女這才從袖中拿出一紙碧箋，箋上字跡端正娟秀。詩寫道：「小院春愁聽子規，風前舞斷小腰肢。韓郎忽走章台馬，煙散紅樓月上時。」吳生讀罷讚賞不已，如獲至寶，極爲珍重地藏在書裡。這一夜歡會自然酣暢，倍覺風流。綠衣女臨走時說：「我的父母並未察覺，今後可隨意往來。但我擔心你吃不消，還是定期相聚爲好。」吳生心裡正在琢磨，如果不事先訂好日子，說不定哪天就可能與紅衣女撞到一塊兒，那可就不得安寧了。而綠衣女的話正中下懷，於是商量好隔一天來一次。

第三天夜裡，紅衣女又來了，妖嬈嬌媚，言談幽默，活潑灑脫，和頭一次相比竟像換了個人。交談中，話雖說得婉轉含蓄，

卻常語出諷刺，好像她已知道有綠衣女之事。吳生想盡辦法掩飾，還是沒能打消她的懷疑。天亮臨走時，她請吳生訂相會之期，吳生暗自感到慶幸，因而假意求她天天晚上來，姑娘不同意，於是也訂下隔一天一來，正好是單日；而綠衣女訂的約會是雙日。今日偎紅，明日倚綠，夜夜不虛度，紅、綠二女卻又彼此碰不著面，真可說是天緣巧合。

一天，吳生枯坐無聊，取出綠衣女的詩觀看，遐思湧至，在碧箋上和詩一首，寫罷壓在硯盒之下。這晚，紅衣女到，談話之中，好幾次翻看桌案上的書冊，又拿著吳生的筆墨不放手。

吳生問：「美人也喜歡吟詩嗎？」紅衣女說：「只怕貽笑大方，難登大雅。我雖然粗陋，胸中情懷不能不抒。」紅衣女說著，寫了二首絕句：「鎮日無言憶玉真，天臺明月是前身。芳聲孤負襄陽賦，偏浪靈和殿裡人。」「為誰消恨助誰嬌，紅雨丹霞自寂寥。惆悵劉郎並阮客，斷魂反在灞陵橋。」

吳生讀罷，覺得詩中流露出懷疑自己另有所愛、用情不專的不滿情緒；但佩服她的才學，就滿口稱讚說：「大作很有唐詩的雅味，妳稱得上是女中才子。」

紅衣女說：「過獎了，實在不敢當，比章台柳如何？」吳生大驚，說：「妳胡說什麼？」紅衣女從硯盒下取出綠衣女的詩，念了一遍，說：「我說的就是這個。」吳生此時十分慚愧，就把事情的原委告訴她，請她諒解。

紅衣女說：「我沒別的意思，只因這首詩的作者不是人類，擔心她有害於郎君。你最好疏遠她。」吳生正在猶豫不決，忽然有人闖進房中，來者正是綠衣女，她指著紅衣女大罵說：「妳才是妖精，反來離間我和郎君！」

紅衣女也不甘示弱，說：「不要臉的丫頭！妳只配在長安道上牽扯行路人的衣袖！為什麼闖進武陵源，勾引別人家的漁郎呢？」

綠衣女反駁說：「我的祖先柳神九烈君，喜歡提拔讀書人，

曾經以柳汁染濕李固秀才的衣服，以神力幫助他科第中試，歷來詩人學士同聲讚佩，即使清風亮節如彭澤令陶淵明都爲之折服，難道這就是妳所說的行爲不端嗎？怎麼能任妳僞借世間無賴的胡言亂語污辱我、輕視我呢！退一步說，就算是像妳說的那樣，妳何必如此嫉妒！妳是否誤認爲阮宣之婦，劍刃不夠鋒利！」

此時的吳生早就嚇得膽戰心驚，不知所措了，害怕事情鬧得不可收拾，趕忙從中打圓場，說：「都是我不好，是因爲我兩面討好造成尷尬局面。」紅、綠二位姑娘仍然爭執不休。過了許久，二女的意見逐漸一致了，說吳生沒有錯，是她們二人有罪。既然眞相已經洩露，就不能再留了，此後誰都不能再來相會，如果誰再來，應當受到刀砍斧剁的懲罰。

吳生很難過，懇求二女說：「兩位何苦如此不能相容，我本想左擁右抱，妳們卻突然作出無情無義的決斷，今後我的痛苦誰來撫慰啊。」二女說：「君不必戀戀不捨，緣分已盡。人世間的繁華生活，誰都有撒手離去的一天，更何況我們嬌嫩的桃花、柔弱的柳絮呢？」言罷，紅、綠二女走出門外，刹時間蹤影全失。

後來，吳生向鄰居一點點地打聽，根本就沒有這兩個人。但只見塘邊桃花帶雨落紅滿地、柳枝含煙隨風飄擺，似不如先前那樣有生氣，像是灑淚含愁的樣子。吳生這才恍然大悟，原來紅、綠二女是桃、柳二精。他白天整日不斷地唉聲嘆氣，晚上整夜爲她們祈禱祝福。每當淡月微風，樹影搖動，就以爲是紅、綠二女的嬌魂麗魄翩然而至，然而，終於沒有人掀簾而入。

此後，吳生思慮成病，以至於心灰意冷，賦《醉春風》一闋，寄託自己的憂傷：「柳外倉庚喚，花間蝴蝶散，東風吹老豔陽天，嘆、嘆、嘆。前度牛郎，當年張緒，一般淒斷。獨倚雕欄畔，情恨誰剖判，相思相見定何時，算、算、算。除是來生，現身花柳，才完公案。」

吳生在沈宅又住了一段時間，後因病返回家鄉。＊出自《耳食錄》卷二〈吳士冠〉

杏花精化男寵

　　有位書生在北京郊區雲居寺小住讀書，不久，他發現一貌美的小童常出入寺中，年紀也就十四五歲。這書生天生有男寵之癖，幾次對小童眉目傳情，出乎他的意料，沒費多大勁，便輕易地把他搞上手了。第二天，兩人還未起床，便有一魯莽客人連門都沒敲就闖了進來。書生掩飾不迭，好生窘愧，直羞得滿面通紅，但來客只顧高談闊論，對他倆的醜行似乎毫無發現。不一會，又有小和尚進屋送茶，對那小童也是視若不見。書生不由得大驚，等客人離去後，鑽入被窩，發抖說：「你是人？是鬼？怎麼別人都看不見你？」那小童輕輕拉住書生的手，撫摩說：「別害怕，我是杏花精。」書生聽罷幾乎暈去，說：「你是不是想害我性命？」那小童嫣然一笑，又說：「虧你還是個文人呢，豈不知精與魅大不相同。魅是那些孤魂厲鬼依附草木成形後，害人圖命。精則不然，我乃是千年古杏，精華內聚，化成人形，從不害人。」書生聽罷，恐懼之心稍減，問說：「書上記載，精怪多化成漂亮女子吸人精血，你怎麼變成個小童呢？」那小童面上一紅，說：「杏有雌雄，我天生命薄，生為雄杏，只能變化為男，與你纏綿快樂，這大概就是所謂的緣分吧！」書生追問說：「人與草木有何緣分？你休再哄我。」半晌，那小童囁嚅說：「你真是個機靈鬼，唉，實話跟你說吧，我想借你一點精血，修煉成仙。」書生聞此，一股涼氣從背後襲來，暗道：「好會說漂亮話，原來，還是想圖我性命。」便怒說：「咱倆有什麼緣分，你少花言巧語，哄我上鉤。」說罷，草草穿衣，摔門而去。那小童好生沒趣，怔了一會，悻悻地走了。那書生經過這番遭遇，再也不敢拈花惹草了。＊出自《閱微草堂筆記》卷十四〈杏花元精〉

孫彥文

孫彥文，杭州人士，生於清咸豐初年。他出生時屋頂紅光籠罩，鄰居都以為他家著火，紛紛趕來相救，而孫家並無異常。一打聽，才得知孫婦生下一個公子，眾人都感到很奇怪。

孫家一直經營柴炭生意，把所賣的錢都存放在一間小屋內。孫彥文出生後，忽然來了一條身子很大但無尾巴的青蛇，盤踞在錢上，它不怕人，也不躲避。從此，孫家日益富裕，錢財取之不盡，用之不竭。

孫彥文少年入私塾讀書，他異常聰明伶俐，童年便考中秀才，十八歲中舉人，名氣遍及鄉里。許多人家都爭著要把女兒嫁給他，孫家一直猶豫不決，所以沒有給他定親。

孫家屋子後面，有一棵參天的大樟樹，不知道生長多少年了。每天清早總有個少女坐在樹梢上，從從容容地梳理頭髮。那少女相貌嬌好，美麗絕倫。偶然有人見到她，沒等靠近，她便無影無蹤了。每天當孫彥文入睡後，那位漂亮的少女便來陪他。兩人顛鸞倒鳳，魚水綢繆。孫彥文漸漸面黃肌瘦，像癆病鬼般，狼狽不堪。他母親悄悄盤問他，孫彥文便詳言所遇到的事情。眾人知道後都說：「這一定是那棵大樟樹在興風作浪。」便請一位高僧前來治妖。那高僧畫符念咒，費九牛二虎之力也沒有任何效果。少女日復一日，仍來往不止。孫彥文被迷惑得精膏泄盡，沒幾個月便死了。

孫家的人極其傷心，把那棵樟樹恨得咬牙切齒。他們請來木匠把樟樹砍倒。凡是刀鋸所過之處，鮮血四濺。大家極為驚駭，索性點起大火，把樟樹燒得乾乾淨淨。

事過之後，家裡的大青蛇也忽然不見了。人們都傳說孫彥文便是那條青蛇的化身。＊出自《奇聞怪見錄》「妖異類」〈孫彥文〉

木妖

楊村有個寡婦劉氏，四十多歲。劉氏守寡以來一直以貞潔爲重，喜好安靜，終年足不出戶。

劉氏庭院中有一段陳舊的木頭，常年日曬雨淋，已經腐朽不堪。劉氏在夏季炎熱時，常坐在上面乘涼。她每次坐在上面，常常感覺朽木好像是個人躺在那裡。時間長了，竟然身懷有孕。劉氏懷胎十月，眼看要分娩。她把兒子叫來，哭著對他說：「我一向自持貞潔，不料有此奇醜之事！你替我把親戚們叫來，讓他們親眼看看我生的是什麼妖物，以此明我心跡。」兒子連忙按母親所囑去作。

劉氏分娩了，生下一個男孩，身體肥胖白皙，眾人見了都偷偷掩著嘴笑。劉氏羞愧萬分，一氣之下將孩子用刀剖開。只見男孩腎內長出一根木條，彎彎曲曲通向背部形成脊柱，四肢的骨節全都像朽木一樣。原來這些都是木妖之氣而生成的。眾人見狀，一切疑慮都釋然了。

傳說中楚姬生出鐵孩兒，看來此事一點也不荒謬了。＊出自《醉茶志怪》卷二〈木妖〉

【卷七】花精・草怪

主人忙按照指點在大槐樹下挖掘。
挖到幾尺深之處，
在一根枯樹根下發現一隻大癩蛤蟆，
身邊挾著二隻筆帽，筆帽內盛滿了樹汁。
蛤蟆旁有一隻巨大的白蘑菇，
活像宮殿門上的泡釘一般，
蘑菇的傘蓋已經掉落了。
原來，這個蘑菇就是張帽，
癩蛤蟆即是馱油的驢，而筆帽就是油桶，
這些都是怪物變化而成。

妖詐食

　　有個城裡人，一天夜裡沿著田壟往家走，忽然腳下一滑，不知踩到什麼東西。他只覺得這個東西滑膩肥軟，以爲是個刺蝟。他趕忙向這個東西作揖拜了幾拜，說：「都怪我夜裡行走沒拿燈火，誤踏貴體，我非常懊悔不安，請上仙萬萬不要加罪於我。」拜罷便回家去了。

　　這個人剛來到家門口，就聽見屋內有人往地下扔東西，乒乒亂響，好像是磁器之類的東西摔碎了。他趕忙進屋，只見滿屋都是摔碎的盤碗燈盞，一片狼藉。他正想問妻子是怎麼回事，他的妻子卻圓睜雙眼，怒聲說：「我無端被惡人作踐，弄得我雙肋疼痛難忍，骨頭也受傷了。這個仇，誓必相報！」家裡人都非常害怕，趕緊焚香燒紙祭祀。祭品燒了無數，妻子怒氣才稍有緩和，對丈夫說：「明天你要擺上好酒，供上佳餚，好好祭祀，我便不怪罪你，否則你就別想活了！」這個人嚇得連連磕頭，嘴裡喃喃自語請上仙饒命。他妻子說完便昏睡不醒。

　　第二天早晨，這個城裡人攜帶好酒、香和紙錢等供品來到昨夜失腳的地方，他擺好祭品仔細瞧瞧地上，原來昨夜踩的是個大瓜。這個人猛然醒悟被騙，痛悔異常。他的妻子也頓時停止了戰慄，清醒過來。＊出自《醉茶志怪》卷三〈妖詐食〉

琵琶女

唐朝武則天有個侄子叫武三思，任過夏官尚書、春官尚書等職，後來還被封爲梁王，參與軍政國事。武三思府上養著一群歌妓，其中最出色的便是素娥。

武三思最初欣賞的是喬氏。喬氏到武府時，正值二八年華，窈窕女子，歌舞聲色俱佳。武三思精通音律，喬氏能歌善舞，兩人相處，如魚得水。但好景不長，喬氏失足掉進洛河淹死了。武三思胸中無名煩惱鬱結，一時性起，竟把喬氏娘家滿門抄斬。

這件事之後，武三思茶飯無心，於是便有人向他舉薦素娥。據說這素娥本是相州鳳陽門宋大娘的女兒，人長得十分水靈不說，一手琵琶彈得真是出神入化。武三思便讓人送去三百匹布作聘禮，把素娥接回來。武三思見到那素娥果然是個絕色女子，真是喜出望外，於是設盛宴招待親朋，把素娥介紹給大家。請帖發出去，公卿大夫全來賀喜，唯有狄仁傑一人自稱身體不舒服，來不了。武三思想不到狄仁傑會這樣不給面子，不由怒火中燒，席間當著眾人說了些氣話。

宴席散後，便有人把武三思怨恨的話告訴狄仁傑。狄仁傑第二天便親自前往武府拜訪武三思，說：「我昨天因爲多年的老毛病忽然發作了，沒能應召前來賀喜。有這樣的絕色女子而沒能一睹芳容，看來是沒這個緣份。以後如果再設宴，無論如何我也要頭一個來。」

素娥聽見這番話，對武三思說：「狄仁傑是剛直不阿之士，並非曲意奉迎的常人，您何必一定要拗著他的性子呢？下次設宴我看就別請他來了。」武三思說：「妳要是敢阻止我設宴請客，我就滅妳九族！」過沒幾天，武三思又設宴請客了。

這回狄仁傑果然頭一個到。武三思心裡很高興，特別請狄仁

傑先到後面寢室裡坐，兩人一起慢慢喝酒，等待其他客人。狄仁傑幾杯酒下肚，神采煥發，請武三思讓素娥出來見見，領略一下她的色藝。武三思便吩咐人去請素娥，狄仁傑停下杯箸，武三思特設一坐榻等著。過了一會兒，老僕進來說，素娥躲起來了，哪兒也找不著。武三思起身，親自到素娥住處去找，裡裡外外轉了幾圈，沒有蹤影。他正詫異，忽見牆縫裡透出一股蘭麝芬馥之氣，於是把耳朵貼上去聽，原來是素娥的聲音。那聲音細小得就像遊絲一般，勉強能聽明白，說的是：「我曾請你不要請狄仁傑，你偏要請他來。他一來，我便再也沒法復生了。」武三思聽了覺得奇怪，問為什麼會這樣，素娥回答說：「我不是人，也不是其他東西，而是花月之妖。上天派我下凡，是為了讓我來說動你的心。上天要讓李家再興盛起來。現在朝廷裡狄仁傑是個耿介之人，我無論如何不敢見他。我作過你的妾，不敢無情。願你誠心與狄仁傑合作，千萬不要生二心。否則，武氏家族就會滅絕。」說完這番話，武三思再追問，已沒有回音。武三思回到寢室對狄仁傑說：「素娥突然發病，今天沒法見面了。」狄仁傑完全蒙在鼓裡，一點也不知道。

　　第二天，武三思悄悄把這事告訴武則天。武則天嘆口氣說：「既是天意如此，那就沒辦法了。」＊出自《太平廣記》卷三六一〈琵琶女〉

蘑菇賣油

京都宣平坊這地方有個賣油的人叫張帽。一次，有一個官員半夜回家經過這裡，到了拐角地方，正碰上馱著油桶的張帽。張帽也不讓道，官員的手下開路人與張帽爭執，出手打了張帽。不料張帽的腦袋一下子就掉下來，他的身子卻迅疾跑進一所大宅院中。這個官員感到奇怪，便跟著張帽進入宅院，只見張帽來到一株大槐樹下就不見了。官員把他所見告知宅院主人，主人忙按照指點在大槐樹下挖掘。挖到幾尺深處，在一根枯樹根下發現一隻大癩蛤蟆，身邊挾著兩隻筆帽，筆帽內盛滿了樹汁。蛤蟆旁有一隻巨大的白蘑菇，活像宮殿門上的泡釘一般，蘑菇的傘蓋已經掉落了。

原來，這個蘑菇就是張帽，癩蛤蟆即是馱油的驢，而筆帽就是油桶，這些都是怪物變化而成。

巷子裡的人們有些已經買張帽的油食用一個多月了，時常詫異他的油怎麼會又好又便宜。這些人聽到發現妖怪的事以後，都吐了。＊出自《太平廣記》卷四一七〈宣平坊官人〉

草妖

　　靈石縣南邊，夜裡常常出現妖怪，因而當地人沒有敢半夜從那裡經過的。唐憲宗元和年間，董叔經作西河太守時，有個叫劉皁的彭城人在西河任官職，因得罪了董叔經，雙方鬧得不愉快。後來劉皁棄職而去，進了汾水關。當他走到靈石縣南的時候正是半夜，忽然見到一個人站在路旁，形狀怪異，把劉皁的馬給嚇驚了，劉皁也被摔下馬來。

　　過了半天，劉皁才爬起來，這時那個路旁站立的人把劉皁的衣服脫下來，穿到自己身上。劉皁以為自己遇到強盜，所以也不敢抗拒。

　　後來劉皁往西走了十幾里地，來到一個客店，他跟店主人述說路上的遭遇。店主說：「我們這個縣城南邊，夜裡常鬧妖怪，並不是什麼強盜。」

　　第二天，有個人從縣城南邊來，對劉皁說：「城南野地裡有一叢蓬蒿，長得像人的樣子，而且蓬蒿上還真的披著一件青色的袍子，多奇怪呀！」

　　劉皁前去一看，果然是自己的袍子披在蓬蒿上。當地人這才明白，原來興妖作怪的就是這叢蓬蒿。於是人們把蓬蒿燒掉，從此妖怪也就沒再出現了。＊出自《太平廣記》卷四一七〈劉皁〉

開智的人參

　　唐玄宗天寶中葉，有位姓趙的人，他的祖先曾因文章學問而聲名顯赫，他的幾個兄弟也都是以明經中進士而當官，唯有他生來腦子笨，雖然讀了許多年書，仍然不會斷句，搞不清文章的意義。所以直到壯年，趙生還是沒有得到本郡貢舉的資格。

　　趙生常常同兄弟和同學們一起聚會飲宴，每到這時，只見舉座都是穿紅著綠有功名官職的人，只有趙生仍然是個白衣庶民。趙生爲此總是悶悶不樂。有時，大家喝得半醉，不免出言嘲笑趙生幾句，趙生就更是感到憤怒和慚愧。終於有一天，趙生離家出走了。他隱居到晉陽山中，搭了一間茅屋。趙生隨身攜帶一百多本書籍，在山中日夜苦讀，堅持不懈。無奈由於他智商比較低，結果書讀得越多，下的功夫越大，效果就越差。趙生愈發氣憤，但仍然矢志不渝。

　　一天，有個穿著破衣服的老頭子來拜訪趙生，對他說：「你這個後生到深山居住，讀古人的書，是不是有意爭取功名啊？既然這樣，爲何你學得時間越長卻越斷不開句，還弄不懂意義，怎麼會這麼死腦筋呢？」

　　趙生回答老頭子說：「我生來就笨，現在自知年紀大了，又是個無用之人，所以到深山裡來。讀書是爲了自尋樂趣，雖然弄不清其中精妙細微之處，我還是至死不渝，至少不能辱沒祖宗。說起求取功名，怕是沒有希望啊！」

　　老頭子說：「你的志願堅定，我雖然沒法助你一臂之力，不過仍然盼望你能來拜訪我一回。」趙生問他的住處，老頭子說：「我是段家的人，家住在山西大木之下。」說完，老頭子忽然不見了。

　　趙生覺得此事很奇怪，認爲一定是出了妖精，便前往山西去

尋找老頭子的蹤跡。後來，趙生找到一棵高大繁茂的椴樹，他自言自語道：「那老頭子說他是段家的人，莫非說的是這棵椴樹麼？」趙生找來一把鐵鏟，在椴樹下挖了一陣，結果掘出一棵一尺多長的人參。這人參的樣子長得非常像那個老頭子。趙生道：「我聽說成妖的人參可以治病。」於是他把人參洗了洗，吃掉了。

　　從此，趙生頓時聰明起來，對所看的書都能有精到的見解。一年後，趙生也以明經中進士，後來又作了好幾任官才去世。＊

出自《太平廣記》卷四一七〈趙生〉

朱嘉成仙因枸杞

　　朱嘉，安國縣人，幼年即隨王玄眞出家爲道，住在大箸岩。朱嘉閒時便在附近山上採集黃精服用，以期益壽延年。

　　一天，朱嘉在小溪邊洗蔬菜，一抬頭，看見兩隻小花狗在溪邊互相追逐咬逗。朱嘉好生奇怪：這荒郊野外，哪裡來的花狗？想到此，他放下菜籃，三步併兩步向小花狗追去。小狗見有人來，三竄兩跳，進了一片枸杞叢，再也不見蹤影。朱嘉覺得此事不比尋常，顧不得洗菜，趕緊回去向王玄眞報告。王玄眞一聽，萬分驚訝，二話未說便與朱嘉一同來到溪邊。兩人躲在樹後，偷眼望去，果見花狗又在互相嬉戲。朱嘉乘其不備，猛地跳出來撲了過去。花狗一驚，倏地奔入枸杞叢中不見了。王玄眞蹲到枸杞叢下，端詳半晌，指定兩棵枸杞說：「挖！」不一會兒，兩株枸杞連根被挖了出來。這枸杞的根狀似花犬，質若堅石，一看就知道不是平凡之物。王玄眞與朱嘉大喜，立即拿回觀中煮食。

　　食後，王玄眞未覺異樣，但轉眼間只見一朵祥雲從朱嘉腳下冉冉升起。片刻，朱嘉已飛至對面山峰頂端。王玄眞揉揉雙眼，正欲定睛觀瞧，只見朱嘉在雲中深深施了一禮，說：「師父，再見了！」說完，便隨紅雲越升越高，再也看不見了。王玄眞此時如大夢初醒，那句「再見了」的悠悠餘音，好像仍在耳畔迴響。

＊出自《廣群芳譜》卷一百

野百合花

　　兗州徂徠山有一座寺院叫光化寺。有個儒生客居在此，用功讀書。

　　一個夏日，儒生站在寺廟的廊宇間欣賞牆上的壁畫，忽然眼前出現一位身穿白衣的美女，年紀才十五六歲，長得天姿國色，美麗絕倫。儒生問她從哪裡來的，女子笑著說：「我家在山前住。」儒生心裡知道，山前諸家並沒有這麼一位女子，但他也沒有懷疑這女子是不是妖精。而且他覺得這是一個難得的奇遇，便貪戀地觀看姑娘的美貌，一邊挑逗她，一邊也就漸生好感，終於引誘女子來到他住的屋內。兩人隨即交歡合好，情深意篤。

　　白衣女子說：「蒙您不因我是村姑野女而蔑視我，我發誓要永遠侍奉先生。只是今晚我不能久留，下次來時就不會再離開您了。」儒生捨不得讓她走，百般挽留，但終於沒能留住。儒生就把珍貴的白玉指環送給女子，囑咐她：「好好拿著它，快去快回。」

　　儒生送姑娘出門，姑娘說：「我怕家裡人來迎接我，看見了彼此不便，您請回去吧。」儒生回轉，卻登臨寺內的門樓上，偷偷目送白衣女子。只見她走約一百步左右，忽然便不見了。

　　儒生認準她消失不見的地方，前去尋找。只見寺前空曠，方圓幾里地十分平坦，一根草、一棵小樹都清清楚楚，毫無可以隱蔽之處。儒生來回找了個遍，一點蹤跡也沒發現。天色將晚，儒生要回寺了，見草叢裡有一棵百合苗，上面有一朵很大的百合花。儒生把這花連根拔起，只見其根部有兩手合圍那麼粗，不像一般的百合。

　　回到寺內，儒生把百合打開，只見花心裡有一個白玉指環，正是他贈送給白衣女子的那一個，不由得驚嘆悔恨。儒生就此恍惚成病，不到十天就死了。＊出自《太平廣記》卷四一七〈光化寺客〉

黃英

　　馬子才是順天府人，他家世世代代都愛種菊，但他的這項愛好遠勝於先輩，但凡聽到哪裡有優良品種，即使遠在千里，他也不畏艱險，一定前去購買。

　　一天，南京有位客人到他家裡小住，說起他老家表親有一二種稀有菊種，是北方所沒有的。馬子才聽說此話，立馬整理行裝，跟著客人到南京。

　　到達以後，客人設法替他到處央求，得到表親家稀有名菊的兩株根芽。馬子才像藏寶似地帶著根芽回家。途中遇到一個少年，騎著驢子，跟隨在一輛碧綠的車子後面，風姿十分灑脫。馬子才等少年走近後，漸漸攀談起來。少年自稱姓陶，談吐高雅。他問起馬子才到南京來有何貴幹，馬子才據實以告，說是來覓良菊佳種。陶生說：「菊種其實無所謂好壞，關鍵在於人如何培育。」隨即大談養菊賞菊之道。馬子才大喜，問少年要到哪裡，少年回答說：「我姐姐不喜歡住在南京，想搬到北方去。」馬子才連忙接過話頭說：「我雖然是一介貧士，家有茅廬可以留客。你們如不嫌荒僻簡陋，就不必麻煩另覓住處。」陶生就靠近車子，把馬子才的邀請向姐姐稟報，詢問她的意見。車中人推開車簾與他答話時，露出面容，原來是個二十左右的絕色佳人。她對弟弟說：「房子倒不嫌簡陋，只要庭院寬闊就行了。」馬子才跑上前去，忙不迭代她弟弟答應。他們三人便一同向順天府出發。

　　馬家的南邊原有個荒蕪的花圃，圃中有三四間小屋。陶生十分喜歡此處，就安頓在這裡。定居以後，陶生每天到北院幫馬子才培育菊花。即使已經枯萎的菊花，陶生掏拔出來再種一下，菊花就活了。

　　陶生雖然種菊有絕活，可是家境清貧，每天在馬家吃飯。馬

子才暗中觀察，彷彿陶家從不燒火作飯似的。馬子才的妻子呂氏，很喜歡陶生的姐姐，經常以升米斗粟送給她過日子。陶的姐姐名叫黃英，口齒伶俐，常到馬家與呂氏一起織布作衣服。

一天，陶生對馬子才說：「你家也不富足，我每天來吃飯，增加你的負擔，長此以往怎麼行呢？按我的想法，賣菊花也足以謀生。」馬子才素來耿直，聽陶生說要賣菊花，非常鄙視他，說道：「我還當你是風流雅士，必能安於清貧的日子。照你所說，若眞的賣起菊花來，豈不把陶淵明種菊的東籬也弄成市場了，這實在是侮辱菊花。」陶生笑說：「自食其力不能視爲貪財，賣花爲業也不能說是鄙俗。人不可不擇手段去追逐富有，然而也不必力求貧窮呀！」馬子才不予理會，陶生只得起身告辭而去。

從此以後，馬子才所扔棄的殘菊敗枝或淘汰的低劣品種，陶生都撿拾回去，並且不再主動到馬家吃飯，只在馬子才邀請他時才過來吃一頓。

不久，正是菊花將開時節，馬子才聽得門外喧囂嘈雜，像市場一樣熱鬧。他甚覺奇怪，出來觀看動靜，見買花的人車載肩扛，絡繹不絕，一群連著一群，而且陶生所賣的花都是稀有品種，是他從未見過的。他很厭惡陶生的貪心，想跟他絕交，然而又恨他背著自己私藏良種名花。他敲陶家院門，想當面譏諷他。

陶生聽到敲門聲出來，未等馬子才開口就把他拉進門裡。馬子才見原有的半畝荒地都種了菊花，連房屋、田邊，一點開著的地也沒有。凡是把花拔去賣了的地方，都已從別的菊花上剪枝下來補插過了。而種在菊畦裡的菊花，蓓蕾初現，都是佳妙上品。馬子才一一仔細審視，這些菊花都是他以前拋棄和淘汰的。

陶生趁馬子才賞花之際，走進屋內，端出酒具，在菊畦邊設席宴請馬子才。他說：「我未能堅守清貧，近幾日得了些錢，夠我們一醉方休了。」

不多時，房內喊：「三郎！」陶答應著進到屋裡。隨即端出烹飪精良的佳餚美食，顯然這是黃英作的菜。馬子才問陶生：

「令姐怎麼不嫁人啊？」陶生答道：「還沒到時候。」馬子才問：「要到什麼時候？」陶生說：「四十三個月。」又問：「這是怎麼個說法？」陶生笑而不答。兩人盡歡而散。

過了一夜，馬子才又來看菊花，昨日新插的已長到一尺多高了。他大為奇怪，苦苦求陶生教他養菊絕技。陶生說：「我這種菊奇術是沒法說的，再說你又不靠種菊為生，何必要會這些方法呢？」

又過了幾天，菊花賣得差不多了，門外也略為寂靜，陶生用蒲席包著菊根，捆紮妥當，裝了幾車，不知到哪裡去了。

第二年，春已過半，陶生運回南方珍奇花卉，在京城開了一爿花店。只十天，所有的花卉都售光了，他又回家種菊。馬子才問去年向陶生買菊花的人，都說雖然留了菊根，但第二年長出來的都成了劣等品種，所以只得再來向陶生買菊。

陶生從此一天天富起來，頭一年加蓋新屋，第二年建造消暑的別墅。他幹什麼事都自有主意，也不再來跟馬子才商量。

由於擴建房屋，過去庭院菊畦上已經建廊立舍，陶生便在牆外買了一片田地，在四周築起圍牆，也都種上菊花。

到了秋天，陶生又載著菊花走了。第二年春天將盡，他還沒有回來。馬子才妻子病故。他很中意黃英，請人向她暗示。黃英微笑著，意若允諾，但是要等陶生回來最後拍板。

一年過去了，陶生還不回來。黃英親自教僕人們種菊，她的種菊之道一如弟弟。但她更加經營有方，把賣菊所得的錢與商人們合夥作生意，賺了大錢，在村外購置二十頃肥沃的良田，住宅也擴建裝修得更加富麗堂皇。

一直沒有音訊的陶生，託廣東來的客人帶回書信，囑咐姐姐嫁給馬子才。馬子才注意他寄信的日子，回想當初在園中喝酒時說過的話，算起來正好過了四十三個月。他十分奇怪，把信給黃英看，請問她願意在哪裡安家。黃英不受采禮，想要馬子才到她的南院來住。馬子才因為這樣安排像是男方入贅到女方，表示不

同意。

他選定吉日，舉行婚禮，把黃英迎進自己家中。黃英嫁到馬家以後，在牆上開了一扇門，直通南院自己家中，這樣她便能每天督導僕人照料菊花。

馬子才以妻子比自己富裕爲恥，常囑咐黃英把南北兩院的東西分開，以防混淆錯雜。但是黃英每逢需要，常拿南院的東西來用。不到半年，家中伸手可及的東西差不多都是從南院取來的了。馬子才派人一一送回南院，並告誡下人不要再取。但是不到十幾天，南北兩院東西又混雜了。這樣幾次之後，馬子才自己也感到不勝其煩。黃英笑著說：「高潔的先生，你不覺得這樣折騰太辛苦了嗎？」

馬子才感到自慚，再不追究何物來自南院，一切都聽黃英安排了。黃英請工匠、備木料，大興土木蓋房子，馬子才也禁她不得。幾個月後，樓房屋宇連綿。南北兩院合而爲一，分不出界線何在了。

黃英終於聽了馬子才的話，不再以種菊爲業，但是家裡的生活已勝過名門世家。馬子才不安地說：「我三十年清雅高潔之德，被妳連累了。我如今活在人世，靠妻子過日子，眞是一點丈夫氣概都沒有。世人都祝願富裕，我卻但求貧窮。」

黃英說：「我並非貪婪鄙俗之人。但是如果不稍微富足一些，那會叫千年以後的人譏笑陶淵明是個貧賤骨頭，百世不能發跡，所以我只是爲我們陶家的彭澤令解解嘲罷了。你要知道，窮人要富難上加難，富人要想窮，那可太容易了。我床頭藏著的銀子任郎君拿去發落，我不管了！」

馬子才說：「要我拿妳的銀子去捐給別人，那也很不光彩。」
黃英說：「那就難了。你不願富，我卻不能守貧，沒辦法，我們就分居吧！這樣清者自清，濁者自濁，誰也不礙誰。」

黃英在花園裡爲馬子才築起茅草房，並且派婢女去侍候他。馬子才倒也過得安然自得，只是連過幾天，苦苦想念黃英。他來

邀黃英到茅屋去，黃英不肯，不得已，馬子才只得自己到華屋與她相會。後來每隔一夜就來，似乎成了常規。黃英笑話他說：「住在西邊吃在東頭，清廉之人可不該如此呀！」說得馬子才自己也笑了，無言以對。後來索性又搬回來住了。

後來，馬子才有事到金陵去，正好是菊花盛開的金秋時節。一天早晨，他路過花市，見花店裡陳列著許多菊花，每盆都是上佳名種，不由得心裡一動：莫非是陶生栽培的菊花！

一會兒，花店主人出來，果然是陶生。馬子才喜極，訴說闊別已久的想念之情。馬子才就在陶生那裡住下。將要歸家的時候，邀請陶生一起回來。陶生說：「南京是我的故鄉，我將在這裡結婚成家。我這裡積了一些錢，煩你給我姐姐帶去。今年年底，我會回去住些日子。」

馬子才不聽他的話，仍然一再地邀他一起回家，說道：「家裡現在很富足，你大可坐享其成，不必再作花商了。」他坐鎮在花店裡，指使僕人代店主論價出售。由於價錢定得便宜，幾天就把花都賣完了。然後逼著陶生整治行裝，與他一起雇船北上。

回到家中，黃英已把房舍收拾停當，好像預先知道弟弟要回來似的，替他把床鋪被褥都安排好。

陶生回家後，剛放下行裝就督促僕役修整花園亭台，每天只與馬子才飲酒下棋，與外面的客人一無往來。馬子才要替他作媒娶妻，他也謝辭不納。黃英送他兩個婢女，讓他收房。過了三四年，生了一個女兒。

陶生一向豪飲，從來也沒見他喝醉過。馬子才有個朋友叫曾生，酒量也是沒人能比，有一天來看望馬子才，馬子才讓他與陶生對飲，看誰的酒量大。兩人縱情放飲，其樂融融，都有相見恨晚之感。他倆從早晨一直喝到晚間四更，估計每人都喝了百來壺酒。曾生終於喝得爛醉如泥，趴在桌上沉沉睡去。陶生還能站起，想回房就寢，出門時踏在種菊花的地壟上，傾撲倒地，把衣服留在一邊，身子即刻入地化菊，竟有一人那麼高，而且開著十

幾朵花，每朵都有拳頭般大。

馬子才驚駭至極，急忙告訴黃英。黃英急急趕來，把菊花拔起來放在地上，嘴裡還埋怨著：「怎麼醉成這樣！」她把衣服蓋在菊花上，要馬子才跟她一起離開，並告誡他切勿來揭衣看視。到了天亮，馬子才來看望，只見陶生躺臥在菊壟邊。由此，馬子才明白黃英和陶生都是菊精，因而更加敬愛他們。

陶生自從露出真相以後，更加放懷豪飲，常寫信邀請曾生來喝酒，兩人因酒而成莫逆之交。

某年春天，按古風以陰曆二月十二為百花生日那天，曾生又來拜訪，並讓兩個僕人扛著一罈用藥泡製的白酒，來與陶生共飲，相約不把這罈酒喝乾不干休。酒快喝完了，兩人還不十分醉。馬子才見他們還有量，暗暗又把一瓶酒續在罈裡，他兩人又喝乾了。此時曾生醉得東倒西歪，僕人把他背了回去。陶生也醉倒在地，又化為菊株。

已經有過一遭，這一回馬子才並不驚慌，像黃英那樣把菊花拔起用衣服蓋上，他守在旁邊，要看看陶生是如何變回來的。

等了許久，只見菊葉越來越枯萎，馬子才十分恐慌，這時才去告訴黃英。黃英聽他一說，驚道：「你這是殺了我弟弟呀！」她急奔而來，只見菊株已經連根枯死了。

黃英悲痛之極，掐了一段菊梗埋在盆中，帶到閨房中，每天用水灌溉。馬子才悔恨、悲痛之至，十分埋怨曾生。幾天之後，聽說曾生已經醉死了。

黃英所澆灌的盆菊慢慢發芽，到了九月裡，開出花朵。這盆菊株枝幹頗短，花為粉紅色，聞起來有股酒香，就給它取名為「醉陶」；如果用酒澆它，它就長得格外茂盛。

陶生的女兒長大成人後，嫁給世家子弟。黃英老年善終，一生並無什麼怪異現象。＊出自《聊齋志異》卷十一〈黃英〉

葛巾

　　洛陽有個人叫常大用，他酷愛牡丹成癖，聽說曹州的牡丹在山東一帶數第一，十分嚮往。有一次，他正好有事到曹州去，借住在一個官宦士紳家的花園裡。

　　當時正值二月天，牡丹尚未開花，常大用就不時在園中徘徊，常常盯著花骨朵，盼望早日綻放。他還作了一百首感懷牡丹花的絕句。

　　沒多久，牡丹花漸有含苞待放之態，但常大用的盤纏將要用盡。但他寧可典賣春天穿的衣服，依然留戀著牡丹而不想回家。

　　一天清晨，他走來看牡丹，見一個女郎和一個老太太在花叢中。他猜想這是主人家的內眷，趕緊返身回房。

　　傍晚他去花叢時，她們也在，見了常大用，便從容迴避。常大用悄悄看去，見女郎華服盛妝，美豔之極。他看得眼睛都花了，轉念一想：她一定是仙人，世上哪會有如此漂亮的女子！

　　常大用返身去尋找女郎，當他驟然從假山後面轉出來時，迎面碰到了老太太。女郎正坐在石頭上休息，突然見到常大用，頗為驚惶。老太太趕緊用身子擋住女郎，斥責常大用說：「輕狂小子，想幹什麼？」常大用跪下說：「娘子一定是仙人吧！」老太太又喝道：「這樣胡說八道，應該把你捆起來送到州府見官去！」常大用十分驚恐，女郎對他微微一笑說：「走吧！」說罷，她自己轉過假山回去了。

　　常大用邁著遲疑的腳步往回走，他想，女郎如果回去告訴她父親，自己必會受到羞辱和責罵。想到這裡，他嚇得步履跟蹌。走回書齋，躺在床上，直後悔自己太孟浪了。轉念又想：看上去當時女郎面無怒容，或許不會告訴她父親。

　　常大用一下子悔，一下子驚，輾轉不安，折騰了一宿，竟然

病倒了。挨到第二天中午，幸喜沒有人來興師問罪，常大用心裡才漸漸踏實。此時再回憶女郎的聲音容貌，他又轉害怕爲思念。

如此又病又相思地過了三天，常大用憔悴得奄奄待斃。深夜裡，當僕人熟睡以後，花園裡碰到過的那位老太太拎著一個罐子進來說：「我家葛巾娘子親手調和了毒鴆湯，你快喝下去！」常大用害怕道：「我與娘子從來沒有怨仇，爲何賜我一死？不過，既然是娘子親手調和，我與其苦苦地生相思病，還不如吃了這毒藥而死去！」他端起罐子，仰脖一飲而盡。

老太太笑著看他喝完，接過空罐子回去了。常大用只覺得這罐湯的味道又香又涼，不像是毒藥。一會兒，他感到肺舒胸寬，頭腦清爽，酣然入睡。待他醒來，已是滿窗紅日。他試著起床，只覺得病痛全無，健康如常。常大用更加堅信女郎是仙人下凡。他只恨再無見面的緣份，便在無人看見時虔誠下拜，默默祝禱。

一天，他又到園中散步，在樹蔭深處，正遇女郎，幸而四周別無他人，常大用撲通跪倒在地。女郎走過來將他扶起，常大用聞到她遍體異香，忘情地握住她細白如玉的手腕，但覺又軟又膩，不禁感到骨酥節鬆。

常大用正想表白，老太太突然走來。女郎要常大用到假山石後面藏身，並向南一指，說道：「夜裡你踏花梯翻過牆來，四面紅窗的屋子，便是我住的地方。」說罷，匆匆離去。常大用聽了，魂魄飛蕩，悵然若失，一時東南西北都辨不清了。

到了夜裡，他搬過花梯，爬上南牆，但見牆那邊已經放好梯子，他喜孜孜地沿梯而下，果然看到一處四面有紅窗的屋子。他聽到屋裡有下棋落子的聲音，便站住不敢靠攏。過了一陣，只得從原路翻牆而回。

等了一會兒，他按捺不住，又翻牆過去，還是聽到頻頻落子的聲音。他悄悄挨近窺探，見女郎與一位穿白衣的美人相對奕棋，老太太也在座，旁邊還有一個婢女侍候著。他只得再返回來。如此來來回回三遍，已到三更。當常大用第四次登上這邊的

花梯時，只聽得那邊老太太出來說：「誰把梯子放在這兒的？」她叫來婢子，兩人一起把梯子扛走了。

常大用再次登上牆頭，那邊已無梯可登，只得鬱鬱不歡地返回居處。

第二天，他又去爬牆，那邊梯子又早放好了。他沿梯而下，幸喜四周寂靜無人，便進入女郎屋內。只見女郎獨自坐著，若有所思，見常大用進來，立即吃驚地起身，斜立在旁，不勝嬌羞。

常大用作揖道：「我自以為福分太薄，恐怕與天仙沒有緣份，想不到會有今晚的相會啊！」他親熱地擁抱女郎，只覺女郎腰肢纖細，呼出的氣息如鮮花芬芳。女郎撐著他的身子說：「急什麼呀！」常大用說：「好事多磨，行動遲，會招鬼妒嫉。」他話還沒說完，真聽到遠處有人聲。女郎著急地說：「玉版妹子來了，郎君姑且到床下躲躲。」常大用聽從她的話，鑽到床下。

沒多久，一女子進來，笑說：「敗軍之將，還敢跟我在棋盤上再戰嗎？我已經沏上好茶，來邀妳作長夜歡耍。」女郎推說自己又睏又乏，一再謝辭。那叫玉版的女子再三邀請，女郎硬是坐著不肯動身。玉版說：「今兒妳如此戀戀不離，難道屋裡藏著男人嗎？」她開著玩笑，硬是把女郎拉出門去。

常大用好事不成，惱恨之極，便搜索女郎的枕席。女郎房中並沒有什麼化妝品，只在床頭有一個水晶如意，上面用紫色手絹打著個花結子，十分芳潔可愛。常大用把如意揣在懷裡，翻過牆頭回到自己住處。當他整理身上衣裳時，還能聞到剛才擁抱女郎時留下的餘香，對女郎的傾慕因此更加急切。然而剛才躲在女郎床下的餘悸還在，他不敢再貿然而去，便把如意珍藏起來，希望女郎尋來向他討還。

第二天晚上，女郎果然來了，笑著說：「我一直以為郎君是個君子，不知也會作賊呀！」常大用說：「我所以作出非君子所為之事，乃是盼望自己的願望能『如意』啊！」說著，他把女郎擁入懷中，與她相偎相抱之間，女郎的鼻息汗氣，無處不是馥香

滿鼻。

常大用說：「我一直認定姑娘是仙人，今天更加堅信不疑了。有幸蒙妳垂愛與顧念，眞是三生福緣，但是就怕像仙女杜蘭香下嫁凡人，最後又回到天上那樣，終成離愁別恨啊。」

女郎笑道：「郎君過慮了。我不過是美麗的幽魂，偶然爲情所動而已。我們的事要作得十分小心，我只怕有人搬弄是非，捏造黑白，到那時你不能插翅騰飛，我也不能乘風而去，那就離愁更慘於好別了呵！」

常大用覺得女郎說得很對，但心裡總覺得女郎是仙子，一再問她的姓氏。女郎說：「既然認爲我是仙人，仙人又何必以姓名傳世呢！」常大用又問：「那老太太是誰？」女郎說：「她是桑姥姥。我小時候受她的庇護，所以不把她當作一般婢子對待。」兩人分別之時，女郎說：「此地耳目甚多，不可久留，我得空自會來的。」臨別之時，女郎討還如意，說：「這不是我的東西，是玉版忘在我那兒的。」常大用問：「玉版是誰啊？」女郎說：「是我的叔伯姐妹。」常大用把如意還給她。女郎走後，她用過的被子、枕頭都散發著異香。

從此以後，女郎過三兩夜便來與常大用幽會。常大用早就忘乎所以，不再去想回家的事了。無奈囊中已空，想著把馬賣掉。女郎知道了，對他說：「郎君因我的緣故，已經傾囊典衣，我實在於情不忍。如果把馬賣了，家鄉遠在千里之外，將來你如何回去？我有積蓄，可以助你置辦行裝。」常大用謝絕，說：「感謝妳的深情。我與妳肌膚相親，尚且無以報答，而今又來貪妳的錢財，我還是人嗎？」

女郎一定要他答應收下，說道：「就算暫時向我借的。」她拉著常大用到一棵桑樹下，指著一塊石頭，對他說：「把它轉過去。」常大用照辦。女郎從頭上拔下簪子，在土裡刺了幾十下，又對他說：「把土扒開。」

扒開土後，露出甕口。女郎伸手進甕內，一連取出五十多兩

銀子。常大用拉住她的胳膊，要她別再拿了，女郎不聽，又拿出幾十錠銀子。常大用只肯拿一半，一定要她把另一半放回去。

一天夜裡，女郎對他說：「近幾日聽到一些流言蜚語，這勢頭不能任其發展，我們不可不防。」常大用吃了一驚，說：「這怎麼辦？我一切唯妳是從，即便刀鋸斧砍，我也決不反顧！」

女郎同常大用商量一起逃亡，要他先回家，然後相會於洛陽。常大用整裝出發，回歸故里，以待女郎。誰知他剛到家門口，女郎的車輛幾乎同時到達。常大用偕同女郎入室會見家人，四鄰八方驚聞女郎美貌，也紛紛來賀。他們哪裡知道她是逃亡到這裡來的。

常大用總覺得危險尚未消除，女郎卻坦然自得，對他說：「我遠在千里之外，家裡人不到這裡巡訪，不可能發現我的。就是知道了，我乃名門世家之女，當初卓文君嫁司馬相如，卓家瞧不上司馬相如，但是他們結合了，卓家又能拿司馬相如怎麼樣呢？」

常大用有個弟弟名叫大器，年方十七。女郎見過他後對常大用說：「你弟弟有慧根，他的前程遠勝於你。」大器原已定親，誰知剛定婚期，女方卻不幸夭折了。女郎對常大用說：「我的叔伯妹子玉版，你是見過的，容貌不差，年紀也相當，她與大器結為夫婦，可說是一對佳偶。」常大用請女郎作媒，女郎說：「這有何難。」常大用問：「妳有什麼辦法？」女郎說：「玉版妹同我最要好，用兩匹馬駕一輛輕便轎車，讓桑姥姥去一趟就行了。」常大用恐怕此去會觸犯拐帶私奔的罪，不敢同意女郎的辦法。女郎說：「不妨。」隨即命派車送桑姥姥回府。

走了幾天，桑姥姥才到曹州。車將到縉紳府第所在的里弄口時，桑姥姥下車，要車夫把車停在路邊，自己趁著夜色走進里弄。一會兒，她同玉版走來，登上車子，便從來路進發。她們白天趕路，晚間就住在車裡，五更將天亮時再出發。

女郎在家裡算計著日子，料定車子將到，讓常大器穿上新郎

的盛裝，準備迎接玉版。常大器直迎出五十來里路，接到車子，親自駕車而歸。當天便鼓樂吹奏，點起花燭，小倆口拜堂成親。

就這樣，兄弟倆都娶了美麗的妻子，而且家境也日富一日。

有一天，大批強盜足有幾十人騎馬而來，闖進常大用的家。常大用得知遭劫，率領全家躲到樓上。強盜把樓圍住，常大用在樓上往下問道：「你我有仇沒仇？」強盜說：「沒仇。但是有兩事相求：一是聽說二位夫人美貌絕世，請出來一見；再者，我們一共五十八人，每人給銀子五百兩。」強盜們還把柴堆在樓下，以縱火燒樓相威脅。常大用只答應給銀子，強盜不滿足，便要點火，常大用家裡人大為驚恐。

女郎要與玉版下樓，常大用制止也不聽。她們盛裝而下，漂亮得令人眩目；走到還剩三級臺階處，女郎對強盜說：「我姐妹倆都是仙女，暫時到塵世走一遭，豈會怕強盜！我倒是想給你們一萬兩銀子，只怕你們不敢要呀。」眾強盜一齊叩頭下跪，喏喏連聲說：「不敢，不敢！」

姐妹倆剛轉身回樓，一個強盜說：「她們是騙人的呀！」女郎聞聲，回過身子站定，說道：「你想幹什麼，趕緊動手，還不算晚。」強盜們面面相覷，不敢作聲。姐妹倆從從容容地走上樓去。強盜直望著她們走進房內，才一哄而散。

兩年後姐妹倆各生一個兒子，到這時女郎才自動說出真相：「我本姓魏，母親的封號為曹國夫人。」常大用懷疑曹州並無姓魏的世家，況且果其有名門大家失落女兒，怎麼可能置之不問呢？但是他不敢深問，只是在心裡暗暗感到奇怪。

後來常大用找了個藉口，親自再到曹州查訪魏姓世家，都說當地名門大戶中並無姓魏的。他依然到過去住過的紳士家中借宿。忽然發現牆壁上題有《贈曹國夫人》詩，他十分驚駭，去問主人。主人笑了，馬上請他同去觀賞「曹國夫人」，原來是一株牡丹，快長到屋簷那麼高了。

常大用問此花名稱，主人說這樣高大的牡丹在曹州數第一，

所以朋友們戲封爲「曹國夫人」。常大用又問這株牡丹屬什麼品種，主人說：「稱爲『葛巾紫』。」常大用更加驚駭，懷疑女郎是花妖。

他回到家裡，不敢直說，卻把《贈曹國夫人》詩念出來，以觀女郎動靜。女郎聽了，驟然變色，十分不高興，馬上叫玉版抱著兒子出來。女郎對常大用說：「三年前，我爲郎君的思念之情所感動而以身相許，作爲報答。今天你對我產生猜疑，怎麼還能再相聚呢！」她與玉版各自舉起自己的兒子往遠處扔去，孩子落地就不見了。常大用吃驚，再看女郎及玉版，兩人都消失了，他悔恨不止。

幾天後，孩兒落地之處長出兩株牡丹，一夜長一尺，當年就開花，一紫一白，花朵大如盤子，比之平常的「葛巾」、「玉版」這兩種牡丹，花瓣更是繁多而細密。

幾年以後，這兩株牡丹不僅枝葉茂密成蔭，而且分出枝杈，成爲花叢。把它們移植分株，種到別處，就變成別的品種，但是誰也叫不出它的名目。從此以後，牡丹開得最盛的，除洛陽外，別無它處。＊出自《聊齋志異》卷十〈葛巾〉

香玉

　　嶗山的下清宮裡有許多花木，其中一棵耐冬樹有二丈高，粗幾十圍。牡丹高一丈多，開花的時候一片璀璨絢麗，花團錦簇。

　　膠州有一位姓黃的書生，住在下清宮裡讀書。有一天，從窗戶裡看見一個女子，穿著白色的衣衫，在花叢中時隱時現。黃生心裡疑惑：這道觀中哪來的年輕女子？他急忙走出去想看個清楚，但那姑娘已不見蹤影。從此以後，黃生經常看見她的身影。

　　有一次，他索性藏在樹叢中等她出現。過了不久，那女子帶來了一個穿紅衣裳的姑娘，遠遠望去，這兩位姑娘簡直豔麗絕頂。她們漸漸走近，穿紅衣裳的姑娘感覺到了什麼，往後退了幾步，說：「這裡有陌生人！」這時，黃生突然站起來，兩個姑娘嚇得直逃。她們的衣袖、裙子飄拂起來，發出一股濃郁的香氣。黃生追過短牆，她們早已消失了。

　　黃生對那位穿白衣裳的姑娘愛慕心切，他在樹下題了一首詩，以寄託思念之情：「無限相思苦，含情對短窗。恐歸沙吒利，何處覓無雙？」題罷詩句，他回到書齋苦思冥想。

　　這時，那位穿白衣的姑娘忽然走了進來，黃生一見，又驚又喜，急忙起身迎接。姑娘笑著說：「你剛才氣勢洶洶像一個強盜，讓人害怕，卻不知你原來是個文人雅士。這樣的話，我們相見也無妨。」

　　黃生問她姓名，家住哪裡，為什麼來到這裡。姑娘說：「我的名字叫香玉，從小被賣進妓院，後來又被這裡的道士關在山上的觀內，這實非我所願。」黃生一聽很生氣，問道：「那道士叫什麼名字？我一定替妳洗清恥辱。」姑娘說：「那倒不必，他也不敢怎麼逼我。我在這兒能與你這樣的風流才子幽會，那也挺好的。」黃生問她：「那位穿紅衣裳的姑娘是誰？」她回答說：

「她叫絳雪，是我的義姐。」於是，黃生與她同床共枕，恩愛無比。一覺睡醒，天已快亮了。姑娘急忙起床，說：「只顧貪圖恩愛歡樂而忘記天快亮了。」於是，她一邊穿衣蹬鞋，一邊說：「我現在和詩一首，作爲你爲我題詩的報答：『良夜更易盡，朝曦已上窗。願如梁上燕，棲處自成雙。』」黃生握住她的手腕說：「妳不僅長得美麗，還聰明伶俐，眞讓人疼愛。妳如果一天不來，妳我就如同相隔千里之遙。請妳抽空就來，不要等到夜晚。」香玉點點頭。從此以後，香玉每晚都來陪伴黃生。黃生還讓她邀請絳雪一起來，絳雪卻不肯來，黃生表示遺憾。香玉對他說：「絳雪姐姐性情孤僻，不像我這樣癡情。讓我慢慢地勸她，請不要過急。」

一天晚上，香玉滿臉淒慘，含著眼淚，急匆匆地進門說：「你得隴望蜀，如今隴都守不住了，還想望什麼蜀呢？現在我們就要永別了。」黃生問她：「妳要到哪兒去？」香玉用袖子擦擦眼淚說：「這也是定數，我也沒法對你說。過去你作的那首詩，如今成了預言。『佳人已屬沙吒利，義士今無古押衙』這兩句詩，正好像是爲我而作的。」黃生追問她到底出了什麼事，她就是不肯說，只是一個勁兒地哭泣。她一個晚上都沒睡，天沒亮就走了。黃生覺得非常奇怪。

第二天，有個從即墨縣來的姓藍的人，到下清宮遊覽，他看有一株白牡丹長得特別好看，非常喜歡，便叫人連枝帶根掘了去。到這時黃生方才覺悟到，香玉原來是花妖，但爲時已晚，空留悔恨，惋惜不已。

過了幾天，聽說那姓藍的人把白牡丹移植到他家裡，當天就枯萎死了。黃生恨極了，他作了五十首哭花詩，每天都到原來種植白牡丹花的那個土坑旁痛哭流涕。

一天，他才剛憑弔回來，遠遠地看見那個穿紅衣的女子也到土坑旁去揮淚痛悼。黃生從容地走到她的身邊，姑娘也不迴避。黃生拉著她，兩人相對而哭。哭罷，他拉著她，請她到他的屋

裡，她也順從了。到了屋裡，絳雪嘆了口氣說：「從小一起長大的姊妹，忽然一朝永別，怎麼不讓人慟絕！聽到你也為她如此哀傷，更增添我的悲痛。淚水落到九泉之下，也許為我們的至誠至義所感動，而使她能夠再生。然而，死者的神氣已散，短時間內，她怎麼能夠同我們兩人一起談笑呢？」

黃生說：「我真薄命，害了情人，自然更沒有福氣可以消受二位美人。過去，我曾多次請香玉向妳轉達我的心意，但妳為什麼總不肯來呢？」

絳雪說：「我原來以為年輕的書生，十個裡有九個是無情無義的淺薄之人，沒想到你卻是個至情的男兒。但是，我與你之間，只能作朋友，不能當情人。假如白天黑夜跟你在一起親熱、廝混，那我是作不到的。」說完，她轉身就要走。

黃生說：「香玉永遠離開我了，使我寢食俱廢。請妳再稍微留一會兒，以慰藉我的相思之苦，妳為什麼要如此絕情呢！」絳雪聽了這些話，留了下來，過了一夜便走了。後來，好幾天都沒有來過。

一天夜裡，淅淅瀝瀝的冷雨打在書齋的窗戶上，黃生因苦苦思念香玉而睡不著覺，在床上輾轉反側，淚水濡濕了枕席。半夜裡他披衣坐起，挑亮油燈，又循著以前所作的那首詩的詩韻，重作了一首：「山院黃昏雨，垂簾坐小窗。相思人不見，中夜淚雙雙。」詩作成後，他自己反覆吟誦。忽然，窗外有人說話：「這首詩不可沒人唱和。」黃生一聽，是絳雪的聲音。他急忙把門打開，請她進來。她看了看詩，立即在後面和了一首：「連袂人何處？孤燈照晚窗。空山人一個，對影自成雙。」

黃生讀完後，眼淚又流了下來，他埋怨絳雪為什麼好幾天不來相見。絳雪說：「我不能像香玉那樣和您熱戀，但可以在你寂寞時多少給你一點安慰。」黃生想跟她親熱一番，絳雪說：「相見的歡樂，何必在於此呢。」

此後，每當黃生感到寂寞無聊時，絳雪就會來陪他。來了以

後，他們一面喝酒，一面作詩酬唱。絳雪有時在書齋留宿，有時不睡覺就走了，黃生也聽之任之，隨她便了。黃生對絳雪說：「香玉是我的愛妻，絳雪是我的良友。」

每次見面，黃生總要問絳雪：「妳是院子裡的第幾株？請早點告訴我，我把妳抱到家裡種起來，免得像香玉似的被惡人奪去，遺恨終身。」絳雪說：「故土難離，告訴你也沒有什麼益處。妻子都不能白頭偕老，更何況朋友啊！」黃生不聽，拉著她的手來到院子裡，每走到一棵牡丹旁邊，就問：「這是妳嗎？」絳雪不說話，只是摀著嘴笑。

不久，臘月到了，黃生回家過年去了。到來年的二月，有天晚上，忽然夢見絳雪來了，她神色淒涼地說：「我有大難！你趕快回來，我們還能見面；要是晚了，就見不著了。」

黃生驚醒過來，覺得很奇怪，立即叫僕人備馬，星夜兼程，趕到嶗山。到下清宮一看，道士正準備蓋房子，有一棵耐冬樹礙事，工匠正要下斧子砍掉。黃生急忙制止，保住了這棵大樹。到了夜晚，絳雪來感謝。黃生笑著說：「過去妳一直不對我說實話，才遭此厄運！現在我已知道妳了。如果妳不來，我就要用艾灶去烤妳。」絳雪說：「我早知道你會這麼作，所以過去才不敢告訴你。」

坐了一會兒，黃生說：「今天面對良友，我愈加思念愛妻。很久沒有去悼念香玉了，妳肯跟我一起去哭一場嗎？」於是兩人一起前往，在香玉的洞穴旁哭奠一番。一更天過去了，絳雪收住眼淚，勸黃生回去。

又過了幾個晚上，黃生正獨自冷冷清清地坐著發呆，絳雪笑著進門說：「報告你一個喜訊：花神被你的癡情所感動，決定讓香玉再次降生到下清宮來。」黃生問：「什麼時候？」絳雪說：「不知道，大約不會太久吧。」

天快亮時，絳雪下床，黃生囑咐她說：「這次我是專門為妳而來，妳可不能使我長久地感到孤寂啊！」

絳雪笑著答應了，但連著兩夜沒有來。黃生跑到院子裡抱住耐冬樹，搖動撫摩，不斷叫著絳雪的名字，但無人答應。黃生返身進屋，在燈下捲艾草，準備點著以後去熏烤耐冬。這時候，絳雪急匆匆進來，奪下艾草把它扔了，說：「你惡作劇，叫我疼痛，我要跟你斷絕往來！」黃生笑著，一把將她抱住。兩人還沒有坐定，香玉儀態萬方地走了進來。黃生一看見她，淚下如注，急忙起身拉住她。香玉用另一隻手握住絳雪，三人相對而哭。

坐定以後，黃生覺得拉著香玉的手很空虛，好像什麼也沒握到，他吃驚地問香玉是怎麼回事。香玉流著淚說：「過去，我是花之神，所以形體是凝實的；現在，我是花之鬼，形體已經散了。今天雖然相聚，但你不要以為是真的，只當是作了一場夢。」

絳雪說：「妹妹來得太好了！我被你的男人快糾纏死了。」說完，她就走了。

香玉的一顰一笑、走路的樣子都像從前，但兩人依偎在一起時，她又彷彿像影子般虛幻。黃生悶悶不樂，香玉也感到痛苦。黃生不知該如何是好，香玉告訴他說：「你用白蘞的碎末，摻一點硫磺，泡成水，每天澆我一杯這種水，明年的今天我會報答你的恩情。」說完，她走了。

第二天，黃生到牡丹的故穴去看，只見裡面已經長出新芽兒了。黃生每天都去澆水、培土，又製作雕欄圍起來保護它。

晚上，香玉來，對他感激備至。黃生想把它移植到家裡去，香玉不同意，說：「我體質太弱，經不起再折騰了。況且各種生物的生長都有一定的地方，我這次再生，本來就不打算生長在你家，違背了意願反而要折壽的。只要你憐愛我，我們自會有重新團圓的日子。」黃生埋怨絳雪不來。香玉說：「你如果想硬要她來，我自會有辦法的。」

香玉與黃生打著燈籠來到樹下，香玉折了一根草棍兒當尺子，用它來量樹，自下而上，量到四尺六寸的地方，香玉讓黃生

用手按住，用兩隻手在這兒搔。他剛搔了幾下，絳雪就從樹背後走出來，笑著罵香玉：「妳這丫頭，來了就助紂為虐啊！」

香玉挽著她，三人一起進屋。香玉說：「姐姐請不要見怪！暫時麻煩妳陪伴郎君，等一年以後就不再來打擾妳了。」從此，絳雪經常來看望黃生。

黃生天天去看那花芽，見它一天比一天茁壯茂盛，春天過完，它已經長成二尺多高了。黃生回家的時候，送給道士一些銀子，囑咐他早晚代為照料好這棵牡丹。

第二年的四月，黃生又到下清宮，這時，牡丹已經長出一個花蕾，含苞待放。黃生正在花前欣賞的時候，那花蕾搖搖顫顫地綻開了。一會兒便大開，花大如盤，有個小美人兒坐在花蕊中間，量量有三四指高。轉眼之間，她就飄落下來，正是香玉。她笑著對黃生說：「我忍著風雨等你來，你為什麼來得這麼遲啊！」說笑著，兩人進了房間。

這時，絳雪也來了，她笑著說：「我天天代人作妻，今天有幸退出來作朋友了。」三人邊談笑邊喝酒，直到半夜絳雪才離去。黃生和香玉同床共眠，恩愛如初。

後來黃生的結髮妻子死了，於是他就一直住在山上，再也不回家了。

這時，牡丹長得像胳臂那樣粗壯了。黃生經常指著牡丹說：「我將來死後，把靈魂留在此地，也變成一棵牡丹，生長在妳的左邊，永遠陪伴妳。」香玉和絳雪笑著說：「你可別忘記了啊！」

又過了十幾年，黃生突然病了。他的兒子來看他，很是悲哀。他卻笑著對兒子說：「這是我再生的日子，不是死期到了，你何必為我悲哀呢！」他又對道士說：「以後在白牡丹下面會有一棵紅色的芽兒生出來，它一放就是五個葉子，那就是我。」說完，他就不再開口講話了。他的兒子用車子把他運回家裡，一到家，他就死了。

第二年，果然有一棵粗壯的芽兒長出來，一放就是五片葉

子。道士覺得很奇異，於是愈加精心澆灌、培植。

三年以後，它長成好幾尺高，枝幹粗壯，葉子特別茂盛，但不開花。老道士死後，他的弟子不知道愛惜，把它砍去了。白牡丹接著也很快憔悴而死。不久，那棵高大的耐冬樹也死了。＊出自
《聊齋志異》卷十一〈香玉〉

花娘子

　　徐州有個士人病臥在床。忽然，他聽見耳邊有人說話，聲音細如蚊蠅。只聽那人說：「花娘子派我來迎請郎君，請馬上隨我去吧。」士人歪著頭看了看，只見枕邊站著一個小美人，身高三寸左右，衣著色彩豔麗，眉清目秀，甚為嬌媚。士人驚異不已，以為遇到妖怪，便衝她唾了一口。小美人說：「不聽我的話，我去叫青兒來，不怕郎君不去。」士人急忙叫妻子來看。但見小美人轉身就走，從容不迫地走到床後不見了。那小美人尖尖的小腳走過之處，留下一行麥粒大小的腳印。

　　士人全家惶恐不安，家人前來守候在此，以防不測。這時，忽聽見家中廚娘開口呼喚：「我是青兒。花娘子請郎君去，並無惡意，為什麼拒人於千里？」士人妻子說：「郎君與花娘子從未有過什麼糾葛，為什麼糾纏不休呢？」廚娘說：「花娘子那裡收成了許多雪藕，特邀請郎君前去共嘗。」士人妻子接著說：「郎君身體有病不願出門，藕也可以送來嘗嘗。請妳代我們向花娘子表示謝意。」廚娘這時打了個哈欠，醒了過來。

　　第二天早晨，士人見枕邊放著一段嫩藕，潔白如水晶一般。士人奇怪地詢問家中人，卻沒人知道這藕是何人放的。他的妻子要把藕扔了，士人沒答應。他拿過藕來吃了一口，味道鮮美異常，又甜又脆。他吃了藕，頓時覺得精神大振，病全好了。士人盼著小美人再次出現，但過了很久也不見小美人的影子。後來，士人全家也沒再遇到類似的事情。＊出自《醉茶志怪》卷二〈花娘子〉

【卷八】雷‧雨‧霓‧虹

雷州有個人，遇上了雷雨天，
當空中雷電交加時，他抬頭一看，
見天空有一個渾身鱗甲，
長著一個豬頭的怪物。
此人揮刀向這怪物砍去，
怪物中刀掉下地來，血流如注，灑在路上，
但天上的雷電更加猛烈。
這天晚上，
那個被砍傷掉在地上的怪物忽然凌空飛走，
不久這個人家的房屋就被天火燒毀。

雷辯

　　唐朝有個叫徐景先的人，他有個弟弟叫阿四。由於母親溺愛，阿四平時頑劣異常，常常作一些壞事。每當徐景先教訓他的時候，母親總要出來袒護，千方百計為他辯解。

　　一天，徐景先又訓斥這位不肖的弟弟，而母親又照舊為阿四辯護。徐景先十分生氣，在與母親的問答中，不覺聲音大了些。忽然天光一黑，空中響起雷聲，徐景先剎那間覺得自己被人拉入了雲霧之中，只見雲中坐著一個官員，面色嚴厲，兩邊站著幾十名隨員。官員責問他為什麼敢對自己的母親不恭？徐景先回答說：「因為弟弟阿四不聽教誨，不贍養侍奉父母，所以我責罵他，而母親卻不允許我管他，我並沒有責罵老人。」那個官員聽不清徐景先的口音，就呼叫手下一名隨員來處理這個案子。語聲剛落，就見一人從空中跳下來，向徐景先詢問事情經過，徐景先又將原話說了一遍。這個人於是說：「我放你回去，到家後你寫一張自辯辭，寫完把它釘在東面牆壁上，我會派人去取。」說完伸手一推，徐景先猝不及防，被推下雲端，正好跌在自家門前的一個水塘裡。

　　他從水中爬上岸來，覺得身上並無一處受傷。進屋換了衣服，取出紙硯，寫出自己的辯護辭，然後將它釘在東邊牆上。剛剛釘好，忽然屋裡颳起一陣怪風，風住時，牆上的紙果然就不見了。＊出自《太平廣記》卷三九三〈徐景先〉

雷車

　　唐高宗上元年間，滁州全椒縣有個管庫的官吏張須瀰，奉命押送一群牲口到州裡去。一路上山道艱險，十分辛苦。所幸當時淮南地方交通沿線設有許多專供旅客休息使用的房屋和水井，人們稱之爲義堂和義井，給行人不少方便。

　　這天張須瀰一行人畜走在路上，見天色將晚，烏雲蔽空，正加緊趕路，忽然暴雨傾盆而下。幸而不遠處有座義堂，很快就趕到了。張須瀰先進屋去，吩咐趕腳的王老頭把牲口安頓好再休息。一會兒，一聲巨響，彷彿由天上掉下什麼東西。張須瀰循聲向外張望，發現不知何時來了一輛車，周圍有八九個村姑緊緊相隨，其中一個看見王老頭，現出悲喜交集的神情，與他打招呼並攀談起來。

　　張須瀰定睛一看，認出這個村姑就是王老頭的女兒阿推，可是她半年前就已死了，怎麼又會出現在這裡？耳聽得阿推向王老頭詢問母親、妹妹可好？家中情況如何？大事小事，樣樣關心，直到同伴催促多次，才依依不捨地同她父親告別而去。只見她們和那輛車漸漸升上空中，四周雲遮霧湧，一路發出隆隆的雷聲。大家忽然醒悟到，原來這就是傳說中的雷車了。＊出自《太平廣記》卷三九三〈張須瀰〉

霹靂車

　　唐朝時期，介休縣有個人叫李鄘，有一次奉命到外地去送公文，天黑時趕到太原郊外，到晉祠暫宿一夜。睡到半夜，聽見有人敲晉祠大門，大聲說道：「介休王派我來借霹靂車，某日好去介休收麥。」說完過了很久，才聽有人回答說：「大王讓我告訴你，最近霹靂車很忙，借不出去。」借車的人再三懇求，後來就見廟後走出五六個人，每人手裡都持著蠟燭，那個來借車的使者也騎馬進了晉祠。又見幾個人抬著一件東西出來，那東西彷彿是根旗杆，杆上裹著不少旗幡之類的東西。他們將它交給那個騎馬人，說：「請你過目，看缺什麼沒有？」騎馬人接了過去，清點上面旗幡的數目，共有十八面，每面旗幡都閃爍著光亮，就像閃電一般。數完，帶上它馳馬回去了。

　　第二天，李鄘抓緊時間辦完公事後急忙趕回介休。他跑遍附近的村莊，叫大家趕快將地裡的麥子收完，否則要趕上大風雨。可是沒有一個人聽他的話，農人依舊按照自己的習慣收割。

　　到了介休王收麥的那一天，李鄘帶著親戚登上一個高崗，要他們看天氣變化。這時天空晴朗，親友們雖然事先聽他說明原委，卻不免半信半疑，心中直犯嘀咕。等到中午，只見介山上升起一縷烏雲，剛開始就像窰中冒出的黑煙，忽然，這縷烏雲飛快地展布開來，把剛才還是一片蔚藍的天空遮得滿滿的。接著大雨如注，並夾雜風吼雷鳴。這場暴風雨使介休附近還未收割完畢的千餘頃小麥損失殆盡。

　　這些村莊的鄉民傷痛之餘，想起前些日子李鄘曾預言過這次的風雨，不僅不後悔沒聽他的勸告，反而把一腔憤怒發洩在他身上，群起攻擊李鄘是妖人，聯名到縣裡去控告他。＊出自《太平廣記》卷三九三〈李鄘〉

毒誓

唐德宗貞元年間，華亭縣鄉下有個小吏，妻子與人通姦，鄉鄰們大多知道，就他還被蒙在鼓裡。

一次，他妻子偷了鄰居的一塊手巾，被主人發現，到他家向她索要。這個小吏反說來人侮辱他老婆，同妻子一道把鄰居痛罵一頓。鄰居氣極，回罵這個小吏說：「你老婆背地裡偷人，現在又偷別人的東西，你不但不罵她，還和這賤人一道欺負我，真是甘當烏龜王八蛋，老天爺有眼，你家絕無好報！」這個小吏聞言大怒，指天發誓說：「我老婆一身清白，從不占人便宜，更甭說幹那偷漢子的勾當。如果真像你說的那樣，讓雷把我們全家劈了去！」鄰居聽他說得這麼絕，冷笑一聲，憤然而去。

就在這天晚上，當地忽然狂風暴雨，電閃雷鳴，大雨直下到天亮也沒停歇。清晨，鄰居們發現小吏家房屋已經倒塌，廢墟中還有餘火燃燒。眾人忙去廢墟中搜尋，發現小吏一家男女老幼都已死亡，最使人觸目驚心的是小吏夫婦像兩根蠟燭般立在地上，全身還在熊熊燃燒，家中其他人也都像是被雷電殛死的。鄰人們忙跪下向上天祈禱，求菩薩饒恕他們的罪過，這兩人身上的火才熄滅。大家走近一看，只見小吏脅上有九個字：「癡人保妻貞，將家口質。」他老婆脅上也現出四個字：「行奸仍盜。」眾人忙向縣衙稟報，派人前來驗明後，才將他一家的屍體埋葬了。這件事驚動周圍村莊，傳得很遠。＊出自《太平廣記》卷三九三〈華亭堰典〉

颶風拔屋

　　唐朝虢州地方有兩兄弟分家，房屋財產各得一半。

　　唐高宗顯慶元年的一個夏夜，忽然空中雷鳴電閃，狂風怒號，駭人心魄。哥哥一家心裡十分恐懼，想到弟弟家躲避，卻又猶豫不定。忽然全家人都被颶風捲上天空，又猛地落將下來，正掉進離家門十幾步遠的一個大坑裡，十一口人統統被砸死在裡面，家中所有的大小器物也都被埋在坑中，而房屋四面的牆壁卻完好無損地立在原處，室內卻變成了一個深坑。院中一株幾抱粗的大槐樹，本長得枝繁葉茂，也被颶風連根拔起，不知被捲落何處。後來始終沒有人發現它的蹤跡。

　　人們回憶說，一年以前，這家女主人曾看見樹上有羊，當時大家只覺得奇怪，沒想到那原來是這場災禍的先兆。弟弟一家雖然也住在同一院內，但颶風只把他家的房頂揭飛，就像被人拆除一般，沒有遭災的那種慘象。屋裡的東西，沒有一件破損的。哥哥家有個兒子在京城作象，虢州刺史于立政將他家受災的情況奏明皇上，皇帝降恩讓他回家料理後事，並賞賜給他幾十件物品。當時桓思緒在朝庭作司空，參與處理了這件事。＊出自《太平廣記》卷三九三〈虢州人〉

歐陽忽雷

　　唐朝有個名叫歐陽紹的人，家在湖南桂陽，十分勇武有力，性格剛強，打仗很勇敢。曾在郡裡當過武將，遠近聞名，後來調任雷州長史，掌管郡裡的兵馬。

　　他的住處在雷州城西，面臨一個大池塘。池塘過去曾向外冒出一種霧氣，住在附近的人多半都已死亡。歐陽紹搬去的時候，已聽人說過池塘附近是不祥之地，無人願去那裡居住，他卻毫不在意，搬去照住不疑。然後，他命人測量池塘的大小，又在附近叫人挖個同樣大小深淺的坑，挖成後，再開溝把水塘中的水引到大坑中去。正在引水之時，忽然池塘上空烏雲集聚，頓時天昏地暗，雷鳴電閃，火光映紅大地。

　　歐陽紹帶領他的二十多個從人，張弓搭箭，向空中雷電發處齊射，要同雷神血戰。儘管他們許多人的衣服被燒焦了，身上也被燒爛，仍舊頑強戰鬥不息。雙方從辰時鬥到酉時，足足鬥了七八個時辰，空中雷電停歇。再看池塘之中，恰恰水已引完，只見池塘底臥著條蛇一樣的怪物，約四五尺長短，沒有頭，也沒眼。捉上岸後無論斧砍刀刺都不能傷它分毫。

　　歐陽紹命人拿大鍋燒上油，把它扔到鍋中去煎，怪物沒死，依然不停地蠕動。後來用熔化了的鐵水澆它，怪物才燒焦死去。歐陽紹又把它的屍體搗成粉末，全部吞進肚子裡。此事傳開之後，當地人對他十分敬服，都叫他「歐陽忽雷」，以表示敬佩。

　　「忽雷」是鱷魚的別名，在當時人們眼裡是最勇猛的動物。

＊出自《太平廣記》卷三九三〈歐陽忽雷〉

陳鸞鳳

　　唐憲宗元和年間，廣東海康縣有個叫陳鸞鳳的人，性格豪放，不信鬼神，鄉親們都把他比作漢朝除三害的周處，叫他「後來周處」。這個外號既包含著敬佩，又有幾分調侃。

　　海康縣有座雷公廟，縣裡民眾對雷公十分敬畏，經常隆重地祭祀它，但是這並不能免除災難，天災怪異之事仍經常出現。當地習俗，每年開春第一聲春雷震響那天是什麼甲子，大家都要牢牢記住，以後凡遇上相同甲子的日子，無論作什麼手藝的都必須停工，以表示對雷神的敬重。如果誰不遵守禁忌，當天就會被雷震死，十分靈驗。

　　這年，海康縣遭逢大旱，百姓天天向雷公祈禱，卻毫無用處。陳鸞鳳大怒，氣憤地對人說：「我們海康也是雷公的故鄉，這裡有它的神廟金身，它卻不保佑我們，白白領受大家的祭奠。現在我們的莊稼枯死了，水塘乾涸了，牲口都宰光了，要這座廟有何用？」說完，點火把雷公廟燒了。當時海康有個風俗，不能把黃魚和豬肉混在一起吃，誰違反了這個禁忌，也會被雷震死。

　　這天陳鸞鳳把雷公廟燒了以後，攜帶一把利刃走到村外田地中，故意把黃魚和豬肉混在一起大吃，心想看你能把我怎麼樣？正吃之間，果然見空中出現怪雲，同時狂風陡起，大雨隨之傾瀉而下，頭上也響起沉雷的轟鳴。

　　陳鸞鳳早有準備，揮刀向頭上雷響處砍去，果然覺得砍中了一個東西，這東西隨之掉落地上。定睛看去，其形狀類似黑熊，又有點像野豬，身上有毛，頭上長角，脅下長一對青色的肉翅膀，手上拿著一把短柄的鋼石斧，大腿已被陳鸞鳳砍斷，血流如注。這時天上也雲散雨住了。

　　陳鸞鳳知道雷神已被他砍傷，不由大喜，忙飛快地跑回家，

對親友們說：「我把雷神的大腿砍斷了，你們可以去看看。」親友一聽都大驚失色，一齊去田間觀看，果然像他說的一樣。陳鸞鳳見雷神還在掙扎，舉刀想將其殺死再吃它的肉，但被眾人死死拉住。大家說：「雷神是天上的菩薩，而你只是凡人，你如殺了雷公，必然連累我們一鄉人遭災！」陳鸞鳳一時間掙脫不開，與眾人僵持了一會兒，天上濃雲重又聚集起來，一陣雷聲響過，眼見那被他砍傷的雷神及那條斷腿，都被烏雲裹住飛上天去了。同時大雨如注，從午時下到酉時，足足下了三個時辰，田裡枯萎的禾苗全都挺立起來，恢復生機。

儘管這樣，陳鸞鳳還是被趕出家門，不許他再回去。無奈，他只好提刀到二十里外的舅兄家求住。不料那天夜裡，舅兄家忽遭雷擊，房屋被大火燒毀。陳鸞鳳提刀立在院子裡，儘管空中雷聲響個不斷，卻不能傷他絲毫。不久，有人把他砍傷雷神的事悄悄告訴他舅兄，於是他又被舅兄婉言請走。陳鸞鳳只好到廟中求宿，不料他住的那間僧房又再次被雷震塌燒毀。陳鸞鳳心知已與雷公結下冤仇，無論住在哪裡都要連累別人，便打著火把尋到一個幽深的山洞，在鐘乳石密布的岩洞中找到一個縫隙安身，總算躲過雷神的侵擾，三天以後才返回家中。

從此以後，海康縣每逢旱災，當地百姓就湊錢去拜請陳鸞鳳，要他像當年一樣帶刀去田裡，把黃魚和豬肉混在一起吃，以引來滂沱大雨，解除旱情，而雷霆也不能傷害他。這樣過了二十多年，當地人很敬佩他，尊稱他為「雨師」。

到了唐文宗太和年間，刺史林緒聽說了這件事，感到很驚異，就把陳鸞鳳召到州衙，詳細詢問事情始末。陳鸞鳳回答說：「年輕時候膽大氣盛，不把鬼神雷電之類放在眼裡，只要對鄉親們有益，就算付出生命為代價，也在所不辭。再說上天也不會任憑雷電恣意逞兇的。」說完，把那柄曾砍傷雷公的刀獻給林緒，林緒重重地酬謝了他。＊出自《太平廣記》卷三九四〈陳鸞鳳〉

雷公

　　唐朝時從羅州往南直到雷州，其間二百來里的地面屬於海康郡。雷州南面瀕臨大海，由於這地方常打雷，所以人們稱之爲雷州。這裡打雷時，雷聲就像懸在房簷間炸響的一樣。

　　雷州北高地方也常打雷，雷聲比其他地方更驚人。因而當地百姓對雷神十分敬畏，經常用酒荣祭祀。如果誰把豬肉和魚一塊兒混著吃，馬上就會遭來霹靂。南中地方有種名叫「掉」的樹木，人們愛用它熬汁來漬梅李這類水果，這種汁就叫「掉汁」，如果將它同豬肉一道食用，也會遭到雷劈，從無例外。

　　當時雷州有個牙門將陳義，他的傳記中說，陳義本人就是雷神的後代。他出生前，風雨交加，陳家院內白晝如夜，後來在院中發現一個大卵，人們用東西把它覆蓋起來，幾個月後，大卵破碎，從裡面爬出一個嬰兒來。從此每天都有炸雷從天空滾落陳家，直響到這嬰兒躺著的地方才停息。如果嬰兒啼哭，雷聲一起，哭聲就會停止，好像這雷霆是來給他哺乳似的。後來小孩能吃飯後，雷霆也就不再光顧陳家了。於是陳家收養這個孩子，取名陳義，長大後成爲武將。

　　還有一個傳說：雷州有個獵人，養著一隻奇特的獵犬，這隻犬長著十二隻耳朵。每次出去打獵前，獵人都要鞭打這隻獵犬，這時獵犬的耳朵就會動彈，有幾隻耳朵動，那天就能捕獲幾隻獵物，十分靈驗。有一次，獵犬的十二隻耳朵全都動彈起來，可打獵的時候，獵犬卻不去追逐野獸，而跑到海邊狂吠。獵人走近一看，原來沙灘上有十二個大卵，於是便將這些卵拾回家。有一天，忽然起了風雨，這風雨好像就是從擱放大卵的屋子產生的。獵人心中很驚異，等風停雨歇後去那間屋子一看，大卵全都破碎，只剩下卵殼了。當地人聽說此事，紛紛向獵人討取一些卵殼

回去，每年都按時向這些卵殼祭奠，後來這些人家都成了當地有錢有勢的豪門大戶。

當地有時晚上會出現黑雲迷霧籠罩天地的景象，人們稱之為「雷耕」，據說是雷神在耕種。第二天早上如果到田地中向雷神祝禱，田地上就會現出犁墾的痕跡，並說這是吉祥之兆。有時人們會看見田野裡發生雷火，雨停之後前去看望，就會發現一種特別的黑石頭，形狀有圓有方，人們稱為「雷公墨」。據說打官司時，如果用雷公墨與一般墨混在一起研磨寫狀詞，就一定會打贏官司。如果誰患病，就要打掃乾淨一間屋子，裡面備上酒飯，然後持著旗幡到數十里外去迎接雷神。迎回家後，還要殺豬宰牛，將這些祭品擺放在大門口，祭奠雷神。鄰人們不能隨便進去，要是誰忘了這個禁忌，從大門進去，那就唐突了雷神，是大不敬的罪，必須獻出牛和豬來向雷神謝罪。一次不行，三天後還要照樣再謝罪一次。

另有一個傳說：雷州有個人，遇上了雷雨天，當空中雷電交加時，他抬頭一看，見天空有一個渾身鱗甲、長著一個豬頭的怪物。此人揮刀向這怪物砍去，怪物中刀掉下地來，血流如注，灑在路上，但天上的雷電更加猛烈。這天晚上，那個被砍傷掉在地上的怪物忽然凌空飛走，不久這個人家的房屋就被天火燒毀。再蓋新房，同樣還被天火所燒，接連幾次都一樣。他父親和哥哥怪他招災，把他趕出家門，他只好到山上蓋個簡陋的小草棚棲身。結果，小草棚也逃不過天火的懲罰。無奈，他只好住在崖洞中，才免除天火的傷害。所以雷州老百姓畫雷神的像供奉時，雷神的模樣都是一個長著豬頭、渾身鱗甲的怪物。＊出自《太平廣記》卷三九四〈陳義〉

棒擊雷鬼

　　唐穆宗長慶年間，山東蘭陵有個姓蕭的青年，在當地以勇氣和膽量而聞名。

　　一年，他南下去湘楚一帶遊歷，來到長沙郡，借住在仰山寺。當天晚上，他已滅燭休息，忽然間霹靂連聲，房簷被震得簌簌作響，很久都不停。一會兒，聽見西牆根下有窸窣的響聲。蕭某膽大，一點都不怕，恰好他的床頭放著一根大木棒，就順便抄在手中，悄悄向西牆走去，估摸已到跟前，便舉起木棒用力向發聲之處打下去，只聽噗地一聲，打中了一個東西，同時地上傳出一聲尖厲的嚎叫。他又不停歇地接連向下猛擊了幾十次，叫聲便聽不見了，同時門外的風雨也隨之停息。

　　蕭某心中暗喜，以為妖怪已被自己打死。等到天亮，便看見西牆下躺著一個形像奇特的鬼怪，全身青色，又胖又駝背，手裡拿著一柄鐵斧頭和一些木楔子，全身纏繞著麻繩。一會兒，這個怪物又張口喘息起來，似乎很疲憊的模樣。蕭某出去把這怪事詳細告訴廟裡的和尚，叫他們來看怪物。有個和尚說：「這是雷鬼，是玉帝派來的，你怎麼如此大膽，敢侮辱玉帝的使臣？這下糟了，大禍就要降臨了！」附近百姓得知此事，害怕上天連他們一起懲罰，便殺羊備酒獻在那怪物跟前，祈求不要怪罪他們。不久，怪物躺著的屋子忽然雲霧迷漫，一片昏暗，繼而見雲氣從窗戶透出，往天空升去。進屋一看，那地上的怪物消失無蹤了。與此同時，天空又響起隆隆的雷聲，連續響了許久才停歇。

　　從此以後，蕭某的膽氣更壯，當地的人都很佩服他，大家都說他是一名勇士。＊出自《太平廣記》卷三九四〈蕭氏子〉

葉遷韶奇遇

　　唐朝信州地區有個人叫葉遷韶，小時上山放牛砍柴，有一次碰上大雨，便躲在一棵大樹下。忽然一聲巨響，大樹遭到雷擊，樹幹被從中劈開，搖晃一陣，卻又復原如舊。葉廷韶驚魂稍定，發現劈樹的雷公被夾在樹幹縫中，進退兩難，十分狼狽。葉遷韶忙找來一塊石頭，楔進樹幹中，雷公才得以脫身。雷公滿面愧色地對他說：「明天請你到這裡來一下。」說完就飛走了。

　　第二天，葉遷韶懷著好奇心來到那棵樹下，雷公也如約到來，將一本畫著符咒的書送給他，並對他說：「按照這書上說的去作，就可以召來雷雨，還可以治病救人，修建陰功。我有弟兄五個，你如果要聽雷聲，只須對空呼叫『雷大、雷二⋯⋯』就有應驗。不過我們稟性剛烈急躁，如果不是遇到危急的事，不要隨便呼喚。」說完依舊飛去。從此以後，葉遷韶到處行符救人求雨，每次都有奇效。

　　有一次葉遷韶在吉州市喝酒，不覺酩酊大醉，被太守派人把他抓到衙門去，準備對他動刑。葉遷韶忙在院中高呼「雷五」，當時吉州地區正逢大旱，晴空無雲，赤日炎炎。隨著他呼叫「雷五」的聲音，晴空中猛地炸響一聲霹靂，震的在場的人紛紛跌倒在地上。太守見他有這樣大的神通，哪裡還敢處罰他，忙走下石階將他攙扶起來，以禮相待，請他求雨。葉遷韶痛快地答應，當即如法施展，大雨下了兩天兩夜，旱情全部解除。葉遷韶於是遠近聞名。

　　又有一次他來到滑州，當時那裡已下了多日大雨，黃河氾濫，當地官民日夜在河堤上防洪，疲於奔命。葉遷韶在河岸上豎了一面二尺大小的木牌，牌上貼了一道符。於是儘管黃河濁浪如山，河水也不會淹上岸來，而是沿著河道奔流而去，滑州終於免

除一場洪災，這件事流傳了許多年。有人患重病求他治療，他隨便拿筆畫一道符給病人，準能病癒。葉遷韶常在江浙一帶遊歷，愛吃葷腥的東西，也不修道念經，後來就不知下落了。＊出自《太平廣記》卷三九四〈葉遷韶〉

雷霹蛟龍

　　唐朝晉陵郡建元寺的老和尚智空，本地人，七十多歲，年高德劭，頗有聲望。

　　一天晚上，僧侶們作完日常功課，已經歇息。忽然從禪堂中颳起一陣大風，並響起連珠般的炸雷，頓時燭光齊滅，舉目一片漆黑。雄偉的大殿在駭人的風雷中也搖晃起來，滿空塵土飛揚。智空大驚，心想：自己棄家入山當和尚，算來已過了幾十年，今夜廟裡出現這麼劇烈的暴雷，莫不是神龍生我的氣？如果我確實有什麼罪過，就讓雷把我震死吧！心裡這麼想著，雷聲卻並不停歇，反而越響越加厲害。智空又打坐向神祝禱說：「我從小皈依我佛，出家為僧五十多年，莫非我過去的行為有違背佛祖戒律的地方嗎？或者有褻瀆神龍之處？果真如此，我怎麼敢逃一死？如果老僧沒有違背教規和褻瀆神龍的地方，望上天慈悲，讓雲消霧散，好使合寺僧眾解除心中疑懼！」智空剛剛祝禱完，一聲驚天動地的霹靂在他身旁響起，禪床坐凳全被擊得粉碎，智空也被震倒在地，無力爬起。雷聲又繼續響了約一頓飯的功夫才漸漸停息。不久雲霧消散，月光照進禪堂。

　　智空清醒過來，聞到一股刺鼻的腐腥味，好像就在禪堂裡。他起身點上蠟燭察看，發現牆根下有一張蛟皮，有好幾丈長，地上也鮮血狼藉。後來他又發現禪堂北邊不遠處那株幾十丈高的古槐樹同時也被雷震死，樹幹順著木紋被雷霹開，中間發現有蛟龍盤踞的痕跡。＊出自《太平廣記》卷三九四〈智空〉

歐陽氏遭雷殛

廣陵縣衙門裡有個複姓歐陽的師爺，住在決定寺前面的街上。他的妻子小時候在戰亂中與父母離散，後來被人收養長大，嫁給歐陽為妻。

這天有個老頭找到歐陽家，自稱是他妻子離散多年的父親，想見見女兒。歐陽的妻子見來人貧窮潦倒的樣子，心裡很反感，說：「我父親恐怕早就不在人世了。」不肯接待。老人又說出她的乳名和許多親戚的名字，無一差錯，但女兒根本就不聽，更甭說認親了。老人見女兒如此無情，十分傷心，哀求說：「我從遠方來找妳，吃盡千辛萬苦，現在又沒有別的依靠，妳就是不認我，也請讓我暫時在妳家住兩天，行嗎？」女兒還是不答應。歐陽在旁邊實在看不過，也勸妻子讓這個老人在家裡住幾天，但他妻子心如頑石，堅持不允。見此情景，老人絕望地含淚離去，臨別，恨恨說道：「妳如此不孝，我要告妳！」周圍的人以為老人要去衙門告狀，也就不大認真看待這事。

第二天中午，暴雨忽然從南方下過來，一陣猛烈的霹靂聲從天空擊落歐陽家，將歐陽的妻子從屋裡震飛到院中，當即死去，就連鄰居的房屋也被雷霆震得搖搖晃晃，幾乎坍塌。大雨如注，平地水深好幾尺。

幾天後，歐陽家人去后土廟，在神座前看見一張寫滿字的紙，仔細一看，原來是歐陽氏的父親向上天控告女兒不孝的狀子，這才明白歐陽氏被雷擊死的原因，不由心驚肉跳。＊出自《太平廣記》卷三九五〈歐陽氏〉

失言受懲

　　唐朝有個御史楊詢美，家住廣陵郡，幾個侄兒年紀都還小，剛到啓蒙的年齡。有一夜起了大風雨，雷鳴電閃，這幾個孩子都從屋裡出來觀看，邊看邊笑罵說：「聽說有雷鬼，不知現在何處？如果見到把它殺掉，可以嗎？」正說笑著，雷聲突然猛烈起來。院中樹木全被大風吹倒。猛聽得一聲巨響，好像出自廟房裡，這幾個孩子害怕極了，都跑進屋去，緊靠牆腳站著，一動也不敢動。又聽見雷聲隆隆，像有人在對他們大聲怒斥，房屋都搖動起來，這群孩子更害怕了，渾身發抖。過了一頓飯功夫，雷電才停息下去，天空也黑雲消散，露出皎潔的月光。楊家院子中原來有棵大古槐樹，已被風雨連根拔倒，還被雷劈成了兩半。忽然，幾個孩子覺得自己兩條大腿痛不可忍，跑去告訴楊詢美。楊詢美叫僕人拿著蠟燭照看，發現他們大腿上都有十來道絳紅色的傷痕，縱橫交錯，像是被打了棍子。看樣子這都是雷鬼對他們無知妄言的懲罰。＊出自《太平廣記》卷三九五〈楊詢美從子〉

天公壇

　　巴蜀一帶，人們愛在高山之顛，或者在其他乾淨的地方修建天公壇，每逢水旱災，就聚集在天公壇前祭天，祈求神靈保佑。這一作法起自唐玄宗開元年間，傳說是玉皇大帝教給人間的儀式。如果天公壇被牲口踐踏過，或者參加祈禱儀式的人飲酒吃肉，人畜都要被天雷震死。

　　新繁有個人姓王名薆，有一次去別墅，當地的村民殺豬煮肉招待他，正在吃喝的時候，該地有個剛從天公壇祭祀回來的人也入席同大家一道吃喝起來。王薆感到奇怪，就問他：「你不怕雷打嗎？」那人邊吃邊回答說：「我同雷是兄弟，幹嘛怕他？」王薆聞言更加感到驚異，就繼續追問他為什麼敢這樣說？那人回答說：「我有《雷公籙》，與雷是一樣的職務。」王薆還不敢相信，向他要《雷公籙》看，那人就掏出幾本書給他看，果然見封面上寫著《雷公籙》三個字。翻開裡面，見有的頁上畫著一個大漢，用拳頭擊地，地就被擊出一個水井，旁邊寫著「拳找井」三字；有的頁上畫著男人身背柴薪，上題「一谷柴」；有的頁上畫著七隻手撮土為山等等，都有題字，不一而足。

　　江陵東村的李道士家中也有這樣一本《雷公籙》。有人說，除三洞神仙的法籙之外，還有一百零二種道法，但被天師的兒子禁止亂用，除非用以救人濟世，否則濫用者必將受到上天的懲罰。＊出自《太平廣記》卷三九五〈天公壇〉

史無畏變牛

　　唐朝有個叫史無畏的人，家住曹州，同張從眞是好朋友。史無畏務農，終年臉朝黃土背朝天，卻仍難維持一家人溫飽。

　　張從眞家較富裕，很同情史無畏，便勸他說：「老弟終日在田裡勞作，每日所得十分可憐，我願借你一千吊錢作生意，等你賺錢之後把本錢還我就是了。」史無畏聽了十分高興，帶了張從眞借給他的錢，和兒子去江淮一帶作生意。生意作得很順利，沒幾年就發了財。

　　他的朋友張從眞在這幾年間卻連遭不幸。先是家裡被火燒，後來財產又被盜匪搶劫，弄得一貧如洗，無法再生活下去。不得已，張從眞去找史無畏，對他說：「我現在過得十分艱難，可也不想要你還一千吊錢，只希望你能給我三二百吊，以濟我燃眉之急，好嗎？」史無畏聽了，眨巴眼睛，冷笑道：「你說的話叫人好不明白，既然說我借過你的錢，想必手中有我的借據，老兄只要將借據拿出來，我一定連本帶利，一文不少地歸還。」張從眞聽他說出這番忘恩負義的話，大出意料，不由得又急又惱，漲紅臉說不出一句話來，只好滿懷怨恨回家，在院裡掛白布焚香，哭著詛咒史無畏忘恩負義，必將遭上天懲罰。邊哭邊咒，詞情悲憤異常，連聽的人都覺得毛骨悚然。

　　到了午後，只見東邊天際突然飛起兩片黑雲，一會兒濃雲密布，大雨如注，電閃雷鳴。只聽一聲震天撼地的霹靂過後，坐在家中的史無畏忽然變成一頭牛，牛腹上現出六個紅色大字：「負心人史無畏。」十天後這頭牛就死了。當時的曹州刺史聽說此事後，曾將它畫圖稟奏朝庭。＊出自《太平廣記》卷三九五〈史無畏〉

人霓戀

　　陳濟，廬陵巴立人，在州衙裡作事，妻子秦氏一人留在家鄉務農。一天，秦氏遇見一個男人，長得高大魁梧，容貌端正，穿深紅色的衣服，綠色褲子，色彩十分鮮豔。兩人交談之後互相都有好感。從此這個男人常來看望秦氏，他們感情日益加深。為避開鄰人耳目，他們經常在一個僻靜的山澗中幽會，漸漸難捨難分。這個男人隨身帶有一個金瓶，與秦氏相會時便用它汲取泉水共飲。每當他們幽會時，村裡人就會看見山澗中出現彩虹。他們相愛一年多，秦氏也懷了孩子，十個月後生下一個大胖娃兒。

　　一天，秦氏聽人說陳濟近日內要回家住幾天，心中害怕，就把孩子藏在木盆裡，這個男人遺憾地說：「可惜孩子太小，還不能跟我回去。」

　　到孩子長大能穿衣服後，這個男人就拿出一個朱紅色的布兜，把小孩放在裡面，就像放在睡袋中一樣。每當秦氏把小孩從袋中抱出來餵奶時，當地馬上就要風雨交加，即便餵奶前萬里無雲，剎那間也會風雲突變。鄰人們發現，每當彩虹的一頭落在秦氏院子裡，不久那個男人就會到來。

　　一次，男人來後不久，鄰人忽見兩道彩虹從秦氏院中飛出，感到很驚奇。後來見到秦氏一問，才知那個男人已把孩子帶走了。此後幾年間，這個男人沒再來過，但那個孩子來探望過一次母親，已經長得很高大了。

　　有一年秦氏去田裡幹活，路過山澗時忽然見到兩條彩虹飛出，不由大驚。忽聽有人說：「別怕！是我。」語音剛落，那個男人已出現在她面前。秦氏驚喜交集，一時竟不知說什麼好。這次見面以後，那個男人和孩子就沒再出現過。＊出自《太平廣記》卷三九六〈陳濟妻〉

白虹精

　　浙江塘西鎮丁水橋住著一位篙工，名叫馬南箴。一夜，月光如水，南箴撐小舟夜行，影影綽綽看見岸上有一老婦帶著個姑娘向船招手，船上的客人說：「走，別管這閒事。」南箴正色說：「這深更半夜，孤母寡女求渡，如若不管，豈不有損陰德？」說罷，靠岸停舟，客氣地請一婦一女上船。這兩婦女上船後，在艙中低頭坐著，一語不發。

　　此時，恰值初秋，金風颯颯，水清山碧，北斗星的勺柄已偏向西方。南箴正在吃力地撐船，只聽艙中那老婆婆輕聲說：「豬郎這孩子，現在又手指西方了，真沒有耐性，他就愛隨風倒。」那姑娘接道：「您這就錯怪他了，他這是不得已而為之，不然，世上的人憑什麼斷定四季呢？」船上的人聽了這一番話，面面相覷，驚愕莫明。那老婆婆和姑娘，視若無睹，毫不介意。

　　不久，船到北關門，天已大亮。那老婦走下船來，對南箴詭祕地笑道：「船錢我忘了帶，這有黃豆一包和麻布一方給你作船資吧。我姓白，家住西天門，你若要見我們，只須站到麻布上就會冉冉升天，到達我家。」她剛說完這些話，南箴一錯神，兩人都已蹤跡全無。

　　南箴是個老實人，把這一母一女的言談舉止串起來一想，不覺一寒，心想，八成遇見妖怪了！想到此，從袖中掏出那包黃豆和麻巾，遠遠拋了出去，撒腿就往家跑。南箴回到家喘息方定，忽覺袖中作癢，仔細一看，原來是剩下的幾顆黃豆。持豆在手，覺得分量奇重，原來，這哪是什麼黃豆，分明是幾顆金光閃閃的金豆子。

　　南箴大驚，暗道：「好個沒福的蠢人！明明遇見好心的神仙，反去胡猜亂想，錯過了仙緣。」想到此，南箴一口氣跑到北

關門扔豆處一看，金豆早已顆粒皆無，那方麻巾卻還好好地鋪在地上。南箴膽大，一步踏上麻巾，但覺清風陣陣，冉冉雲生，不知不覺自己已是身輕如燕。只見山川城廓歷歷從腳下飛過，南箴驚訝得合不攏嘴。

不一時，南箴來到一處雕梁畫棟的宮殿門外。幾個青衣小廝一見南箴，擁上前說：「你果真來了，我們等得好苦。」早有人進去稟報，片刻，那位姓白的老太太顫巍巍地走出來，一把握住南箴的手，說：「我家與你有緣，我小女想替公子疊床鋪被，不知你意下如何？」南箴聞此言，不覺滿面通紅，囁嚅半晌，說：「好是好，就恐怕不大匹配，耽誤了姑娘。」老太太說：「什麼匹配不匹配，難道世人的婚姻個個都匹配不成？傻小子，有緣分就是匹配。昨夜我渡河時，緣從我生；你肯渡時，緣從你起。」老太太話未說完，重門之內已在張燈結綵，大擺筵席，布置婚禮了。南箴暈頭脹腦，眼看著僕人往自己身上罩上紅衣。

婚後月餘，夫妻感情彌篤，但南箴是個孝子，免不了時時想家。南箴把這想法告訴妻子。妻子萬分賢慧，告訴南箴，只要再踏上那方麻布，就可以還家。南箴大喜，告別妻子踏上麻布，飄飄搖搖竟又回到了丁水橋。眾人見南箴從天而降，觀者逾千，交頭接耳，議論紛紛。

從此，南箴經常往來於丁水橋與天宮之間，全憑一方麻布作交通工具。時間長了，南箴的父母十分反感，一天，趁南箴不在家，偷偷把那方麻布燒了，香聞數里，經月不散。南箴回家知道後，無可奈何，萬念俱灰。鄰居紛紛傳聞，那老太太既然姓白，八成是個白虹精吧？＊出自《子不語》卷六〈白虹精〉

王忠政奇遇

　　唐朝泗州有個小吏叫王忠政，向人述說他曾經死去十二天又復活回來的經歷。事情是這樣的：

　　那天他面前忽然出現一個人，頭上纏著紅色頭巾，身穿綠衣。那人拉他的手臂，王忠政頓時覺得身上一輕，不知不覺離地升上空中，耳聽那綠衣人對他說：「上天召你，你隸屬左落隊。」王忠政到了天上，才知道還有個右落隊，各有五萬兵馬，全部集在雲端。俯身下看，只見人間的房屋車馬，宮室城郭，歷歷在目。尤為奇異的是距離雖然這麼遙遠，但他能看見重樓密室之中的箱子、布袋裡裝的物品，甚至針線這樣的小東西也看得清清楚楚。更奇特的是，天上這些人中有兩隊，一隊抬著細脖罈子，裡面裝的是水。另一隊抬著同樣的罈子，裡面裝的東西頗像人們稱作「馬牙硝」的，據說是乾雨。還有一種米，每粒長好幾尺。這兩隊人走在前面，殿後的是風車。每次發出雷霆，多半是為了要捉龍。龍本來是神物，犯過錯後就被貶為蛇或魚。每當這種蛇或魚的數量上千，就會引發大水把高山淹沒。再就是行雨的時候，要先投下一面黃旗，再投下四方旗。盯著龍潛藏之處降下雷、霆、雨、雹。如果傷了別的生物，當事的就要被罰用鐵杖責打。王忠政在天上服役了十一天，才喝過三碗湯，卻不感到饑餓困倦。因想到老母在人間無人侍奉，經苦苦哀求，才被放歸，蘇醒過來。＊出自《太平廣記》卷三九五〈王忠政〉

怪雨

　　癸酉年初秋七月的一個夜晚，雷電交加，狂風夾著暴雨從天
而降。運河中幾十艘運鹽船幾乎同時沉沒。當時，天空濃雲密
布，船老大們連忙把船泊到岸邊，用葦席將船遮蓋嚴實，然後全
都躲進艙中避暴風雨。有一隻船上的席子被風掀起，船老大鑽出
船艙，用力把席子拉住往船上蓋。正忙亂時，他忽然抬頭看見對
面的波浪像泰山壓頂似地砸了下來。船老大借著閃電隱隱約約看
見一位穿藍色衣服的婦人，用衣襟兜著三四個顏色深紫像茄子似
的東西。船老大驚恐萬狀，不由身子一歪掉進河裡被浪沖走了。
這時，只見風狂雨驟，這些船全都遇難了。後來，有些好心人沿
河駕船打撈淹死的屍體。他們發現那個船老大正順水漂下來，便
上前救起，一摸身體還有熱氣，便用酒灌下去。不一會兒，船老
大蘇醒過來，他對眾人講述自己所看見的。原來，他被嚇得掉入
水中後，一下子憋住了氣，所以水沒有喝進肚中，才得以救活。
船老大見河中漂浮的屍體和破碎的船板，禁不住大聲痛哭起來。
那些好心人幫助船老大湊了些銀子，他才好不容易回到百里之外
的家鄉。船老大與家人說起這件事，認為那個婦人可能是魚精。
家人對他說的也半信半疑，但都覺得那婦人能站在波濤之上，肯
定是個精怪無疑了。

　　又有一個城裡人，去河南辦事，乘船航行在黃河上。他看見
岸邊站著許多人，都用手往天上指指點點，不知看到什麼。這個
人朝著眾人所指的方向抬頭仔細察看，遠遠的天邊有一大塊烏
雲，雲的下面一片雨幕垂到地上。一個婦人手持雨傘站立在雲
端，只露半個身子向東飛快地奔走。婦人身後雷電交加，好似一
團龍火在追趕她。眼看快要追上，只見那婦人轉過身用傘衝著雷
電火團揮了揮，雷電火團就往後退了退。這樣反覆幾次，相持半

天便都不見了。雨過天晴，空中沒有一絲雲彩。當時正是中午，大家眾說紛紜，有的說是飛天夜叉。可是夜叉雖然偶爾能遇上，但誰也沒在白天看見雲中有夜叉。被眾人齊目共睹的「夜叉」，真不知是一種什麼怪物。＊出自《醉茶志怪》卷一〈怪雨〉

旱魃

　　有一年，房山地方遇到幾十年未曾見過的嚴重乾旱。有個會方術的人對當地人說：「西山的墳墓中，有一僵屍變成旱魃爲害此地。」說完，他爲人們指出那座墳墓的所在。鄉親們一起商議準備將墳掘開。墳主聽到後不同意掘墳，於是眾鄉親到縣衙鳴鼓告狀。縣官一時難以決斷，便將那個會方術的人找來詢問，說：「大家被你的妖言所惑，堅信不疑。如若墳中沒有旱魃，我將定你盜墳罪。」會方術的人連忙爲自己辯白，堅持自己說的沒有半句假話。

　　於是縣官命人將墳墓掘開。只見裡面是一具空棺，材板上面有一個大洞，棺材旁邊臥著一個像人的怪物。只見那怪物渾身長滿綠毛，身高寸餘，兩隻眼睛赤紅如燈火。怪物見人，站起來想逃跑，眾人趕忙捉住它，用繩子縛住放到火中燒了。過了一會兒，天便降下大雨。

　　當地人都這樣傳說：每當天空烏雲密布，將要下大雨時，便有一股白氣從墳中直沖雲霄，天空馬上變得晴朗，雨也就無蹤影了。＊出自《醉茶志怪》卷二〈旱魃〉

怪

卷九

【卷九】雜怪・邪祟

不一會兒，這怪物又把客人的書篋打開，
把雜物倒了滿桌。
這書篋內正巧有幾枚徽州產的炮竹，
這妖怪對炮竹產生了興趣，
拿在手中顛三倒四地看個不夠，
又把炮竹拿近燈前，想看個明白，
不知怎地一不小心，燈火點著了藥撚，
只聽轟地一聲巨響，炮竹在妖怪手中爆炸了。
這妖怪大驚，口中發出唧唧怪叫，
趴在地下，一會就不見了。

神巫娶妻

　　唐德宗建中年間，楊府功曹王愬，在冬天的時候奉調候選，直到第二年春天，還沒有一點消息。他的夫人是扶風縣人，姓竇，幾個月不見丈夫的音訊，十分著急。竇氏膝下有兩個女兒，都有傾國傾城之貌，還未許配人家。

　　這天門口有人議論，說是有個叫包九娘的人，算卦算得極準。她從巷子裡一過，人們都爭先恐後請她預卜吉凶。竇氏便讓人把包九娘請到家裡來。

　　包九娘把屋子稍一整理，灑了些香水，就聽見有個人從空中降落下來。包九娘招呼說：「三郎來替夫人看看，功曹有什麼事沒有，好久沒往家裡寄信了。」三郎說：「早晚會回來的。」說完就走了。

　　過了幾刻鐘，聽見空中有動靜，三郎又回來了，卻鑽進了包九娘的喉嚨裡，對包九娘說：「娘子打算拿什麼來謝我？她家那男人回來了，平平安安的。今天他已在西市，正匆匆趕路哩。一路同行的有四個人，在一起常賭錢。因為在選場上作弊，被人給揭發了，所以他這一趟得不了什麼官。」

　　到五月二十三這天，天剛亮，王愬精疲力竭地回來了。竇氏高興得不得了，把丈夫迎進家門，坐下歇了一會兒，就問道：「夫君在選場上幹嘛要作弊呀？害得官也沒作成。四月你還在西市同一些人賭錢，四人一起玩。」王愬感到很奇怪，他離家後一封信也沒寫過，他的所作所為怎麼會讓家裡人知道了？竇氏告訴他，這是女巫包九娘說的。說著便讓人去把包九娘請來。

　　包九娘一到就勸王愬說：「你一點也不用犯愁，今年作不成，明年你一定能謀到好位子。今天西北方向有個人牽著兩條水牛，牛腳上有傷，你別跟他講價錢，把牛買了就走。過個十天半

月的，包你賺數倍的錢。」王塑出門往西北方向走，果然碰上一個人，牽著兩條跛腳的牛迎面走過來。王塑用四貫錢把兩條水牛買下來。牽回家養六七天，水牛長得又肥又壯，腳也不跛了。

恰在這幾天，附近一個磨坊主家裡兩頭牛得了急症，先後死了。磨坊主急得沒辦法，拿出十五貫錢要求買王塑的兩頭水牛。

王塑家的房子在慶雲寺西邊。女巫對王塑說：「趕快把這房子賣掉。」王塑聽從女巫的建議，把房子賣了，得到一百五十貫錢。包九娘又讓他在河東租一所房子，買些竹竿來作竹籠子，要作成可盛五六斗那樣大的。作了一年下來，竹籠不知作了多少，且都好好存著。到了春天，陳少游將軍要修建廣陵城，需占一大片地，王塑家的舊住宅也在範圍內。而且拆掉的房子只給半價。因為修城要運土方，需要買竹籠子，所以王塑家一年來作的竹籠子全被買走了。每個竹籠三十文，共得七八十貫錢。

王塑發了財，打算在河東買房子，神巫沒跟隨包九娘而自己來到王家，說：「我姓孫，名叫思兒，一向寄住在巴陵地方。我欠包九娘的錢，總算都還清了，我現在要跟她分手回家去，所以前來告辭。」說完這番話，感嘆唏噓了半天，卻看不見他的形影。竇氏聽他這麼說，感到自家發財還是實靠這位孫思兒從中幫忙，便說：「你何不再待些時候呢？要不然我收你作我的兒子，就住在我家吧？」

孫思兒很爽快地答應了，說：「妳既有這番好意，那就再好不過。妳可以作個小紙盒子，放在廳堂屋簷下，每頓飯稍微分我一點就行了。」竇氏依他的吩咐將他安頓在屋簷下。

過了一個多月，秋風起了。秋雨連綿的夜晚，孫思兒在房簷下長吁短嘆。竇氏同他商量：「我和你既然是母子情分，為什麼要一個住在屋裡，一個待在外面受凍呢？你以後就搬到我床頭櫃上來住吧。」孫思兒聽了很高興，當下便搬進屋裡住了。

這天孫思兒問道：「我拜了兩個姐姐，這麼多天只聽見談笑聲，沒有見著人，能否讓我們見見。」王塑的大女兒生性活潑，

愛開玩笑，就對孫思兒說：「姐姐給你娶個媳婦吧。」於是用筆在紙上畫出一個女子，還穿著華麗的衣裳。孫思兒見了說：「請妳給她照二姐那樣的裝束穿扮吧！」於是又照二姐那樣給畫中女子描上衣飾。

到了晚上，聽見孫思兒同人說話，彷彿面對著什麼人。還聽人說：「新媳婦參見二位姑姑。」

王愬的堂妹嫁給姓韓的人家，住在南壄。堂妹這幾天就要生孩子了。姐妹倆作了幾雙小鞋打算給送去。她們正在吩咐家奴，孫思兒在一旁嘻嘻地笑。問他笑什麼，說：「孫兒一隻腳腫著，穿不了繡花鞋。」竇氏在一旁聽見，心裡老大不舒服，從此對孫思兒有些反感。

孫思兒馬上就感覺到了，幾天以後來見竇氏，說是想回巴陵老家，特來告辭，蒙兩位姐姐的好意，給娶了一房媳婦，這次回家想把她也帶走，希望能為他造一艘紙船，二尺多長就行了。請兩位姐姐給點上香火，送到揚子江放在水裡就行了。竇氏依從他的要求，一切照辦。

王愬的兩位女兒又送給孫思兒一幅絹畫，畫的是孫思兒夫妻相對而坐的情形。

孫思兒穿一身綠衣服，上了小船，向兩位姑娘拜別。

自從孫思兒離去後，兩位姑娘都心神不寧，若有所失。兩年後，大姑娘嫁給表哥，結婚當天夜裡死在帷帳外，點上蠟燭一照，屍體像是一片黃葉。二姑娘後來嫁給張初，情形同她姐姐一模一樣。

王愬後來作官作到山陽郡司馬。＊出自《太平廣記》卷三六三〈王愬〉

白氣殺人

　　河南龍門寺有個叫法長的和尚，是鄭州原武人。唐敬宗寶歷年間，一次他從龍門寺回家去料理農事，收割他在武原的幾頃莊稼。這天法長騎著馬來到田間，馬忽然站著不肯動。他認為馬鬧脾氣，便拿鞭子抽，馬還是不動；再用棍子打，馬也不動，只是瞪大眼睛往東看，好像看見什麼東西。這時正是夜裡，月亮很圓，他順著馬的視線望去，才發現果然有情況。

　　原來幾百步外，有一樣東西隱隱約約，顏色像古木，形狀不定，直往這邊移動。法長心裡發毛，趕忙把馬拉下路來，往邊上走了幾十步，藏在那裡察看。這東西越來越近，原來是一團六七尺高的白氣。靠近之後，一股惡臭腥臊之氣撲鼻而來，比臭魚爛蝦還難聞。白氣一邊移動一邊發出軟綿綿的呻吟聲，朝西面去。法長騎馬跟在後面想看個究竟。他的馬同氣團保持幾十步距離，跟了大約一里地，來到一戶人家門前，白氣團呼喇一聲進屋。法長不敢再靠近，便勒住馬遠遠地觀察。不一會兒，聽見那家人大叫：「車身下面的牛眼看要死了，大夥快來！」又過了一會兒，又有人大叫：「後邊牲口棚裡的驢子一頭栽倒，救不活了！」再過了一會兒，便聽見屋裡一片驚慌的叫喊聲和哭聲。有人走出門來，法長忍不住好奇心，走上前去問是怎麼回事。那人回答說，他家主人有個十來歲的小孩，剛才忽然間死了。這人話未說完，屋裡的哭聲、驚叫聲又響成一片，直到後半夜才安靜下來。到天明時分，便鴉雀無聲了。

　　法長嚇壞了，把這情況告訴鄰居。鄰居集合起來，隨他一起到出事地點察看。走到門前，寂無人聲，推門一看，這家人總共十幾口全部死在地上，所有的雞鴨貓狗和其他牲畜也全都死了。

＊出自《太平廣記》卷三六四〈僧法長〉

陪睡女

廣陵地方有個讀書人，經常點著燈睡覺。這天夜黑，他從睡夢中突然驚醒，看見身邊睡著一個女子，頭上紮著兩條髮辮，穿一身青衣，面貌清秀嫵媚，微微打著鼾，睡得正香。書生知道這一定是妖怪，心裡害怕，不敢靠近，便轉過身去，照舊睡了。

第二天早晨起床一看，女子不見了，門大開著。從這天起，每天晚上女子都來陪伴書生睡覺。有位術士為書生寫了一道符，讓他夜裡放在自己的髮髻裡，然後假裝睡著，暗暗觀察動靜。

夜裡女子從門外進來後，徑直走到書生面前，從髮髻裡取出符來，拿到燈下看了看，微微一笑，又重新放入書生的髮髻中，上床就睡了。

此後書生更加害怕，聽說玉笥山上有位道士道術極高，符禁神妙，便乘船專程前去拜訪。途中經過豫辛，月光如水，他便趁著月色行舟。當時天氣很熱，他便把船艙都打開，吹著風睡覺。半夜又驚醒，一看女子在旁邊睡著。書生悄悄起來，非常敏捷地捉住女子的手腳，用力投入江中，聽到了噗通一聲。從此女子再也沒來過。＊出自《太平廣記》卷三六六〈廣陵士人〉

老人精

　　漢獻帝建安年間，東郡一帶百姓家總出怪事。家裡的甕、瓶、罐、碗等器皿常常無緣無故自行走動，並且發出嗡嗡的聲音，就像有人在拍擊。擺在人面前的桌案眼睜睜地就不見了。剛孵出的小雞轉眼就沒了。如此這般好幾年，人們都深惡痛絕。

　　有人便作出一頓美味佳餚拿東西蓋好，放置在一間屋裡，然後自己躲在隔壁窺視，想看看到底是什麼東西在作怪。果然有東西來了。這人便把門窗緊緊關上，到屋裡來找。可是到處都找遍了，卻沒見著什麼。這人便掄起一根木棒在屋裡朝空處打，牆角上也用木棒用力搗，累得滿頭大汗也毫不氣餒。當他用棒搗一個牆角的時候，聽到外面一陣呻吟聲。開門一看，見蹲著個老頭，看樣子有一百來歲。他說話的聲音，面部的表情、容貌，和身上的裝束，看起來不大像人，倒像是個野獸。這人問不出什麼，只得四處去查訪。他把周圍的村莊幾乎問遍了，終於找到一戶人家，說老頭是他家的，已經走失十幾年了。一家人歡歡喜喜把老頭接回家去，千恩萬謝一番。

　　事隔不久，老頭又走失了。同時聽人說陳留一帶的人家經常出怪事，家裡的甕、瓶、罐、碗等器皿自己移動，自己發聲。東郡老百姓都說，老頭上他們那兒去了。＊出自《太平廣記》卷三六七〈東郡民〉

潭中怪人

　　廬山中有一個深潭，常有許多人在潭邊垂釣。後唐長興年間，有個人釣著一個東西，十分沉重，釣竿竟抬不起來。費了不少力氣拖到岸邊撈起來一看，形狀十分像人，頭上戴著鐵帽，全身被沉積多年的泥沙、青苔厚厚地裹著，看不清面目。掂其重量，如果說是木雕又覺太重，說是石雕則又嫌太輕。那人見這東西沒什麼用，便扔在潭邊不管了。

　　過了幾天，經風吹日曬，暴雨澆淋，這東西身上的淤泥、苔蘚漸漸被沖涮剝落，臉上露出五官來。一天，它的兩隻眼睛忽然張開，身子一躍，跳了起來。原來竟是一個人。只見他走到潭邊，撩水把臉洗乾淨。正在潭邊釣魚的人無不驚訝萬分，都跑近來看他。這人就向大家打聽這是什麼地方，以及土地山川的情況，問得十分詳細，又問朝代年月，就像一個從遙遠的地方和古老歷史中來的人一樣。

　　眾人還沒來得及問他的來歷，這個人卻騰身一躍，重新跳入潭中。一陣水花濺過，水潭重又歸於寂靜。

　　當地百姓和官吏都當他是神靈，在水潭邊修了一個祠堂，四時祭奠，祈求福佑。＊出自《太平廣記》卷三七四〈盧川漁者〉

痛擊災星

　　唐朝丞相賈耽有一天下朝回到家後，立即把看守東門的僕人叫來，神色嚴重地對他們說：「明天正午時分，如有形跡可疑的人要進東門，你們就給我狠狠地打，打死也沒關係。」僕役們連聲應諾，退了下去。

　　第二天快到正午的時候，僕人們看見百步之外有兩個尼姑一前一後向東門走來，也看不出什麼特殊的地方。等走到門前，才發現她們塗脂抹粉，僧衣裡面卻穿著大紅的內衣和裙子，打扮得十分妖豔，就像妓女一般。而且，兩人打扮完全一樣。僕人們議論說：「沒見過這樣的尼姑，這兩人形跡可疑。」說著，操起預先準備好的棍棒，劈頭蓋腦地打過去，剎時間兩個尼姑被打得頭破血流，大聲哭喊冤枉，邊喊邊轉身逃命而去。僕人們又追上去痛打，將這兩個尼姑的腳打傷，這兩人依舊奔逃不已。僕人追出去百十步，兩個尼姑忽然消失無蹤。舉目四望，只見樹影婆娑，杳無人跡。僕人們十分驚異，只得走回府門，一路上都是兩個尼姑留下的血跡。他們立即向賈耽稟報剛才發生的事，說並沒來過形跡特別可疑的人，只這兩個尼姑的衣服穿得奇怪。賈耽忙問：「打死她們沒有？」僕人回稟說：「打傷了她們的頭和腳，傷得很厲害，但還沒等打死就突然不見了，真是奇怪！」賈耽嘆了口氣說：「雖然把她們打傷打跑了，但恐怕小災也免不了。」

　　第二天一早，有人來稟報說城東失火，波及了千百家。大火經眾人奮力搶救才被撲滅。＊出自《太平廣記》卷三七三〈賈耽〉

349

白衣女人

　　唐憲宗元和年間，宮廷內侍劉希昂的家人去上廁所，忽聽廁所裡有聲音說：「就來了，別著急！」僕人害怕，趕忙去向主人報告。劉希昂親自前去察看，果然聽見廁所裡有聲音說：「就出來！就出來！」劉希昂厲聲問：「爲何不出來！」話音剛落，就見一個小人，大約一尺來長，騎馬持槍由廁所裡飛奔而出，往大門外跑去。雖然小人離眾人不遠，但誰也沒逮著他。小人一跑出大門就消逝無蹤，不一會又跑了進來。

　　七月十三日中午，忽見門口來了一個穿白衣的女人，說：「今日出來遊玩，因離家很遠，想借主人家後院歇一會兒，可以嗎？」劉希昂點頭答應，叫僕人帶她到後院休息。過了很久，還不見這個女人出來，劉希昂感到奇怪，叫僕人進去看看。不久，僕人出來說後院一個人影也沒有，不知白衣女人上哪去了？劉希昂不信，親自去後院察看，果然蹤影皆無，但卻在廁所門口發現了一塊劈柴。家裡人都說：「這是火災的先兆，應找法師來消災。」於是劉希昂請來法師行法消災，不料就在法師行法的時候，廚房忽然失火，雖盡力搶救，住宅仍被燒去大半。這年冬天，劉希昂觸怒唐憲宗，全家人都被皇上下令誅殺。＊出自《太平廣記》卷三七三〈劉希昂〉

雞井

　　江夏有個姓林的主簿官，性情暴虐，酷好賭博，最愛膝下的一個女兒。林主簿愛吃雞，下級每天都要孝敬他兩隻。一天，他正要宰雞，不料雞掙扎跑掉了。他女兒趕忙去追趕，追到房舍北邊的一口枯井邊，雞竟飛撲下去。女兒不捨，也跟著跳下井去，卻許久不見出來。林主簿聽說後忙趕去，也下井去尋找，結果還是不見出來。

　　不久，井中冒出黑氣，好像有人在下面生火作飯。家人聞信，都跑到井邊痛哭喊叫，卻沒有一人敢下去。後來有個屠戶自告奮勇願意進去探看。他下去以後，看見一個大鍋，鍋底下烈火熊熊，鍋裡熱氣騰騰，湯汁滾沸。忽然感到有人抓住他的腳，又聽見黑暗中有個聲音說：「這事與你無關，但你進來就別再出去了。」屠戶嚇得心膽皆顫，一動也不敢動。許久，洞中煙氣漸漸消散，仔細一看，井裡只有一副雞骨頭、兩具人骨頭，別的什麼也沒有，不由得目瞪口呆。＊出自《太平廣記》卷三九九〈雞井〉

怪老頭

　　隋文帝開皇初年，廣都孝廉侯遹去京城時，在劍門外發現地上有四塊奇特的石頭，都和大酒杯一般大小，晶瑩耀目。侯遹十分喜愛，便把它們收藏在書箱裡，馱在驢背上帶走。休息時取出觀看，四塊石頭竟都變成了黃金，不由驚喜萬分。到京城後，侯遹把它換成錢，頓時成為百萬富翁。於是他買下宏麗的住宅，又在城郊買了許多田地房屋，還買十個年輕美貌的女子為妾，過起花天酒地的生活。

　　一次，侯遹帶家人出去春遊，姬妾成群，僕從如雲，十分排場。到了郊外，下車休息，美酒佳餚，無不具備。侯遹與家人正飲得高興，忽見走來一個老頭，背個大書箱，見侯遹一家在飲酒，逕自入席吃喝起來，彷彿他是主人。侯遹見老頭如此放肆，不由火冒三丈，大聲呵罵，並命僕人將他趕走。老頭見侯遹發怒，既不生氣，也不離去，依舊大吃大喝，邊吃喝邊笑著對侯遹說：「我這次來是向侯先生討帳的，先生那年曾經把我的金子偷走，難道全忘了嗎？」說完，伸手抓住侯遹的美妾就往帶來的書箱裡扔，動作極快，眨眼間，那十幾個女人全被扔進了書箱。奇怪的是書箱還是那樣大，而十幾個女人站在裡面卻又不顯得擠。之後，老頭站起身來，提起書箱往背上一搭，飛步跑走了。

　　侯遹被老頭的行徑驚得目瞪口呆，一直坐在旁邊發愣。後來見到老頭搶了自己的美妾跑走，才猛地醒悟過來，忙叫僕人去追趕。可是轉瞬間已不見老頭的影子。侯遹只好垂頭喪氣帶著家人回去。從此，侯遹連遭意外，家道一天天衰落下去，不久財產賣盡，又回復發財前粗食布衣的生活，僅得溫飽而已。

　　十多年後，侯遹回四川老家，途經劍門時，忽然看見當年討債的那個怪老頭，正攜著自己過去的那些美妾在遊玩，穿著華

貴，前呼後擁，十分豪奢。這些人也看見了侯遹，都對他大笑起來。侯遹忍氣同他們打招呼，卻沒有一個人與他答話。侯遹氣不過，走過去想質問幾句。不料眼看走近，這群人卻忽然消逝得無影無蹤。侯遹心中驚疑不定，想將怪老頭的來歷打探清楚，可是訪遍劍門內外許多人家，也打聽不出一丁點線索。＊出自《太平廣記》卷四〇〇〈侯遹〉

神示

　　裴談在懷州任刺史時，當地有個樵夫到太行山中砍柴，偶然發現山上現出一個大洞穴，進去一看，裡面放著許多黃金，數量之多可以裝滿好幾間屋子。樵夫驚喜異常，取出五錠，每錠有一尺多長。然後他用石頭把洞口封死，作了記號，便高高興興回家去了。

　　過了幾天，樵夫又進太行山取金，卻怎麼也找不到那被他封死的山洞所在。樵夫本來對這山裡的地形很熟悉，心想無論如何也能找到，於是去懷州的鐵匠鋪請人打造好幾車開山用的鐵錘、鑿子等工具，準備用它開山取金。懷州府裡有個司戶官姓崔，得知這個消息後，也準備幫助樵夫進山採金。

　　這時刺史裴談的妻子正患病，醫藥無效，請道士拜表章向天上神仙祝告請示。道士閉目入定許久之後，忽然傳達天帝對刺史的詔書，詔書說：「我太行山中的寶庫出現，正巧被一個無知的樵夫看見。我已送給他五錠金子，叫他封閉庫門。無奈愚人貪心，重新入山取金，找不到地方，便想要強行開啓我的寶庫，已準備了鐵錘、鑿子等物好幾車。他們要是不停地開山，可能會找到我的寶藏。但如果他們動手鑿石，懷州的人就會死盡，得不到任何好處。這個州裡的崔司戶，與這個樵夫是一夥的，你去找他詢問，就清楚了。趕快制止他們，你妻子的病自然會好。」裴談聽了十分驚異，立即找來崔司戶的兒子詢問，情況果然屬實。於是下令沒收樵夫他們準備開山的工具，並明令禁止任何人再去開山找金。不久，裴談的妻子果然就痊癒了。＊出自《太平廣記》卷四○○〈裴談〉

病居士

　　唐代宗寶應年間，有個叫韋思玄的人，作過京兆尹的官，後來搬到洛陽居住。韋思玄十分嚮往修道成仙的事。一次，他去嵩山訪道，一個道士對他說：「服食金液可以長命，你應該先學會煉金。如果學會，經常服食，就可以和古仙人赤松子、廣成子並駕齊驅了。」於是韋思玄千方百計求學煉金術。學了十年，拜過幾百個老師，卻始終未能學到煉金術。

　　有一天，一個叫辛銳的居士登門求見，對韋思玄說：「我是一個病人，身無分文，無家可歸，聽說先生好古尚奇，結交天下的方士異人，所以前來投靠，不知能否收留？」韋思玄打量來人，見他身材瘦小、穿一件又髒又破的皮衣服，顯得十分貧寒，也看不出什麼出奇之處。韋思玄一向好客慣了，點點頭將來人留了下來。後來辛銳患病，渾身膿血狼藉，臭氣熏人，韋思玄一家都很厭惡他。

　　有一次韋思玄設宴招待幾個術士，並沒邀請辛銳，不料宴席剛剛擺好，主客正入座的時候，辛銳卻不請自到，並對著滿桌的美酒佳餚撒起尿來。在坐的方士無不大怒，紛紛跳起躲避，僕人們更擁出來指著他大罵，恨不得狠狠揍他。辛銳卻面不改色，尿完，對韋思玄深深作了個揖，然後轉身走下石階往門外去，剛走到院中，忽然消失不見。韋思玄與在場的人無不感到驚異，他們再看剛才辛銳撒尿之處，金光燦爛，竟鋪著一層紫金，這可是舉世罕見的寶物。韋思玄不禁連聲驚歎，罵自己有眼無珠，當面錯過了一位奇人。有人解說，辛銳乃是紫金精氣所化，這其實從他的名字就能看出來。辛者，按五行之說，乃西方庚辛的簡稱，主金；銳字左邊就是金字旁，右邊兌字恰也是正西方的代稱。＊出自《太平廣記》卷四○○〈韋思玄〉

銀人

　　宜春郡有個名叫章乙的人家，在當地以孝義聞名，幾代同堂，從不分家，一大家子都在一個鍋灶吃飯。章家的別墅風景也好，亭樓院牆，都在流水環繞、竹樹掩映之中。章家子弟也都樂善好施，勤於讀書，因而無論雲遊的方士僧道，還是遠近的親友賓朋，只要來到章家，無不受到熱情款待。

　　有天傍晚，來了一個年輕女子，穿著入時，容光照人，另外帶有一個使女，說行路疲乏，向章家借宿一夜。章家的女眷們自然熱情接待，不僅同意借宿，還擺上豐盛的酒宴爲遠客洗塵。這桌酒席直吃到深夜才散，然後由使女引著主僕兩人去一間空房安歇。這間空房是章家的一個少爺叫僕人專門打掃準備好的。這個少爺青春年少，聰明漂亮，不日常以文才自負。女客上門時恰好被他看見，頓時被女客那端莊秀麗的容貌迷住，竟產生了非分之想。他百般謀畫，想出主意，就叫平時伺候他的乳母打掃這間屋子給客人住宿，好方便他行事。

　　到了深夜，這個少爺估計客人已經入睡，便悄悄潛入屋裡，輕輕摸到客人床上，脫去衣衫，鑽進被子，猛地撲在女客身上。不料剛一挨身，突然覺得摟進自己懷裡的並不是想像中的軟玉溫香，而是石頭一般又硬又冰的東西。少爺不由驚出一身冷汗，急忙跳下床穿好衣服，叫喊起來。等僕人掌燈來一看，床上哪有什麼女客？而是兩個白銀打就的人，重約好幾百斤。全家人驚喜異常，竟沒有人問這位少爺深夜偷入女客房中幹什麼？眾人怕銀人又會變化而去，便將它放在炭火上燒，居然無異。從此章家更成了宜春郡的巨富，全家老小五百餘口，每日三餐都要擊鼓鳴鐘，遠近聞名。＊出自《太平廣記》卷四○一〈宜春郡氏〉

水銀精

　　唐代宗大曆年間，有個姓呂的讀書人，原在上虞縣任縣尉，後奉命調到京師，既而僑居於永崇里。

　　一天晚上，呂生邀了幾個朋友在住處聚餐。吃完，正準備睡覺，忽然從北牆角走出一個老太婆，穿一身潔白衣裙，皮膚也十分白皙，但只有二尺來高，慢慢向眾人走來，形狀表情非常怪異，也頗滑稽。大家不由相視而笑。老太婆漸漸走到床前，說道：「你有聚會，就不叫我一聲嗎？爲何對我這樣輕視？」呂生向她大聲呵斥，老太婆又慢慢退到北牆角落，突然消失不見。大家都對此感到驚異，不知這個老太婆從何而來。

　　第二天，呂生一個人躺在床上，又見那個白衣老太婆出現在北牆角落，似想往前走，又有些害怕的神情。呂生又大聲呵叱，老太婆又突然不見。第三天，呂生心想，白衣老太婆必定是個精怪，今晚必然還會出現，如不把她除去，必然天天和我搗亂。於是他將一柄劍放在床下。

　　這天晚上，白衣老太婆果然又在老地方出現，向呂生慢慢走過來，臉上絲毫沒有害怕的表情。當她走到床前的時候，呂生早已作好了準備，猛地一劍砍過去，忽然老太婆跳上床來，並用肘撞了呂生的胸脯一下，然後在他的左右兩邊跳來跳去，揮動長袖翩翩起舞。許久，又一個同樣的老太婆跳上床來，照樣用胳膊撞擊他，呂生頓時覺得渾身冰冷，彷彿身上蓋著一層霜似的。忙又揮劍亂砍。一會兒，又出現了幾個相同模樣的老太婆，像第一個一樣在他身子左右跳起舞來。呂生愈來愈慌，繼續揮劍砍殺。

　　後來他發現每砍中一個，老太婆的數量反而會增加一個，最後竟有十多個老太婆，每個都只有一寸多長，全都一模一樣，已分辨不出誰是誰來。她們四面繞著牆飛奔，好像再不會停息下

來。呂生萬分恐懼，卻又想不出其他辦法。忽然一個老太婆對他說：「我們要合成一個人了，請你仔細看好！」說著，十幾個小老太婆都面對面走到呂生床前來，晃眼間又合成了一個，同第一個出現的老太婆一模一樣。呂生更害怕了，戰戰兢兢地問：「妳是什麼精怪，怎麼敢這樣和生人搞蛋？快走吧，不然，我要找道士用法術制妳，看妳有什麼辦法？」老太婆笑著說：「你的話太過分了，真有術士，我倒願見識見識。我來你這裡，不過是跟你開開玩笑罷了，並不敢害你，請你不必害怕，我也要回去了。」說完，又慢慢退到北牆角落，晃眼無蹤。

第二天，呂生把這件怪事向熟人講述。有個田生，善於用符咒驅除精怪，在京都頗有名氣。他聽呂生說起這椿怪事，歡喜雀躍，拍著胸脯對呂生說：「這件事我包了！驅逐這樣的妖怪不過像抓螞蟻罷了，今晚我就去你住處，你等著吧。」

那天夜裡，呂生同田生坐在屋裡，不一會兒白衣老太婆果然又出來了。待白衣老太婆到了床前，田生行法厲聲叫道：「妖魅快去！」老太婆像沒聽見似的，不看田生一眼，在床前慢慢地走來走去。許久，忽然對田生說：「我聽不懂你說些什麼？」說著，揮了揮手，手突然掉落地上，變成一個更小的老太婆，這個小人縱身一跳上了床，飛進田生口中。田生大驚，哀叫道：「要我死麼？」老太婆對呂生說：「我說過不會害你，你不聽，現在田生倒了大楣，你看怎麼辦？不過我還是要成全你，讓你發財。」說完像往常一樣歸去。

第二天，有人對呂生說：「你應該挖掘北牆的那個角落，就能見到東西了。」呂生聽了，叫僕人從老太婆經常出現的那個地方往下挖，挖不出東西來不罷手。挖到一丈來深時現出一個瓶子，容量約一斤左右，裡面有不少水銀。呂生這才悟出老太婆乃是水銀精。而田生卻渾身戰慄著死去了。＊出自《太平廣記》卷四〇一〈呂生〉

玉辟邪

　　唐肅宗曾賞賜給愛臣李輔國兩個玉辟邪，每個有一尺五寸高，製作精巧，欲奪天工。其玉有濃冽的香味，幾百步外都能聞到，就是把它鎖在金匣石盒之中，香氣也照樣透出來。有人無意中用衣袖拂了一下，這衣服長年都有香味，儘管多次洗滌，香味始終不散。李輔國對這兩個玉辟邪十分鍾愛，常放在坐椅旁邊。

　　一天，他剛在梳洗，一個玉辟邪忽然哈哈笑出聲來，並且笑個不停，另一個則放聲痛哭，哭個不止。李輔國不禁大驚失色，手足無措。心知這是不祥之物，十分厭惡，就將它們砸得粉碎，倒進廁所裡。此後雖不再聽見哭笑聲，卻常有悲呼冤枉的喊叫在家中迴盪，弄得他心煩意亂，坐立不安。他家所住的安邑里從此卻香氣瀰漫，經月不散。原來香料越是舂成粉末，香氣越是濃烈。不到一年，李輔國就死了。

　　他砸碎玉辟邪那天，他的寵奴慕容恭在旁，知道這是稀有寶物，趁他不注意時偷偷裝了兩合玉屑藏起來。後來大臣魚朝恩得知此事，也不嫌棄它是不祥之物，花了三十萬錢買下。魚朝恩被殺後，那香玉屑化成一隻白蝴蝶，沖天飛去。

　　當時人們認為像玉辟邪這樣的奇物異寶，是不適宜藏在臣民家中的，如果收藏了，反會招致大禍。李輔國家中除玉辟邪外，還有許多珍奇之物，都是一般人聞所未聞的。比如他家有一種迎涼草，枝幹像竹，葉子比杉樹葉還細，顏色像碧玉，雖已乾枯，葉並不脫落，盛暑之時把它掛在窗戶上，屋裡自然生涼。還有一種鳳首木，高約一尺，雕刻成鸞鳳的形狀，嚴寒天把它放在高堂大屋中，屋裡就溫暖和煦，如同陽春三月，所以又有個名字叫常春木。把它放在大火裡燒，不僅不毀，連顏色都不變。《十洲記》記載這兩種東西都產於火林國。＊出自《太平廣記》卷四〇一〈玉辟邪〉

財星高照

　　長沙人徐仲寶住處的路南有棵枯樹，很大，有好幾抱粗。有一天，一個僕人在樹下打掃，從沙土中拾到幾百文錢，他將此事告訴徐仲寶。徐仲寶聽了覺得很詫異，前去試著打掃，一樣從沙土中掃出錢來，他心知這是塊神奇的寶地。從此以後，每當要用錢，便拿苕帚到樹下去掃，每掃必有收穫。多年以後，已得錢幾十萬。後來他去揚州，被任命爲都城縣縣令。

　　一個休息日，他同家裡人坐在地上閒談，忽然一股白氣從身邊竄出，斜著向上飛去，白氣中還彷彿裹著什麼。徐妻忙伸手去抓，居然抓住了一個東西，一看，原來是個玉蝴蝶，打造得十分精妙，猜不出這白氣究竟是什麼東西。後來徐仲寶調去樂平縣作縣令，家裡人也隨後跟去。

　　一次他們在一個鼠洞中發現了許多錢，徐仲寶心中一動，帶著人往下挖，只挖了幾尺深，忽然從洞裡飛出一隻白色的小鳥，停在院中樹上，再往下挖，挖出成百萬的藏金。等將藏金全部取出來時，樹上那隻白色小鳥一振翅就飛走了。＊出自《太平廣記》卷四〇五〈徐仲寶〉

海王三

　　山陽商人王某經海路去泉州經商。船在海上遇上大風浪，不幸傾沒，同船數十人均溺死，王某因獨得一木板，隨浪沉浮，終於在一孤島旁靠岸。他沿著海岸進入一個山澗中，山谷中儘是異花奇草、珍禽奇獸，皆爲罕見；處處景雅風柔，不似蠻荒之地，只是沒有村落，也見不到有人居住的痕跡。

　　他突來孤島，不知所措，只好依在一棵大樹旁憩息。忽然，一個女子走到身旁，對他說：「你是哪裡人？爲什麼來到這裡？」王某只得把翻船落水之事向她述說一遍，女子聽後深表同情，對他說：「既然如此，你就跟我走吧。」王某仔細端詳這個女子，只見她長得頗爲清秀，通身一絲不掛，長髮拖地且不梳攏，但語言卻可通曉。王某不能分辨她是人是妖，但是一想到自己已身處絕境，獨身一人全無依靠，不如就聽話隨她去吧。

　　他們越過山梁，到達一個山洞。洞很深，但頗爲潔淨，洞內光亮如白晝。他環視全洞，發現主人似不食煙火。女子留他同居，每天給他果實充饑，並告戒他千萬不可隨便外出。王某雖然無衣服可換，好在此地無寒暑之分，並不覺得冷。就這樣，他們共同居住了一年多，女人便生下一子。

　　又過了一年，有一天，正值女子外出採集果實未歸，王某信步來到岸邊。只見一條船爲避風浪靠在岸旁，他走了過去，不料竟見到過去的熟人。他急忙回洞，把兒子抱起，登舟起錨。女子聞聲趕來，船已揚帆離岸。她高聲呼喚王某的名字，斥責他忘恩負義，喚到力竭時，竟倒地不起，幾乎氣絕。王某從船蓬中舉手以謝，不覺涕零。船一路順風，平安地回到了大陸。孩子長大後，人們都叫他海王三。福建泉州至今還流傳著海王三的故事。

＊出自《夷堅志》卷五〈海王三〉

臨安長臂怪

　　臨安人王彥大，是當地有名的大富豪。有一天，他心血來潮，決定去南洋經商。大船很快備好了，臨行時，他又因妻子方氏的妙齡美色，不忍輕易離去。經過反覆思考，痛下決心才起航。一年過去了，王彥大不但沒有返回，而且音信皆無。

　　陽春三月，杭州人有遊山玩湖的習俗。這一年，王彥大外出未歸，妻子方氏只得在簾內靜坐，不能外出。她獨自一人，待得煩悶，百無聊賴時常到後園散心。一次，她又來到後園，突然看見一個少年男子站在花叢中。他身穿紅色羅衫，頭戴金絲編成的帽子，肌膚白淨，面容和舉止略帶幾分儒雅氣。少年正在花陰密處拉一彈弓向自己射來。方氏怒視他說：「我是良家女子，丈夫外出一年多，我一直閉門獨處，你為什麼擅入我家後園，且用彈弓擊我，哪裡來的狂蕩之徒，竟如此無禮！」少年被罵得面紅耳赤，深感羞愧，當即把彈弓擲於地上，再三陪禮。方氏還想正色斥責幾句，少年卻忽然不見了。方氏急忙奔回，剛要把這件怪事告訴婢女，忽然感到神昏意亂，周身倦怠，力不能支。

　　半夜，那一少年又滿不在乎地來到堂前，方氏想避開他，少年卻伸手拉住方氏的裙子，伸出的手臂有丈餘長。眾婢女盡力爭奪，也無濟於事，少年遂把方氏擁抱到床上。從此每天早去暮至，方氏卻無計脫身。有時少年連招呼都不打，說來就來。方氏無奈，就把此事告訴親友。親友們請來道士作五雷法事，又請二十餘僧人作道場，卻都未能勝他，被長臂怪一一挫敗。數月後的一天，長臂少年淒慘地對方氏說她的丈夫即將由海道歸來，回來後千萬不要談起這件事，如洩露出去必加害於她，並揚言：「我神通廣大，水火也不能損害我分毫。」

　　過了幾天，王彥大果真歸來了。方氏痛哭落淚地對王彥大

講：「妾有彌天大罪，你可以處罰我，以謝諸親。」王大驚，問她是什麼原因。方氏把事情前後如實說出。王彥大說：「不管是山精水怪，我都能殺它。」遂藏利劍等妖怪來。

　　一夜長臂怪果然又來了，王彥大抽刀便砍，一刀砍中妖怪的背部，發出鏗鏘的金屬聲。隨著聲響，長臂妖化作一道耀眼奪目的白光，飛了出去，那光足足拖了幾丈長。光滅後，聲響也隨之消失了。從此，長臂怪再也沒出現過。王彥大夫婦和好如初，像沒發生這件怪事一樣。＊出自《夷堅志》卷六〈王彥大家〉

小獵犬

　　住在山右的衛中堂當秀才的時候，曾借寺院的客房作書齋。苦於室內臭蟲、蚊子、跳蚤太多，夜裡根本沒法睡覺。

　　一天，他吃完飯，躺在床上休息。忽然看見進來一個小武士，頭盔上插著野雞的彩羽，身高不過二寸來長，跨下所騎的馬，有蠟燭頭那麼大。小武士臂上戴著黑皮縫製的護具，上面停著一隻蒼蠅那麼大的鷹。他從外面進屋，騎馬巡視，邊行邊看。衛中堂正帶著疑問注視著這個小武士。只見又進來一個，裝束跟先前那個一模一樣，不過他的腰間佩著小弓箭，牽著一頭大螞蟻似的獵犬。又過了一會兒，騎馬的、步行的小武士紛至沓來，足有數百來人，隨帶的鷹、獵犬也有幾百頭之多。只要見有蚊子、蒼蠅飛起，小武士便縱鷹騰空攻擊，把這些害蟲殺個精光。而小獵犬則紛紛爬到床和牆壁上，把臭蟲、跳蚤、蝨子統統逮住吃掉。即便隱伏潛藏在縫隙中，這些小獵犬也能邊嗅邊抓，不讓一個漏網逃脫。頃刻間，滿室爲患的蚊、蠅、臭蟲、跳蚤、虱，被小武士所縱放的鷹、犬捕殺殆盡。

　　衛中堂假裝睡覺，其實這場大捕殺都被他偷偷瞧在眼中，即便鷹、獵犬在他自己身上飛來竄去，他也聽之任之。

　　一會兒，又進來一個身穿黃袍，頭戴平天冠，像王者模樣的人。他登臨一張矮床，把坐騎拴在筬席上。他的隨從、衛士也紛紛下馬，鷹飛人走，好一通忙亂，然後都圍聚在一側，也不知互相在說些什麼。但等王者登上一輛小御車，眾衛士、小武士們立即各自跨上坐騎。此時只見萬蹄奔騰，紛紛揚揚，好像撒胡椒粉似的，屋子裡好一陣煙塵混亂。一瞬間，人馬散盡，紛紛離去。假睡的衛中堂把這一切盡收眼底，甚爲驚詫，不知這到底是怎麼回事兒。他悄悄穿上鞋子，站起來往屋外窺視，外面一點痕跡、

響動都沒有。返身環顧室內四周，也沒有發現什麼。再仔細查看，只見牆壁磚縫裡有一條小武士們忘記帶走的小獵犬。

衛中堂急忙把小獵犬捉住，那小獵犬倒也馴服，並無掙扎反抗之態。衛中堂把它放在裝硯臺的木匣中，反覆觀賞。只見小獵犬絨毛非常細密，頸上還戴著護圈。他拿飯粒餵小獵犬，它聞一聞便掉頭而去，然後跳上床榻，尋衣覓縫，搜捕找食蝨子和蟲卵。吃飽以後，則回到硯盒中躺下睡覺。

過了一夜，衛中堂估計小獵犬已經走掉了，到硯盒一看，只見它依然盤著身子在睡覺。然而等衛中堂一躺到床上，小獵犬便登上床墊竹席，碰上虱蚤之類，便抓住吃掉，連蚊子、蒼蠅都嚇得不敢到床上落腳停歇。

衛中堂簡直視小獵犬為寶貝，喜愛得不得了。一日，他白天臥床休息，小獵犬也悄悄來到他身旁，靜靜地伏身相伴。衛中堂醒來時翻了個身，把小獵犬壓在身下。他警覺到身下有東西，立即想到可能是小獵犬，急忙起身查看，果然是它。小獵犬不僅被壓死，而且壓得扁扁的如同剪紙一般。然而從此以後，衛中堂的屋裡再也沒有發現活著的臭蟲、虱蚤了。＊出自《聊齋志異》卷四〈小獵犬〉

秀才驅怪

　　長山的徐遠，是明末的秀才，改朝換代以後，他棄儒訪道，在北方學了一點道術。他雖然道行不大，但遠近聞名。

　　某地一位聲勢顯赫的紳士，派僕人拿著他熱誠相邀的書信，帶著豐厚的禮金，並特備坐騎，專程請徐遠光臨。徐遠問僕人：「你家主人專程相邀，是爲什麼呀？」僕人說：「小人不知，主人只是囑咐我務必請先生屈駕光臨。」徐遠便與僕人一同起程。

　　到達以後，主人立即設宴洗塵，不僅禮儀周到，而且態度虔敬。徐遠受之不安，向主人說：「邀我來到底要作什麼，望實相告，以釋疑慮。」他幾次提出這個問題，主人都說沒什麼事，只是頻頻勸酒而已。主賓喝著談著，不覺已到傍晚。本來是在客堂飲酒，此時主人邀徐遠移桌到花園再暢懷舉杯。花園裡景色布局堪稱佳妙，只是竹子、樹木爲暮靄籠罩，景物給人一種陰森森的感覺。只見叢叢雜花爲荒草所掩，半隱半現，更平添幾分恐怖。主人領著秀才，來到花園一座閣樓裡。只見閣樓內平放著一塊板子，上面蛛網錯雜。顯然這地方許久無人居住了。他們便在這裡喝酒。酒過數巡，天色已晚，主人命僕人點起蠟燭，繼續飲酒。徐遠實在不能再喝，主人便命撤酒上茶。僕人慌忙撤去杯盤食具，一齊放到左邊房間的几案上。

　　茶只喝了一半，主人便託故辭去。僕人拿著蠟燭，領秀才到左邊房間就寢。他把燭臺放到桌上，立馬轉身離去，顯得行色匆促，待客之道也近乎草率了。徐遠懷疑僕人那麼快走出去，是去拿鋪蓋被褥來陪他睡覺，但是等了許久，絲毫未見僕人蹤影。徐遠只得自己起身關門就寢。

　　徐遠上床後，只見皎月當空，照進房間，也照到了床上。園中鳥兒夜叫，秋蟲唧唧，不絕於耳。此時徐遠不由得心中發慌，

躺在那裡就是睡不踏實。不一會兒，只聽剛才飲酒的平板上面彷彿有什麼牲口蹄子錯亂蹬踏的聲音，而且越來越響。不久，那蹬踏聲下了台階，漸漸臨近徐遠的寢室。徐遠嚇得毛髮直豎，就跟刺蝟炸刺似的。在他急忙用被子蒙住腦袋的同時，房門已豁然洞開。徐遠把被角掀開一條縫，悄悄往外望去，只見一個怪物，長著個畜生腦袋，遍體是毛，長如馬頸上的鬃毛，通體深黑，但一張嘴便可見一排雪亮如山峰起伏的巨齒，雙眼也炯然像要噴火一般。那怪物走到几案前，便伏下身子去吃食具中的剩菜。只見它舌頭一撥拉，幾隻碗盤便一掃而光。待它舐盡吃光，便走到床榻之前，來嗅徐遠蒙在身上的被子。

徐遠此時已別無選擇，驟然跳將起來，翻過被子，蒙在怪物的腦袋上，並且緊緊按住，放聲狂喊不已。那怪物想不到徐遠還有這一手，吃了一驚，用力掙脫，回身打開門，逃竄而去。

徐遠披上衣服追出去，但是花園門從外面上了鎖，他出不去，只好順著牆根疾走，見到一低矮處，就跳牆而去。牆外原來是主人家的馬廄。馬夫見徐遠闖入，吃了一驚。徐遠將緣故告訴他，並要求在馬廄裡暫避一宿。

天快亮的時候，主人派人來窺探徐遠的動靜。來人見徐遠不見了，報告主人，主人大為驚駭。過了一陣子，徐遠自己從馬廄中走出來，見到主人，大怒道：「我不會驅怪之術，你要我作這件事，怎不把實情告訴我。我的旅行袋中原本藏著一把如意鉤，可是你又不把袋子給我送到寢室裡，你是想置我於死地嗎！」主人連連謝罪說：「早先是打算把實情告訴你的，但是擔心你知情後就不幹了。至於行囊中藏著兵器，我實在不知道，並非有意為之。著實死罪難宥，尚請先生原諒。」

聽了主人一番話，秀才依然怏怏不樂，要了一匹坐騎，逕自回家去了。而從此以後主人家中怪物絕跡。後來主人每每在花園中宴請賓客，總要喜孜孜地對客人說：「我永遠也不會忘記徐秀才的功勞！」 *出自《聊齋志異》卷四〈秀才驅怪〉

陸押官

　　湖南廣陵人趙公，曾在宮中作官，退休後回到老家。有個少年等候在門外，要求給趙公當文書。趙公召他進去，見他人頗秀雅，問他姓名，自稱陸押官，自願爲趙公服務，不要傭金。趙公就留用了他。

　　陸押官的聰慧，超過一般僕人。趙公往來書信奏摺，都由他執筆，寫得都很精妙得體。趙公與客人下棋時，陸押官在一旁看著，關鍵時刻，陸押官略加指點，趙公盤盤皆贏。故而趙公對陸押官特別寵愛。

　　其他僕人見陸押官處處爲主人所垂愛，便要他請客。陸押官一口答應，問道：「共有多少人？」

　　僕人爲了爲難他，把莊園別墅裡的管理人員一起算上，告訴他一共有三十多人。陸押官說：「這太容易了！但客人較多，匆忙之間我不能辦那麼多筵席，咱們到酒店去吧！」於是他把僕人們都邀來，一起來到臨街的酒店裡。

　　大家坐定，剛要斟酒，有人按著酒壺站起來說：「各位先別喝，請問今天誰作東道主？請先把錢掏出來攤著，咱們才能暢懷放飲，縱情吃菜。要不然，這幾桌酒得好幾兩銀子，到時候吃完了一哄而散，向誰去要錢啊？」

　　聽他那麼一說，大家都把眼睛盯住陸押官。陸押官笑道：「怎麼著，當我沒錢啊？我有！」說罷站起身來，到麵缸裡抓過一把濕麵，團成拳頭那麼大，然後他捏下一小塊麵，擲在桌上，便化爲一隻老鼠。他邊捏邊擲，等到把一團麵捏完，只見滿桌老鼠亂竄。

　　陸押官隨手逮住一隻耗子，用手一擠，只聽啾的一聲叫，老鼠肚皮破裂，擠出一小塊銀子。再捉，再擠，頃刻老鼠已盡，桌

上滿是碎銀子。他對眾人說：「還不夠咱們喝嗎？」

大家非常詫異，一起縱情歡飲。喝完酒結賬，一共三兩多銀子，秤秤桌上的碎銀子，滿夠這個數。

眾人索取了一塊碎銀，回府後告訴主人陸押官如何化鼠取銀。趙公要他們取銀來看，僕人們搜遍口袋，銀子不見了。僕人便到酒店去問店主，銀子何在，店主打開錢箱一看，銀子都化為蒺藜。

僕人回到府中，把所見一切稟報趙公，趙公便來責問陸押官。陸押官說：「朋友們一定要我請客，我囊中空空，因小的時候學過變錢的小魔術，便到酒店一試手段。」

眾人要他負責賠償酒錢，陸押官說：「在某個村子剛打過的麥秸中，再簸揚一下，可得到兩石麥子，用這麥子償還店家酒錢綽綽有餘了！」

正巧那個村的管事要回去，有人便同他一起走。到了林中，果然見到乾乾淨淨的兩石麥子已被簸出，堆放在場子中央。眾人從此對陸押官更加稱奇和佩服。

一天，趙公到朋友家赴宴，見客堂中有盆蘭花開得非常好，他十分喜愛，回到家裡還讚歎不已。陸押官說：「真那麼愛這盆蘭花，我替你弄一盆也不難。」

趙公不信，但是第二天清晨來到書齋，聞到濃郁的蘭香，見有一盆蘭花放著，蘭葉和花的多寡與昨天在友人家所見的那盆一模一樣。

趙公懷疑陸押官把朋友家那盆偷來了，陸押官說：「我家裡養的蘭花，不下千百餘盆，難道還要去偷人家的？」

趙公不信。正在此時，那朋友來了，見到蘭花驚呼說：「怎會那麼像舍下的那盆蘭花！」

趙公說：「我剛買的，也不知賣主的這盆蘭花是從哪兒來的。不過你離家時，見你家那盆蘭花還在嗎？」

朋友說：「我來時實在沒到書齋中去看我的那盆蘭花，所以

在不在還不得而知。不過，這盆蘭花確實像是我的那盆，但是又怎麼會到這裡呢？」

趙公無言以對，只顧看著陸押官。陸押官說：「是不是你的蘭花不難分辨，您家的花盆是破的，在裂縫處綴補過，這一盆花的盆子可沒有破損之處。」

朋友驗看花盆，這才信了陸押官的話。

當夜，陸押官對趙公說：「我曾說我家花卉很多，今天請主人屈尊移步，趁月色皎好到我家一觀。不過別的人都不能跟隨，只有阿鴨同去無妨。」陸押官所說的阿鴨，便是趙公的書僮。

趙公聽從陸押官的安排，一出府門，見已有四個人抬著轎子等候在路旁。他上轎之後，只覺得轎夫行走如同奔馬般迅捷。只一會兒，轎子進入某一山中，趙公只覺得奇香沁人。到達一處洞府，見房屋輝煌，不像人間所有。洞府中到處是異花奇石，不僅花好而且花盆也只只精緻無比。在月光流瀉中，花香四溢。光是蘭花，就有好幾十盆，盆盆葉茂花盛。

趙公觀賞完畢，陸押官命轎夫像來時那樣把主人送回府中。

陸押官一直跟隨趙公達十幾年，直到趙公無疾而終，他與阿鴨便一起離開趙府，不知到哪裡去了。＊出自《聊齋志異》卷八〈陸押官〉

李公堯臣

　　李堯臣，安徽人。在我遊歷蘇州的時候，常與他在一起賦詩飲酒為樂。他對我講了三年前親身經歷的一件事。

　　一天，他忽然發現有一個人，像影子一樣跟著他，形影不離，夜裡也同睡。起初影子還不十分明顯，時間長了，則眉毛眼睛都清晰可辨。人笑他也笑，人生氣他也生氣，就連照鏡子也清清楚楚是兩個人。衣服、身材、面貌同他本人完全一樣，簡直就成了兩個李堯臣，甚至沒辦法分辨誰是真的誰是假的。只有他自己看時才有此景，別人看就沒有。李堯臣心裡害怕，又覺得很奇怪，懷疑是狐狸附體。他聽說某道士擅長驅狐，便將道士請到家中，設壇召將，懸符念咒，但始終不管用。後來，他又懷疑是被以前作下的冤孽纏住了，又請和尚念經、放焰火，希望由此得到解脫。可敲鈸打鼓熱鬧了好幾天，還是不濟事。就這樣好幾個月，摸不著、刺不中、叫不應、轟不走，心裡厭惡卻也無可奈何。李公日漸瘦弱，只好等死。

　　有一位精通醫道的醫生，看過他的怪病之後，說：「沒什麼特別的病因，這種病可以治。」大家都笑他胡吹亂講，姑且由他開方。藥方為：「人參一錢、硃砂三錢、茯苓三錢。煎濃汁，每天服一劑。」服了兩劑，覺得所見影人已經不太清晰。服到四劑，一整天中偶爾只見一回。服到六劑，則完全不見了。之後，又服了十全大補湯，恢復了健康，同正常人一樣。

　　我偶然查閱醫書，從中看到有夏子益奇病方。藥方上說：凡是人自己的身體變成兩個，並行並臥，辨不清真假的，是離魂病。我這才明白李公得的是離魂病。他所服的藥方，就是奇病方中的古方。＊出自《志異續編》卷一〈李公堯臣〉

馱碑的石龜精

　　無錫有位姓華的書生，風流倜儻，面如美玉。華生家住水溝頭，離孔廟很近。孔廟前地勢開闊，又有一座古石橋，是眾人納涼的好去處。

　　一日，華生在橋頭納涼，到晚上，信步走入孔廟。正百無聊賴之際，忽然發現一條小道旁有一小門，門前站著位美貌異常的姑娘。華生原本風流，見此不覺心中一動，走向前深施一禮，說「小姐，小生要焚香敬聖，可惜無火，能否行個方便？」那女子嫣然一笑，轉身取了火石、火絨遞與華生。兩隻眸子含情脈脈，直看得華生渾身酥麻，剛想再說什麼，那女子已轉身進屋，關了房門。

　　第二天天剛黑，華生又來到孔廟找那女子，發現女子已打扮得花枝招展站在門口等他了。華生大樂，問那女子姓甚名誰，那女子說：「妾本是這鄉學看門人之女，家中房舍窄小，公子家離這兒很近，如若不嫌小女姿容醜陋，明夜可闢一靜室，晚上我會……」說到此，那女子面上一紅，轉身進屋去了。華生聞聽此言，不禁手舞足蹈，趕忙回家騙妻子說：「天氣太熱，我要靜心夜讀，這一陣我先睡到外面的空房去，等秋涼後再搬回來。」

　　第二天夜晚月色如銀，那女子果真躡足潛蹤來到了華生住所。華生大喜過望，忙不迭地寬衣解帶，急就雲雨之歡。從此，這女子每日必來，來必尋歡。幾個月後，華生已是面黃肌瘦，弱不禁風。華生父母好生奇怪，問華生又問不出所以然。一夜，華生父母悄悄來到華生的寢室，捅破窗紙往裡看，但見華生正和一妖豔女子摟抱一處，嘻笑玩耍。華生父母又驚又怒，推開房門衝了進去，那女子聽到人聲，早已蹤跡全無。華生父母氣得渾身哆嗦，臭罵華生一頓。華生此時汗流浹背，不得不把事情一五一十

說出來。華生父母聽罷，面面相覷。

第二天，華生父母帶著華生同赴孔廟旁邊去找那女子，來到那裡一看，原來那女子所說的住所本是間廢屋，門前蒿草過人。問遍看門的人，其中沒有一人有女兒。如此一來，大夥全知道華生遇見妖怪了。華生父母愛子心切，四處請和尚、道士降妖除怪，錢花了不少，可妖怪仍是每夕必至，等華生一睡便與他成歡。華生的父親是個聰明人，一日，他遞與華生一包朱砂，悄聲說：「你把朱砂好好藏著，等那女子來時，暗中抹在她身上，以後咱們四處察訪，便可知此妖的蹤跡。」是夜，華生依計而行，把朱砂抹在妖怪的頭髮上，那妖怪絲毫不知。

第二天，華生父母知此計成功，大喜過望，連忙來到孔廟四處查找，但費了半天功夫，什麼怪異之處也沒發現。正垂頭喪氣時，忽聽一婦女罵小孩兒說：「剛給你換的新褲子，就這麼一會兒，瞧給你弄的，屁股都紅了，你到哪折騰去了？」華生的父親聽到這話暗喜，一看那小孩兒的褲子上，不是朱砂是什麼？華生父親細問小孩兒從何處染來，那小孩哭嘰嘰地說：「剛才我到孔廟前，騎著馱碑的烏龜玩，誰知怎麼把褲子染紅了？」華生的父親聽罷，三步併兩步來到鄉學，將事情的來龍去脈秉明學官，學官驚愕之餘，命人把馱碑烏龜砸得粉碎。砸開石龜後，發現每片石頭上都隱隱地含有血絲，而且石龜腹中有光溜溜的石蛋，很像龜卵，堅硬無比，怎麼砸也不碎。他們只好把這些石蛋遠遠地扔進太湖。從此，那女子消聲匿跡，華生家額首相慶，如遇大赦。

誰知，半月後，那女子忽然直衝入華生的寢室，雙手扠腰，怒罵說：「我怎麼害你了？你竟擊碎我的身體，何以如此薄情？」華生見到這女子，嚇得渾身顫抖。那女子見他這副樣子，由怒轉笑說：「瞧你那沒出息樣，你父母不就是可惜你的小命嗎？告訴你，我已有仙宮靈藥，你吃了，身體立時強壯如初。傻小子，我不疼你，誰來疼你？」說罷，拿出幾片草葉，令華生吞下。華生不敢不吃，但覺清香透鼻，甜美異常。那女子又說：「原先我與

你住得挺近，可以晚來早走，現在，我住得挺遠，必須長住此處了。」從此，這妖怪光天化日之下，進進出出，儼然成了華生的媳婦，只不過不飲不食而已。

華生的妻子曾臭罵過妖怪幾次，但這女子笑而不答。每天晚上，華生的妻子守著丈夫，不讓那女的上床，但剛一躺下，她就不知不覺地昏昏睡去，那女子便跳上床來與華生摟在一處。所幸，華生食藥後，精神大好，長得又白又胖，體力比過去還充沛。華生父母無奈，只得聽之任之。如此一年有餘。

一日，華生偶然在街上碰見一癩道人，這癩道人冷冷地看著華生半晌，說：「公子遍身妖氣，如若不把實情相告，死期近矣。」華生不敢隱瞞，把這一年來的遭遇哭訴一遍。癩道人聽罷，雙眉緊皺，把華生拉入一家茶館，找個偏僻處坐下，看看四周無人注意，從背上解下一個葫蘆，打開蓋，倒了碗酒，喝一口後說：「這有兩張黃紙符，你拿回家去，一張貼在臥室門上，一張貼在床上，不要讓那妖怪發覺。唉，你與她的孽緣還未退盡，現在是六月中旬，等到八月十五，我會親自來降妖除怪。」說罷，遞與華生兩張符，飄然逝去。

華生回家，照癩道人所囑，貼上這兩張符。那女子晚上走到華生的房門口，驀地一驚，退了幾步，罵道：「臭小子，你這薄情寡義的東西，尋了這勞什子嚇我，難道能嚇住我不成？」但不管怎麼罵，這妖怪卻不敢進去。良久，那女子突然哈哈大笑，說：「華公子，我要跟你說句要緊話，聽與不聽全在你了。如想聽，請摘符。」華生猶疑半天，摘下了兩張黃紙符。那女子急步衝進寢室，一把摟定華生，眼淚撲簌簌落下，嬌聲說：「公子是美面郎君，誰人不知我愛公子，那髒兮兮的癩道人也對您垂涎三尺。我愛公子，是想讓你長長遠遠作我的好郎君；那癩道人愛你，是想讓你作他的男寵罷了。」華生是個沒主見的人，聽了這番話，心眼活了，對那女子的懼怕減了不少，兩人又像過去一樣，同床共枕，宛如夫婦。

　　轉眼到了八月中秋，這日，華生正與那女子相偎賞月，忽然聽見有人大聲叫他名字，回頭一看，那癲道人正站在短牆外。華生走過去想看個究竟，那癲道人一把拉住他說：「你妖緣將盡，我今日特來為你驅妖。」華生聽此言，想起那女子的一番言語，禁不住遲疑不決。癲道人怒道：「這妖孽往我頭上潑髒水，毀我清名，此事我早已知道。因此，更不能輕饒這個畜牲。這有兩張符，你持此符，速去擒妖。」華生聽了這話，還是有些拿不定主意。這時，有個聰明的僕人接過兩張符，走進內室，送與華生的妻子。華生的妻子大喜，顧不得衣冠不整，頭髮散亂，拿著兩張符衝出內室，對著妖怪大喝一聲：「著！」霎時間，那女子神情萎頓，面色如土，戰顫不已。早有僕人取了根繩索，把那女子五花大綁，往外推去。那女子雙淚漣漣，一步一回頭，泣道：「公子，我早知我倆姻緣將盡，但我因戀你情癡，才受此大禍。這數年間，我對你的一點真情，你如何不知？現在我們永別在即，求你把我放到牆陰下，不要讓月光照我，這點小恩惠，公子總會給的吧？」華生聽她這樣說，憐憫之心頓生，不顧眾人相阻，走向前，把那女子扶到牆陰處，解開綁縛，正想說點什麼，那女子突然騰地躍起，化作一片黑雲，向南飛去。那癲道人見此，雙目圓睜，大喝一聲：「哪裡去！」也騰空而起向南追去。

　　華家從此大禍離家，和美如初。至於那女子與癲道人後來到底怎麼樣了，沒有人知道。＊出自《子不語》卷六〈贔屭精〉

子不語娘娘

固安縣有一小販名叫劉瑞，以販雞為生。劉瑞年僅二十，父母雙亡，長得一表人材。一日，劉瑞挑了十來隻雞進城販賣，快到城門口時，看見一位姿容絕代的女子坐在一塊青石上，這女子一見劉瑞，如逢知己，呼道：「劉郎怎麼這會兒才來，快坐下，我有話跟你說。我本仙人，與你前生有緣，所以在此等郎君。你千萬別害怕，我可不是什麼狐狸精、吸血鬼。唉！只可惜與劉郎緣分只有三年。」劉瑞天生懦弱，哪見過這個陣勢，臉早羞得跟紅布似的，口中不住聲地說：「我得走了，我得走了。」那女子笑說：「你別怕，你今日進城販雞，必遇一大主顧把這十來隻雞一併買走，你可得八千四百文。」

劉瑞心中像揣了只小兔，撲騰亂跳。他低著頭，挑著雞，三步併兩步向前走去。進了城，還真讓那女子說中了，不一會兒，雞被一人全部買下，得到的錢數也與那女子所說一文不差。劉瑞心想：「我一個窮小子，哪有遇仙女的緣分，別是碰上鬼了，今兒個換條小路回家，別再節外生枝。」

劉瑞七繞八拐，走了好多冤枉路，氣喘噓噓趕到家時，那女子已笑咪咪等在家裡，說：「我說與你有三年的緣分，你還不信，命中註定，你休再疑慮，從今天開始，我就住在這兒了。」就這樣，這女子半強迫地與劉瑞成了親。

第二天，這女子看看這簡陋至極的小屋，皺眉說：「這房太小、太破，我住不慣，還得另建幾間房。」劉瑞一聽，愁眉苦臉，低頭說：「我是個窮漢子，兜裡就這八千四百文，哪有錢修房啊？」那女子略一沉吟，說：「郎君不用煩心，我知道，這小房也不是郎君的房產，是你叔叔劉癩子暫借與你的，是不是？」劉瑞嘆口氣，點點頭。那女子說：「劉癩子如今賭錢大輸特輸，

正在危難之際，你拿二千五百文速去賭場，可趁機買下此房，再圖長計。」

劉瑞依言而往，果見劉癩子因欠債無錢，被人綁在樹上，受辱甚苦。劉癩子一見劉瑞，涕淚齊下，不住聲兒叫道：「賢侄，賢侄，救救叔叔，你替我還了錢，那間小屋，就是你的了。」劉瑞大喜，心裡道：「這便宜事那裡去撿，那仙女果有神道。」忙說：「行行行，好好好。」

回到家中，劉瑞喜孜孜地把房契交與那女子，說：「多謝賢妻，作成一筆好買賣。」那女子一撇嘴說：「這算什麼，等明天你再瞧瞧咱這個家，那時你非樂掉下巴不可。」劉瑞將信將疑。第二天出門一瞧，院內已面目全非，煥然一新，一座二層小樓平地而起，樓內家俱擺設一應俱全，無不精美。劉瑞愕然，半晌，自言自語說：「我這窮小子真是遇見仙女了。」

鄰居聽說劉瑞這窮小子娶了房如花似玉的媳婦，還發了財，修了房，羨慕不已，都吵著要來參觀。劉瑞有點擔心，問那女子，說：「神仙姐姐，這事妳瞧怎麼辦才好？」那女子坦然說：「街坊鄰居，串串門有什麼大驚小怪，願意來就來吧。不過這些人中有個叫王五的，很是無賴，品行極差，叫他不必來了。」劉瑞把這話與王五說，王五拍桌子說：「混蛋，這幫人都能去，就我是犯了死罪的？你小子別有點兒錢就狗眼看人低。」

第二天，王五偏偏挺胸凸肚，一步三搖隨著大夥走進劉瑞家。別人進得劉瑞家，與那女子又是問好又是作揖，王五斜眼瞧那女子美若天仙，暗道：「劉瑞這小子不知哪輩子積了德，修來這麼位仙女，看我當著眾人羞辱羞辱她。」想到此，他走上一步，嬉皮笑臉說：「嫂嫂，這兒修的真是好，昨晚上，你們夫妻倆在床上過的也挺不錯吧？哈哈哈！」那女子聽了，登時粉面生威，怒道：「呸！我早知你是無賴種子，原本不許你來，你既來了，怎敢如此撒野？」向空喝道：「捆起來！」說也真怪，那王五真的撲通跪倒，雙手背到後面，連連叩首。那女子又說：「掌

嘴！」那王五便劈劈啪啪地連抽自己嘴巴。眾鄰居見此，都以爲是仙人下界，一起跪倒，替王五求情。半晌，那女子說：「孽畜，看在鄰居面上，饒你一命，滾出去。」那王五聽了，連忙爬起，踉踉蹌蹌跌出了門。從此王五羞見鄰人，再也不敢在這村裡住了。

那女子一年後爲劉瑞生了個眉清目秀、白白胖胖的兒子，一家三口豐家足食，和和美美。

一日，那女子擺了一桌酒席，把懷中的小兒遞到劉瑞懷中，趴在他身上，抽抽答答哭了起來。劉瑞忙摟住妻子，問長問短。那女子止住抽噎，說：「郎君不記得我與你緣分只有三年的話了？現在我到你家已經三年，馬上就要離去，拖延不得。我走後，你可另娶一房賢妻，讓她善待我兒，我會時時回來看你父子。人不能見我，我可以見人。」劉瑞聽罷此言，目瞪口呆，如逢大禍，半晌才哭出聲來。那女子起身欲走，劉瑞幾步向前，抓住那女子衣襟，說：「賢妻，妳來我家後，我才有了口安生飯吃，妳走後，我父子何以爲生？」那女子聽了，轉身坐下，思忖半晌，說：「我也考慮到了這事。」說著，從袖中拿出了個小木偶，說：「我這個小木偶，她姓子名不語，是我的丫鬟，她能知過去未來之事，你在樓上打掃出一間房，虔誠供奉她，所有生意上的事，全聽她的，準可發財。」劉瑞念過幾年書，聽此驚道：「論語有言『子不語亂力怪神』，她名叫子不語，難道是怪不成？」那女子慘然一笑，說：「傻郎君，相聚三載，你難道不知我也是個精怪？你須知，人世險惡，人不如怪者多矣。我們精怪中善心者、鍾情者、守信者比人間強多了。這婢子相貌醜陋，不願與人相見，你供她在樓中，聽她言語即可。」劉瑞連連稱是。

三天後，劉瑞早起發現那女子已無影無蹤，杳如黃鶴。劉瑞一摸衾被猶溫，再看一看酣睡的小兒，又禁不住雙淚漣漣。

從此，劉瑞把那木偶供在樓中，稱「子不語娘娘」。每日將三餐送入房中，掩門去後，但聞咀嚼之聲，不一會兒，再進去，

已是碗盤皆空。如果口呼「子不語娘娘」，她便從木偶背後發出女子的聲音，與常人毫無二致。人們在樓梯上還常可以發現她行走時留下的腳印。子不語娘娘對劉瑞有問必答，劉瑞按照她的意見作生意，無不大賺其錢。沒過多久，就成了當地大戶。

　　過了三年，一日，那女子從天而降，一把拉住劉瑞的手，端詳許久，雙目含淚，說：「如今你的家財可有三千兩銀子？」劉瑞點點頭，那女子說：「郎君福淺，不宜再多有金錢，如今不但我要與你天人永隔，子不語娘娘我也要帶走了。三年恩愛，君莫忘記。人間天上，妾永憶郎君。」說罷，凝睇萬福，倏忽而滅。

　　這以後，人們去樓上叫子不語娘娘，再也沒有響動。劉瑞與那女子所生的兒子，長大後一表人材，曾在固安縣縣學讀書，不少人親眼見過他。＊出自《續子不語》卷二〈子不語娘娘〉

石板中怪

　　桐城縣朱書樓的老父閒居巢縣，離他家不遠，有座不知名的高山，險峻無比，不通人跡。一天，一佃戶匆匆忙忙跑到朱書樓家，對其父說：「老爺，有鬼了，那山上，木魚梆梆地響，一個人也沒有！您瞧瞧去吧！」朱父聽了，帶了幾十個精壯小夥子，拿著扁擔、鐵鍬，便往山上衝去。來到山頂，大夥鬆了口氣，並無什麼妖魔，只有個乾瘦的老和尚端坐山洞中，閉著雙眼，不緊不慢地敲著木魚。一個佃戶喝道：「老和尚，你是哪來的？」這和尚一動不動，一聲不吭。朱父攔住眾人，向前兩步深施一禮，說：「高僧可用齋飯？」那和尚聽此言，雙目微微一抬，半晌，緩緩地說：「老僧辟穀多年，何用齋飯？謝謝。」說罷，又端坐不語，跟雕塑一般。眾人只好交頭接耳地信步走下山去。

　　朱父回家對母親閒談此事，其母驚道：「這是有道的高僧，怎可如此輕慢？罪過罪過。我這有五百兩黃金，你快去安排，為高僧在山頂立廟安身，好好供奉，快去，快去！」

　　第二天，朱父帶領大批工匠來到山頂，七手八腳開始建廟。正加緊施工時，那老僧慢慢走了出來，雙手合十，對眾人說：「善哉！貧僧多謝了，這山頂鎮壓著兩妖，你等若發現青石板，切不可掘開，慎之，慎之。」

　　沒幾天，幾個工匠打地基時果然發現一塊青石板。其中一個工匠四周望望，小聲說：「這老和尚裝模作樣，什麼妖怪不妖怪，肯定是這底下有金元寶，他不想讓我們挖，才編這鬼話嚇人。別信他。」幾個工匠也鬼迷心竅，不管三七二十一真把青石板抬了起來。只聽喇啦一聲，一股黑煙從石板下黑洞中猛衝出來，打了幾個旋後沖天而去。霎時飛沙走石，迷人耳目。恰在此時，那老僧衝出山洞，跌足說：「罪孽，罪孽，不聽貧道之言，

妖已逃去，禍不遠矣。」

　　果不其然，這廟還沒建完，一姓方的大戶的僕人便被兩女妖纏上了，沒幾天，就已病體懨懨，瘦骨嶙峋。那和尚得知後，下山來，讓眾人建了一座法壇，點上七星燈，緊閉雙目，口中念念有詞。片刻，這和尚一揮僧袍，雙手向天空一指，圓睜雙目，喝道：「孽畜，妳等幽閉雖久，野性未除，快隨我山頂修煉，方能成其正果，否則，性命危矣。」說罷，這和尚合掌下壇，目不旁顧，逕自上山頂去了。經和尚所作法事，那受惑的奴僕不久就擺脫了兩女妖，漸知人事。幾天後，修廟的人發現這和尚身旁多了兩位俏麗的女子，一會兒替和尚打扇，一會兒替和尚遮陰，侍候得極為殷勤。大家嘀嘀咕咕說：「這八成就是那兩女妖吧！」

　　過了六年，一天，老和尚對前來參拜的朱父說：「先生，貧僧今日道德圓滿，過幾天就要坐化飛升，永離人世。我法號大容，少年得異人指點，到今日才能修成正果。這六年來，謝謝你殷勤布施。我身邊兩女，現已皈依佛法，我走後，她們自會往他處修煉。但這兩女與此地大戶方家有一段舊債未了，我坐化後，你等須誠心供奉她們七日，才能了結此案，切記，切記。」

　　第二天，這和尚安然地舉火自焚，除了朱父外，其他人都覺得好生詫異。沒幾天，那兩妖又回到了方家，附在一奴僕身上，又哭又鬧，一會兒要吃酒，一會要吃菜，鬧得方家雞犬不寧。朱父聽說後，便把和尚圓寂前所說的對方家講了一遍。方家大驚，馬上大擺香案，供奉兩女。七天後，那受魅惑的奴僕說：「我們已經上千年沒看戲了，你快為我倆演七齣戲，我倆看在和尚面上，姑且饒你。」方家聽了，立即請來最好的班社，吹吹打打，鬧鬧哄哄演了七天戲。七天過去，方家正疑神疑鬼，一奴僕喘喘跑來說：「老爺，早晨起來，大廳桌上也不知誰放了這個。」接過一看，原來是一張大紅帖，上面寫著六個絹秀的正楷「嫣紅環翠謝戲」。從此，方家一直太平無事。＊出自《續子不語》卷六〈石板中怪〉

妖怪弄爆竹自焚

紹興城中一大戶，家後院有座小樓，已多年無人居住，破敗不堪。

一天，這家來了朋友，要借宿一夜。戶主半開玩笑說：「東後院有整整一座樓，寬敞得很，可惜住不得。」客人好奇，追問原因。戶主一瞧客人當了真，嘆口氣說：「這樓原先是堆放雜物用的，很久以前，有兩僕人在樓中過夜。深夜，就聽見樓上發出怪叫，我過去一看，只見兩僕面色如土，體若篩糠，一句話也說不出。半晌才道：『我二人剛想睡覺，忽然發現一方形怪物，一蹦一跳直奔床前。這怪物長不過二尺，跟放在大門口鎮宅的泰山石敢當的樣子差不多，我們嚇得掉了魂，因此大叫。』從此，這座樓再也無人敢進，好端端的房子，就這麼廢了。唉！」

客人聽了這番話，不但不怕，反而笑說：「既然這麼可怕，我倒非要住一夜，見識見識這個妖怪，開開眼界。」主人百般勸阻，客人絲毫不為所動。無奈，主人只好派人打掃荒樓，安下床榻。客人見天色已晚，便獨自一人，左手擎燭，右手持劍，走上荒樓。

漏已三下，客人見無異樣，便欲上榻就寢，忽然聽到屋角嘶嘶作響，一會兒，果見一石敢當形狀的怪物跳了出來。這怪物一步一步跳向臥榻，半途上碰到了書桌，它騰地一下跳到椅子上，把客人的書胡亂翻騰。客人此時提劍在手，絲毫不感害怕，覺得很是有趣，但也不驚嚇此怪。不一會兒，這怪物又把客人的書篋打開，把雜物倒了滿桌。這書篋內正巧有幾枚徽州產的炮竹，這妖怪對炮竹產生了興趣，拿在手中顛三倒四地看個不夠，又把炮竹拿近燈前，想看個明白，不知怎地一不小心，燈火點著了藥撚，只聽轟地一聲巨響，炮竹在妖怪手中爆炸了。這妖怪大驚，

口中發出唧唧怪叫，趴在地上，一會就不見了。客人怕此怪還來，手持寶劍，直坐到天明。

　　第二天早晨，客人把昨夜的奇遇告訴主人，主人摸著後腦勺，也猜不出這到底是個什麼妖怪。

　　是夜，客人又住宿荒樓，一夜平安無事。從此，這樓中再也見不到妖怪了。＊自出《子不語》卷六〈怪弄爆竹自焚〉

高明經遇妖

侍郎高念東的長孫高明經講過這樣一件怪事：

早年，高明經新婚之後，忽然得了頭暈的毛病。平常好好的，就突然摔倒在地上，不知人事，半晌方蘇醒。不久，高明經經常聽到有人輕哼「勒勒，勒勒！」但環顧左右，周圍一人也沒有。沒幾天，高明經眼前時常晃動著一個一尺來高的小孩，似真似夢，驅之即去，閉目則來。從此，高明經身體一天不如一天，沒多久，就瘦成了一把骨頭，躺在床上連說話的勁都沒了。

家中見寶貝女婿成了這副模樣，急得心都碎了，大家認為這是妖怪作祟，決定請方士降妖除怪。可折騰了十來天，全家鬧得雞飛狗跳，高明經的病反更重了三分，眼看沒幾天可活了。正在危難之時，有個見多識廣的老僕人出了個主意說：「這該死的小孩是個禍源，公子病中常看見他鑽入茶几底下，一晃就不見了，咱們對症下藥，在茶几底下放一盆水，再在公子床頭放把利劍。那小子來時，讓公子使足力氣，狠狠砍這小子，他一跑，必落水中。」高明經岳家依計而行，當天下午，高明經正迷迷糊糊之間，又見那小兒蹦上床來，又跳又舞。高明經緊咬牙關，握緊寶劍，狠命擊出。只聽咚的一聲，那小兒倏忽而滅。僕人聞聲奔來，一看水盆中竟漂著一隻木偶。這木作的小孩身穿紅衣紅褲，脖子上套著個紅絲套，與高明經所見毫無二致。有人好奇，撥拉這木偶幾下，那小兒便自己掐住自己的脖子，作上吊狀。高明經岳家又氣又喜，早有家人上前一把火將這木偶燒成灰燼。沒幾天，街坊就傳開了，說有個木匠就在高明經岳家抓住那小木偶的當天暴病而亡。原來，這木匠在高明經岳家修房時嫌工錢太少，爭了幾次都沒如願，懷恨在心，作了個小木偶放在房梁上，謀害高明經。這回陰術被破，害人害己，真是罪有應得。

高明經雖然擺脫了這木偶的蠱惑，但身體太差，兩個多月後，才勉強能下地行走。這天晚上，高明經覺得精神稍好，由兩個丫鬟攙著，來到花園的涼亭中。待緩緩坐穩，他對兩個丫鬟說：「取茶來。」丫鬟走後，高明經望月長吁，正感慨人世險惡，忽聽牆頭傳來一陣咯咯嬌笑，高明經一抬頭，一明眸皓齒的女子正衝著他雙目傳情。高明經依稀認得這是鄰家之女，便微微一笑，招手說：「來呀，小姐。」那女孩聽罷，飄然躍下牆來，輕步來到涼亭上，手持一壺一杯，對高明經說：「公子渴了吧！喝杯茶，潤潤嗓子。」高明經聽罷，心中怪道：「她怎麼知道我要喝茶，別是什麼精怪不成？」恰在此時，那兩丫鬟取茶而至，高明經錯愕之際，再也見不到那女孩的身影。回頭再看桌上，哪裡還有什麼茶壺、茶杯，只剩下一片碧綠的桑葉，上面放著一撮黑黑的泥土。

從此，每到月明人靜之時，這女孩常常不請自來，與高明經談詩論畫，作賦填詞。高明經發現這女子蹤跡無常，心中雖然疑惑，但每次與她長談後，都覺得受益匪淺，大有茅塞頓開之感，所以也不苦苦逼問這女孩的來龍去脈，生怕得罪了這位女友。

高明經大病初愈，男歡女愛之心甚淡，那女孩也很正經，所以相處很長一段時間，兩人都無越軌行徑。這女孩的形像除了高明經外，別人全都視而不見。高明經跟這女孩在一起時，除了覺得冷氣逼人，並不感到她有任何異常之處。一日，高明經睡夢裡夢見與妻子行房，正情濃意洽之時，忽然醒轉，一看身旁之人，正是那鄰居之女。高明經此時不但不覺恐懼，倒有一種如願以償的欣喜，緊緊摟住那女孩，一陣狂吻。那女子面上一紅，推開高明經，穿好衣服，嬌笑而去。高明經急撲上前欲抓那女子，但只抓到一片衣襟，捏在手中，其薄如紙，微微一揉，瑟瑟作響。高明經癡呆呆立在床頭，心中有一種說不出的愁悵。後來，高明經為恢復身體，修習道家養生之術，稍有小成後，便再也見不到那女子的蹤跡。＊出自《續子不語》卷七〈勒勒〉

海中毛人張口生風

　　雍正年間，有艘海船被風吹到臺灣省彰化縣海岸，船上只有二十多人，但貨物很多。這些人賣了不少貨物，就在彰化縣住下了。不久這群人內部分錢不均，有人告到官府，才知道他們都是廣東作生意的，因海難在外滯留多年，死者十之八九，餘下的貨物大部分都屬於死者，但都被他們瓜分了。他們給官府的狀子上，有段描寫他們遇難的情節，很有意思。那上面寫道：

　　「我等泛舟海上，忽遇颶風，迷失海道，只得順流向東，連續走了好幾晝夜。船來到一處不知名的蠻荒之地。我等下船登岸，但見滿地白骨、破船，委實可怕。我等回家不得，坐以待斃。不久，瘟疫流行，船上的人死了大半，剩下我們幾個，口糧也發生了問題。幸好，我等在艙中發現幾升豆種，便種在地上，竟結了不少豆子，使我們勉強可以活命。

　　「一日，忽然我等看見一個百丈來高的大毛人，從東邊緩步向我們棲身的船隻走來。它伸出一隻大手，指著海水，哈哈大笑，聲如疾雷。我等此時魂不附體，全都向它跪下叩頭求饒。那毛人站住，用手揮來揮去，好像讓我們趕緊離開此地。起初，我等不明白它的意思，還在發楞。過了片刻，知道它是要讓我等開船，便顧不得許多，扯帆離岸。也真神了，我等看見那毛人張開大口，向我們的船盡力吹了口氣，霎時間，東風大作，船如離弦之箭，飛也似的向西駛去。這東風晝夜不息，我等沒幾天便到鹿仔港。」

　　彰化縣令覺此事離奇，認真審理此案。他跟廣東取得聯繫後，判定財物均分，不得私占他人財物。這案子得以解決。

　　據土人講，那些商人到的地方叫海闥，是東海的東極，船到那裡沒有幾個可以回來，因為每隔一百二十年才颳一次東風。這

二十幾個人命大，恰好遇上這場東風，眞是奇遇。至於那毛人到底是什麼，是人？是神？是怪？則沒一個人說得清楚。＊出自《子不語》卷十六〈海中毛人張口生風〉

小珍珠

　　杭州有兩個讀書人，一個姓蘇，一個姓李，兩人都是監生，準備到京城去會試。他們到京城已是秋天了，就在考場的左側租一間房子住下。因為離考場近，他們也就沒打算再找其他住處。可是京城每到會試期間，那些離科舉考場近的房子，房租都很昂貴，沒有十貫錢根本租不下來，而且物價上漲得厲害。這兩位書生考完後，心想離揭曉的日子還遠著呢，這麼多的費用很難承受。兩人商量一番，打算搬到別的地方等候佳音。

　　浙江有個和尚，這時暫住在京城，和他們是老鄉。他倆就去託和尚幫忙找個住處。和尚說：「東城的外邊，背著城牆大約三里遠的地方，有個白色石頭築的精巧宅院，十分清淨。如果二位想去，我將首先接納。」兩位書生高興地答應了，並懇切地求他快些辦。和尚為這事往返走了半天，回來時兩位書生的行李都打點好了，三人當晚便一起前往。到那兒一看，松花滿徑，竹影半窗，實在是祇園雅境，便選擇了院東的一間房子住下。和尚正要告辭回去，忽然想起了什麼，對他倆說：「這地方比較荒涼偏僻，千萬不要出去遊玩，一定要記住！」說完就告辭回去了。兩位書生正為得到這樣好的住處興奮不已，恨不能馬上就去走走，和尚的話一點都沒聽進去，嘴上雖然答應，可心裡卻極想立刻出去玩玩。

　　第二天早晨吃完飯，趁著高興勁兒，他倆又向其他和尚詢問可以遊玩的地方，沒有人回答。只有一個小和尚回答說：「距離這裡一里多，有個叫留雲觀的地方，很值得一遊，你們為什麼不去呢？」其他和尚都氣憤地瞪著他，好像責怪他說這些話。兩位書生當然不理解是什麼意思。

　　中午過後，他倆便邀請那個年輕和尚帶他們去看一看。方丈

知道後，急忙告訴他的徒弟說：「你不要帶兩位書生到寺院後面去，會有生命危險的！」兩位書生十分驚詫，就問小和尚為什麼。小和尚笑了笑沒說話，仍帶著他倆往後走。經過一片茂密的樹林，又走了很久，才到所說的地方。只見那兒牆垣已坍塌，荊棘叢生，只有三根房柱子立著，略微有些像門。再仔細一看，還可以看到以前門上的匾額。兩位書生想，大概這兒就是小和尚所說的地方。

小和尚帶他倆進去，裡面的舊木頭亂七八糟地斜著，好像憤怒的龍在雜草間飛舞。草長得有二尺多高，幾乎沒有行人能走的路。他們慢慢向前走著，上了一層臺階仰頭向前看，正中的殿堂有五根柱子，金色的牆壁已有些剝落，門窗也傾斜著，空虛寂靜，沒有一人，神像都顯得兇惡猙獰。而且神像的面目也已被煙火熏黑，沒法看清。

兩位書生在這兒流覽了一圈，不禁啞然失笑地說：「這裡就是師父所說的可以一遊的地方？！怎麼和你說的一點兒都不相符呢？」小和尚不好意思地紅著臉說：「美好的境界不在這兒，可是我師父不讓去，我才不敢帶你們兩位往裡去。」兩位書生有些譏笑地說：「進去也未必就那麼不好，現在你的師父不在，怎麼就不能讓我們全都看看呢？」小和尚也想實現自己所說的話，於是就聽從了。他們向殿堂的後面走了幾步，到了一個門前，小和尚用手打開門。這院子不僅開闊，而且別有一番天地。這裡草色妍麗，樹木茂盛，亭台掩映，不時還能聽見遠處潺潺的流水聲，好像還有池沼。兩位書生驚喜異常，直往前走，小和尚急忙制止他們說：「我們在遠處觀看，已經足以領略了，再往前走就會引起災禍。」兩位書生嘲笑他虛妄，執意還要往裡走。剛要抬腳，就聽見亭子裡有人驚詫地說道：「誰家的癡心郎君，竟敢私自偷看人家的宅院，難道是想當穿牆入戶的強盜嗎？」聲音像怪鴟叫一樣。仔細地聽，說話的人很像個身強力壯的婦女。他們不禁害怕起來。小和尚趕緊拉著他倆說：「走！走！狐夫人要作惡了，

不能再停留。」兩位書生這時已滿臉驚恐，急忙轉身從原來的路上倉皇逃出。在路上他們問小和尚是怎麼回事，小和尚回答說：「這是某位貴人家廢棄的宅院，被妖怪霸占，封閉起來不開門。如果遇著狐夫人不在時，還可以遊覽，今天卻正好碰上，就不能看了。」兩位書生聽了，驚愕不已。

　　他們回到所住的寺廟後，方丈就前去問他們去後院沒有？他們都隱諱不敢直說。晚上，兩位書生又跟方丈一起閒聊，不知不覺到了二更天，他們才告辭回自己的住處。走到房前，仍然是月色滿窗，他倆沒有再點燈，進屋脫了衣服上床便睡下了。方丈突然跟了過來，隔著窗戶問他倆：「兩位書生白天出遊，如果聽到什麼，趕快告訴我，不要耽誤自己。」兩位書生仍然堅持隱瞞說：「沒有。」方丈就離開了。他倆在枕邊還嬉笑說：「這有什麼可膽怯的！世上即使有妖魅，哪敢站在我們身邊呢？」說完，竟呼呼大睡。

　　先是蘇書生作了個夢。他覺得懷裡十分溫暖柔軟，好像有一個肌骨滑潤的人。他懷疑是李書生，可是平常他們從不互相開玩笑。他試著用手拍打他，可那人肌膚光滑，讓人捨不得停手，他嚇得驚恐萬分，睜大眼睛一看，原來是一個二十歲左右的少婦和他同床共枕。蘇書生急忙把她搖醒，責問她是怎麼進來的。少婦只說：「我看得起你才和你睡覺，還有什麼好問的呢？」蘇書生孤單一人已經很久了，沒有再細問，他就和她在一起摟抱作愛。雖然床上還有李書生，他也不在乎。他倆又玩了一會兒，蘇書生便昏昏沉沉地睡著了。夢裡聽見李書生叫他，而且聲音驚恐地叫個沒完。等蘇書生醒來，懷裡抱著一把琵琶，少婦早已不知去向。蘇書生問李書生為什麼大驚小怪，李書生說：「我剛作了個夢，醒來就聞到枕邊有頭髮的香氣，好像有個婦人一起睡覺，仔細一看果然如此。我的心雖有些騷動，可是想到功名和事業，而且那女的也不知是哪來的，就端正心思不理她。忽然窗戶縫裡有一隻像燈一樣的大眼睛，一直盯著屋裡，叫道：『小珍珠，不能

跟正人君子混，還不趕緊回來？』那聲音就是白天我們聽見的。我很害怕，才慌忙叫你，結果兩個人都不見了。」

蘇書生聽了李書生的話，嘆息說：「我可能快死了，不能像你一樣心地純正，我已被這妖怪所迷惑，這可怎麼辦呢？」蘇書生細細講了剛才發生的事，說完不禁淚如雨下。李書生先安慰了他一番，不久就又睡著了。等到天亮，李書生起床洗漱，叫蘇書生起床卻沒有答應。到床前一看，蘇書生眼睛緊閉著，早已溘然長逝。

李書生惶恐不已，趕忙叫來方丈。方丈一看蘇書生是暴死，跺著腳說：「你們不早說，災禍果然來了。然而有一位還活著，就算是幸運了。」李書生請教其中的原故。方丈說：「你們去遊玩的廢宅院裡，有個妖怪狐夫人。其實不是狐狸精，只因為她能役使狐狸精，所以才這麼叫她。狐狸精有小珍珠、小珊瑚等，她們經常迷惑人，只要遇上她們就沒有能活的。聽說她們是吸人骨髓和血液，供養狐夫人。狐夫人也幫她們物色獵物。如果遇到什麼少年往院中眺望，沒遇見狐夫人，還可以活，偶爾與她相遇，就非死不可。」李書生於是把昨晚的事都告訴他，方丈說：「你心地純正，會有後福。只是如果早跟我說，放一卷經在屋裡，那麼蘇書生也可以不死。」他倆一起感嘆了一番。

李書生買棺材為朋友殮屍，自己當天就遷到南城居住。那年他以優異的成績被鄉試推薦。第二年，他帶著蘇書生的靈柩回到浙江，老家的人都為蘇書生的遭遇惋惜。＊出自《螢窗異草》二編卷二〈小珍珠〉

海州四怪

　　海州，即今天江蘇灌雲縣西南。據說古時候，這地方有四怪：鯉、蜘蛛、蜈蚣、螞蟻。鯉身長一丈半，全身覆著鱗甲，閃閃發光，就是《本草綱目》記載的穿山甲。蜈蚣有一尺多長，長著翅膀，能飛，當天晴風靜的時候，能飛得很高，在空中嬌美自如，許多人都誤以為是風箏。螞蟻大如栲桂，屁股像鐵一樣堅硬，刀槍不入，人稱「鐵屁股螞蟻」。四種靈怪中，蜘蛛最靈異，那蜘蛛大如簸箕，絲粗如小孩的手臂，喜歡和龍爭鬥，吐出的絲如果纏住龍，便牢固得解不開，必須有火龍來燒它的絲才行。當地人常能在山野中揀到尺許長的蜘蛛斷絲，由兩個強健的男子各執一端用力拉扯，能拉出一丈多長來，用鋒利的刀都砍不斷，人們視之為寶物。

　　四怪常幻化成人形，在集市上遊逛，並不害人。蜘蛛最常出來，每次出來都幻化成一個老者，白鬚垂胸，道氣十足，最喜歡同小孩玩耍。他一出現，小孩就圍在前後左右。老人常出錢買梨棗糕餅分給小孩吃，很多人都認識他，叫他朱道人。遇到久旱不雨，他為人祈雨，總是很靈驗，那地方的人頗受他的好處。每當看到四怪一同出現，雷公總要轟擊他們，往往在片刻之間，就雨雹驟至，雷電交加，四怪立即逃走。鯉在前面，以頭鑽山，鑽出洞來，鯉就進去，蜘蛛咬住鯉的尾巴跟著進去，然後是蜈蚣，螞蟻殿候，用屁股把洞口堵住。雷公左手拿著錐，右手提著斧子，目光灼灼，巴巴地看著，竟不能施展一下威風，在洞外來回走了一會兒，無可奈何。不一會兒雨住天晴，四怪也不知去向了。＊

出自《里乘》卷三〈海州四怪〉

金銀變

我的同窗學友王子衡說，他的親戚某人用紅紙折成筒封了三錢銀子給親家作賀禮，親家也回了銀子。後來拆開封銀的紅紙筒看，裡面的銀子突然變成一隻青蛙，眼睛紅紅的如同點了朱砂一樣，身體白如水晶，瑩潔空明，骨架內臟都看得清清楚楚，躍躍然竟從紙窩裡跳出來。親家抓住它放進一個小箱子裡，每天從早到晚逗弄戲耍。過了三天，青蛙突然不見了。

還有一個青蛙變金的故事，也頗為奇怪。廣州陳弘泰借錢給一個人，向他徵收利息，那人將一萬多隻小青蛙送來給陳弘泰償還借債。陳弘泰看著那些小青蛙，動了惻隱之心，叫那人都放生到江裡去，然後將借據燒掉。幾個月後，陳弘泰夜間騎馬回家，發現路中間有個什麼東西，光燦閃爍，馬被驚得不肯向前。陳弘泰下馬過去看，原來是一隻金蛤蟆，便揀起來帶回家中，從此發達富裕。＊出自《觚賸續編》卷四〈金銀變〉

鄧無影

　　鄧乙，三十歲，獨自居住。每夜一個人獨坐，僅有一盞微弱的油燈陪伴，心情憂鬱愁悶。他看著自己的影子嘆息道：「我和你打交道已經很久了，你能不能讓我高興些呢？」他的影子忽然從牆壁上下來說：「願意聽從你的吩咐。」鄧乙非常驚訝。影子卻笑著說：「你想讓我使你高興，卻又怕我，為什麼呢？」鄧乙定下心來，問道：「你有什麼辦法能讓我高興呢？」影子答道：「只要你想要的，都可以給你。」鄧乙說：「我獨自居住，沒有夥伴，想有一位少年朋友整夜陪我說話，可以嗎？」影子說：「這有什麼難的。」隨即變成一少年，英俊多情，言談舉止風流倜儻，真可以說是個不錯的朋友。鄧乙又讓影子變成顯貴之人。不一會兒，少年變成一個官員，衣冠齊整，在床上正襟危坐，連聲音和神態都很像。鄧乙嬉戲地向他行禮，官員拱手受禮。鄧乙又笑著說：「你可以變成美女嗎？」官員點頭下床，轉瞬又變成少女，容顏絕代，站立不語。於是鄧乙與她一同安歇，如同妻妾一般。從此，每晚燈火通明，影子變幻百出，只要想到的，沒有變不出的。時間長了，到了白天，影子則和形體分離，成了怪物。別人看不見，只有鄧乙能看見。鄧乙為此如醉如狂，舉止異常。人們都覺得很奇怪，便追問鄧乙，才知道事情的真相。仔細觀察他的影子，果然與其形體不符。有時形體站立，而影子坐著；形體是男的，而影子有時卻是女的。鄧乙說他自己看到的影子與自己的形體也不相符。於是，全鄉的人都認為鄧乙的影子是妖怪。

　　過了幾年，影子忽然向鄧乙告辭，鄧乙問他要去什麼地方，影子答：「到離次山去，距此地有數萬餘里。」鄧乙哭著送影子到門外，與之訣別。影子迎風而起，轉眼間不見蹤影。而鄧乙從此沒了影子，人們都叫他「鄧無影」。＊出自《耳食錄》卷一〈鄧無影〉

曹商

　　山西太谷有個姓曹的商人，他與幾個同鄉在天津作生意。一天夜裡，他回住處時路經南門外，當時天已三更，四周沒有一個人。忽然，他看見一輛一尺多長的小馬車正沿著城牆走得飛快，拉車的馬像老鼠那樣大，趕車的人只有手指頭高，頭戴一頂如銅錢大的小纓帽。曹商人奮力追趕，也沒能追上。他恨恨地自語道：「小小的東西怎麼跑得這麼快？等我追上非踏碎它不可！」車子快到城門時，停了一下，曹商人隨後也趕到了。

　　曹商人剛到車跟前，忽聽轟的一聲，小馬車一下子變得與城牆一般高，馬也變得像大象那麼大，趕車人像怪物一樣，手執鞭子怒目而視，樣子猙獰可怖。曹商人聽到車中有人說話：「這是西邊來的商人，是個捨命不捨財的人。你們不要傷害他性命，把他腰中錢財都搜出來就行了。」曹商人聽了驚得跌了一跤，大聲號叫救命。就在這一瞬間，馬車已不知去向了。他趕忙伸手摸了摸腰包，錢沒有丟失，他爬起來抱頭跑回住處去。曹商人也不知道他遇到的是什麼神仙。＊出自《醉茶志怪》卷三〈曹商〉

國家圖書館出版品預行編目資料

中國經典奇幻故事 / 麻國鈞編著.
--初版.台北市：三言社出版：
家庭傳媒城邦分公司發行，
2006〔民95〕400面；16.8×23公分
ISBN：986-7581-31-8（平裝）
857.2   95002126

中國經典奇幻故事

編著者	麻國鈞
美術設計	孔布
總編輯	劉麗眞
主編	何維民
文稿編輯	安石榴
發行人	涂玉雲
出版	三言社
	台北市信義路二段213號11樓
	電話：（02）2356-0933　傳眞：（02）2356-0914
發行	英屬蓋曼群島商家庭傳媒股份有限公司城邦分公司
	台北市民生東路二段141號2樓
	讀者服務專線：（02）2500-7718；2500-7719
	24小時傳眞專線：（02）2500-1990；2500-1991
	郵撥帳號：19863813；戶名：書虫股份有限公司
	城邦網址：http://www.cite.com.tw
	讀者服務信箱：service@readingclub.com.tw
香港發行所	城邦（香港）出版集團
	香港灣仔軒尼詩道235號3樓
	電話：852-25086231　852-25086217　傳眞：852-25789337
馬新發行所	城邦（馬新）出版集團
	Cite（M）Sdn.Bhd.（458372U）
	11, Jalan 30D/146, Desa Tasik, Sungai Besi
	57000 Kuala Lumpur, Malaysia
	電話：603-90563833　傳眞：603-90562833
初版一刷	2006年2月23日